D1755735

Dieter Füg · Die Rache der Kaufmannstochter

Dieter Füg

Die Rache der Kaufmannstochter

Abenteuerroman

AUGUST VON GOETHE LITERATURVERLAG

IM GROSSEN HIRSCHGRABEN ZU FRANKFURT A/M

Das Programm des Verlages widmet sich
– in Erinnerung an die
Zusammenarbeit Heinrich Heines
und Annette von Droste-Hülshoffs
mit der Herausgeberin Elise von Hohenhausen –
der Literatur neuer Autoren.
Das Lektorat nimmt daher Manuskripte an,
um deren Einsendung das gebildete Publikum
gebeten wird.

©2010 FRANKFURTER LITERATURVERLAG FRANKFURT AM MAIN
Ein Unternehmen der Holding
FRANKFURTER VERLAGSGRUPPE
AKTIENGESELLSCHAFT AUGUST VON GOETHE
In der Straße des Goethehauses/Großer Hirschgraben 15
D-60311 Frankfurt a/M
Tel. 069-40-894-0 ✱ Fax 069-40-894-194
E-Mail: lektorat@frankfurter-literaturverlag.de

Medien- und Buchverlage
DR. VON HÄNSEL-HOHENHAUSEN
seit 1987

Websites der Verlagshäuser der Frankfurter Verlagsgruppe:

www.frankfurter-verlagsgruppe.de
www.frankfurter-literaturverlag.de
www.frankfurter-taschenbuchverlag.de
www.august-goethe-literaturverlag.de
www.fouque-literaturverlag.de
www.weimarer-schiller-presse.de
www.deutsche-hochschulschriften.de
www.deutsche-bibliothek-der-wissenschaften.de
www.haensel-hohenhausen.de

Bibliografische Information der Deutschen Nationalbibliothek
Die Deutsche Nationalbibliothek verzeichnet diese Publikation in der Deutschen
Nationalbibliografie; detaillierte bibliografische Daten sind im Internet
über http://dnb.d-nb.de abrufbar.

Satz und Gestaltung: Michael Fröhlich
Lektorat: Anna Hein
ISBN 978-3-8372-0838-2

Die Autoren des Verlags unterstützen den Bund Deutscher Schriftsteller e.V.,
der gemeinnützig neue Autoren bei der Verlagssuche berät.
Wenn Sie sich als Leser an dieser Förderung beteiligen möchten, überweisen Sie bitte
einen – auch gern geringen – Beitrag an die Volksbank Dreieich, Kto. 7305192, BLZ 505 922 00,
mit dem Stichwort „Literatur fördern". Die Autoren und der Verlag danken Ihnen dafür!

Dieses Werk und alle seine Teile sind urheberrechtlich geschützt.
Nachdruck, Speicherung, Sendung und Vervielfältigung in jeder Form,
insbesondere Kopieren, Digitalisieren, Smoothing, Komprimierung, Konvertierung in andere Formate,
Farbverfremdung sowie Bearbeitung und Übertragung des Werkes oder von Teilen desselben in andere Medien
und Speicher sind ohne vorgehende schriftliche Zustimmung des Verlags unzulässig und werden auch strafrechtlich verfolgt.

Gedruckt auf säurefreiem, alterungsbeständigem Papier,
hergestellt aus chlorfrei gebleichtem Zellstoff (TcF-Norm)

Printed in Germany

Inhalt

Prolog 7
Die Ritterburg und deren Umgebung 11
Die Jagd 21
Das Dorf 31
Das Nonnenkloster 41
Der Kaufmannszug 54
Der Überfall 64
Die Erziehung der Kaufmannstochter 72
Adelines Umgang mit den Tieren in der Umgebung des
Klosters 86
Die Höhle 99
Der junge Burgherr 106
Die Kampfausbildung der Kaufmannstochter 117
Das Ritterturnier 130
Freundschaft, Liebe, Tod 142
Die Flucht 156
Die Kaufmannsgilde 165
Der Bau der Hochseekoggen 176
Die Erben der Burg 183
Antritt des Burgerbes 203
Die Gründung der Handelsniederlassung 214
Die Doppelhochzeit 230
Das Leben auf der Farm in Afrika 245
Hochzeit und Überfall auf die Handelsstation 258
Der Tod der Kaufmannstochter 275
Der bucklige Kaufmann 288
Epilog 302

Prolog

Im Rahmen meiner Doktorarbeit war es erforderlich, eine Reihe von Literaturrecherchen durchzuführen. Circa zwei Monate saß ich deshalb in einer Thüringer Stadtbibliothek und wälzte täglich mehrere Kilo Papier, oder suchte nach aktuellen Bezügen zu meinem Thema im Internet. Im Lesesaal bekam ich einen Schreibtisch, den ich für die Dauer meines Aufenthaltes in der Bibliothek als festen Arbeitsplatz nutzen konnte. Wenn ich morgens meine Arbeit begann, fand ich bereits einen Stapel Bücher oder Zeitschriften auf meinen Schreibtisch vor.
Aufgewachsen war ich in Thüringen in einer sagenumwobenen Gegend, wo man auf bergigem Gelände gewaltige Burgen bzw. deren Ruinen finden kann. Über diese gab es viele Märchen und Sagen, die zum Teil bis in die heutige Zeit erhalten geblieben sind. In meiner Kindheit gab es noch kein Fernsehen und so saßen meine Eltern und Geschwister meistens im Winter, wo die Abende besonders dazu einluden, am großen Tisch in der warmen Küche und es wurde vorgelesen oder gab Erzählungen in Märchen- und Sagenform. Die in unserer Nähe stehenden Burgen waren die Ursache, dass viele Geschichten über Ritter die Runde machten. Wir Kinder lauschten aufmerksam, wenn unsere Eltern über starke und gute Ritter berichteten, die in zahlreiche Kämpfe mit Drachen und Raubgesindel verwickelt waren. Diese Geschichten faszinieren mich auch heute noch, und wenn ich Literatur darüber in die Hand bekomme, so lese ich diese mit großem Interesse. Ich nutzte deshalb auch die Möglichkeit, in der Thüringischen Bibliothek nach Literatur über die Ritterschaft zu kramen, sozusagen als Entspannung während der Recherchen zu meinem Fachgebiet. Meistens fand ich auf meinem Schreibtisch neben der Fachliteratur auch Berichte über das Ritterwesen, die mir der Bibliothekar freundlicherweise zukommen ließ.

Die Ritterschaft bildete sich besonders in der Zeit des Mittelalters (Zeit zwischen Altertum und Neuzeit, 5. bis 6. Jahrhundert) heraus. Erstmalig wird der Begriff des Ritters (berittener Krieger) im alten Rom (Altertum) erwähnt, die dann später neben den Senatoren eine Art Geldadel darstellten. Im Mittelalter (zunächst bis ins 11. Jahrhundert) waren es dann berittene und voll gerüstete Adelige und Freie, für die der Name „Ritter" gebraucht wurde. Die Ritterwürde bekam man nach der Knappenzeit durch die sogenannte „Schwertleite" (seit dem 13. Jahrhundert „Ritterschlag") verliehen. Diese Auszeichnung konnte jeder Angehörige des hohen oder niederen Adels erhalten, wenn er ritterlich lebte und zu Pferde Kriegsdienst leistete. Mitte des 13. Jahrhunderts wurde das Rittertum „ständisch", d.h. es musste nun die Ritterbürtigkeit (Abstammung von ritterlichen Ahnen) nachgewiesen werden. Seit dem Spätmittelalter verstand man unter Rittern die Angehörigen des niederen Adels, die als Ritterschaft einen erblichen Stand bildeten. Neben dem ererbten Besitz von Territorium gab es auch das Lehen, das von Landesfürsten zur Bewirtschaftung zur Verfügung gestellt wurde.
Während der Kreuzzüge gab es den sogenannten „Ritterorden". Dieser stellte eine Sonderform des geistlichen Ordens dar, dessen Mitglieder neben den Mönchsgelübden den Kampf gegen die Ungläubigen gelobten. Bekannt wurden insbesondere der Johanniter-, der Templer-, der Schwertbrüder- und der Deutsche Orden. An der Spitze dieser straff organisierten und disziplinierten Ritter stand ein Großmeister (beim Deutschen Orden „Hochmeister"). Dem jeweiligen Orden waren seitens der Kirche Würdenträger zugeordnet, die die Ordensritter auf die Gedanken der Religion einschwuren. Neben den „Ritterbrüdern", den eigentlichen Trägern des Ritterordens, gab es die Priesterbrüder und die dienenden Brüder für den Waffendienst.
In den deutschen Gefilden unterstanden die Ritter meistenteils einem Fürsten, und sie wurden zu Kriegen im Land bzw. gegen Fürstentümer in Nachbarländern herangezogen. In der Regel wurden sie

für Leistungen gegenüber dem Fürsten nicht bezahlt. Ihre Einkünfte bezogen sie aus den Abgaben und Steuern der Bauern ihrer Dörfer. Ritter ohne eignes Land dienten meist bei einem Adligen, der damit seine Armee aufstockte, die immer kampfbereit sein musste. In Friedenszeiten setzte der Landesherr sie für andere Aufgaben ein. Darüber hinaus lebten die Ritter von Plünderungen in Kriegen. Um ihren Geldbeutel zu füllen und ihre Ausgaben zu decken, entwickelten sich viele Ritter zu Raubrittern. Sie lauerten Karawanen auf, die wertvolle Güter transportierten, und raubten sie aus. Insbesondere die Kaufmannszüge, die meist wertvolle Waren und Erlöse aus dem Verkauf von Gütern in fernen Ländern mit sich führten, waren begehrte Ziele für Raubüberfälle. Auch die Errichtung von Zollschranken verbesserten die Einkünfte der Ritterburgen.

All diese Begebenheiten fanden mein Interesse und trugen dazu bei, meine Kenntnisse zum Ritterstand zu verbessern. Die meiste Literatur stellte die Ritter als starke und siegreiche Personen dar, die von der Bevölkerung verehrt wurden. Als Helden kämpften sie gegen Drachen und Räuber und schützten auf diese Weise die Bevölkerung vor Unglück und Tod. Ich hatte bereits einiges Material gesammelt, und es kam nun vieles aus der Thüringer Bibliothek dazu. Es waren Märchen, Sagen und geschichtliche Hintergründe, die bereits drei Ordner füllten. Eines Tages wollte ich daraus ein zusammenfassendes Werk erstellen, verschob das aber auf den Zeitpunkt, wenn meine anderen Aufgaben erledigt waren.

Eines Tages fand ich auf meinem Schreibtisch in der Bibliothek eine alte Chronik eines Klosters aus dem heutigen Thüringen, wo eine Nonne handschriftlich Aufzeichnungen über das Klosterleben gemacht hatte. Da sich das Kloster in der Nähe einer Burg befand, wurde auch über die Ritterschaft und deren kriegerische Auseinandersetzungen berichtet. Das war der Grund, weshalb der mich betreuende Bibliothekar die Aufzeichnungen auf meinem Schreibtisch deponierte. Wie diese Chronik in die Bibliothek gekommen war, ist nicht mehr nachvollziehbar. Das Kloster, zu dem diese Auf-

zeichnungen gehörten, existiert heute nicht mehr. Brandspuren an der Ruine, die ich bei einem Besuch in dieser Gegend fand, deuteten darauf hin, dass das Kloster Opfer der Flammen geworden war. Vielleicht hat eine Überlebende die Chronik gerettet, von wo sie dann auf irgendeinem Wege in die Bibliothek gelangte. Auch von der Burg ist nur noch eine Ruine übriggeblieben, die aber stolz von der Höhe des Berges in das umliegende Land blickt.
Da die Ritterschaft in dieser Chronik nur mehr oder weniger am Rande erwähnt wird, widmete ich dieser Lektüre zunächst nur geringe Aufmerksamkeit. Als ich jedoch die mit vielen Illustrationen versehenen Seiten durchblätterte, fand ich eine rührende Geschichte über ein im Kloster aufgewachsenes Kind, dessen Schicksal ich hier wiedergeben möchte. Natürlich habe ich viele Details hinzugefügt und Ereignisse eingebaut, die nicht in der Chronik zu finden waren. Ich hoffe damit, meinen geschätzten Lesern eine Lektüre in die Hand zu geben, die in gewissem Umfang einen Abenteuerroman mit dem geschichtlichen Hintergrund des Rittertums verbindet. Viele geschichtliche Episoden sind natürlich frei erfunden und sollen die Spannung des Abenteuerromans erhöhen.

Die Ritterburg und deren Umgebung

Auf einer idyllischen Lichtung innerhalb einer urwaldähnlichen Landschaft spielte eine Braunbärin mit ihrem Jungen. Die Wiese der Lichtung war übersät mit kleinen roten Erdbeeren, woran sich die Bärin gütlich tat. Bären sind bekanntlich Naschkatzen und so waren die kleinen süßen Früchte ein willkommenes Zubrot, das dankbar angenommen wurde. Der kleine Bär war noch nicht der Mutterbrust entwöhnt und zupfte deshalb nur zaghaft ab und zu an den süßen Früchten. Wenn er Hunger hatte erbettelte er süße Milch von der Mutterbrust, die die Bärin ihm auch bereitwillig zur Verfügung stellte.

Er sog dann solange an den vor Milch strotzenden Zitzen, bis er satt war oder die Bärin ihn abschüttelte. Ansonsten war seine Hauptbeschäftigung das Spielen, und er suchte immer neue Abenteuer in der unbekannten Welt des ihn umgebenden Urwaldes.

Am Rande der Lichtung stand ein verkrüppelter alter Laubbaum, den wenig Laub zierte. Offensichtlich hatte der Blitz eingeschlagen und dem Baum die jetzige Gestalt gegeben. Er hatte die Form eines verwachsenen Riesen angenommen und man konnte denken, dass er jeden Augenblick zum Leben erwachen und davon humpeln könnte. Dem kleinen Bären machte die Gestalt keine Angst, und er erprobte seine Kletterkünste, bis er an eine Stelle kam, wo es weder vorwärts noch rückwärts ging. Nun maunzte er ängstlich nach seiner Mutter, die nach oben kletterte und ihm liebevoll beim Abstieg half.

Wieder auf dem Wiesenboden angekommen war es ein Schmetterling, dem er hinterher lief. Dieser foppte den kleinen Bären, indem er sich vor ihm auf eine Blüte setzte und schnell wieder aufflog, wenn dieser ungeschickt in seiner Nähe herumtapste. Schließlich verlor er sein Interesse, weil der kleine Spielkamerad sich nicht fangen ließ. Seine Aufmerksamkeit galt nun einer dicken Hummel, die laut brummend die Blüten aufsuchte, um Honig zu sammeln. Er wollte mit seinen tapsigen Pfoten auch diese fangen und sie zu seinen Spielkameraden machen. Sie war jedoch nicht geneigt, sich auf irgendwelche Spiele einzulassen, was sie ihm deutlich zu verstehen gab. Sie setzte sich auf seine Nase und stach ihm in dieses empfindliche Organ. Er maunzte nun kläglich und rannte zu seiner Mutter, wo er sich in ihren Pelz kuschelte und ihr sein Leid über die wenig verständigen Spielkameraden klagte.

Es war nun die Mittagszeit angebrochen, und die Bärin suchte sich ein Plätzchen für einen Mittagsschlaf. Auch der kleine Bär war von seinen Erlebnissen müde geworden, und ihm fielen in den Armen seiner Mutter die Augen zu. Er träumte von Abenteuern, die er erleben wollte und schlug im Schlaf mit den Tatzen nach eingebildeten Ungeheuern.

Die Bärin war trotz ihres Schlafes sehr wachsam. Immer wieder öffnete sie die Augen, und auch die Ohren stellten sich in die Richtung von Geräuschen, die eventuell Gefahren für sie und ihr Kleines bedeuten könnten. So hörte sie auch in der Ferne ein Wolfsrudel heulen und verzog sich vorsichtshalber weiter in den Wald hinein.

Die Lichtung war nun leer und so kamen die Kleintiere wieder aus ihren Schlupflöchern hervor und suchten auf der Wiese nach Essbarem. Hasen, Eichhörnchen, Mäuse, Eidechsen und andere Tierchen nahmen den gewohnten Tagesrhythmus auf.

Die idyllische Lichtung, auf der die Bären eben noch friedlich gespielt hatten, befand sich mitten in einer urwaldartigen Landschaft. Stieg man auf den schon beschriebenen verkrüppelten Baum am Rande der Lichtung, so konnte man einen Überblick über das nahe und fernere Gelände gewinnen. Am auffälligsten war die Ritterburg, die sich aus einem Gebiet erhob, das durch hohe Berge und zerklüftete Felsen gekennzeichnet war. Auf dem höchsten Berg mit steil abfallenden Wänden befanden sich die Gebäude einer Burg, die zu einem geschlossenen Viereck verbunden waren. An den vier Ecken stand je ein Wachturm, von wo aus bei klarem Wetter eine Aussicht bis weit in das Land hinein bestand. Die Wachtürme erreichte man sowohl vom Innenhof aus, als auch über die mit Zinnen versehenen Dächer. Den Zugang zur Burg ermöglichten ein schweres Tor aus Eichenholz und eine stabile Zugbrücke. Diese konnte über einen Mechanismus neben dem Eingangstor hinter der Burgmauer nach oben gezogen bzw. heruntergelassen werden. Gewaltige Gegengewichte und entsprechende Seilzüge halfen den Bewachern des Tores bei ihrer schweren Arbeit, wenn die Brücke hochgezogen werden musste. Diese Aktion war immer mit einem lauten Knarren und Quietschen des Mechanismus verbunden, so dass jeder im Hof hörte, wenn das Tor geöffnet wurde. Tor und Zugbrücke bildeten die einzige Zugangsmöglichkeit zur Burg. Bei geschlossenem Tor und hochgezogener Brücke gab es wegen der rundum steil abfallenden Felsen keine Möglichkeit, in die Burg zu gelangen. Ließ man die Brücke herunter, so konnte man bei geöffnetem Tor über den Nachbarberg, der einen serpentinenartigen Weg aufwies, in das Tal gelangen.

Links und rechts des Burgberges befanden sich tiefe Schluchten, die durch jahrhundertelange Wind-, Wasser- und Eiserosion entstanden waren. Während die eine in Nord-Südrichtung verlaufende Schlucht begangen werden konnte und einen Hauptverkehrsweg für Personen, Reiter und Wagen bildete, war die andere, parallel dazu auf der gegenüberliegenden Seite des Burgberges verlaufende Schlucht völlig unzugänglich. Sie war Teil einer urwaldähnlichen Landschaft, die sich über viele Kilometer in alle Richtungen erstreckte. Umgefallene und abgestorbene Bäume und Sträucher sowie mit Moos bedeckte große Steinbrocken und Geröll lagerten sowohl in der Schlucht, als auch in der Ebene. Nur wenig Tageslicht drang durch die Wipfel der hohen, teilweise ineinander verflochtenen Bäume, was in Verbindung mit der durch Sträucher überwucherten Bodenregion den düsteren Charakter der Urwaldlandschaft unterstrich. Am südlichen Ende dieser Schlucht, wo sich das Wasser aus Regen und Schneeschmelze sammelte, ergoss sich ein klei-

ner Fluss in die Ebene. Dieser hatte sich in ein Flussdelta verzweigt, woraus in vielen Jahrhunderten eine große Sumpflandschaft entstanden war. Die Ungestörtheit dieses Urwaldes bildete ein Eldorado für Pflanzen und Tiere. Auf dem Sumpfgelände tummelten sich Wildgänse und Enten, die hier reichlich Futter fanden und ihren Nachwuchs ungestört aufziehen konnten. In freien Wasserflächen des Moorgeländes spiegelten sich Fischleiber, die auch Nahrung für Fischadler, Reiher und andere geflügelte Fischräuber bildeten. Enten- und Gänseküken mussten sich vor großen Hechten in Acht nehmen, die sich von unten anpirschten und sie einfach unter Wasser zogen. Die reichhaltige Tierwelt des Großwildes bevorzugte trockenes Gelände und kam an die Sumpflandschaft nur heran, um ihren Durst zu stillen. So waren es vor allem Hirsche, Rehe, Bären, Wölfe, die im Dickicht des Urwaldes Unterschlupf gefunden hatten. Aber auch kleine Tiere, wie z. B. Hasen, Füchse, Dachse, Eichhörnchen fanden reichliche Nahrung in dem von der Natur geschaffenen Wildreservat. Am südlichen Zipfel des Moores, wo sich das überschüssige Wasser aus dem Moor wieder deltaförmig zu einem Fluss vereinigte, der sich Richtung Süden durch die Ebene ein Bett gegraben hatte, hatten sich zwei Biberfamilien niedergelassen. Ihre holzfällerische Tätigkeit trug über Jahrzehnte zur Verwilderung der Landschaft bei. Durch ihre Dämme staute sich das Wasser zu zwei Seen, die durch erheblichen Fischreichtum gekennzeichnet waren. Sie konnten ungestört ihrem Tagewerk nachgehen, und immer mal ertönendes Krachen zeugte davon, dass die Biber mit ihren starken Zähnen einen Baum gefällt hatten. Mit den abgenagten Ästen verstärkten sie den Damm oder besserten ihn aus. Sie versuchten ihn widerstandsfähig gegen Hochwasser und Eis zu machen. Ihre rege Geschäftigkeit hielt den ganzen Tag an und wurde nur zum Fressen und Schlafen unterbrochen.
Am Fuße des Burgberges, im Bereich der unzugänglichen Schlucht existierte eine Höhle, die vorwiegend von Bären für ihren Winterschlaf aufgesucht wurde. Der Höhleneingang lag versteckt hinter

dichtem Unterholz, und kein Mensch in der näheren und weiteren Umgebung kannte die Höhle oder hatte sie je betreten. Möglicherweise diente sie aber Urmenschen als Unterschlupf, denn Reste von Feuerstellen aus längst vergangenen Zeiten fallen bei näherer Untersuchung ins Auge. Gemäß einer alten Sage soll diese Höhle durch einen furchtbaren Drachen bewohnt gewesen sein, der die damals lebenden Menschen in Angst und Schrecken versetzt hatte. Der Burgherr versucht auch heute noch die alten Sagen von Geistern, wilden Tieren und Drachen am Leben zu erhalten, um Wilderer davon abzuhalten, sich und ihre Familien mit saftigen Wildbraten zu versorgen. Tatsächlich traute sich wegen dieser Sagen und der Düsternis dieses Fleckchen Erde, und nicht zuletzt wegen der Unzugänglichkeit, keine Menschenseele in das Dickicht des Urwaldes. Sollte es trotzdem jemand wagen, so musste er, wenn er beim Wildern erwischt wurde, mit strengen Strafen des Burgherrn rechnen. Die begehbare Schlucht war durch jahrhundertlanges Wirken der Naturgewalten entstanden. Tektonische Verschiebungen und reißendes Wildwasser hatten für die Entstehung eines Einschnittes in das Gebirgsmassiv gesorgt, der es über die gesamte Breite von Nord nach Süd durchzog. Teilweise hatte die Schlucht eine Breite von fünfzehn bis zwanzig Meter, an anderen Stellen verengte sie sich auf vier bis fünf Meter. Am Grunde der Schlucht war ein natürlicher Weg entstanden, der Fußgängern, Reitern und Pferdewagen einen begehbaren Durchgang ermöglichte. Seitlich des Weges war ein kleiner Flusslauf entstanden, der das ganze Jahr Wasser führte und gemächlich dahin plätscherte. Zur Zeit der Schneeschmelze schwoll er jedoch zu einem tosenden Wasserlauf an, der durch die Schlucht tobte und sie in dieser Zeit unbegehbar machte. Gewaltige Steinblöcke, die links und rechts am Wegesrand lagern, zeugten von den Naturgewalten, die hier wirksam gewesen waren. Die Schlucht war der einzige Bergdurchgang in Nord-Süd-Richtung und wurde deshalb häufig frequentiert. Alle anderen Nord-Süd-Routen brachten große Umwege und waren wesentlich beschwerlicher zu durchqueren. Wenn also die Zeit der Schneeschmelze vorbei war, sah man oftmals Karawanen verschiedener Art die Schlucht durchqueren. Vor allem Kaufleute nutzten häufig diese Durchgangsmöglichkeit. Etwa in der Mitte der Schlucht verbreiterte sich der Durchgang durch den Berg zu einer größeren grasbewachsenen Fläche, in deren Mitte ein kleiner See das hierher gelangende Sonnenlicht reflektierte. Große Felsbrocken lagen im Wasser und am Ufer, als hätten zwei Riesen sich gegenseitig damit beworfen. Hatte man die Hälfte der Schlucht hinter sich, so war dieser Platz für eine Ruhepause gut geeignet. Zahlreiche erloschene Feuerstellen zeigten, dass von dieser Möglichkeit reger Gebrauch gemacht wurde. Der kleine See bot außerdem dem hungrigen Wandersmann ein Zubrot zum Picknick, denn er wurde von einer Vielzahl von Forellen verschiedener Größe bevölkert, deren silbernes Aufblitzen die Illusion erzeugte, vor einem Silberschatz zu stehen. Wenn die Sonne ihre Strahlen in diesen Teil der Schlucht warf, fühlte sich jeder hier rastende Reisende wie im Garten Eden.

Im Süden der Schlucht wurde das Bergmassiv offensichtlich durch die Vorfahren des jetzigen Burgherrn nach Silber- und Goldvorkommen untersucht. Man hatte Silbererz gefunden und ausgebeutet. Die Ausbeute war wahrscheinlich zu gering und ein weiterer Abbau lohnte sich nicht. Deshalb schloss man die Silbermine und verschloss den Eingang durch ein festes Eichentor. Da sich unmittelbar hinter dem Tor eine große Höhle befand, wo mehrere Pferdewagen nebeneinander Platz hatten, wurde diese durch den Burgherrn öfters zur Lagerung von Gegenständen benutzt, für die auf der Burg kein Platz war oder die für die Burgbewohner tabu waren. Nur wenige Burgbewohner hatten Zugang zu dieser Höhle. Von ihr zweigten im Inneren Gänge in viele Richtungen ab, von wo aus die ehemaligen Erzlagerstätten erreichbar waren. Auch alte, teilweise verrottete Holzwagen standen noch herum, in denen offensichtlich damals das Erz transportiert worden war. Alles war mehr oder weniger dem

Verfall preisgegeben, nur die große Höhle im Eingangsbereich zeigte, dass sie zeitweise noch genutzt wurde.

Die Burg selbst bestand aus dem Hauptgebäude, den Nebengebäuden mit Räumen für Gäste, Ritter, Knappen und Personal, dem Stallgebäude und den Lagerräumen. Eine große Küche, in deren Mitte sich auch die Wasserversorgung über einen tief in den Berg getriebenen Brunnenschacht befand, sorgte für das leibliche Wohl aller Burgbewohner und Gäste. Im Hauptgebäude befanden sich der Audienzsaal des Ritters, der Speisesaal und die Wohn- und Schlafräume der Ritterfamilie. Der gegenwärtige Burgbesitzer, Ritter Freiherr von Hohenfelsen, war der Nachkomme vieler Generationen, die schon seit undenkbaren Zeiten auf dieser Burg lebten. Zum Besitz der Burg gehörten mehrere Dörfer und circa 10000 km^2 Land. Der Ritter war dem regierenden Fürsten verpflichtet, d.h. im Falle eines Krieges musste er mit einer vollausgerüsteten Truppe aus Rittern, Knappen und Fußvolk von insgesamt vierhundert Personen zur Verfügung stehen.

Die Burgherrin, eine Freifrau von Tiefengrund, lebte erst seit zwei Jahren auf der Burg. Der circa vierzig Jahre alte Ritter hatte sie bei einem Kriegszug in den Norden auf einem Rittergut kennen gelernt, auf seine Burg geholt und geheiratet. Die jetzt zwanzigjährige Burgfrau war eine blonde, schlanke Person, die wegen ihres Liebreizes und ihrem offenen, aufgeschlossenen Wesen bei allen beliebt war. Der Burgherr entbrannte in heißer Liebe zu ihr und verbrachte viel Zeit bei seiner liebreizenden und angetrauten Frau. Die große Liebe hatte Früchte getragen, sie war hochschwanger, und der Burgherr, der sie liebevoll umsorgte, hoffte, dass ein Knabe die Traditionen derer von Hohenfelsen dereinst fortsetzen würde. Alle warteten gespannt auf das freudige Ereignis der Niederkunft der Burgherrin.

Außer dem Burgherrn und seiner Frau wohnten auf der Burg drei Ritter ohne eigenes Land, die hier in Lohn und Brot standen. Sie hatten in Friedenszeiten die Knappen auszubilden und sie auf ihre Ritterschaft vorzubereiten. Zum gegenwärtigen Zeitpunkt waren es vier Knappen, die der Obhut der Ritter unterstanden. In Kriegszeiten gehörten sie der vierhundert Personen starken Kriegsgefolgschaft an. Jeder, einschließlich des Burgherrn, musste eine der in vier Gruppen zu je hundert Kämpfern aufgeteilten Kampfformationen führen.

Auf der Burg lebten außerdem acht Soldaten, die für die Tor- und Turmbewachung zuständig waren. In Kriegszeiten ordnete sie der Burgherr den vier Kampfformationen zu, soweit sie nicht als Reserve zur Burgbewachung zurückgelassen wurden. Vier Stallburschen kümmerten sich um die circa fünfundzwanzig Reit- und Wagenpferde. Das Futter für diese lagerte man in einem Gebäude neben den Pferdeställen, und es musste durch die Bauern der umliegenden Dörfer ständig ergänzt werden. Die restlichen fast vierzig Personen, die auf der Burg lebten, waren Küchen- und Bedienungspersonal. Der Burgherr liebte gutes Essen und ein hervorragender Koch sorgte mit dem Küchenpersonal für schmackhafte und deftige Gerichte. Das Fleisch hierzu lieferte sowohl die Jagd in den umliegenden Wäldern, als auch die Viehzucht, die unter Kontrolle des Burgherrn auf den Bauerhöfen durchgeführt wurde. So sorgten Schafe, Schweine und Rinder dafür, dass immer genügend Fleisch auf der Burg zur Verfügung stand. Öffnete man die Vorratskammern, so kam dem Eindringling ein verführerischer Duft von geräuchertem Schweineschinken, Kalbsbraten, Fisch und anderen Leckereien entgegen. Auch Würste verschiedener Art hingen in den Vorratslagern von der Decke. Die gute Kost hatte beim Burgherrn bereits seine Spuren hinterlassen. Um die Leibesmitte herum hatte er tüchtig zugenommen und die Ritterrüstung musste bereits mehrfach durch den Dorfschmied angepasst werden. Die Burgfrau dagegen war eine gertenschlanke Person, wodurch der Babybauch sich besonders gutsichtbar aus dem Körper hervorwölbte. Obwohl sie sich in der Burg gut eingelebt hatte und bei allen Burgbewohnern beliebt und geachtet war, hatte sie immer noch große Sehnsucht nach ihrer Heimat und hoffte, nach der Geburt ihres Kindes ihrer alten Heimat einen längeren Besuch abstatten zu können.

Der Burghof hatte eine Vielzahl von Trainingsgeräten aufzuweisen, an denen Ritter und Knappen tagtäglich ihre Kampfübungen durchführten. Zwei drehbare Holzpuppen waren durch die Schwertkämpfe bereits mächtig ramponiert, und der Dorfzimmermann würde sie sicher bald durch neue Figuren ersetzen müssen.

Im Hof stand außerdem ein aus Holz zusammengezimmertes Pferd mit Sattel und Steigbügeln. Darauf saß gerade einer der vier Knappen, der sich der Attacken mit der Lanze eines der Ritter erwehren musste. Zwei der Knappen waren Zwillingsbrüder. Sie waren von ihrem schon älteren Vater aus der Nachbarburg zur Ausbildung hierher geschickt worden. Adelbert und Kunibert, so hießen die beiden, waren von ihrer Mutter aufgefordert worden, sich gegenseitig zu beschützen und bei der Ausbildung zu unterstützen. Sie waren groß und kräftig und sich in brüderlicher Liebe sehr zugetan. Im Augenblick standen sie Rücken an Rücken und erwehrten sich der im Ausbildungskampf auf sie von zwei Seiten eindringenden Ritter. Der Burgherr, der diesen Kampf beobachtete, war sehr zufrieden mit dem Ausbildungsstand der zukünftigen Ritter. Die restlichen beiden Knappen kamen aus weiter entfernten Gegenden. Auch sie waren kräftig gebaut und machten dem Ritterstand, auf den sie sich durch diese Ausbildung vorbereiteten, alle Ehre. Friedbert, der Älteste der Knappen, war ein lustiger Bursche und unterhielt mit seinen Späßen alle Burgbewohner. Auch der Burgherr hielt sich manchmal die Seiten vor Lachen. Alle auf der Burg lebenden Mädchen waren in diesen hochgewachsenen blonden Burschen verliebt und machten dem Achtzehnjährigen schöne Augen. Sein Freund Hagen war der vierte Knappe, der im Gegensatz dazu etwas kleiner, dunkelhaarig und sehr ruhig war. Im Schwertkampf konnte er allerdings explodieren und seine Gegner mussten sich vor seiner Kampfkraft in Acht nehmen. Die vier Knappen bildeten eine verschworene Gemeinschaft und heckten manchen Streich aus. Sie mussten sich dann vor dem Burgherrn verantworten, der jedoch meistens wegen der Jugend der Knappen Gnade vor Recht gelten ließ.

Vielfach waren Ritter und Knappen mit den Pferden unterwegs, um in umliegender Natur Ausbildungskämpfe zu absolvieren und ihre Reitkünste zu erproben. Auch dabei ernteten die Knappen manch bewundernden Blick von Bauerntöchtern und Mägden. Sie hätten keine Mühe gehabt, mit einer der jungen Schönheiten anzubandeln, wurden jedoch im Rahmen ihrer Ausbildung vom Burgherrn sehr kurz gehalten.

Der ruhige und zurückhaltende, siebzehnjährige Hagen hatte sich in eine Zofe der Burgherrin verliebt. Dieses gleichaltrige Mädchen warf ihm schmachtende und verheißungsvolle Blicke zu. Der Knappe war jedoch sehr schüchtern, und außer einigen bei der zufälligen Begegnung gewechselten Worten war es noch nicht zu einem Treffen gekommen. Denn auch die Burgherrin achtete auf Zucht und Ordnung auf der Burg.

Die Jagd

Es war Jagdsaison und den mit Spannung erwarteten, jährlich wiederkehrenden Höhepunkt dieses Zeitraumes stellte eine groß angelegte Treibjagd dar. Der Ritter Freiherr Gustav von Hohenfelsen hatte befreundete Ritter aus Nachbarburgen eingeladen, um mit ihnen gemeinsam die Großjagd durchzuführen. Im Speisesaal der Burg hatte sich deshalb eine illustre Gesellschaft zusammengefunden, die am folgenden Tag ihr Jagdglück erproben wollte. Es sollte ein fröhliches, gesellschaftliches Ereignis werden und erhitzte bereits heute die Gemüter der geladenen Gäste. Ein Umtrunk sorgte für fröhliche Stimmung und je später der Abend, um so lauter ging es an der Tafel zu. Da keiner der Gäste mehr nüchtern war, wurde großsprecherisch mit Jagderlebnissen vergangener Jagden geprahlt, bei denen Bären, Wildschweine und Hirsche zu doppelter Größe anwuchsen. Eine Bärenjagd wurde so gefährlich geschildert, dass den Anwesenden trotz des reichlich genossenen Alkohols ein Schauer über den Rücken lief. Die Glaubwürdigkeit des Erzählers unterstrich eine verheilte Verletzung im Gesicht, wo ein Bär angeblich mit einem Prankenhieb einen Teil der Wange herausgerissen hatte.

Der Burgherr hatte in seinem Burgpersonal einen Jagdmeister aufgenommen. Dieser war verantwortlich für den Tierbestand der Umgebung der Ritterburg und deshalb viel im Wald unterwegs. Er versuchte zu verhindern, dass Wilderer Fallen stellten oder mit Pfeil und Bogen Kleintiere abschossen. Außerdem kontrollierte er Wildwechsel und Standorte von reichlich vorhandenen Rehen, Hirschen und Wildschweinen. Manchmal, wenn der Burgherr Appetit auf einen frischen Wildbraten hatte und nicht selbst zur Jagd aufbrechen konnte, durfte der Jagdmeister ein Stück schießen. Wölfe und Füchse fielen nicht unter das strenge Schießverbot des Burgherrn, da diese auch nach dessen Meinung mehr Schaden als

Nutzen brachten und oftmals das von ihm bevorzugte Hochwild wegfraßen. Hirsche und Rehe waren das Edelwild, bei dem er sich von niemand ins Weidwerk pfuschen lassen wollte.

Das Hochwild hielt sich hauptsächlich im Hochwald auf, der sich an das dschungelartige Gelände anschloss. Der Dschungel, der vorwiegend aus engstehenden Laubbäumen und zum Teil dornenartigem Gestrüpp bestand, war fast undurchdringlich. Einige Wildwechsel durchquerten diesen Urwald, aber auch hier machten Büsche den Durchgang für Pferd und Reiter unpassierbar. So fanden Jagden des Burgherrn und eventueller Gäste hauptsächlich im Hochwald statt, wo auch Pferde und Reiter genügend Platz zum Durchkommen hatten.

Im Anschluss an den Hochwald befand sich ein großer See, der wie schon die kleinen Teiche und Flüsse vom Fischreichtum strotzte. Wildenten, Gänse und anderes Wassergeflügel bevölkerte das Naturparadies. Im Herbst werden Enten und Gänse durch die Hunde in ihren Nestern aufgestöbert und zum Auffliegen veranlasst. Jäger töten das auffliegende Geflügel mit Pfeil und Bogen, speziell abgerichtete Hunde sammeln es dann auf dem See ein und apportieren die Jagdtrophäen ihren Herren.

Auch Fische wurden in Massen gefangen und durch Räuchern haltbar gemacht. Zu Ende des Herbstes waren die Speicher der Burg mit Fleisch und Fisch zum Bersten gefüllt, und beim Öffnen einer Tür verbreitete sich der ausgesandte Duft verführerisch über den Burghof. Burgherr und Personal waren für den bevorstehenden Winter gerüstet. Schweine, Rinder, Ziegen, Geflügel der Bauern wurden je nach Bedarf dazu geschlachtet.

Der Jägermeister war außerdem ein gut ausgebildeter Soldat, konnte mit Waffen und auch den auf der Burg stationierten zwei Geschützen gut umgehen und musste deshalb in Kriegszeiten, wenn der Burgherr mit seinen Rittern und Soldaten unterwegs war, die Burg verteidigen. Seine Zuverlässigkeit und seine Kampfkraft waren Eigenschaften, die der Burgherr sehr schätzte.

Auch als guter Gesellschafter stand er seinen Mann und erzählte zum Teil mit Jägerlatein gespickte Jagdgeschichten. Natürlich nahm er auf Einladung des Burgherrn auch an diesem Vorabend der Jagd teil und gab seine Geschichten zum Besten.

Von einer Bärenjagd aus seinem Jägerleben berichtete er immer wieder gern:„Es war Herbst geworden", so begann er seine Geschichte. „Auf den Feldern, brachten die Bauern die Ernte ein. Im Wald wuchsen Pilze, so groß wie Kohlköpfe. Auf einer kleinen Waldwiese tummelte sich eine kleine Hirschherde, deren Chef, ein riesiger Vierzehnender, nicht zur Ruhe kam. Ständig musste er sich der jüngeren Hirschbullen erwehren, die ihm seine Herde wohlgenährter Hirschdamen abspenstig machen wollten. Mit vor Wut roten Augen und einem tiefen Röhren stürzte er sich auf seine Gegner und schlug sie in die Flucht. Danach stand er wieder bei seiner Herde, stampfte mit den Vorderhufen und forkelte mit seinem Riesengeweih einen unschuldigen jungen Baum in Grund und Boden.

In der Nähe trottete ein missmutiger, alter Braunbär durch den Wald. Offensichtlich hatte er Hunger, und sein Winterspeck war noch nicht auf die für die frostige Zeit notwendige Dicke angewachsen. Er stillte heute seinen ersten Hunger mit Waldpilzen, wobei er wahrscheinlich auch giftige Pilze im Magen hatte, die ihn besoffen machten. Laut brüllend torkelte er durch den Wald und schlug mit seinen gewaltigen Pranken auf Bäume und Gebüsch ein, die ihm im Wege standen.

Ein kleines Eichhörnchen lachte ihn in sicherer Höhe meckernd aus. Der Bär starrte wütend auf den kleinen Fratz und versuchte auf den Baum zu klettern, um diesem eine Lehre zu erteilen. Keckernd stob das kleine Eichhörnchen davon. Es kletterte auf dem Baum weiter nach oben und sprang dann auf eine nebenstehende Tanne. Von seinem sicheren Platz aus beobachtete das Eichhörnchen das weitere Treiben des betrunkenen Bären. Dieser versuchte auf den Baum zu klettern, fiel aber nach zwei Metern Kletterleistung auf seinen fettgepolsterten Hintern zurück. Das Eichhörnchen lachte den Bären ob seiner Versuche, wieder auf die Beine zu kommen, meckernd aus. Inzwischen müde geworden, blieb er liegen, wo er war, und hielt erst einmal eine Siesta. Sein Schnarchen tönte durch den ganzen Wald. Ob dieser Töne sprang das Eichhörnchen in den Bäumen davon und widmete sich wieder seiner durch den Bären unterbrochenen Aufgabe des Anlegens von Reserven für den Winter. Nüsse, Buchecker, Samen von Tannenzapfen brachte es in unterirdische kleine Höhlen, die es dann mit Ästen und Erde verschloss, um andere Räuber davon abzuhalten, ihm seinen Vorrat wegzufressen.

Auch die kleine Hirschherde zog, aufgeschreckt durch den Bären, weiter, um diesem nicht die Möglichkeit zu geben, nach dem Aufwachen seine schlechte Laune an ihnen auszutoben.

In seinem betrunkenen Zustand fand ich den Bären noch schlafend an der Wurzel des Baumes, wo er auf seinen dicken Hintern geplumpst war", berichtete der Jagdmeister des Burgherrn weiter. „Ich wollte mir einen Jux machen und kitzelte den Herrn des Waldes mit einem Tannenzweig an der Nase. Meister Petz versuchte die angebliche Fliege mit einer Pranke davonzujagen. Als das nicht gelang, richtete er sich mit einem furchtbaren Gebrüll zu seiner vollen Größe auf und schlug mit den Tatzen um sich. Es war ein riesiges Tier mit wahrscheinlich mehr als vier Metern Höhe. Wie ein Turm ragte er vor mir auf, und seine roten Augen suchten nach der Fliege, die ihn in seiner Siesta gestört hatte.

Dann entdeckte er mich. Vor Schreck hatte ich mich auf den Hosenboden gesetzt und sowohl mein Jagdmesser, als auch meinen Spieß und Pfeil und Bogen verloren. Mein Pferd stand zwanzig Meter abseits, angebunden an einen Baum. Es hatte den Bären offensichtlich noch nicht wahrgenommen, denn es stand ruhig, ohne Angstgewieher da, wo ich es angebunden hatte.

Ich saß auf meinem Hosenboden und harrte der Dinge, die nun kommen sollten. Vor Schreck hatte ich in meine Jägerhosen uriniert und schwitzte unter meiner Kleidung fürchterlich. Der Bär kam nun

näher, schnupperte an meiner durchnässten Hose und meiner Jägerkleidung. Mein Geruch gefiel ihm offensichtlich gar nicht, denn er rümpfte mehrfach die Nase.
Dann stellte er sich auf und urinierte auf mich. Es dauerte sehr lange, ehe der Riesenschwall aus seiner Blase endete. Ich stank fürchterlich und war von oben bis unten nass. Der Bär hatte nun offensichtlich genug von dem stinkenden Etwas vor seiner empfindlichen Nase und trollte sich mit einem kräftigen Rülpser, hervorgerufen durch die giftigen Pilze, davon."
Der Jagdmeister hatte mit seiner Erzählung ein stürmisches Gelächter hervorgerufen und die angesäuselten Gäste konnten sich lange nicht beruhigen.
Plötzlich ertönte ein Schrei und anschließendes Wimmern. Damit wurde der Hausherr daran erinnert, dass seine Gattin in den Wehen lag und das erwartete Kind nun bald auf die Welt kommen musste. Die ersten Gäste drohten wegen des reichlichen Alkoholgenusses unter den Tisch zu rutschen, und so wurde eingedenk der früh beginnenden Jagd der Umtrunk beendet. Unter lautem Gejohle und mit den besten Wünschen für die in den Wehen liegende junge Burgherrin zogen sich die Gäste in ihre Unterkunft zurück.
Im Kinderbettzimmer lag mit schweißbedeckter Stirn die junge Burgherrin. Um sie herum standen ihre Zofe und zwei Mägde und gaben gute Ratschläge. Als es der Hebamme zu laut wurde, schickte sie diese hinaus, mit dem Hinweis, sich für spätere Hilfeleistungen bereitzuhalten. Die Hebamme, eine aus dem nächsten Dorf herbeigerufene ältere Frau, begann nun ihr bereits vielfach durchgeführtes Zeremoniell.
Der Burgherr, der seiner Hausherrenpflichten durch die Auflösung der Trinkgemeinschaft ledig war, stürmte nun zwei Etagen höher, um seine Gattin zu sehen und ihr bei der Geburt beizustehen. Er versuchte mit hochrotem Gesicht in das Geburtszimmer einzudringen, wurde jedoch durch die Hebamme mit beruhigenden Worten abgewiesen. Männer hatten hier keinen Zutritt, Geburt war allein

Frauensache. Er lief jedoch nervös und aufgeregt wegen der gequälten Schreie seiner jungen Frau vor dem Geburtszimmer hin und her, bis seine alte Mutter sich zu ihm gesellte und ihn darüber aufklärte, dass jede Geburt mit mehr oder weniger großen Schmerzen verbunden sei. Beruhigen konnte ihn das aber nicht. Er holte sich einen Stuhl und ließ sich neben der Tür nieder. Schließlich überwältigte ihn der Schlaf, aus dem ihn ein lauter Schrei und die anschließende Stille weckten. Er wollte wieder in das Geburtszimmer eindringen, aber da kam ihm bereits die Hebamme mit einem kleinen Bündel entgegen und erklärte die Geburt eines jungen Ritters. Mutter und Sohn seien wohlauf erklärte sie, und er durfte einen kurzen Blick auf seine Frau werfen, die mit einem glücklichen Lächeln ihren inzwischen gebadeten Sohn in die Arme nahm. Danach wurde der Hausherr wieder hinauskomplimentiert.

Es war mittlerweile drei Uhr geworden, aber ohne Rücksicht auf diese frühe Stunde rannte der Hausherr in den Gästeflügel, weckte seine Gäste und verkündete mit stolzgeschwellter Brust, dass das große Ereignis der Geburt seines Sohnes, des Stammhalters der jungen Ritterfamilie eingetreten war. Sofort waren die Gäste zu einem „Pullerumtrunk" bereit, der nach deren Meinung notwendig war, um den Stammhalter das Pullern zu erleichtern. Hätte nicht die Jagd bevorgestanden, hätte die Feier sicher bis in die Mittagsstunden gedauert. Aber der Burgherr mahnte nun zum Aufbruch ins Jagdgebiet. Die Knappen hatten bereits die Pferde aus den Ställen geholt und sie jagdfertig gesattelt. Die Hundemeute lief aufgeregt zwischen den Beinen der Pferde hin und her. Auf ein Kommando des Hausherrn wurde das große Burgtor geöffnet, die Zugbrücke heruntergelassen und die Kavalkade unter Führung des Burgherrn stürmte davon. Danach trat auf dem Burghof die von der Burgherrin lang ersehnte Ruhe ein. Lediglich der Koch, der mit seinem Personal den großen Kessel und weitere Küchenutensilien auf einen Pferdewagen verlud, lärmte noch im Burghof mit geringer Lautstärke. Danach war auch er verschwunden, um im Wald eine Picknickstrecke aufzubauen und den hungrigen Jägern ein opulentes Mittagsmahl zuzubereiten.

Die Jagdgesellschaft war inzwischen im Wald verschwunden. Allen voran stürmte die Hundemeute, die eine Rotte Wildschweine aufgespürt hatte. Nach circa einer Stunde Hetzjagd über Stock und Stein hatten die Hunde die Wildschweine eingekreist. Ein großer Keiler, dem ein Hund zu nahe kam, hatte diesem mit seinen gefährlichen Hauern den Bauch aufgeschlitzt und trampelte auf dem inzwischen blutigen Kadaver mit vor Wut roten Augen herum. Die Sauen hielten sich ängstlich zurück. Nur wenn einige Hunde zu nahe kamen, zeigten auch sie ihre Kampfbereitschaft und gingen in Abwehrstellung. Inzwischen war die Jagdgesellschaft herangekommen und richtete nach dem Zurückpfeifen der Hunde mit Pfeil und Bogen ein Blutbad an. Insgesamt neun Schweine der Rotte wurden erlegt. Einige hatten Glück und entkamen dem Gemetzel. Den großen Keiler hatte sich der Burgherr vorgenommen. Er war zunächst nur durch zwei Pfeile verwundet worden und stürmte mit vor Wut roten Augen auf das Pferd des Ritters zu. Dieser hielt einen Spieß bereit, den er nach einer ausweichenden Finte des Pferdes dem Keiler mit aller Wucht in die Seite stieß. Der Keiler, der mitten in seinem Sturmlauf durch den Spieß getroffen wurde, lief noch zwei bis drei Meter weiter und brach dann zitternd zusammen. In letzter Sekunde hatte es der Ritter geschafft, sein Pferd vor dem anstürmenden Keiler zur Seite zu reißen, und es stand nun mit zitternden Flanken und vor Schreck geweiteten, dampfenden Nüstern in der Kampfarena. Ein Hochruf und das Halali des Hornbläsers beendete diese Jagdszene. Einige Knappen brachten zwei der erlegten Wildschweine zum Koch, der sie ausweidete und den Kessel mit Wasser, den Innereien und deftigen Gewürzen füllte. Das Wasser im Kessel hatte bereits gekocht, und es verbreitete sich nun von der blubbernden Brühe ein würziger Duft, der den Anwesenden das Wasser im Mund zusammenlaufen ließ. Die zwei ausgeweideten Wildschweine wurden auf Spieße gesteckt und vom Koch und seinen Gehilfen am offenen Feuer zu einem verführerisch duftenden, braungebrannten Leckerbissen geröstet.

Die Jagdgesellschaft folgte inzwischen einer neuen Spur. Gewaltige Bärentatzen hatten tiefe Eindrücke in dem weichen Waldboden hinterlassen. Daneben waren kleinere Bärentatzenabdrücke zu sehen, die jedoch nicht so ausgeprägt waren, dass sie der Jagdgesellschaft auffielen. Es lief offensichtlich eine Bärenmutter mit ihrem Jungen vor der Jagdgesellschaft her, die versuchte, ihr Kleines vor der Hundemeute zu retten. Die Hunde hatten die Spur aufgenommen und waren nur noch in weiter Ferne zu hören. Der kleine Bär war offensichtlich zu erschöpft, um weiterzulaufen. Nachdem die Bärin ihr Kleines auf einen Baum geschickt hatte, wo es sich im Grün des Wipfels an den Baum geschmiegt versteckte, stellte sie sich der Hundemeute und verteidigte sich nach allen Regel der Bärenkunst. Sie hatte mit der Verzweiflung einer Mutter bereits zwei Hunden mit den Pranken den Bauch aufgeschlitzt und hielt damit die anderen Hunde der Meute auf Abstand. Als die Jagdgesellschaft den Platz erreichte, an dem die Hunde die Bärin eingekreist hatten, richtete sie sich zur vollen Größe auf. Es war ein gewaltiges Tier von mindesten drei Metern Höhe, das sich dem Kampf stellte. Neben den bereits getöteten Hunden waren weitere verwundete Tiere zu sehen, die durch die scharfen Krallen der Bärin getroffen worden waren. Fünf Pfeile der Jagdgesellschaft bohrten sich nun in den aufgerichteten Bärenkörper, schwer verwundet zog sie sich in ein nahegelegenes Dickicht zurück und wartete auf ihren Tod, der durch eine große Blutlache angekündigt wurde. Nach kurzer Zeit erlag sie ihren tiefen Pfeilwunden. Sie wurde aus dem Dickicht gezogen und auf einen notdürftig gezimmerten Schlitten gebunden. Zwei Pferde zogen das provisorische Gefährt zu einem leichter zugänglichen Platz, von wo aus ein Pferdewagen den Abtransport übernahm. Der kleine Bär wurde nicht entdeckt, und als unter seinen Baum wieder Ruhe eingekehrt war, maunzte er nach seiner Mutter. Vorsichtig stieg er vom Baum und suchte das umliegende Gelände ab.

Die vielen fremden Gerüche und das viele Blut machten ihn jedoch ängstlich, und er zog sich wieder auf sein Baumversteck zurück, wo er auch die Nacht verbrachte.

Die Jagdgesellschaft fand sich allmählich auf dem Rastplatz ein, wo der Koch mit seinem Personal sein Werk verrichtete. Hier waren die Wildschweine und der Bär zu einer Strecke zusammengelegt und hatten gemäß der Jägertradition einen grünen Tannenzweig im Maul. Die Jagdbläser stimmten das Halali „die Sau ist tot" an. Nachdem die Strecke ausgiebig bewundert worden war, setzten sich alle ans Lagerfeuer und genossen die vom Koch zubereiteten Leckerbissen. Aufgeregt diskutierte die Jagdgesellschaft nochmals die Ergebnisse der Jagd. Besonders drehten sich die Gespräche um den Kampf der Bärin und um den kräftigen Keiler. Es wurde dabei ein ausgiebiger Umtrunk abgehalten und wegen des versäumten Nachtschlafes und der Wirkung des Alkohols fielen die meisten Gäste ins weiche Moos und fingen an zu schnarchen.

Auch die Hunde legten sich zu einem Nickerchen ins weiche Gras. Sie waren vorher ausgiebig gefüttert worden und hatten sich mit lautem Geknurre um das Gekröse gestritten, das der Koch ihnen auf einem Fressplatz ausgelegt hatte. Auch die Knochen, die der Koch und die Jagdgäste ihnen zuwarfen, wurden gierig zerbissen. Mit dicken Bäuchen streckten sie nun alle Viere von sich und genossen die eintretende Ruhe, nachdem sie im naheliegenden Tümpel ihren Durst gestillt hatten.

Die vier Knappen der Burg waren nicht bereit, das Jagdabenteuer so enden zu lassen. Zusammen mit zwei weiteren Knappen, die als Gäste von einer anderen Burg gekommen waren, schwangen sie sich auf ihre Pferde und jagten mit einem Teil der Hunde in den Wald hinein. Es dauerte nicht lange, da hatten diese eine Spur aufgenommen. Die hier heimischen Tiere waren auf Grund des ungewohnten Lärms der Jagdgesellschaft verschreckt und hatten sich in alle Himmelsrichtungen verzogen. Die Spur, die die Hunde nun aufgestöbert hatten, gehörte zu einem Riesenhirsch, den die Hundemeute aus seinem Lager aufgescheucht hatte und der nun in großen Sprüngen das Weite suchte. Die Jagdgesellschaft wusste noch nicht, welches Wild sie jagte. Erst, als sie an einer freien Fläche ankam, sah sie den Hirsch mit seinem Riesengeweih stehen. Die Hunde hatten ihn eingekreist, und er wehrte sich mit dem Geweih gegen die angreifenden Hunde. Einen Hund hatte der Hirsch bereits getötet, indem er ihn mit seinem Geweih aufgegabelt und hoch in die Luft geschleudert hatte. Er lag nun mit gebrochenem Rückgrat und aufgeschlitztem Bauch auf dem Boden. Der Hirsch hatte sich dadurch bei den Hunden Respekt verschafft, und sie standen in respektvollem Abstand um ihn herum und bellten ihn an. Eingedenk der Tatsache, dass dieses Edelwild nur durch den Burgherrn selbst geschossen werden durfte, hielten die Knappen kurz an, berieten sich und pfiffen die Hundemeute zurück. Der Hirsch war noch einmal mit dem Schrecken davon gekommen und suchte das Weite. Die Hundemeute zog sich zusammen mit den Knappen in Richtung Rastplatz zurück. Unterwegs schossen die Knappen noch zwei Füchse, die sich nicht rechtzeitig in ihren Bau zurückgezogen hatten.

Auf dem Rastplatz wurde inzwischen nach einem ausgiebigen Mittagsschlaf der Umtrunk fortgesetzt. Das große Lagerfeuer, um das die Jagdgesellschaft sich gruppiert hatte, beleuchtete den sich allmählich verdunkelnden Himmel. Die ersten Sterne zeigten sich und der Mond löste die Sonne ab. Ein herrlicher Tag neigt sich dem Ende entgegen. Nach einem ausgiebigen Abendessen mahnte dann der Burgherr, sich auf den Heimweg zu machen. Alles wurde zusammengepackt und auf die Pferde geladen. Der Koch mit seinem Personal kümmerte sich um die Küchenutensilien und löschte die Koch-, Brat- und Lagerfeuer. Nachdem alles verpackt war, trat die Gesellschaft den Heimweg an. Im Wald trat wieder Ruhe ein, und die Tiere konnten in ihre angestammten Höhlen und Schlafplätze zurückkehren. Sie hofften, dass ein solcher Lärm nicht so bald wieder ihre Ruhe störte.

Am nächsten Tag ließ man zum Frühstück den kleinen Stammhalter, den Burgherrn und die Burgherrin noch einmal hochleben und machte sich dann auf den Heimweg.

Das Dorf

Am nördlichen Ende der begehbaren Schlucht führte der Schluchtweg durch ein kleines Dorf, das am Fuße der Burg im Laufe der Jahrhunderte entstanden war. Anfangs lebten hier die zur Burg gehörenden Leibeigenen, inzwischen dienten freie Bauern dem Burgherrn auf seinen Ländereien, und Handwerker erhielten das Wohn- und Arbeitsrecht.
Von den Handwerkern war es besonders der Schmied, der für die Ritterschaft unentbehrlich war. Dieser hatte sich in der Mitte des Dorfes niedergelassen, und den ganzen Tag ertönten aus der Schmiedewerkstatt der Klang des Hammers, wenn dieser in den Händen des Schmiedes auf den Ambos niedersauste. Funken stoben aus der Feuerstelle, wo mit dem Blasebalg ein Lehrling das Feuer am Leben erhielt. Der alte Schmied und sein Sohn hämmerten im Rhythmus drauflos, um Schwerter und Rüstung instand zu halten, Pferde zu beschlagen, aber auch landwirtschaftliche Geräte herzustellen bzw. sie auszubessern. Der alte Schmied hatte die Werkstatt von seinem inzwischen verstorbenen Vater übernommen, und der Sohn war auf dem besten Wege, die Familientradition fortzusetzen.
Gegenüber der Schmiede hatte eine Herberge vom Ritter die Schanklizenz erhalten, und sowohl Durchreisende, als auch Einheimische nutzten die Gelegenheit, sich auszuruhen und einen kleinen Umtrunk zu veranstalten. Eine blutjunge, hübsche Kellnerin bediente die Gäste und sorgte außerdem durch ihr adrettes Äußere dafür, dass immer Betrieb in der Gaststätte herrschte. Sie war auch der Grund dafür, dass der junge Schmied von gegenüber des Öfteren die Kneipe aufsuchte. Er war bis über beide Ohren in die Wirtstochter verliebt und wachte eifersüchtig darüber, dass keiner der Gäste ihr zu nahe kam. Er las ihr jeden Wunsch von den Augen ab und half auch bei vielen wirtshaustypischen Arbeiten. Dem

Gastwirt selbst war diese Liebelei des Schmiedesohnes mit seiner Tochter nicht recht, da zum Einen ein alter Familienstreit mit dem alten Schmiedemeister die nachbarlichen Beziehungen trübte, zum Anderen er sich einen Schwiegersohn wünschte, der gemeinsam mit seiner Tochter die Herberge bewirtschafte und etwas Geld ins Haus brachte. Die Wirtin war bei der Geburt der Tochter gestorben, und der Wirt lebte seitdem allein. Eine alte Amme, die die Erziehung der Wirtstochter von klein auf übernommen hatte, sorgte mit guten Kochergebnissen für das leibliche Wohl der Gäste. Der Wirt war alt und wollte sich zur Ruhe setzen. Außerdem musste das Wirtshaus von Grund auf renoviert werden, wozu das Geld fehlte. Diese Sorgen führten dazu, dass er eine Verbindung zwischen Paula und Franz, so hießen die beiden Liebenden, ablehnte. Diese ließen sich jedoch von der ablehnenden Haltung des griesgrämigen Wirts nicht beeindrucken. Die junge Liebe setzte sich über alle Hindernisse hinweg.

Die hübsche Wirtstochter war auch der Grund, weshalb ab und zu die vier jungen Knappen von der Ritterburg, Adelbert, Kunibert, Friedbert und Hagen, den Schankraum der Herberge aufsuchten. Sie wollten einen kleinen Umtrunk abhalten und mit der Wirtstochter flirten. Besonders Friedbert hatte es auf Paula abgesehen und nutzte jede Gelegenheit, mit ihr anzubandeln. Als er jedoch der Wirtstochter zu nahe kam, entstand ein heftiger Streit mit dem jungen Schmied, der in eine Prügelei ausartete. Der Schmied war kräftig und hatte den ebenfalls kräftigen Knappen zu Boden geschlagen. Als dieser sein Schwert ziehen wollte, hielten ihn die anderen Knappen von einem weiteren Kampf ab. Der Schmiedemeister stand in besonderer Gunst des Burgherrn, da er ihm bei einer Kriegshandlung das Leben gerettet hatte. Die Knappen befürchteten eine Auseinandersetzung mit ihrem Herrn. Die Streitigkeiten wurden beendet und Friedbert musste mit einem blauen Auge, das zusehends weiter anschwoll, abziehen. Die Beendigung der Streitigkeiten war für die beiden Kampfhähne nur ein vorübergehender Waffenstillstand, denn man sah ihnen an, dass sie irgendwann an anderer Stelle ihren Zwist austragen würden. Bei diesem Kampf würden wahrscheinlich Schwerter benutzt werden. Das war der Grund, weshalb der junge Schmied seinen Vater bat, ihn im Schwertkampf zu unterrichten. In vielen Kämpfen hatte der alte Schmiedemeister an der Seite des Burgherrn gefochten und Kampferfahrungen gesammelt. Er kannte aus eigener Erfahrung den Drang der Jugend nach Umgang mit Waffen, und so sagte er zu, seinem Sohn das Schwertfechten beizubringen. Dieser schmiedete sich ein Schwert aus dem Rüstzeug eines alten Ritters, der inzwischen verstorben war und seine Waffen dem Schmied hinterlassen hatte. So hörte man nun oftmals im Hinterhof der Schmiede das Klirren von Schwertern, wenn der Vater mit dem Sohn trainierte. Der Ehrgeiz des Sohnes brachte den alten Schmiedemeister oftmals außer Atem, so dass ein neuer Lehrmeister gewonnen werden musste, der heimlich mit dem Sohn die Klinge schwang. Im Dorf wohnte ein alter Kämpfer, der seine Tätigkeit auf der Burg beendet hatte, da er in vielen Kämpfen mehrere Verwundungen davon getragen hatte, die ihm nicht mehr erlaubten, mit dem Burgherrn in den Krieg zu ziehen. Auf eigenen Wunsch zog er sich in das Dorf zurück, wo er bei einer Witwe unterkam und seinen Ruhestand genoss. Er war ansonsten noch rüstig und nahm gern die Aufforderung des Schmiedemeisters an, seinem Sohn das Waffenhandwerk beizubringen. Mit dem Schmiedemeister verband ihn ein freundschaftliches Verhältnis, da sie Seite an Seite in manchen Kriegen gekämpft hatten. So freute er sich, dem alten Waffengefährten einen Gefallen zu tun und trainierte heimlich mit dessen Sohn. Sehr schnell übertraf der junge Schmied seinen Lehrmeister in der Schwerthandhabung und war damit ausreichend auf einen eventuellen Schwertkampf vorbereitet.

Im Dorf besaß außerdem ein alter Zimmermann eine Werkstatt, wo er mit seinen zwei Söhnen und einem Gesellen Holzarbeiten durchführte. Seine zwei Töchter halfen der alten Mutter in der Küche bzw. bearbeiteten einen kleinen Garten, indem sie Gemüse anbauten. Arbeit für den Zimmermann gab es immer. Entweder war er auf der Burg mit Ausbesserungen beschäftigt, oder er erledigte Holzarbeiten für die Dörfer und Bauernhöfe. Ab und zu war es notwendig geworden, ein neues Wohnhaus zu errichten, denn der Burgherr förderte den Zuzug von Arbeitern, die in einer kürzlich errichteten Weberei und einer Färberei gebraucht wurden. Der Burgherr verdiente mit diesen Fabriken gutes Geld, um seine erheblichen Ausgaben zu finanzieren. In den Haushalten waren viele Frauen damit beschäftigt, die Schafwolle zu Grundmaterial für die Weberei zu verspinnen.

Um das Dorf herum gruppierte sich eine größere Anzahl von Bauernhöfen, die im Rahmen des Frondienstes für den Burgherrn tätig waren und die umliegenden Landflächen bearbeiteten. Rinder- und Schafzucht versorgten die Ritterburg mit Fleisch, Milch und Wolle. Ein Teil des angebauten Getreides durften die Bauern behalten, und so duftete es aus alten Steinöfen nach frischem Brot, wenn am Backtag die Bauersfrauen den groben Brotteig in runden Laibern geformt auf die heiße Asche legten. Das Leben im Dorf war von kraftzehrender, körperlicher Tätigkeit geprägt. Von morgens bis abends schufteten die Dorfbewohner und verrichteten schwere körperliche Arbeit. Trotzdem fand die Jungend des Dorfes an manchen Abenden Zeit, sich zu treffen, zu singen, zu tanzen und miteinander zu flirten.

Ganz am Dorfrand lebte eine alte Kräuterfrau, die aus Kräutern medizinische Produkte herstellte, welche von den Dorfbewohnern, aber auch auf der Ritterburg sehr geschätzt wurden. Gleichzeitig fungierte sie als Hebamme und half im Dorf und auf der Burg, den Nachwuchs auf die Welt zu bringen. Auch dem Stammhalter des Ritters und der Burgherrin hatte sie auf die Welt geholfen. Das Häuschen, indem sie lebte, war bereits von hohem Alter gekennzeichnet. Der Zimmerer des Dorfes musste öfters Hand anlegen, um das durch Wind und Wetter immer wieder in Mitleidenschaft gezogene Häuschen instandzusetzen. Dem Zimmerer hatte die alte

Kräuterfrau gesunde vier Kinder auf die Welt gebracht, und aus Dankbarkeit half er ihr, ihre Probleme zu lösen. Die Kräuterfrau war bei den Kindern als Hexe verschrien, da eine unschöne Warze ihre Nase verunzierte und die Eltern ihren unartigen Kindern Schauermärchen erzählten, um deren Gehorsam zu erzwingen. Wenn deshalb die Kräuterfrau durch das Dorf ging, stoben die Kinder laut schreiend in alle Richtungen auseinander und versteckten sich hinter Zäunen und Häusern.

Bei den meisten Erwachsenen war sie jedoch sehr beliebt, da sie uneigennützig und unentgeltlich bei Krankheiten, sowohl der Kinder, als auch der Erwachsenen, half. Sie hieß eigentlich Marie, aber für die Dorfbewohner war sie ihr „Riechen". Sie war klein von Gestalt und altersgemäß zeigten sich auf ihrem Gesicht viele Runzeln. Sie huschte unauffällig in die Häuser ihrer Patienten und tat alles in ihrer Macht stehende, um sie zu heilen.

Die Kräuterfrau war die einzige Dorfbewohnerin, die sich trotz der immer wieder auftretenden Gerüchte über die Existenz von Geistern, Zwergen und Trollen in den düsteren Urwald traute. Sie sammelte dort ihre begehrten Kräuter und brachte auch jahreszeitlich gereifte Früchte, wie z. B. Blaubeeren, Preiselbeeren, Himbeeren und Brombeeren, mit ins Dorf, die im Wald reichlich wuchsen. Auch Pilze waren ein herrliches Zubrot, das sie aus dem Wald mitbrachte. Die Bewohner des Dorfes nahmen gern die frischen Waldfrüchte entgegen und bezahlten in Naturalien, beispielsweise mit einem Suppenhuhn, einer Ente oder Gans bzw. durch Gegenleistungen, wie z. B. der Zimmerer des Dorfes. Auch der Koch der Burg schickte ab und zu Küchenpersonal, um für seinen Herrn die süßen Früchte gegen geringes Entgelt zu erwerben.

„Riechen" verstand sich auch gut mit Tieren. Eines Tages brachte ein alter Bauer ein fast verendetes, neugeborenes Zicklein als „Bezahlung" für erbrachte Leistungen der Kräuterfrau. Gedacht war dieses Zicklein für die Suppe, aber sie pflegte das kleine Wesen wieder gesund, und dieses gab nun, dreijährig geworden, sahnige Milch, woraus die Kräuterfrau für den eigenen Bedarf Ziegenbutter und Ziegenkäse produzierte. Der Zimmermann hatte einen kleinen Stall errichtet, wo die Ziege nachts untergebracht war. Tagsüber trabte sie durch den kleinen Garten und, sobald die Kräuterfrau erschien, wich sie nicht von deren Seite. Ein kleiner Teil des kleinen Gartens war abgetrennt worden, um einige ausgewählte und seltene Kräuter für die Heilung und das Würzen der Speisen anzubauen. Die Ziege stand oftmals am Zaun und schnupperte nach den saftigen Gräsern, hatte aber zu diesem Teil des Gartens keinen Zugang. Und noch ein Gast hatte bei der Kräuterfrau Unterschlupf gefunden: Als sie eines Tages im Wald nach Pilzen suchte, fand sie einen kleinen Wolfswelpen kläglich heulend im Gebüsch. Er war der einzige Überlebende eines Wurfs von insgesamt drei Wolfsjungen. Die Wolfsmutter und zwei Welpen waren tot gebissen worden, und nur der kleine Welpe war noch übrig. Er nuckelte am inzwischen erkalteten Körper seiner Mutter, hatte aber offensichtlich keinen Erfolg mehr. Die Kräuterfrau nahm den halbverhungerten Welpen mit nach Hause und zog ihn groß. Nun hatte er ein Alter von vier Jahren erreicht und war zu einem kräftigen Wolf herangewachsen. „Riechen" nahm ihn mit in den Wald, wo er ihren Schutz übernahm. Eine alte Bärin kam regelmäßig zu den Stellen im Wald, wo die Kräuterfrau sich aufhielt und fraß gemütlich in deren Nachbarschaft. Als der Wolf das erste Mal mit in den Wald durfte, ging dieser auf die Bärin los, in der Annahme die Kräuterfrau vor ihr schützen zu müssen. Er wurde jedoch zurückgepfiffen, und die Bärin zog beleidigt vor sich hin brummelnd davon.

Zu Hause bewohnte der Wolf eine Hundehütte neben dem Ziegenstall, von wo aus er das Anwesen und seine Bewohner beschützte. Auch mit der Ziege hatte er sich nach anfänglichen Schwierigkeiten angefreundet. Ins Dorf durfte der Wolf die Kräuterfrau nicht begleiten, da die Dorfbewohner Angst vor diesem kräftigen Tier hatten. Schon mehrfach wollte man ihm mit Pfeil und Bogen zu Leibe rücken, aber „Riechen" konnte das immer wieder verhindern.

Die Hilfe der Kräuterfrau wurde sehr oft benötigt. Immer wieder rief man sie an das Krankenlager eines Kindes oder eines Erwachsenen und zog sie bei deren Behandlung zu Rate. Mit ihren Tees und ihren aus Pflanzen und Tieren gewonnen Extrakten konnte sie manchen Burg- und Dorfbewohner vom Fieber, von Magen- und Darmbeschwerden oder von anderen Unpässlichkeiten befreien. Bei vielen schweren Krankheiten konnte jedoch auch sie nicht helfen.

So vermochte sie auch die junge Burgherrin nicht zu heilen. Diese war nach der Geburt ihres Sohnes nicht wieder richtig auf die Beine gekommen, kränkelte und hielt sich meist im Bett auf. Sie hatte großes Heimweh nach den weit im Norden gelegenen Wäldern und Seen und ihren dort lebenden Verwandten. Seit mehr als drei Jahren war sie nicht mehr in ihrer Heimat gewesen. Ihr Mann hatte versprochen, nach ihrer Gesundung für längere Zeit dorthin zu reisen. Ihr gegenwärtiger Gesundheitszustand erlaubte eine solche Reise nicht, und so dämmerte sie in ihrem Zimmer vor sich hin. Lichtblicke ergaben sich, wenn ihr kleiner Sohn zu ihr gebracht wurde. Dann drückte und herzte sie ihn und war stolz über seine Fortschritte beim Heranwachsen. Aber ihr Gesundheitszustand verschlechterte sich von Tag zu Tag, und die Kräuterfrau konnte nicht helfen. Ihrer Fähigkeit zu helfen waren Grenzen gesetzt, die als Gottes Wille hingenommen wurden.

Die Häuser des Dorfes umschlossen einen kleinen Marktplatz. Hier versammelten sich die Dorfbewohner, wenn der Burgherr etwas zu verkünden hatte, wenn Händler ihre Jahrmarktbuden aufbauten oder der Zirkus mit seinen Clowns, seinen Tieren und seinen Artisten die Zelte aufschlug. Wenn die Dorfjugend tanzen und flirten wollte, spielte auf dem Marktplatz die Dorfkapelle ihre bäuerlichen Weisen. Höhepunkt der jährlichen Festveranstaltungen war das Erntedankfest. Die Bauern des Dorfes und dessen Umgebung zeigten bei einem Umzug ihre landwirtschaftlichen Produkte und dankten Gott für die gute Ernte.

Am Rande des Marktplatzes stand eine kleine, aus Holz errichtete Kirche, in der ein alter Pfarrer seines Amtes waltete. Die Kirche war einstmals von den Dorfbewohnern selbst, in ihrem Bedürfnis Gott nahe zu sein, errichtet worden. Hier wurden Trauungen, Taufen, kirchliche Feiern, wie z. B. Ostern und Weihnachten, durchgeführt. Sie war inzwischen viel zu klein, und bei großen Veranstaltungen öffnete der Pfarrer die Tür und ein Teil seiner Gemeinde sammelte sich davor, um seine Predigt und die Orgelmusik einer kleinen Orgel zu hören. Die Glocke, die zur Andacht rief, hing an einem vom Zimmermann errichteten Holzgerüst vor der Kirche, da diese deren Gewicht nicht tragen konnte. Der Pfarrer sammelte Geld für eine neue Kirche aus Stein, aber es ging trotz Unterstützung auch durch den Burgherrn nur langsam voran.
Etwas abseits des Dorfplatzes floss ein kleiner Fluss vorbei. Dieser sammelte das Wasser von den nördlich liegenden, teilweise sumpfigen Wiesen und leitete es durch die an der Burg vorbeiführende Schlucht in die südlichen Gefilde. Bei Hochwasser schwoll das Flüsschen zu einem mächtigen Strom an und brachte Überschwemmungen auch ins Dorf. Die Schlucht war dann nicht begehbar, da die Stromschnellen alles mitrissen, was ihnen im Weg lag.
Im Dorf hatte sich ein kleiner See gebildet. Wie überall in der Welt übte das Wasser auf Kinder eine magische Anziehungskraft aus. Im Winter war der See zugefroren und die Jugendlichen nutzten alle verfügbaren Geräte, um darauf herumzurutschen und Eisstockschießen und andere Spiele durchzuführen. Im Sommer plantschten sie in den durch die Sonne erwärmten Fluten, soweit sie nicht in die Arbeit der Eltern eingespannt waren. Aber für dieses Vergnügen, sich im Dorfteich zu tummeln, fand sich immer Zeit.
Ein über den Teich reichender Ast einer knorrigen, alten Eiche vergrößerte das vergnügliche Baden der Kinder und Jugendlichen. Man konnte von diesem Ast aus entweder in die hochaufspritzenden Fluten springen, oder sich von einem am Ende des Astes herabhängendes Seil durch das Hin- und Herpendeln mit einem Sprung weit

in den See hinaustragen lassen. Am Sonntag nach dem Kirchgang war das die Hauptbeschäftigung der Kinder. Bis weit in die Nacht hinein hörte man das aufgeregte Geschrei und das Aufklatschen der jugendlichen Leiber auf die aufspritzende Wasserfläche.
Auch Paula und Franz hatten als Kinder an dem lustigen Treiben am See teilgenommen. Nun bevorzugten sie ruhigere Fleckchen im Gelände um das Dorf. Nur wenn die Hitze sehr groß war, schwammen sie abends eine Runde am Uferrand des Sees. Ansonsten saßen sie, Händchen haltend, irgendwo am Flussufer und betrachteten Mond und Sterne. Oder sie planten für die Zukunft und küssten sich ob der auf sie zukommenden rosigen Zeiten, die sie sich mit jugendlichem Optimismus herbei wünschten.
Der junge Schmied sprach auch von dem Schwertkampf, zudem er wahrscheinlich noch durch Friedbert, dem Burgknappen, herausgefordert würde. Er berichtete über seine Fortschritte bei der Fechtkunst, die ihm sein Vater bzw. der alte Ritter beibrachte. Aber Paula wollte nichts von einem solchen Kampf wissen. Sie bat Franz das Schwertgefecht möglichst zu vermeiden, denn sie hatte Angst um ihren Geliebten.
Im Dorf hatte sich mittlerweile auch ein Kaufmann angesiedelt. Das wurde vom Burgherrn wohlwollend geduldet, hatte er doch dadurch die Möglichkeit, die in der Manufaktur hergestellten Waren an diesen direkt zu verkaufen und musste sich nicht um den Transport in die Domstadt und den sich anschließenden Verkauf kümmern.
Der Kaufmann hatte Lagergebäude errichten lassen, wo er auch aus Raubzügen des Burgherrn stammende Ware unterbrachte und in den umliegenden Städten verkaufte. Der Ritter hoffte auf Diskretion, da er nicht wollte, dass seine Raubzüge bekannt würden. Er war dadurch natürlich in gewissem Umfang von diesem abhängig. Auf der anderen Seite wusste der Burgherr von unlauteren Geschäften des Kaufmanns, und so hatten sie sich gegenseitig in der Hand. Die Burgherrin, die von den Raubüberfällen ihres Gatten wusste, machte sich große Sorgen, was ihrer angekratzten Gesundheit nicht för-

derlich war. Sie machte ihm ständig Vorwürfe, und er verließ öfter ihr Gemach mit Zorn im Herzen.

Das idyllisch gelegene Dorf war also im Begriff, sich zu einer Kleinstadt zu entwickeln. Der Burgherr förderte den Zuzug von Arbeitern, um seine Manufaktur aufstocken zu können. Auch neue Wohnhäuser wurden errichtet, um die sich ständig vergrößernde Bevölkerung unterzubringen. Besonders Kinder und Jugendliche waren dem Burgherrn als billige Arbeitskräfte willkommen. Für die bäuerliche Jugend allerdings ging diese Entwicklung nicht komplikationslos vonstatten, es gab zwischen ihnen und den neu zugezogenen Bewohnern immer wieder Reibereien, die nicht selten in Prügeleien ausarteten. Aber die Entwicklung in Richtung Kleinstadt war nicht aufzuhalten.

Das Nonnenkloster

Am südlichen Rand des Urwaldes, unmittelbar im Anschluss an das Sumpfgebiet, hatte sich vor vielen Jahren eine Gruppe von Nonnen angesiedelt. Sie kamen aus südlicheren Gefilden, wo bei kriegerischen Unruhen ihr Kloster abgebrannt war. Sie suchten und fanden hier einen versteckten Platz, wo sie sich eine neue Bleibe einrichteten. Zunächst stand hier nur eine alte Blockhütte, in der ein alter Einsiedler sein Leben fristete. Er war viele Jahre vor der Ankunft der Nonnen gestorben und hinterließ neben einer alten Hütte einige gebrechliche Bodenbearbeitungsgeräte und nebenan einen noch gebrauchsfähigen, aus Feldsteinen errichteten Backofen. Die Oberin schloss mit dem damaligen Burgherrn einen mündlichen Vertrag über ein unbegrenztes Bleiberecht ab, wobei man auch die Größe des Grundstücks in etwa festlegte. Inzwischen war auf dem Gelände ein Klostergebäude entstanden, wo in einem kleinen kirchenartigen Dom die Andachten verrichtet werden konnten, und in einem Hauptgebäude der Esssaal, eine größere Anzahl von Kemenaten für das Wohnen und Schlafen, die Bibliothek mit Lesesaal und die Büroräume untergebracht waren. Der alte Gärtner wohnte in einem alten Schuppen, der schon mehrfach verlängert worden war und als Wirtschafts- und Stallgebäude diente. Drei hier untergebrachte Ziegen gaben den Nonnen Milch, die sie für Ziegenbutter und Käse verwerteten. Um das Kloster stand ein drei Meter hoher Palisadenzaun, der die Bewohner vor wilden Tieren und ungebetenen Gästen schützen sollte. Ein schweres Holztor mit Guckloch stellte den einzigen Zugang dar. Wer Einlass begehrte, musste die außen angebrachte Glocke bedienen, um die diensthabende Schwester zu rufen. Nach Rücksprache mit der Oberin wurden die Gäste dann eingelassen. Wasser erhielt das Kloster aus dem nahegelegenen Sumpfgelände. Genutzt wurde dazu ein kleiner Teich, der durch eine unterirdische Rohrleitung aus einer abgedeckten Holzrinne mit einem Bassin im Hof des Klosters verbunden war. Hier sammelte sich das Wasser, das die Nonnen für ihre Zwecke nutzten. Das überschüssige Wasser floss über einen Überlauf ebenfalls durch ein unterirdisches Rohr aus dem Klostergelände heraus und speiste einen großen Teich, in dem sich eine Vielzahl verschiedener Speisefische tummelte.

Das Nonnenkloster wies eine Besonderheit auf, die für die Existenz von großer Bedeutung war: Eingedenk der schlechten Erfahrungen, die die Nonnen mit ihrem ehemaligen Kloster in Oberitalien gehabt hatten, das ja nach einem Überfall durch marodierende Soldaten abgebrannt war, hatten sie Vorsorge zur Rettung von Kirchengut und Insassen getroffen. Die Zeiten waren sehr unruhig, und man musste damit rechnen, dass es Räuber gab, die auch vor einem Überfall auf kirchlichen Besitz nicht zurückschreckten.

So hatten vor langer Zeit die Nonnen und ihre Helfer einen unterirdischen Gang angelegt. Dieser begann hinter dem Altar, und der Eingang war durch eine mit einem Teppich bedeckte Falltür gesichert. Darunter befand sich ein Raum, in dem wertvolles Kirchengut aufbewahrt war und sich bis zu fünfzehn Personen bequem verstecken konnten. Von diesem Raum aus führte ein ausgesteifter unterirdischer Gang etwa vierhundert Meter in den naheliegenden Urwald hinein. Der Ausgang befand sich im dichten, von außen unzugänglichen Dornengestrüpp und war ebenfalls durch eine verschließbare Falltür gesichert, so dass auch Tiere nicht in den Gang eindringen konnten.

Die Nonnen mussten bereits vor langer Zeit einmal von dieser Fluchtmöglichkeit Gebrauch machen. Eine Rotte Söldner, die nach Ende eines Krieges nicht mehr gebraucht worden war, zog am Kloster vorbei, Richtung Süden. Sie plünderten auf ihrem Wege alles, was nicht niet- und nagelfest war. Sie fielen in Dörfern ein, versetzten die Bevölkerung in Angst und Schrecken und schlachteten Geflügel, Ziegen, Schweine und was sonst noch in Höfen und Häusern zu finden war. Mädchen und Frauen wurden vergewaltigt und deren Männer umgebracht.

Am Krieg waren auf Befehl des Fürsten der Ritter und seine Soldaten und Bauern beteiligt gewesen. Diese hatten schon einige Tage früher die Burg bzw. ihre Bauernhöfe erreicht. Die Rotte von circa fünfzehn Söldnern wusste von der Wehrhaftigkeit dieser Bauern und machte deshalb einen großen Bogen um deren Höfe. Das Dorf am Fuße des Burgberges blieb deshalb von den Ausschreitungen der Rotte verschont.

Am etwas abseitsliegenden Kloster jedoch machten die Söldner halt. Sie hatten seit zwei Tagen nichts gegessen und wussten, dass es in einem Kloster immer etwas zu holen gab und auch die Nonnen für erzwungene Liebesdienste nicht zu verachten waren.

Sie standen vor dem Palisadentor und begehrten bei den Nonnen mit obszönen Worten Einlass. Die Nonnen waren bereits gewarnt, da die Söldnerrotte nicht die einzige Horde war, die gen Süden vorbeizog. Bis jetzt waren sie von Überfällen verschont geblieben, doch nun mussten sie mit dem Schlimmsten rechnen.

Auf Befehl der Oberin hatten die Nonnen bereits die wertvollsten Reliquien und einige Lebensmittel in ihr Versteck gebracht. Nun zogen auch sie sich in den unterirdischen Raum zurück. Der Teppich konnte von da aus über die verschließbare Falltür gerollt werden, so dass von oben nichts zu sehen war.

Niemand öffnete den Söldnern das Tor, aber diese waren es in ihrem Kriegshandwerk gewöhnt, solche Hindernisse zu überwinden. Mit einem in der Nähe aufgefundenen Baumstamm zertrümmerten sie das Palisadentor und drangen in den Klosterhof ein.

Das Kloster hatte seit seiner Existenz immer einen älteren Gärtner gehabt, der den Nonnen bei Garten- und Feldarbeiten half und jeweils die Arbeiten verrichtete, die diesen nicht zumutbar waren. Der zur Zeit des Überfalls im Kloster lebende Gärtner wollte sich vor den Räubern nicht verstecken. Er hatte ein im Wald aufgefundenes Wolfsjunges aufgepäppelt, das ihm nicht von der Seite wich.

Inzwischen war daraus ein kräftiger Wolfsrüde mit einem gefährlichen Gebiss geworden, und der alte Gärtner glaubte, dass dieser ihn gut verteidigen würde.

Der Wolfshund ging auch sofort auf die Einbrecher los und brachte diesen mit seinem fürchterlichen Gebiss erhebliche Wunden bei. Zwei der Einbrecher starben, nachdem ihnen der Wolfshund die Gurgel durchgebissen hatte. Er musste sich jedoch schließlich der Übermacht geschlagen geben, woran auch der alte, mit einer Mistgabel bewaffnete Gärtner nichts ändern konnte. Beide wurden von den kriegserfahrenen Söldnern erschlagen und konnten der anstürmenden Rotte keinen weiteren Widerstand mehr entgegensetzen.

Diese drangen zunächst in die Kirche ein, auf der Suche nach den kirchlichen Reliquien und den Nonnen. Da sie nichts fanden, glaubten sie, dass die Nonnen rechtzeitig gewarnt wurden und mit den Reliquien das Weite gesucht hatten.

Nun erstürmten sie die Vorratsspeicher der Nonnen und nahmen alles, was nach Essbarem aussah und stopften sich damit voll. Einer der Einbrecher hatte den Weinkeller entdeckt, und mit vereinten Kräften wurde ein Fass Rotwein auf den Klosterhof gebracht. Die im Keller bereitstehenden Humpen füllte man mit dem Wein, und nun begann ein fürchterliches Gelage, im Verlaufe dessen einer nach dem anderen volltrunken umfiel und ein Schnarchkonzert auslöste. Als am nächsten Tag die Sonne aufging, schien diese auf ein Schlachtfeld aus herausgerissenem Kirchengestühl, aus Mobiliar der Nonnen und aus herumliegenden halbverzehrten Nahrungsmitteln. Als dann einer nach dem anderen der Einbrecher munter wurde, schlachteten sie zum Frühstück zwei Ziegen, weideten sie aus und steckten sie auf zwei ihrer Spieße. Aus dem Kirchengestühl machten sie ein Feuer und brieten das herrlich duftende Fleisch. Dabei wurde ein weiteres Weinfass angestochen, und das Gelage ging weiter.

Den im Kloster lebenden Tierkindern war der ungewohnte Lärm nicht geheuer, und sie waren in der Nacht alle in den Wald geflüchtet. Einige davon kamen am Morgen zurück, um wie gewohnt ihr Futter von den Nonnen entgegenzunehmen. Sie wurden jedoch enttäuscht und flohen ob des gewaltigen Krawalls im Klosterhof wieder zurück in den Wald.

Für Feldarbeiten hatten die Nonnen ein altes Pferd erworben, das vom alten Gärtner gefüttert und betreut worden war. Dieses Tier war rechtzeitig in den Wald gebracht worden und stand nun in der Nähe des Ausgangs des unterirdischen Weges, innerhalb des an einer Seite offenen Dorngestrüpps, auf einer kleinen freien Fläche. Dieses Pferd war für die Nonnen sehr wertvoll, denn es gab eine Reihe von Arbeiten, die nur durch dieses durchgeführt werden konnten. Sie hatten es angebunden und genügend Futter hinterlassen.

Die Nonnen berieten in ihrem unterirdischen Versteck, wie sie gegen die Söldner vorgehen sollten. Diese lagerten bereits den zweiten Tag im Klosterhof und die Verwüstung nahm immer mehr zu. Die Nonnen hatten Angst, dass jene das Kloster in Brand setzen und damit ihre Existenzgrundlage vernichten würden. Sie beschlossen deshalb, eine des Reitens kundige, junge Nonne zur naheliegenden Burg zu schicken und um Hilfe zu bitten. Diese öffnete mit Hilfe einiger Schwestern die Falltür im Wald und unternahm am zweiten Tag der Belagerung durch die Söldner den Ritt zur Ritterburg. Da sie kein Sattelzeug hatte, musste sie auf dem nackten Rücken des Pferdes den Weg zurücklegen. Sie war jedoch auf einem Bauernhof aufgewachsen und das Reiten ohne Sattel machte ihr nichts aus. In weitem Bogen umritt sie das Kloster, durchquerte die Schlucht und legte den Weg zur Burg trotz des relativ alten Pferdes in kurzer Zeit zurück.

Auf der Burg war man erstaunt, eine Nonne auf einem Pferd reiten zu sehen. Sie wurde sofort zum Burgherrn geführt und berichtete diesem von dem Überfall auf das Kloster. Der befürchtete, dass die Söldner auf ihrem Weg noch weitere Dörfer seines Besitzes überfallen würden, und rief sofort die auf der Burg lebenden Ritter und Soldaten zusammen und erklärte ihnen die Situation im Kloster.

Innerhalb einer Stunde hatte der Burgherr einen Reitertrupp von zwanzig Mann zusammengestellt und machte sich mit diesem gut bewaffneten Personal auf den Weg zum Kloster.

Die Nonne blieb auf der Burg und pflegte ihren geschundenen Po mit vom Koch spendierten Schweinefett.

Die Söldner fanden es nicht für nötig, eine Wache aufzustellen. Jeder wollte dabei sein, wenn Vorratslager, Küche und Keller geleert wurden und alles Essbare in den Mägen der Räuber verschwand. Sie wurden deshalb vom Burgherrn und dessen Reitern völlig überrascht und ohne Erbarmen niedergemetzelt. Die Gegenwehr war auch nur gering, da die Söldner schon wieder vom Weingenuss betrunken waren. Der Burgherr und seine Soldaten halfen den Nonnen noch bei der Beseitigung des gröbsten Unrats. Sie begruben die Söldner in ungeweihter Erde im Wald und ritten dann wieder auf die Burg zurück.

Der Gärtner und der tapfere Wolfshund wurden auf dem kleinen Friedhof der Nonnen beigesetzt. Aus dem Nachbardorf kamen auf Anweisung des Burgherrn einige Handwerker, die die Zerstörung beseitigten. Neues Kirchengestühl und anderes Mobiliar wurde hergestellt, der Palisadenzaun und das Tor wieder instandgesetzt und die Vorratskammern aufgeräumt. Noch war Zeit, die Nahrungsvorräte zu ergänzen, um im Winter nicht Hunger leiden zu müssen. Der Burgherr ließ durch seine Bauern zwei Ziegen bringen, damit die Nonnen wieder Milch und Butter zur Verfügung hatten. Fleisch wurde ja auf Grund eines Gelübdes nicht verzehrt.

Schließlich trat wieder Ruhe ein im Kloster. Die in den Wald geflüchteten Tierkinder kehrten zurück, und der Klosteralltag nahm wieder den gewohnten Verlauf.

Die Nonnen erinnerten sich noch lange an den Überfall, der auch in den Klosterannalen seine Erwähnung fand. Sie hatten Glück im Unglück, da kein Feuer ausgebrochen war. Auch die Klosterbibliothek hatte nur geringfügige Schäden aufzuweisen. Wahrscheinlich war das dem beherzten Ritt der jungen Nonne, ihrem wunden Po und dem beherzten Eingreifen des Burgherrn mit seinen Soldaten zu verdanken. Hätten die Söldner das Kloster noch weiter belagert, wäre es vielleicht doch noch zum Großbrand gekommen.

Zurzeit bewohnten elf Nonnen das „Kloster der frommen Schwestern". Diesen Namen hatten sie vor langer Zeit vom Bischof der in circa einhundert Kilometer entfernt liegenden Domstadt erhalten. Nur selten ließ sich der Bischof hier in der Einöde sehen, und eine Unterstützung durch die Kirche war auch nicht zu erwarten. So waren die frommen Schwestern völlig auf sich alleine gestellt. Die Kirche forderte zur Zeit des Erntedankfestes einen bestimmten Teil der Ernte, den die Schwestern in der Stadt abzuliefern hatten. Die Besitzverhältnisse des Klosters waren nicht eindeutig geklärt worden. Gemäß der Überlieferung aus vergangenen Jahrhunderten hatte die jeweilige Oberin mit dem jeweiligen Burgherrn im Rahmen eines Gespräches die Bedingungen zur weiteren Nutzung des Klostergeländes geklärt. Die Ergebnisse der Gespräche wurden auch in den Annalen des Klosters niedergeschrieben, aber ein schriftlicher Vertrag existierte nicht. Das diesbezügliche Gespräch mit dem jetzigen Burgherrn stand noch aus, wobei er schon verlauten ließ, keine Verlängerung des Nutzungsrechts zuzulassen. Daran konnte bisher auch der Bischof nichts ändern. Durch diese Haltung des Burgherrn bestanden gewisse Spannungen zwischen dem Kloster und der Burg. Nur der jungen Burgherrin, die in ihrem Elternhaus sehr christlich erzogen wurde, war es zu verdanken, dass es nicht zu einem Eklat kam. So beschloss der Burgherr die Klärung der Besitzverhältnisse des Klosters seinem späteren Erben zu überlassen. Man fand sich also beiderseitig mit den gegenwärtigen Verhältnissen ab, und die Nonnen konnten einigermaßen beruhigt ihrem Tagewerk nachgehen.

Es war die Zeit des Spätsommers angebrochen, und das Tagewerk der frommen Schwestern bestand gegenwärtig im Einbringen der Ernte. Zwei Nonnen fuhren mit einem Holzkahn auf dem See, um das Kloster mit Speisefischen zu versorgen. Mit einem Netz ausgerüstet fingen sie Karpfen, Forellen und andere Wasserbewohner. Zwei andere Nonnen hielten einen steinernen Räucherofen in Betrieb, um die Fische für den Winter haltbar zu machen. Auch das Ausnehmen und Trocknen und das Einlegen in Salz wurde genutzt, um Vorsorge für den Winter zu treffen.

Vor dem Tor des Klosters hatten die Nonnen ein großes Feld angelegt, wo neben Getreide auch Rüben, Kürbisse und Melonen geerntet wurden. Die Melonenkerne waren von den ersten Nonnen aus den südlichen Gefilden mitgebracht worden, und es gelang ihnen, die süße Frucht hier heimisch werden zu lassen. Mittlerweile konnten sie in jedem Jahr eine stolze Melonenernte verzeichnen, die auch auf der Burg sehr begehrt war. Der Koch schickte in jedem Jahr seine Leute zum Kloster, um überschüssige Ernteergebnisse für ein geringes Entgelt zu erwerben. Das wurde trotz der Spannungen zwischen Burgherrn und Nonnen stillschweigend geduldet, denn auch er und vor allem seine Frau liebten die süßen Früchte. Seine Bauern waren nicht in der Lage, diese auf ihren Feldern anzubauen, und so musste er notgedrungen auf diesem Wege mit den frommen Schwestern einen Kompromiss eingehen. Vier Schwestern arbeiteten zurzeit auf den Feldern, um die Ernte einzubringen. Die Felder besaßen ebenfalls einen hohen Palisadenzaun, um die Ernte vor den zahlreichen Fressern des umliegenden Waldes zu schützen.

Der stumme Gärtner half bei der Ernte. Er hatte einen kleinen Wagen aus Holz gezimmert und spannte die zwei Zugpferde des Klosters davor. Damit schaffte er die Ernteergebnisse in das Wirtschaftsgebäude und stapelte sie in den dafür vorgesehenen Räumen. Die Fische aus den großen Bottichen lud er in kleinere Fässer um und brachte sie zur Weiterverarbeitung in den Klosterhof.

Fleisch verzehrten die Nonnen nicht. Die Tiere in der Umgebung hatten schnell herausgefunden, dass ihnen deshalb von den Klosterbewohnern keine Gefahr drohte. Sie kamen ganz nah an den Palisadenzaun heran und fraßen die Abfälle, die ihnen die Nonnen bereitgelegt hatten. Besonders im Winter tummelten sich viele Tiere in der Nähe des Klosters, denn der alte Gärtner hatte im Auftrag der Nonnen zwei Heuraufen errichtet, die er einmal in der Woche mit Heu und anderen Nahrungsmitteln bestückte. Das ermöglichte vielen Tieren das Überleben in der oftmals sehr strengen Winterzeit. Vielfach zogen die Nonnen auch verwaiste Tierkinder auf, die sie selbst fanden oder von den Bewohnern des Nachbardorfes gebracht bekamen. So tummelten sich fast ständig Rehkitze oder andere Tierkinder in abgegrenzten Bereichen des Klostergartens. Sie wurden gefüttert, aufgezogen und dann wieder in die Freiheit entlassen. Es fand ein ständiger Wechsel zwischen alten und neuen Tierbewohnern statt, und sowohl die Nonnen, als auch der stumme Gärtner hatten alle Hände voll zu tun.

Im Kloster hatte auch ein Katzenpaar Zuflucht gefunden. Zurzeit tummelten sich vier kleine Kätzchen auf dem Hof, die allerhand Schabernack anstellten. War ihnen etwas nicht geheuer, so flüchteten sie in ein kleines Holzhäuschen, das ihnen der Gärtner neben seinem Quartier am Wirtschaftsgebäude errichtet hatte. Die Katzenmutter war im Haus oder im Wirtschaftsgebäude unterwegs, um die Mäuseplage einzudämmen. Der Katzenvater beteiligte sich nicht an der Mäusejagd. Er saß wie ein Pascha auf einem Ahornbaum und beobachte aus seinem Hochstand das aufgeregte Treiben im Hof. Außerdem hielt er nach gefiederten Baumbewohnern Ausschau, die Mäusejagd war unter seiner Würde. Im Winter durften die Katzen beim Gärtner übernachten. Sie kuschelten sich in sein Bett und hielten ihm die gichtigen Füße warm.

Auf dem Gelände des Klosters tummelte sich auch ein kleiner Braunbär. Die Mutter war durch die Jagdgesellschaft getötet worden. Als die Hunde sie gestellt hatten, kletterte der kleine, erst wenige Wochen alte Bär auf einen hohen Baum und versteckte sich ängstlich im höchsten Wipfel. Seine Mutter kämpfte unter dem Baum gegen die Hundemeute. Sie unterlag in diesem Kampf, indem die sich nähernde Jagdgesellschaft sie mit Pfeilen getötet hatte. Als diese mit der getöteten Bärin abgezogen war, trat wieder Ruhe ein.

Der kleine Bär maunzte nun nach seiner Mutter, denn er hatte Hunger und Sehnsucht nach ihrem warmen Pelz, in den er sich nachts hineinkuscheln konnte. Als seine Mutter nicht auf sein Maunzen antwortete, kletterte er langsam den Baum herab und suchte leise vor sich hin winselnd unter dem Baum und im Gebüsch nach einem Lebenszeichen von ihr. Die vielen fremden Gerüche am Boden und das Blut seiner Mutter verwirrten und ängstigten ihn. Da er sie nicht fand, kletterte er wieder in den Wipfel des Baumes zurück und verbrachte dort eine unruhige Nacht. Mehrmals wurde er munter und rief ängstlich nach seiner Mutter. Am nächsten Tag suchte er nochmals unter dem Baum und in der näheren Umgebung nach Spuren. Als er nichts fand, trollte er sich davon. Auf Wegen, die er mit seiner Mutter bereits gegangen war, suchte er nach süßen Beeren und verschmähte auch Schnecken und Würmer nicht. So strolchte er den ganzen Tag über durch den Wald und kam schließlich müde und hungrig am Kloster an. Er fand ein Plätzchen zum Schlafen unmittelbar neben dem Eingangstor am Palisadenzaun. Hier fand ihn am nächsten Morgen Schwester Agathe, die ihn ins Kloster brachte und ihn in eine Kiste mit Heu legte. Hier schaute er ängstlich über den Kistenrand und verschwand sofort im Heu, wenn sich jemand näherte. Schwester Agathe bereitete ihm eine kleine Mahlzeit aus warmer Ziegenmilch und Hafer und brachte diesen Brei zur Kiste. Das Essen duftete verführerisch, und nachdem er seine Ängstlichkeit überwunden hatte, kletterte er aus seiner Kiste und schleckte den Napf leer. Er brauchte einige Tage, um sich an sein neues Leben im Kloster zu gewöhnen. Da Schwester Agathe ihm das Essen brachte, betrachtete er sie als seine Ersatzmutter. Er folgte ihr die erste Zeit auf Schritt und Tritt, wenn er jedoch erschreckt wurde, rannte er zu seiner Kiste und versteckte sich in ihr.
Der kleine Bär suchte einen Spielgefährten. Als erstes versuchte er Kontakt zu den vier kleinen Kätzchen aufzunehmen, aber als er sich ihnen näherte, kam die Katzenmutter angesprungen, fauchte ihn an und gab ihm einen Schlag auf die empfindliche Nase. Er heul-

te auf und versteckte sich schnell in seiner Kiste. Mit den Ziegen anzubändeln bekam ihm auch nicht gut. Der Ziegenbock versetzte ihm einen Stoß, so dass er sich dreimal rückwärts überschlug. Die anderen Tierkinder, die sich auf dem Klosterhof tummelten, hatten Angst vor ihm und gingen ihm aus dem Wege.

So trottete er missmutig hinter seiner Ersatzmutter her und klagte ihr sein Leid. Die Traurigkeit hielt aber nicht lange an, und er ging wieder zur Erkundung des Klosterhofes über. An jeder Ecke, an der sich etwas bewegte, war der kleine Tollpatsch zu finden. Er war der Liebling aller Nonnen und bekam meistens einen kleinen Leckerbissen zugesteckt. Hochaufgerichtet und mit den kleinen Bärentatzen bettelnd stand er dann vor ihnen und ließ sich verwöhnen. Wenn jedoch Schwester Agathe auftauchte und ihm sein Schüsselchen zeigte, rannte er ihr entgegen und bettelte um seine Tagesration. Süßen Brei liebte er besonders.

Schwester Agathe war eine der Nonnen, die auf dem See vom Kahn aus Fische mit einem großen Netz fingen. In den Kahn oder auch in den See traute sich der kleine Bär nicht, er hatte Angst vor dem Wasser. So lief er am Ufer hin und her und rief nach seiner Ersatzmutter. Er hatte kein Verständnis dafür, wie man in dem kalten Wasser herum plantschen konnte. Die durch die Nonnen aufgestellten großen Holzbottiche waren mit Wasser und Fischen gefüllt. In bestimmten Zeitabständen kamen die Nonnen an Land und brachten weiter Fische, die sie getrennt nach Arten in die Bottiche kippten. Der kleine Bär war durch das Geplätscher aufmerksam geworden und musste natürlich den Grund für diesen Tumult in den Holzbottichen erfahren. Er richtete sich auf, schaute über den Rand und versuchte mit seinen kurzen Armen einige der Fische zu erhaschen. Dabei verlor er das Gleichgewicht und fiel in den Bottich mit den Karpfen. Lautstark maunzte er nun nach seiner Ersatzmutter, die ihn schließlich unter Gelächter der anderen herbeigeeilten Nonnen tropfnass aus dem Bottich zog. Er schämte sich sehr und verzog sich schnell in seine Kiste auf dem Klosterhof. Erst am Abend kam

er wieder hervor, um sein Abendfutter von seiner Ersatzmutter zu erbetteln. Diese streichelte und tröstete ihn, aber er hatte bereits den Vorfall vergessen und war bereit, neue Abenteuer zu bestehen.
Die Ernte ging inzwischen weiter. Über mehrere Tage brachte der alte Gärtner die Ernteergebnisse ins Kloster. Im Wirtschaftgebäude duftete es lecker nach allem, was die Nonnen für ihre Versorgung benötigten. Geräucherter oder getrockneter Fisch hing von der Decke. In Fässern lagerten ausgenommene und gesalzene Fische in großer Anzahl. Die von den Feldern geernteten Kürbisse und Melonen stapelten sich in dafür errichteten Verschlägen. In übereinander stehenden Kisten verbreiteten Äpfel und Birnen einen verführerischen Duft. Getreide war in dafür vorgesehenen siloartigen Holzbehältern aufbewahrt und wartete darauf, zu Mehl gemahlen und zu knusprigem Brot verarbeitet zu werden.
Der Erntezeit folgte das Reifen der Früchte im nahegelegenen Wald, wo die Nonnen damit beschäftigt waren, Beeren und Pilze zu sammeln. Die Beeren wurden meist zu leckerer Marmelade verarbeitet und damit für den Winter haltbar gemacht. Die Pilze, soweit sie nicht direkt im Magen der Nonnen landeten, wurden getrocknet und in großen Leinensäcken aufbewahrt. Auch andere Früchte, wie z. B. Sanddorn, Hagebutten und Schlehen sammelten die Nonnen, um sie zu Säften und Wein zu verarbeiten. Ein Gläschen Wein im Winter, am offenen Feuer im Esssaal, bei Andachten und Vorlesestunden liebten die Nonnen sehr.
Der Klostergarten war zu einem blühenden Paradies gestaltet worden. Hierfür fühlte sich die Leiterin des Klosters, die Oberin, verantwortlich. Zusammen mit dem stummen Gärtner zauberte sie wunderschöne Blumeninseln, die durch heckenumsäumte Wege erreichbar waren, in die Landschaft des Klostergartens. Dieser Bereich des Gartens war vom Gesamtgrundstück abgetrennt worden und stand für die Schwestern zu Erholung zur Verfügung. Wenn es die Zeit erlaubte, so konnten sie auf versteckten Parkbänken An-

dacht halten, lesen, stricken oder einfach die sie umgebende Natur betrachten.

Hauptsächlich waren es Rosen, die in vielen Farben den Klostergarten schmückten. Die Oberin hatte eine Pause eingelegt und betrachtete von einer der Bänke aus die blühende Landschaft. Schmetterlinge flatterten umher, Bienen summten beim Honigsuchen um die Wette und kleine Eidechsen raschelten im Laub unter den Blütenbüschen. Das Kloster war eine Oase der Natur und die Bewohner fühlten sich hier sehr wohl. Dafür dankte die Oberin in einem Gebet dem Herrn, der dies alles geschaffen hatte.

Im Winter, wenn die Außenarbeiten erledigt waren, die Ernte sicher in den dafür gebauten Gebäuden untergebracht war, widmeten sich die Schwestern anderen Aufgaben. Sie saßen im warmen Flügel des Klosters, der für verschiedene Leistungen genutzt wurde. Hier war auch die Bibliothek untergebracht, wo viele Bücher, sowohl kirchlichen, als auch weltlichen Inhalts, aufbewahrt wurden. Auch die Wirtschaftsbücher der letzten Jahre lagerten hier in Regalen. Eine für die Erfassung der Besitzverhältnisse verantwortliche Nonne registrierte das Eigentum des Klosters. Einnahmen und Ausgaben wurden einander gegenübergestellt und der Gewinn dem Eigentum des Klosters gutgeschrieben. Auch die Ernteergebnisse listete die Nonne auf und schrieb sie in den einen Ordner nieder. Andere Nonnen übersetzten kirchliche Texte aus dem Lateinischen und illustrierten die Niederschriften. So hatte jede Nonne ihre Aufgaben und Verpflichtungen, und das klösterliche Leben verlief über Jahre im Gleichmaß, an das sich alle gewöhnt hatten. Nun aber stand ein Ereignis bevor, das neue Anforderungen an die klösterliche Gemeinschaft stellte.

Der Kaufmannszug

Kaufleute waren es gewöhnt, mit ihren Waren weit in die Welt zu ziehen, sie mit mehr oder weniger großem Gewinn zu verkaufen und mit Geld und neuen Produkten zurückzukommen. In den heimatlichen Gefilden verkauften sie dann die besonders begehrten Waren, die meist aus dem südeuropäischen und asiatischen Raum stammten. Besonders begehrt waren Gewürze verschiedener Art, Felle von exotischen Tieren, Teppiche aus dem Orient, Seide aus China, Baumwolle aus Indien, Elfenbein aus Afrika und seltene Früchte, soweit sie für einen längeren Transport geeignet waren. Im Gegenzug brachten Händler aus Nordeuropa Edelpelze, Tuche, Eisenwaren, Kupfer- und Messingdraht, Schmuck, Glaswaren und andere in den südlichen Ländern begehrte Handelsgüter mit, die hier ihre Abnehmer fanden. Eine Zone für den Handel mit diesen Gütern befand sich in Oberitalien. In den Hafenstädten wurden Waren per Schiff antransportiert, die vorwiegend aus den Mittelmeerländern und vom afrikanischen Kontinent ihren Weg hierher fanden. Der Landweg wurde genutzt hauptsächlich für Waren aus den asiatischen Ländern.

Sowohl das Meer, als auch Wege übers Land hatten also die Kaufleute für ihren Warentransport erschlossen. Beide Wege waren sehr gefahrvoll. Auf dem Seeweg warteten Piraten, oder Stürme führten zum Untergang der Schiffe. Der Landweg brachte Gefahren aus Raubüberfällen, oder im Winter konnten Schneestürme und andere Witterungseinflüsse den Karawanen stark zusetzen.

Der Kaufmannszug, von dem hier die Rede ist, wählte den Landweg, da hier wenigstens die Gefahr des stürmischen Meeres entfiel. Außerdem war geplant, die Reise in den Frühjahr- und Sommermonaten durchzuführen, so dass die im Winter zu erwartenden Gefahren aus Frost und Schneestürmen nicht auftreten konnten.

Für den Kaufmannszug hatten sich vier Kaufleute zusammengefunden, die gemeinsam den Weg in den Süden antreten wollten. Sie planten, bekannte Handelswege zu nutzen, die eine möglichst bequeme, aber auch kurze Reise erlaubten. Der Zusammenschluss zu einer größeren Gruppe von Kaufleuten hatte den Vorteil der besseren Verteidigung im Falle eines Überfalls durch Räuber oder anderes Diebesgesindel.

Wegen der zu erwartenden Erlebnisse auf einer solchen Reise in den Süden und der relativ kurzen Reisedauer von sechs bis sieben Monaten planten die Kaufleute, ihre Familien mitzunehmen. Die Frauen und Kinder freuten sich sehr über diese Gelegenheit, südliche Länder und deren Bewohner kennenzulernen.

Zur Vorbereitung dieser Reise kamen sie im Haus des jüngsten Kaufmanns zusammen. Aufgeregt saßen die Frauen an einem Tisch bei Tee und Kuchen und diskutierten darüber, was sie bei engsten Platzverhältnissen mitnehmen konnten. Auch die Kinder saßen aufgeregt zusammen und überlegten, welche von ihren Spielsachen sie mitnehmen sollten. Die meisten der Vorschläge wurden von ihren Müttern abgelehnt, da die Platzverhältnisse keine unnötigen Gegenstände erlaubten. Schließlich fanden Frauen und Kinder entsprechende Kompromisse, die den Reisekomfort nicht allzu sehr einschränkten.

Die vier Kaufleute saßen inzwischen mit rauchenden Tabakpfeifen in einem anderen Raum beisammen und besprachen die organisatorischen Probleme des Handelszuges. Als erstes legten sie die Reiseroute fest, besprachen die aufzusuchenden Rastplätze und unterhielten sich über die anzusteuernden Städte, die die besten Voraussetzungen für einen gewinnbringenden Handel versprachen. Der Älteste der vier Kaufleute, ein bärtiger, breitschultriger Haudegen, der eher einem Soldaten als einem Händler ähnelte, empfahl als Ziel die wichtigsten Städte Norditaliens. Er hatte diese Städte schon mehrfach bereist und berichtete: „Oberitalien ist bekannt als ausgeprägte Handelszone. Dort treffen sich sowohl Handelskarawanen aus dem Mittleren Osten und Asien, als auch Schiffe aus dem Mittelmeerraum. Oberitalien hat mehrere Handelsumschlagplätze, wo auch unsere Waren gut verkauft werden können. Begehrte exotische Artikel können dort erworben und unsere Wagen auf dem Rückweg damit beladen werden." Diesem Vorschlag wurde allseitig zugestimmt. Gleichzeitig bestimmte man den ältesten Kaufmann zum Leiter des Kaufmannszuges, da er die größte Erfahrung besaß.

Sie besprachen auch den verstärkten Schutz des Handelszuges. Die Kaufleute hatten eine mehr oder weniger gute Ausbildung an Waffen durchlaufen, so dass jeder im Notfall sich selbst verteidigen konnte. Zur Verstärkung des Schutzes empfahl der nunmehrige Leiter der Gruppe, noch vier Soldaten anzuheuern, die mit ihrer Erfahrung bei einem Überfall am besten mit dem Räubergesindel fertig werden würden. Auch dieser Vorschlag wurde angenommen.

Man traf nun Vereinbarungen über die Art der Waren, die Anzahl der Wagen und Pferde, mitzunehmende Bedienstete und die Reihenfolge im Kaufmannszug. Auf den Wagen wurden entsprechende Lagerstätten eingerichtet, die eine einigermaßen bequeme Übernachtung erlaubten, wenn keine Herbergen erreicht werden konnten.

Auch die zahlenmäßige Stärke und das Mindestalter der mitzunehmenden Kinder wurden diskutiert. Der jüngste Kaufmann hatte erst vor kurzem geheiratet. Bei seiner Frau kündigte sich eine Schwangerschaft an, und es wurde überlegt, ob man ihr die Beschwerden einer solchen Reise ersparen sollte. Aber das junge Ehepaar wollte davon nichts wissen und unbedingt die Handelsreise gemeinsam unternehmen. Die junge Frau rechnete damit, dass sie rechtzeitig vor dem Geburtstermin wieder zu Hause ankommen würden, so dass die Geburt in den eigenen vier Wänden stattfinden konnte.

So war rechtzeitig alles geregelt, und die große Reise konnte beginnen. Sie begann im zeitigen Frühjahr im Norden Deutschlands. Das Wetter bot sehr günstige Voraussetzungen, und so kamen sie ohne Komplikationen relativ schnell in Oberitalien an. Hier trennten sich die vier Kaufleute und steuerten verschiedene Ziele an. Sie vereinbarten, dass sie sich spätestens Anfang September in Mailand treffen und dann die Heimreise wieder gemeinsam antreten würden. Der junge Kaufmann schloss sich mit seiner Frau dem erfahrenen Leiter der Kaufmannsgruppe an. Sie zogen gemeinsam in Richtung Genua, wo sich einer der damals größten Umschlaghäfen befand. Hier legten viele Schiffe aus dem Mittelmeerraum an und brachten Waren aus Afrika und dem südeuropäischen Raum. Die anderen zwei Kaufleute zogen mit ihren Familien in Richtung Venedig. Dort trafen viele Handelszüge aus dem osteuropäischen Raum und Asien ein und versuchten hier, ihre Waren zu verkaufen.

Als die beiden Kaufleute, die sich für die Reise nach Genua entschieden hatten, dort ankamen, herrschte ein Riesenandrang auf dem Markt. Mehrere Schiffe waren eingetroffen, und soweit die Waren nicht in die Lagerhäuser der ansässigen Händler gebracht wurden, kamen sie direkt auf den Markt.

Die beiden Kaufleute suchten zunächst einmal für ihre Familien und sich eine Herberge, in der sie für die nächsten Tage wohnen konnten. Die Wagen mit den Handelswaren wurden unter Bewachung durch die zwei mitgereisten Soldaten auf dem Hof untergebracht. Die beiden Familien fanden je ein Zimmer in der völlig überfüllten Herberge. Die Pferde brachte man in einem großen Stall unter, wo auch die mitgereisten Bediensteten auf frischem Heu und mitgebrachten Decken ein Plätzchen zum Schlafen fanden.

Die beiden Kaufleute waren jeden Tag unterwegs, um ihre Waren anzupreisen und einen möglichst großen Profit herauszuschlagen. Als Vorteil stellte sich heraus, dass der ältere der beiden Kaufleute auf alte Beziehungen zurückgreifen konnte. Er fand einen der Kaufleute wieder, die er bei seinen vergangenen Aufenthalten kennen gelernt hatte. Dieser machte ihnen den Vorschlag, ihre Waren aufzukaufen, bei sich zwischenzulagern und an Händler anderer Länder weiterzuverkaufen. Sie sagten zu, nachdem sie sich auf einen Preis geeinigt hatten. Er war ihnen auch behilflich, neue Waren aufzukaufen, für die sie sich besonders interessierten und die die Wagen für die Rückreise füllen sollten.

Für die Familien war es ein wunderschöner Aufenthalt. Sie besuchten jeden Tag das Meer, wo sie viele Schiffe aus aller Herren Länder bewundern konnten. Da sie nicht am Meer lebten, war die Begegnung mit all diesen fremden Menschen und deren Lebensweise für sie sehr interessant. Sie wurden jeden Tag von einer Truppe einheimischer Kinder begleitet, die auf einen kleinen Obolus hofften und dafür ihre Dienste anboten. Ein kleiner Junge tat sich hierbei besonders hervor. Er beherrschte die Sprache der Fremden und erzählte, dass seine Eltern aus dem Norden stammten und hier an der Pest gestorben waren. Er lebte hier allein und verdiente seinen Unterhalt für eine Reihe von Dienstleistungen, wie z. B. Schuhputzen, Aufräumungs- und Transportarbeiten auf dem Markt, Fremdenführung usw. Mit seinen blonden Haaren unterschied er sich von den anderen Kindern, die fast alle dunkle Haare hatten. Seine Aufgeschlossenheit und Lustigkeit machten ihn bei den Kindern der Familien sehr beliebt, und es wurde schnell Freundschaft geschlossen. Er führte sie zu einer Lagune am Meer, wo sie nach Herzenslust baden und schwimmen konnten. Die Kinder stürzten sich nackt in die Fluten und tobten, bis sie sich müde am Strand versammelten, um bei einem Mahl aus selbstgefangenen Fischen auszuruhen. Bald hatten die Kinder aus dem Norden so viel Bräune getankt, dass sie sich kaum noch von den einheimischen Kindern unterschieden.

Auch auf dem Markt wurden die Familien durch den blonden Jungen begleitet. Er führte sie zu den Ständen, wo die Waren am billigsten waren und verhandelte zäh mit den Händlern, um für die Familien noch weitere Vorteile herauszuholen. Bei den Händlern war der blonde Junge ebenfalls beliebt, da er immer wieder fremde Reisende zu ihren Stand führte und sie gute Geschäfte machen konnten. Die Familien interessierten sich besonders für Souvenirläden, um Andenken für zu Hause mitzunehmen. Auch Obst für den täglichen Verbrauch wurde mit Hilfe des blonden Jungen möglichst billig erworben.

So verging die Zeit, und die Wagen füllten sich allmählich mit Waren für die Heimreise. Eines Tages war es dann soweit, die Familien waren für die Rückreise gerüstet. Die beiden Kaufleute bestimmten den Tag des Aufbruches, und alle verabschiedeten sich von Bekannten und Freunden, die sie während des Aufenthalts kennengelernt hatten. Besonders dramatisch verlief die Verabschiedung von dem blonden Jungen. Sie hatten ihn alle ins Herz geschlossen. Die Frau des jungen Kaufmanns war sehr traurig, sie war schwanger und der kleine Kavalier las ihr jeden Wunsch von den Augen ab. Sie hätte ihn gern mit in die Heimat genommen, da er doch allein und ungebunden war. Aber er lehnte mit den Worten ab: „Ich habe hier meine Freunde, die ich nicht allein lassen kann. Es wäre schön, wieder in einer Familie zu leben, aber ich habe hier meine neue Heimat gefunden, die ich nicht verlassen möchte. Vielleicht werde ich ein großer Kaufmann, dann besuche ich euch in eurer Heimat, und wir feiern ein fröhliches Wiedersehen."

Nun ging es ein letztes Mal zum Hafen und zum Markt. Es wurden noch einige Raritäten eingekauft, soweit sie auf den vollbepackten Wagen Platz fanden. Am nächsten Tag ging die Reise los. Die Kaufleute hatten mehr Zeit in Genua verbracht, als sie vorhatten. Der Sommer ging seinem Ende entgegen, und im Winter wollten sie bereits wieder in der Heimat sein. Sie planten nur noch einen kurzen Aufenthalt in Mailand, um sich mit den anderen Kaufleuten zu vereinen und dann nach Norden weiterziehen. Die Kaufmannsfamilien hatten wunderschöne Wochen im Süden verlebt, aber nun hatten sie Sehnsucht nach der Heimat und den eigenen vier Wänden.

Da der Aufenthalt in Genua länger gedauert hatte, war bei der Frau des jungen Kaufmanns der Entbindungstermin näher gerückt. Das Ehepaar hatte gehofft, dass die Entbindung noch in Genua stattfinden würde, aber die Geburt schob sich immer weiter hinaus. Nach einer Beratung der beiden Kaufleute, und wegen der immer weiter fortschreitenden Jahreszeit, beschlossen sie aufzubrechen, um noch vor dem Winter über die Alpen zu kommen, wo man jederzeit mit einem vorzeitigen Wintereinbruch rechnen musste.

Kurz vor Mailand setzten schließlich die Wehen ein. Sie mussten die Fahrt unterbrechen, um mit Hilfe der zweiten Kaufmannsfrau die Entbindung vornehmen zu können. Zur Freude ihres Mannes kam ein kleines Mädchen zur Welt. Die Geburt verlief ohne Komplikationen, und schon wenige Stunden nach dem Einsetzen der Wehen schrie die neue kleine Erdenbürgerin ihren Frust über den Verlust ihres warmen Plätzchens im Mutterleib in die Welt hinaus. Nachdem sie jedoch im warmen Wasser gebadet war und mit entsprechender Babykleidung versehen an der Mutterbrust lag, beruhigte sie sich schnell.

Einen Tag später ging die Reise weiter nach Mailand, wo die beiden Kaufleute, die aus Venedig zurückkamen, bereits warteten. Sie vereinbarten, dass sie sich noch drei Tage in Mailand aufhalten wollten, um der jungen Mutter noch etwas Erholung zu gönnen. Danach sollte zügig die Reise in die Heimat angetreten werden. Es gab nun großes Hallo, als wieder alle vereint waren. Sie tauschten ihre Erlebnisse aus und zeigten gegenseitig ihre Waren, die sie als Handelsgut erworben hatten. Gemeinsam mit den Kindern besuchten die Erwachsenen einige sehenswerte Plätze und Gebäude in Mailand auf, und auch der Markt wurde nochmals aufgesucht, um Verpflegung für die Weiterreise zu kaufen. Am dritten Tag stellten dann die Kaufleute den Tross zusammen. Der junge Kaufmann richtete für Mutter und Tochter ein bequemes Lager auf einem der Trosswagen ein, so dass diese nicht allzu sehr unter den Reisestrapazen zu leiden hatten. Dann ging es los in Richtung Norden.

Der vor der Reise festgelegte Leiter der Kaufmannsgruppe übernahm wieder die Führung und legte aus seiner Erfahrung heraus die günstigste Route für den Heimweg fest. Bei der abendlichen Rast traf man jeweils die Festlegungen für den nächsten Tag. Die Kaufmannsfamilien waren auf Grund der vielen gemeinsam verbrachten Monate zu einer verschworenen Gemeinschaft geworden.

Das kleine Mädchen, das die Eltern Adeline nannten, gedieh trotz der Reisestrapazen prächtig. Sie war ein sehr ruhiges Baby und machte sich mit kräftiger Stimme nur dann bemerkbar, wenn sie nicht rechtzeitig von der Mutterbrust zu trinken bekam. Die Eltern der kleinen Adeline waren sehr glücklich über den Nachwuchs in der Familie. Wenn sie abends rasteten und sich in einem der Trosswagen zur Nachtruhe begaben, führten sie noch lange Gespräche über die Zukunft der Kaufmannsfamilie. Die kleine Adeline lag zwischen ihnen und nuckelte zufrieden an ihren Fäustchen.

Der Tross kam sehr zügig voran, begünstigt durch das ruhige, sonnige Herbstwetter. Die Laubbäume zeigten bereits die typischen Herbstfärbungen und ergaben ein prächtiges Bild, wenn die Kaufleute in das bereits durchquerte Tal zurückblickten. Auch die Alpen bereiteten dem Tross beim Überqueren keine Schwierigkeiten. Die Kaufleute waren trotzdem froh, dass sie diese Teilstrecke ihrer Reise vor dem ersten Wintereinbruch hinter sich gebracht hatten. Nun ging es in zügigem Tempo weiter gen Norden, um möglichst bald die Heimat zu erreichen, die mitgebrachten Waren zu verkaufen und den Winter im warmen Heim vor dem knisternden Kamin zu verbringen.

Als Reiseroute für den letzten Abschnitt ihrer Reise wählten sie die bereits beschriebene Süd-Nord-Richtung, die an der Ritterburg vorbei durch eine Schlucht führte. Diese Route war die kürzeste Strecke auf dem Nachhauseweg, alle anderen hätten einen mehr oder weniger großen Umweg bedeutet. Der Tross war bisher unbehelligt geblieben, offensichtlich trauten sich Räuber und anderes Diebesgesindel nicht an den gut bewachten und bewaffneten Konvoi heran. Nun aber sollte sich das ändern.

In der Mitte der Schlucht angekommen, fanden sie den erweiterten Platz, der sich ausgezeichnet als Rastmöglichkeit eignete. Sie beschlossen, sich hier für zwei Tage auszuruhen, um sich dann mit frischen Kräften auf den restlichen Heimweg zu begeben. Der Fischreichtum im See sorgte für frische Nahrung, und es bestand außerdem die Möglichkeit, sich vom Schmutz der Reise zu säubern. Besonders von den Kindern wurde die Bademöglichkeit angenommen, und ehe man sich versah, planschten sie im noch relativ warmen Wasser. Die Sonne, deren Strahlen den Weg in die erweiterte Schlucht fanden, meinte es gut mit den eben angekommenen Reisenden. Inmitten der zum Kreis formierten Wagenburg hatten die Kaufleute ein Lagerfeuer angezündet, das sowohl das Trocknen der Wäsche, als auch das Schmoren der im See gefangenen Fische möglich machte. Für das Fischfangen waren die Männer und die Kinder verantwortlich. Sie trennten durch eine Steinbarriere einen kleinen Teil des Sees ab und mussten nun nur noch mit den Händen zugreifen oder mit einem Netz keschern. Die Kinder hatten Spaß daran, die Fische zu fangen und nach dem Ausnehmen am Spieß zu rösten. Sie konnten nicht genug vom lange entbehrten Spielen bekommen, und nach dem Abendbrot waren sie bereits wieder im Wasser zu finden.

Die Frauen fanden eine versteckte Ecke, wo sie sich unbeobachtet nackt ausziehen, sich waschen und eine kleine Runde schwimmen konnten. Auch die kleine Adeline wurde von ihrer Mutter ins Wasser getaucht und fand Gefallen an den um sie her plätschernden Wellen.

Der Rastplatz war leicht gegen einen Überfall durch irgendwelches Raubgesindel zu verteidigen. Die hohen Felswände schlossen einen Angriff von oben aus. An den beiden Rastplatzenden ging die freie Fläche in die Nord- bzw. Süd-Schlucht über. Die Eingänge verengten sich hier soweit, dass nur noch ein Pferdewagen durchpasste. Je zwei der Soldaten besetzten die beiden Eingänge und wälzten mit vereinten Kräften einige der auf der Wiese wie hingeschleudert liegenden, großen Felsbrocken vor die sich verengenden Durchlässe. So hofften sie, alles zu einer eventuellen Verteidigung getan zu haben und freuten sich auf eine ruhige Nacht.

Die Strapazen der langen Reise und die ungewohnten Arbeiten am Rastplatz, sowie das Toben der ausgelassenen Kinder hatten alle ermüdet. Die Frauen und die Kinder zogen sich nun zu ihren Lagerstätten zurück, und es wurde bald sehr ruhig auf dem Lagerplatz. Die Männer saßen noch um das erlöschende Lagerfeuer herum, rauchten ihre Tabakpfeifen und genossen den friedlichen Abend. Geschichten über fremde Länder und überstandene Gefahren machten die Runde, bis auch ihnen allmählich die Augen zufielen. Einer nach dem anderen verließ die Runde und kroch unter die Decke seiner Lagerstätte. Der Letzte war der junge Kaufmann, der nochmals zum See ging, um Wasser für das Löschen des Lagerfeuers zu holen. Als er zum Himmel blickte, stellte er fest, dass dieser sich bezogen hatte, und der schöne Sonnentag mit Regen enden würde. Er machte deshalb nochmals eine Runde um die Wagenburg und zurrte alles richtig fest, um das Eindringen von Regenwasser in die wertvollen Waren zu verhindern. Danach begab auch er sich zur Ruhe.

Der Überfall

Die Ritter bezogen ihre Einnahmen hauptsächlich aus Kriegen und Eroberungen, für die sie vom jeweiligen Landesherrn verpflichtet wurden. Entlohnt wurden sie dafür nicht, so dass sie auf Plünderungen der Kriegsgebiete angewiesen waren. Darüber hinaus mussten auch andere Einnahmequellen aufgetan werden, um den aufwendigen Lebensstil der Ritterschaft zu ermöglichen. Die Burgherren führten z. B. einen Wegezoll ein für Wege, die durch ihr Gebiet verliefen. Ein großer Teil der Ritterschaft plünderte als Raubritter die durchziehenden Karawanen. Geld, Waren, Pferde und Wagen gingen in den Besitz der Raubritter über, nachdem die Reisenden niedergemetzelt worden waren.
Auch der Burgherr der beschriebenen Burg bezog einen Teil seiner Einnahmen aus solchen Raubüberfällen. Diese wurden geheim gehalten und nur ein kleiner Teil der Burgbesatzung war eingeweiht. Zu dieser verschwiegenen Truppe gehörten neben dem Burgherrn die auf der Burg in Lohn und Brot stehenden Ritter, weitere Soldaten und ausgewählte Bedienstete der Burg. Alle waren im Waffenhandwerk ausgebildet, und überfallene Reisende hatten kaum eine Chance, mit dem Leben davonzukommen. Für die Überfälle gab es eine Belohnung, die bei den Mitgliedern der am Überfall Beteiligten sehr begehrt war. Normalerweise wurden die Aktionen in weiter entfernten Gebieten durchgeführt, um einen eventuellen Verdacht auf den Burgherrn zu verhindern. Der Kaufmannszug, den die Burgbesatzung von den Ecktürmen der Burg aus schon lange beobachtete, versprach jedoch so reiche Beute, dass der Burgherr nicht darauf verzichten wollte, ihn in unmittelbarer Nähe anzugreifen. Er plante den Überfall in der Schlucht, weil nach seiner Meinung dort die günstigsten Voraussetzungen dafür gegeben waren. Der Burgherr rief seine bewährten Kämpfer zusammen und bereitete mit ihnen

den Überfall vor. Zunächst schickte er zwei seiner Bediensteten zur Schlucht, sie sollten von oben aus die Bewegung der Kaufleute beobachten. Mit den anderen Kämpfern vereinbarte er: „Wir reiten mit unseren Pferden bis zum südlichen Eingang der Schlucht und lassen sie dort in Obhut zweier Bediensteter zurück. Von dort aus schleichen wir uns zur Mitte der Schlucht, wo sich der Kaufmannszug gemäß Aussagen der Beobachtungsposten zu einer längeren Rast niedergelassen hat. Beginnend mit den Soldaten am unteren Schluchteingang werden alle Reisenden getötet, es darf niemand übrig bleiben, damit es keine eventuellen Zeugen gibt. Danach wird die Schlucht schnellstens geräumt und die beladenen Wagen in unser Versteck gebracht."

Nach einigen Diskussionen über Einzelheiten waren alle für den Überfall bereit. In der Nacht brach die Gruppe auf, nachdem sie vorher die Hufe der Pferde mit alten Säcken umwickelt hatten, um das Stampfen der Pferdehufe zu dämpfen. Über einige Umwege gelangten sie unmittelbar an das Südende der Schlucht. Hier warteten bereits die beiden Beobachtungsposten und berichteten über die Maßnahmen der Kaufleute zum Schutz vor einem eventuellen Überfall. Sie berichteten von den Steinen und den jeweils zwei Soldaten am unteren und oberen Ende des Rastplatzes und der Wagenburg mit den Pferden und einigen Wohnzelten in deren Mitte. Sie waren der Meinung, dass die Steinbarriere und die dahinter lagernden Soldaten leicht zu überwinden wären. Nun ließen sie ihre Pferde am Schluchteingang zurück und schlichen sich vom Süden her an das Nachtlager der Kaufleute heran.

Diese schliefen nach der anstrengenden Reise tief und fest. Die kleine Adeline jedoch litt unter Bauchschmerzen und quengelte leise vor sich hin. Der junge Kaufmann erwachte und, um seine Frau nicht um ihren wohlverdienten Schlaf zu bringen, nahm er das kleine Bündel und wanderte damit hinunter zum See. Hinter einem Gebüsch fand er ein Versteck, in dem er sich niederließ. Er beruhigte die kleine Adeline, indem er sie auf seinem Schoß wiegte, wodurch sie bald wieder einschlief. Er selbst döste vor sich hin, wobei das Plätschern des Sees für eine friedliche Stimmung sorgte. Den ganzen Tag hatte die Sonne geschienen und war nun dem Mond und den Sternen gewichen. Jetzt jedoch schien sich ein Unwetter zusammenzuziehen, der Himmel bezog sich mit dicken Wolken und diese bedeckten allmählich den Ausschnitt des Himmels, der von der Schlucht aus zu sehen war.

Die beiden Soldaten am Südende des Lagerplatzes hatten es sich gemütlich gemacht, nachdem im Lager Ruhe eingekehrt war. Unmittelbar hinter einem großen, herangerollten Stein brannte ein kleines Lagerfeuer, an dem sie sich noch ein Stück Fleisch brieten, das beim Abendbrot der Kaufleute übrig geblieben war. Von hier aus konnten sie auch in die Schlucht einsehen, soweit der Nachthimmel, der sich aber nun mit dicken Wolken bezog, für Beleuchtung sorgte. Sie unterhielten sich leise und waren in Gedanken bereits in der Heimat. Sie glaubten nicht, dass es in der Nacht zu einem Überfall kommen würde, und wären auch nach ihrer Meinung dagegen ausreichend gesichert gewesen.

Sie lehnten mit dem Rücken an der Schluchtwand und hatten ihre Waffen neben sich griffbereit liegen. Das kleine Lagerfeuer war inzwischen niedergebrannt, und nur einige kleine Holzstückchen glommen noch auf, wenn ein leichter Wind darüber strich.

Inzwischen war es Mitternacht geworden, und der Nachthimmel erhellte sich immer mal wieder durch in der Ferne aufleuchtende Blitze. Das damit verbundene Unwetter kam langsam näher und die beiden Soldaten legten ihre Umhänge bereit, um bei beginnendem Regen ihren Nässeschutz schnell zur Verfügung zu haben.

Im Schutze der Dunkelheit hatten sich inzwischen zwei der Raubritter an die Steinbarriere herangeschlichen, hinter denen die zur Wache eingeteilten Soldaten vor sich hindösten. Die Räuber waren schwarz gekleidet und hatten sich ihre Gesichter mit Ruß unkenntlich gemacht. Sie stiegen vorsichtig und leise über die großen Steine. Als Bewaffnung trugen sie nur ihre Dolche im Gurt, um nicht bei ihrer Kletterpartie behindert zu werden.

Die beiden Soldaten wurden im Halbschlaf getötet und leisteten kaum Gegenwehr. Dem einen wurde mit dem Dolch das Herz durchbohrt, und er war auf der Stelle tot. Der andere hörte ein leichtes Geräusch, möglicherweise hervorgerufen durch einen herabfallenden Stein. Er lauschte in die Nacht, wollte sich schon wieder beruhigt zurück lehnen, als er die schwarze Gestalt bemerkte, die sich leise auf ihn zu schlich. Aber es war bereits zu spät, mit katzenhafter Gewandtheit stürzte sich einer der Räuber auf den Soldaten und schnitt ihm die Kehle durch. Im Todeskampf konnte er dem Angreifer mit seinem Schwert einen Stich in den Oberarm versetzen, dann fiel ihm das Schwert aus der Hand und er hauchte röchelnd sein Leben aus. Auf ein vorher vereinbartes Zeichen hin kamen nun die restlichen Raubritter über die Steinbarriere herübergeklettert und drangen zur Wagenburg vor.

Der junge Kaufmann hörte von seinem Versteck aus das Klirren des herunterfallenden Schwertes am Südeingang des Rastplatzes und wurde sofort hellhörig ob des ungewohnten Lautes, der die Stille der Nacht durchbrach.

Die Kaufleute und deren Soldaten hatten sich schon öfters gegen Überfälle von Räubern wehren müssen und vereinbarten ein Signal, wenn Gefahr für den Kaufmannszug bestand. Dieses Signal wurde jetzt durch den jungen Kaufmann ausgelöst, und die Kaufleute und das Personal stürzten aus den Wagen und den in der Mitte der Wagenburg aufgestellten Zelten hervor, um sich mit den immer griffbereit liegenden Waffen zu verteidigen.

Der junge Kaufmann rannte zu seinem Wagen und entnahm aus dem Versteck an der Unterseite sein Schwert. Adeline ließ er am See zurück, wo sie friedlich unter dem Blätterdach eines Gebüschs weiterschlummerte.

Die Kaufleute und deren Gehilfen fanden sich zu einer Gruppe zusammen und wehrten sich Rücken an Rücken gegen die schwarz-

gekleideten Gestalten. Auch einige Frauen griffen in den Kampf mit ein, um sich und ihre Kinder zu verteidigen. Sie brachten zwar den angreifenden Raubrittern einige Blessuren bei, konnten sie aber nicht aufhalten. Die Raubritter gewannen schnell die Oberhand und metzelten alles Lebende nieder. Der Himmel hatte sich inzwischen völlig bezogen, und Blitze zuckten, die die schreckliche Kampfszene beleuchteten. Die beiden Soldaten am Nordeingang eilten, nachdem sie sich versichert hatten, dass keine Gefahr vom Norden her bestand, zum Kampfplatz. Aber es war zu spät, und auch sie fielen der Metzelei zum Opfer.
Der junge Kaufmann stand vor seinem Wagen und kämpfte mit einem schwarzgekleideten Ritter. Er hatte eine gute Ausbildung im Kampf mit dem Schwert hinter sich und wusste sich gut zu verteidigen. Seine Frau beobachtete den Kampf vom Wagen aus. Sie war durch die Geburt ihrer Tochter und infolge der durchgestandenen Strapazen noch nicht kräftig genug, um in den Kampf eingreifen zu können. Der junge Kaufmann wollte verhindern, dass sie das Los der bereits umgebrachten Frauen und Kinder teilte und schrie ihr zu, durch den Nordeingang des Rastplatzes zu flüchten. Aber sie wollte ihren Mann nicht allein lassen und blieb zitternd am Wageneingang stehen.
Mutig wehrte der junge Kaufmann sich gegen den ihm überlegenen Ritter. Dieser war über eine am Boden liegende Leiche gestrauchelt, führte aber vom Boden aus den Kampf weiter. Als der junge Kaufmann sich über den Ritter beugte, um ihm den Todesstoß zu versetzen, stach dieser sein Schwert von unten in dessen Brustkorb. Mit einem Seufzen fiel der Kaufmann auf den Körper des Ritters. Dieser schob ihn von sich, in der Annahme, dass er seinen Gegner getötet habe. Dabei riss der Kaufmann dem Ritter eine silberne Kette vom Hals, die dieser während des Kampfes getragen hatte.
Die Kaufmannsfrau schrie auf und wollte ihrem tödlich verwundeten Mann zu Hilfe eilen, wurde aber durch einen anderen Ritter hinterrücks erstochen.

Inzwischen hatte sich der Regen zu einem regelrechten Wolkenbruch ausgeweitet. In Strömen schoss er vom Himmel herab, Blitze zuckten unaufhörlich in der dunklen Nacht und erhellten zeitweise die grausige Szene des Überfalls. Der junge Kaufmann lag nach dem Kampf zunächst bewusstlos am Boden und die Raubritter kümmerten sich nicht mehr um ihn. Sie glaubten, er sei tot, und ließen ihn in einer Blutlache liegen. Die Raubritter hatten nun erst einmal damit zu tun, das Raubgut zu sichern und abzutransportieren. So konnte der inzwischen zu sich gekommene junge Kaufmann ungesehen wegkriechen und sich um seine Tochter kümmern. Diese hatte im Gebüsch den starken Regen gut überstanden und machte kein Geschrei. Trotz der Blitze, die am Himmel hin und her zuckten, und dem mit kräftigem Donnerkrachen begleiteten Regen blieb sie ruhig. Ihr Vater nahm nun das Bündel und verließ kriechend den Rastplatz am See in Richtung Norden. Auf dem Weg durch die Schlucht, musste er wegen seiner schweren Verletzung mehrfach Halt machen, um sich auszuruhen. Einmal versteckte er sich hinter einem großen Stein, weil zwei Reiter vorbeikamen, die offensichtlich zu den Raubrittern gehörten.

Schließlich erreichte er den Südrand des Dorfes. Es fing schon an zu dämmern, als er unmittelbar vor dem Häuschen der Kräuterfrau zusammenbrach. Der Hund der Kräuterfrau schlug an, um den vermeintlichen Besucher anzukündigen. Die Frau war bereits wach, da sie plante mit einem Huckekorb in den Wald zu gehen und Kräuter zu sammeln. Der junge Kaufmann hatte die kleine Adeline auf dem Fluchtweg im Arm gehalten und hielt sie auch jetzt noch krampfhaft fest, obwohl er bewusstlos vor dem Zaun des Grundstücks der Kräuterfrau lag. Diese nahm nun erst einmal das Baby an sich und brachte es ins Haus. Den verwundeten Kaufmann ließ sie durch den inzwischen verständigten Zimmermann ebenfalls ins Haus bringen. Von den Dorfbewohnern hatte niemand etwas von dieser Tragödie mitbekommen. Das Baby hatte inzwischen ihren Hunger lautstark zum Ausdruck gebracht. Sie war aber schnell zufrieden zu stellen, da die Kräuterfrau warme Ziegenmilch bereitet hatte und Adeline zu trinken gab. Die nasse und blutbeschmierte Kleidung zog sie ihr aus und wickelte sie in einen warmen Umhang. Mit ihrem Vater sah es wesentlich schlechter aus. Er hatte durch Stiche in den Unterleib und in die Lunge viel Blut verloren und war nur zeitweise bei Bewusstsein. Die Kräuterfrau säuberte die Wunden, verband sie und flößte ihm Tee ein. Sie hatte aber keine Hoffnung, ihn am Leben erhalten zu können. In der folgenden Nacht starb er. Vorher hatte er ihr in einem lichten Augenblick von dem Überfall erzählt und überreichte ihr die silberne Kette, an der sich ein Medaillon mit einem Ritterwappen befand. Außerdem übergab er ihr die Papiere, die er immer bei sich trug. Sie bezogen sich auf Adelines Geburt, und es waren die Waren aufgelistet, die er mit sich geführt hatte. Die Kräuterfrau schloss die blutbefleckten Unterlagen in ein Kästchen ein, um sie später Adeline oder eventuellen Verwandten zu übergeben. Der Kaufmann bat die Kräuterfrau, sich um Adeline zu kümmern und mit Hilfe der Kette die Schuldigen an dem Massaker zu finden. Vielleicht würde Adeline dereinst in der Lage sein, den Tod ihrer Eltern und der anderen Kaufleute zu rächen. Der junge Kaufmann wurde durch die Kräuterfrau und den Dorfzimmermann am hinteren Ende des Gartens noch in der Nacht beerdigt. Beide vereinbarten Stillschweigen, um sich nicht in Gefahr zu bringen. Sie wussten nicht, inwiefern die Ritter der Burg beteiligt waren und ob sie eventuelle Mitwisser zum Schweigen bringen würden.

Die kleine Adeline, deren Namen die Kräuterfrau noch vom Kaufmann vor dessen Tod erfahren hatte, war also die einzige Überlebende des circa fünfundzwanzig Personen zählenden Kaufmannszuges. Das Leben der Kaufmannsfamilien, der Soldaten und der Bediensteten hatte also ein jähes Ende genommen. Leider konnte der junge Kaufmann vor seinem Tode nichts mehr über eventuelle Verwandte sagen, so dass Adeline völlig allein im Leben stand. Aus den Papieren ging nichts über eventuelle Verwandte, Bekannte und Freunde hervor.

Die Raubritter selbst mussten sich nach dem Gemetzel erst einmal um das Verstauen der erbeuteten Waren und Beseitigung der Spuren aus dem Überfall kümmern. Sie verloren keine Zeit, spannten die Pferde vor die Wagen und fuhren zum südlichen Ende der Schlucht. Von da aus ging es zu der alten Silbermine, die schon mehrfach für die Aufbewahrung von Raubgütern benutzt worden war. Das Schloss am stabilen Eingangstor wurde geöffnet, und die Pferdewagen konnten mit Ladung in die Eingangshöhle gefahren werden. Teilweise lagerte man die besonders wertvollen Güter in die Gänge um, in denen einst Silbererz abgebaut wurde. Die Pferde wurden abgespannt und dann in die Ebene hinaus gejagt. Man wollte sie später wieder einfangen und so tun, als wären sie herrenlos aufgefunden worden. Sie sollten dann auf die Burg gebracht und der Pferdeherde des Burgherrn einverleibt werden.

Die Leichen des niedergemetzelten Kaufmannszuges lud man auf einen der Wagen und brachte sie zur naheliegenden wilden Schlucht. Dort kippte man sie einfach ab, und sie fielen circa zwanzig Meter in die unzugängliche Tiefe. Zwei Ladungen Steine, die hinterher gekippt wurden, bedeckten das Massengrab und niemand würde es finden. Danach kehrten die Raubritter nochmals zum Rastplatz zurück, um eventuelle Spuren zu beseitigen. Übriggebliebene Gegenstände wurden eingesammelt und anschließend ebenfalls in die Schlucht geworfen, soweit sie nicht brauchbar waren. Ansonsten hatte der Regen ganze Arbeit geleistet. Die Blutlachen waren weggewaschen und entweder im Boden versickert oder in den See gespült worden.

Der Burgherr bemerkte inzwischen, dass seine silberne Kette mit dem Medaillon verschwunden war. Er ließ den ganzen Platz absuchen, es wurde jedoch nichts gefunden, und so verließen die Raubritter den Ort des Grauens. Hier trat nun wieder Stille ein und der Rastplatz wirkte idyllisch wie eh und je.

Die Erziehung der Kaufmannstochter

Die Kräuterfrau konnte die kleine Adeline nicht bei sich behalten. Zum einen hatte sie bereits ein hohes Alter erreicht und im Falle ihres Todes hätte diese allein dagestanden, zum anderen hätte sie nicht erklären können, woher dieses Kleinkind plötzlich gekommen war. Die Kräuterfrau vermutete, dass der Burgherr einen Anteil an dem Überfall hatte und wollte eventuelle Nachforschungen aus dieser Richtung vermeiden. Es verband sie jedoch eine enge Freundschaft mit der Oberin des Klosters, da sie sich des Öfteren über das Kräutersammeln, über die Herstellung von Tee und anderer Medizin und über die Behandlung bestimmter Krankheiten austauschten.
Bei einem vereinbarten Treffen im Wald berichtete die Kräuterfrau über den Tod des jungen Kaufmannes und das Unglück der kleinen Adeline: „Der Herrgott hat mir ein kleines Mädchen ins Haus geschickt und gebeten, mich um sie zu kümmern. Wegen meines hohen Alters und der besonderen Umstände ihrer Herkunft kann ich sie nicht selbst aufziehen. Ich bitte Euch, sie in Euer Kloster aufzunehmen, sie zu betreuen und sie eventuellen Verwandten zu übergeben, falls sich solche bei Euch melden sollten. Niemand weiß etwas über ihre Existenz, und falls sie bei Euch unterkommt, wird das auch so bleiben. Außerdem habt Ihr die Möglichkeit, sie im Sinne Gottes zu erziehen, sie im Schreiben und Lesen zu unterrichten und sie mit allem Lebensnotwendigen zu versorgen", sagte sie der Oberin. „Ihr tut damit ein gottgefälliges Werk." Die Oberin erklärte sich einverstanden, nachdem noch einige Besonderheiten besprochen worden waren.
So legte die Kräuterfrau zwei Tage später die kleine Adeline in ihren Huckepackkorb, deckte sie zu und machte sich auf den Weg zum Kloster. Hier wurden sie bereits durch die Oberin erwartet. Der stumme Gärtner hatte schon ein Holzbettchen für Adeline

gezimmert, und von den Nonnen wurde eine kleine Matratze und Bettzeug angepasst. So bekam das kleine Menschenkind ein neues Zuhause im Kloster der „frommen Schwestern".

Für die Nonnen war die Ankunft der Kleinen ein besonderes Ereignis. Wenn sie auch keine eigenen Kinder haben konnten, so waren ihre mütterlichen Gefühle nicht verloren gegangen. Alle drängten sich um das kleine Bettchen, jede wollte einen Blick auf das kleine Menschenwesen erhaschen. Es war vorhersehbar, dass sie die kleine Adeline tüchtig verwöhnen würden. Als Ersatzmutter wurde Schwester Paula festgelegt, in deren Kemenate der kleine Säugling auch nachts untergebracht war.

Die Nonnen waren verschwiegen, und das Kloster lag sehr abseits versteckt im Wald, so dass von der Existenz der kleinen Adeline nichts nach außen drang. Als der Bischof nach langer Zeit wieder einmal im Kloster weilte, wurde er von dem Ereignis unterrichtet und gebeten, Nachforschungen nach eventuellen Verwandten anstellen zu lassen. Bis zum Auftauchen eines Verwandten sollte Adeline im Kloster erzogen werden. Eine Vorbereitung auf ein späteres Leben als Nonne war nicht geplant und sollte der Zukunft überlassen werden. Man wollte zunächst abwarten, ob sich ein Verwandter meldete und wie sich die kleine Adeline entwickelt.

Der Bischof war damit einverstanden, dass die Kleine im Kloster aufwuchs. Er ließ über mehrere Jahre Nachforschungen anstellen. Da jedoch nur wenige Papiere mit nur dürftigen Aussagen über die Herkunft der Adeline zur Verfügung standen, wurden keine Verwandten gefunden und Adeline wuchs im Kloster auf.

Noch einer freute sich über den Zuwachs im Kloster – der kleine Bär. Er saß stundenlang am Bettchen der kleinen Adeline, das tagsüber in einer geschützten Ecke des Klostergartens aufgestellt wurde. Wenn sie ihre Milch oder ihr Breichen bekam, stand er in bettelnder Haltung am Bett und maunzte so lange, bis auch er einen Napf dieser süßen Delikatesse bekam. Dann schmatzten beide um die Wette, bis nichts mehr übrig war. Am Abend trug man dann das

Bettchen in die Kammer der Nonne Paula, während das Bärchen in seinem Stall hinter dem Haupthaus verschwand. Am nächsten Morgen wartete er bereits wieder vor dem Haus, um seine kleine Freundin zu begrüßen. Sie jauchzte, wenn sie ihn sah, und der kleine Bär schützte sie tagsüber vor jedem Unbill, der eventuell auf sie zukommen konnte.

Es wurde nun immer kälter in der Natur und der Winter kündigte sich durch den ersten Frost und einige Schneeflöckchen an. Der kleine Bär war ständig müde und kam manchmal tagelang nicht aus seinem Bau heraus. Mit Heu und Stroh hatten die Nonnen ihm ein kuscheliges Nest hergerichtet, so dass er in der bevorstehenden kalten Jahreszeit nicht frieren musste. Die kleine Adeline kam auch nicht mehr aus dem Haus und musste sich tagsüber im warmen Gemeinschaftsraum oder in der im Winter beheizten Bibliothek aufhalten. Nachts schlief sie dann wieder in der Zelle von Paula, die sie rührend betreute und zudeckte, wenn die Kälte ins Kloster drang. Heulte der Schneesturm ums Haus und prasselten die Hagelkörner gegen das Fenster, so kuschelten sich beide in ihre warmen Betten und dachten mit Wehmut an den erlebnisreichen, vergangenen Sommer.

Der kleine Bär lag im tiefen Schlaf und träumte von seinen Erlebnissen. Dabei zuckte er mit den Beinchen, als wollte er einen imaginären Bösewicht abwehren, der ihn oder seine kleine Freundin, die Adeline, in ihrem Bettchen bedrohte. Ab und zu wurde er einmal munter und man sah ihn im tiefen Schnee umherwandern. Da jedoch niemand zu sehen war und die arktische Kälte in seine kleine Nase zwickte, zog er sich wieder in sein warmes Nest zurück und schlief weiter.

Der Winter ging schneller vorbei als gedacht, und bald würde wieder der gewohnte Frühling-Sommer-Rhythmus beginnen. Adeline war inzwischen acht Monate alt, und sie wuchs schnell heran. Nichts hielt sie mehr in ihrem Bettchen. In ihrem vom Gärtner angefertigten Laufgitter unternahm sie bereits erste Gehversuche. Sie zog sich an den Holzsprossen hoch und hangelte sich am Gitterholm rund um ihr kleines Gärtchen herum. Überall wo es etwas zu sehen gab, zeigte sie mit ihren Fingerchen hin und wollte aus ihrem Gitter krabbeln. Näherten sich Personen, so richtete sie ihr Augenmerk auf deren Gesicht und hoffte, ein paar Minuten Aufmerksamkeit zu erhaschen oder ein bisschen spielen zu können. Wenn sie den Mund zu einem Lächeln öffnete, leuchteten die ersten Milchzähnchen aus dem kleinen Kindermund. Sie war ein fröhliches Kind, das keine Schwierigkeiten bei ihrer Betreuung verursachte.

Bald hatten die Sonnenstrahlen die letzten Schneereste beseitigt und ließen die Schneeglöckchen und Krokusse aus dem Boden hervorsprießen. Sie trieben den Frost aus dem Boden, und sowohl Menschen, als auch Tiere freuten sich über das wohltuende Grün, das sie während des langen Winters vermisst hatten. Die Nonnen bereiteten die Frühjahrsarbeiten auf den Feldern vor. Gemeinsam mit dem alten Gärtner pflügten, eggten und säten sie. Gemüse wurde gepflanzt, Rüben aus der Vorjahresernte geschnitten und in den Boden gebracht.

Im Klostergarten begannen ebenfalls die Frühjahrsarbeiten. Rosen wurden abgehäufelt und beschnitten, Blumenzwiebeln kamen in die Erde und wurden so gepflanzt, dass bald herrlich blühende Rabatte die Herzen erfreuen konnten. Die Fliederbäume wurden gestutzt und die Obstbäume mit dem obligatorischen Frühjahrsschnitt versehen. Es gab also viel zu tun, um nach dem langen Winter alles auf Vordermann zu bringen.

Der kleine Bär war auch aus dem Winterschlaf erwacht. Er strotzte wieder voller Tatendrang, stromerte in- und außerhalb des Klostergartens umher und stellte allerhand Unsinn an. Als erstes legte er sich mit den jungen Katzen an, die nun keinen Schutz mehr durch ihre Mutter benötigten. Sie waren zu kräftigen, grau getigerten Katzendamen herangewachsen. Als der Bär sich ihnen näherte, fauchten sie ihn an, und er bekam einige Kratzer von ihren Tatzen auf seiner empfindlichen Nase ab. Heulend zog er sich unter Gelächter der Nonnen in seinen Stall zurück. Die jungen Katzen unterstützten ihre Mutter beim Mäusefangen in der Kornkammer, während der Katzenvater wie ein Pascha auf seinem Baum hockte und die Szenerie von oben betrachtete.

Kurze Zeit später tobte der kleine Bär wieder im Garten herum und heckte die nächsten Streiche aus. Er suchte seine kleine Freundin, die endlich wieder aus dem Haus durfte. Im vom Gärtner gebauten Laufgitter tobte sie auf einer Matratze, die mit einer Decke ausgelegt war, herum und zeigte dem kleinen Bären, was sie im Winter alles gelernt hatte. Sie schlug Purzelbäume, richtete sich an den Laufgitterwänden auf und lief bereits selbständig um das Laufgitter herum. Der kleine Bär wäre am liebsten mit in das Laufgitter geklettert, wurde aber von den Nonnen daran gehindert. Er musste noch etwas warten, bis er sich mit Adeline in allen Winkeln des Gartens austoben konnte. Er begnügte sich deshalb erst einmal damit, am Laufgitter stehend, mit der kleinen Adeline Fratzen zu üben.

Der kleine Bär war also ständig in der Nähe des Gitters zu finden und versuchte dem kleinen Mädchen jeden Wunsch zu erfüllen. Einmal versuchte er als Spielzeug für Adeline eine besonders laut brummende dicke Hummel zu fangen. Diese fühlte sich in ihrem Tagesablauf durch den Bären gestört und stach ihn in die bereits durch die Katzen ramponierte Nase. Aufheulend rannte er wieder in seinen Stall und suchte nach Schmerzlinderung. Als sich jedoch die kleine Adeline durch ein Krähen bemerkbar machte und ihn rief, kam er sofort angewackelt. Gemeinsam schleckerten sie nun ihr Breichen, das durch Schwester Paula zubereitet und gebracht worden war, und schmatzten dabei zu deren Freude nach Herzenslust. Während Adeline noch gefüttert wurde, schleckte der kleine Bär sein Schüsselchen selbst leer.

Mit elf Monaten tat Adeline die ersten Schritte im Laufgitter. Sie hatte sich bereits mehrfach an den Gitterwänden hochgezogen und ihr kleines Gärtchen innen umrundet. Nun wollte sie raus und dem Bärchen unmittelbar Gesellschaft leisten. Die Nonnen setzten sie außerhalb des Gitters ab, und sie zog sich am Fell des Bären hoch. Die ersten Schritte verliefen noch recht wackelig, sie plumpste immer wieder auf den kleinen Po zurück, aber mit Unterstützung der Nonnen und des kleinen Bären war sie dann schnell sicher auf ihren kleinen Beinchen. Sie konnte dem Bärchen überallhin folgen, was nun auch reichlich genutzt wurde. Abends mussten die Nonnen beide suchen, und erst das Klappern mit den Essschüsselchen führte zum Anrücken der beiden Schleckermäulchen. In dieser Zeit kam Adeline fast immer mit einer neuen Beule zurück, die sie sich beim Herumtoben zugezogen hatte.

Die Kräuterfrau hatte der Oberin das düstere Geheimnis um die Herkunft der kleinen Adeline mitgeteilt. Sonst wusste niemand etwas von dem schlimmen Überfall und dem Tod von Adelines Eltern. Fragte jemand nach, so wurde lediglich berichtet, dass es sich um ein Findelkind handelte, deren Mutter bei einem Unfall ums Leben gekommen war und das man beim Kloster abgegeben hatte. Auch auf der Ritterburg war nicht bekannt, dass es ein Überbleibsel aus dem Überfall gab. Die Utensilien, die der Vater hinterlassen hatte, wie z. B. die silberne Kette mit dem Wappen, Unterlagen zur Geburt von Adeline und kaufmännische Unterlagen der Kaufmannsfamilie bewahrte die Kräuterfrau auf, um sie eines Tages Adeline zu übergeben. Die Kräuterfrau ließ sich nun öfter im Kloster sehen, denn sie fühlte sich dem kleinen Menschenkind verpflichtet, nachdem sie für ihren schwerverwundeten Vater nichts mehr hatte tun können. Die Oberin und die Kräuterfrau unterhielten sich oft über den weiteren Lebensweg der kleinen Adeline: „Wir wollen sie in Frieden und gottesfürchtig innerhalb der Klostermauern aufziehen und ihre weitere Entwicklung der Zukunft überlassen. Vielleicht taucht auch bald ein Verwandter auf und nimmt sie mit", sagte die Oberin. Die Kräuterfrau meinte: „Ich werde alles in meinen Kräften stehende tun, um ihr die Grundkenntnisse in Naturheilkunde beizubringen, denn das Heilen von Krankheiten ist ein gottgefälliges Werk und wird überall in der Welt geschätzt." Auch das kleine Häuschen und den für sie so wichtigen Kräutergarten wollte sie eines Tages der kleinen Adeline vererben. Sie hatte nie eigene Kinder, und so schenkte sie dem Mädchen ihr ganzes Herz. Die kleine Adeline freute sich schon, wenn „Omi Nase" zu Besuch kam. Wegen ihrer großen Nase wurde sie liebevoll so genannt, und es gab immer ein großes Hallo, wenn „Omi Nase" kleine Geschenke aus ihrem Huckekorb hervorzauberte.

Als die kleine Adeline fünf Jahre alt wurde, beschloss die Oberin zusammen mit den Nonnen mit einer Ausbildung zu beginnen. Ihren Geburtstag feierten die Nonnen mit ihr am ersten Oktober jeden Jahres, da der genaue Termin nicht bekannt war. Sie bekam eine süße Torte, die sie mit ihrem Freund, dem inzwischen fast zur vollen Größe herangewachsenen Bären teilte. Die Freundschaft zwischen beiden hatte sich weiter vertieft, obwohl der Bär jetzt viele Gelegenheiten nutzte, um in den Wald zu verschwinden.

Eines Tages kam er wieder und hatte viele tiefe Wunden am ganzen Körper, die unbehandelt in der Wildnis sicher zum Tod geführt hätten. Offensichtlich hatte er sich mit einem kräftigen Bärenmännchen gerauft und dabei den Kürzeren gezogen. Er lag vor dem Palisadenzaun, wohin er sich aus dem Wald geschleppt hatte. Hier fand ihn der alte Gärtner, zog ihn vereint mit den Nonnen auf einen alten Plattenwagen und brachte ihn in das Innere des Klostergartens. Die Nonnen versorgten nun seine schweren Wunden, und auch Adeline half bei der Pflege. Sie brachte ihm Wasser und süße Leckerbissen. Ihre Streicheleinheiten trugen mit dazu bei, dass er schließlich die Augen öffnete und sie mit dankbarem Blick ansah. Nach vier Wochen hatten sich die schweren Wunden geschlossen, und der Bär machte wieder die ersten Schritte im Klostergarten. Nach den ersten Gehversuchen ging es dann schnell wieder aufwärts. Zusammen mit Adeline humpelte er durch die nahegelegenen Wiesen und Bäche. In den Wald traute er sich vorerst nicht wieder und blieb immer an der Seite Adelines, als könnte diese ihn vor allen Gefahren aus dem Wald beschützen.

Adeline begann nun mit ihrer Ausbildung. Zunächst zwei Stunden, dann vier Stunden am Tag musste sie unter Anleitung der Nonnen ein vorgegebenes Lernpensum erfüllen. Während der Bär geduldig unter dem Fenster auf seine Freundin wartete, wurde diese im Schreiben und Lesen unterrichtet. Zunächst war es die Nonne Astrid, die sich mit ihr beschäftigte. Diese Nonne führte auch die Chronik des Hauses weiter, die vor Jahren einmal durch eine andere Schreibkundige Nonne begonnen wurde und mittlerweile in stolzen sechs Bänden über das Klosterleben berichtete. Sie sorgte auch dafür, dass Adeline die richtige Lektüre zum Lesen bekam. Die Bibliothek hatte eine große Zahl handgeschriebener Bücher und Pergamentrollen gesammelt. Ein Teil davon stammte noch aus der Zeit, als sich die Nonnen in Norditalien angesiedelt hatten, aber diese Stätte wegen eines durch Kriegswirren entstandenen Großbrandes verlassen hatten müssen. Auch vom Bischof wurden dem Kloster Bücher übereignet, die am Bischofsitz nicht mehr untergebracht werden konnten. Adeline lernte sehr schnell, und sie begeisterte sich nicht nur für kirchliche Geschichten, sondern auch beispielweise für Astronomie. In der Bibliothek war auch schöngeistige Literatur vorhanden, die sich Adeline zu Gemüte führte. Das Addieren und Subtrahieren zusammen mit den Grundlagen für die Buchführung brachte ihr eine andere Nonne bei, die gleichzeitig für die Abrechnung von klösterlichen Arbeiten in Feld, Flur, Fischfang, Handel und Haushalt zuständig war. Adeline erhielt eine für die damalige Zeit hervorragende Ausbildung. Mit zwölf Jahren war sie soweit, dass sie alle mit Schriftverkehr und Abrechnung verbundenen Aufgaben des Klosters übernehmen konnte. Die Nonnen übertrugen ihr gerne eine ganze Reihe von Arbeiten, einschließlich des Schriftverkehrs mit kirchlichen und weltlichen Einrichtungen, da sie auf Grund ihres Alters ein bisschen Entlastung gebrauchen konnten.
Da Adeline durch die Nonnen und die Kräuterfrau viele Erkenntnisse über die Wirkung von Heilkräutern und die Heilung einiger Krankheiten vermittelt bekommen hatte, beschloss sie, dem Vorbild

der Nonnen folgend, alles ihr Bekannte niederzuschreiben. Was zunächst ungeordnet mit einer losen Blattsammlung begann, wurde schließlich so umfangreich, dass die Oberin das Anlegen eines Buches empfahl. Unter Anleitung der Oberin und der Nonne Astrid erarbeitete sie ein einfaches medizinisches Handbuch, das in der Klosterbibliothek seinen Platz fand. Es wurde oft von der Oberin und den medizinisch ausgebildeten Nonnen benutzt. Die wichtigsten Kräutersorten mit Abbildungen, die Herstellung von Tees und anderen Heilmitteln und einfache Hilfeleistungen bei Brüchen und anderen Verwundungen waren zum Inhalt des Buches geworden. Es war der Stolz von Adeline und wurde immer wieder ergänzt, wenn es neue Erkenntnisse gab.

Adeline saß oft in der Bibliothek und las bzw. schrieb selbst auf, was sie als wichtig erachtete. Sehr zum Leidwesen des Bären, der seine Freundin vermisste und lieber mit ihr im Wald herumgetobt hätte. Er brummte unzufrieden vor sich hin und konnte nicht verstehen, wie man bei solch schönem Wetter in der engen Stube sitzen konnte. Wenn er es nicht mehr aushielt, zwängte er seinen großen Kopf durch das enge Fenster und forderte Adeline zu einem Spaziergang auf.

Am Vormittag lernte bzw. arbeitete Adeline, am Nachmittag suchte sie mit ihrem Freund, dem inzwischen ausgewachsenen Bären, den Urwald auf und erkundete die Pflanzen und Tierwelt. Da die Oberin auf Grund ihres Alters nicht mehr den Wald aufsuchte, musste Adeline sich allein um Heilkräuter kümmern, diese suchen, trocknen und entsprechende Medizin herstellen. Hierbei traf sie immer wieder mit der Kräuterfrau zusammen, die ihre medizinischen Kenntnisse an Adeline weitergab. Fast regelmäßig, einmal pro Woche, verabredeten sie sich an einem Treffpunkt im Wald, wo sie ihre Erkenntnisse austauschten. Die Kräuterfrau, die die kleine Adeline ja einst zu den Nonnen gebracht hatte, betrachtete diese ebenfalls als ihren Zögling und brachte ihr alles bei, was sie im Laufe ihres langen Lebens selbst erfahren hatte. Sie war mittlerweile weit über neunzig Jahre alt, hatte aber eine stabile Gesundheit. Sie konnte allerdings nicht mehr so gut laufen. Während sie früher im Kloster regelmäßig auftauchte, schaffte sie diesen Weg jetzt nur selten. Adeline musste also nun öfter den Weg ins Dorf gehen, wo sich beide im Häuschen der Kräuterfrau trafen. Diese zeigte ihr noch eine Reihe von Kniffen der Gesundheitspflege in Verbindung mit der Herstellung entsprechender Medizin. Im Garten zeigte sie die hier angepflanzten Kräuter, die nicht im Wald wuchsen und die sie einst aus entfernten Gegenden mitgebracht hatte.

Bei diesen Besuchen ließ Adeline den Bären im Wald zurück. Zum einen hätte sie mit dem großen Bären einen Auflauf im Dorf erzeugt, zum anderen vertrugen sich der Wolfshund der Kräuterfrau, der trotz seines hohen Alters immer noch das Anwesen gegen Eindringlinge verteidigte, und der Bär nicht.

Im Dorf hatte sich vieles verändert. Der Schmiedesohn hatte seine große Liebe, die Wirtstochter, geheiratet. Der Wirt war gestorben, so dass dieser Heirat nichts mehr im Wege gestanden hatte. Der junge Schmied half nun tagsüber seinem Vater in der Schmiedewerkstatt und abends seiner Frau in der Kneipe. Inzwischen waren zwei goldige Kinder zur Welt gekommen, ein Zwillingspärchen hatte die Familie verstärkt. Der Junge ähnelte mit seiner kräftigen Statur dem Vater. Er war bereits elf Jahre alt und half dem Opa in der Schmiede. Die Tochter ähnelte mit ihrer schlanken Gestalt und dem Blondhaar mehr der hübschen Mutter.

Vor der Heirat hatte es die erwartete Auseinandersetzung des Schmiedesohnes mit dem Knappen gegeben. Der Schmied hatte in weiser Voraussicht, dass es irgendwann zum Zusammenstoß zwischen beiden kommen würde, sein Schwert in der Gaststätte deponiert. Als die vier Knappen wieder einmal von der Burg heruntergekommen waren, um einen kleinen Umtrunk zu nehmen, kam es zum Eklat. Die Knappen hatten bereits einiges über den Durst getrunken, und der Alkohol erhitzte ihre Gemüter. Der große, blonde Friedbert, der es nicht lassen konnte, mit der Wirtstochter an-

zubändeln, gab dieser einen Klaps auf den Po. Der junge Schmied stand sofort von seinem Tisch auf und schlug ihn mit einem kräftigen Faustschlag nieder. Dieser zog sofort sein Schwert und drang auf den jungen Schmied ein, der nun ebenfalls sein Schwert hinter der Theke hervorholte. Es entstand ein erboster Schwertkampf, in dem sich beide nichts schenkten. Der Kampf verlagerte sich inzwischen auf den Marktplatz, der unmittelbar vor der Gaststätte entstanden war. Sie hatten hier genügend Publikum, das lautstark für den einen oder den anderen Partei ergriff. Angestachelt wurde der Knappe durch seine drei Freunde, die wegen der Abwesenheit des Burgherrn, der einen Jagdbesuch bei einer benachbarten Ritterburg abstattete, keine Bedenken gegen diesen Kampf hatten. Der junge Schmied wurde lautstark unterstützt von den Jugendlichen des Dorfes, die sich auf der anderen Seite des Marktes eingefunden hatten. Die beiden Kämpfer setzten sich gegenseitig tüchtig zu und stürmten trotz der inzwischen entstandenen Blessuren immer wieder aufeinander zu. Wer weiß, wie der Kampf ausgegangen wäre, hätte ihn nicht der in diesem Augenblick von der Jagdreise zurückgekehrte Ritter unterbunden. Auch der Schmiedevater kam aus der Werkstatt mit einem seiner großen Hammer gerannt, brauchte ihn aber nicht mehr einzusetzen, da der Ritter den Kampf durch seine Autorität beendet hatte. Der Burgherr schickte mit einem kräftigen Fluch die vier Knappen auf die Burg zurück, wo sie im Karzer ausnüchtern und ihre Schandtaten bereuen konnten. Um den jungen Schmied kümmerte sich liebevoll die Wirtstochter und verband seine Wunden, was er sich natürlich gerne gefallen ließ.
Der Burgherr kehrte nun beim Schmied ein, wo sie beschlossen, seinen Sohn mit der Wirtstochter zu verheiraten, damit die Flirterei ein für allemal aufhörte. Ritter und Schmied verband eine innige Freundschaft, da Letzterer ihm bei einem im Krieg ausgetragenen Kampf das Leben gerettet hatte. So kam der junge Schmied mit einem blauen Auge davon und durfte obendrein seine Angebetete heiraten. Vorerst begab er sich in die Obhut der Wirtstochter,

die ihn zusammen mit der Kräuterfrau bald wieder auf die Beine brachte.

Adeline war mittlerweile sechzehn Jahre alt geworden und pendelte nun vielfach zwischen dem Kloster und dem Dorf hin und her. In der Regel wurde sie von dem großen Bären begleitet, der ihr nach wie vor seinen Schutz angedeihen ließ. Meist nahmen sie den Weg am Moor vorbei durch den Urwald. Sie kannten beide durch vielfachen Aufenthalt im Wald zur Kräuter-, Beeren- und Pilzsuche nahezu jedes Fleckchen und fanden recht schnell den kürzesten Weg zwischen Kloster und Dorf. Es war lediglich die Kräuterfrau zu der Adeline im Dorf Kontakt hatte. Obwohl sie die Kräuterfrau mehrfach bei der Behandlung von Kranken im Dorf und außerhalb begleitete, mied sie den Kontakt zu den Bewohnern. Sie war zu einem schönen Mädchen herangewachsen und mancher Bursche warf ein Auge auf sie. Aber die Erklärungen der Kräuterfrau, dass sie als Findelkind in den Bergen aufgewachsen war, führten zu einer natürlichen Scheu der Dorfbewohner zu Adeline. Auch der riesige Bär hielt die jungen Burschen davon ab, mit Adeline anzubändeln. So blieb sie allein und hatte außer der Kräuterfrau und den Nonnen niemand, mit dem sie ihre Erlebnisse diskutieren konnte. Der Bär, der sich zu einem wahren Riesen entwickelt hatte, konnte seinen Zusammenstoß in jungen Jahren, der ihn fast das Leben kostete, offensichtlich nicht vergessen. Er blieb immer in der Nähe von Adeline, als erwarte er Schutz von ihr. Anderseits verjagte er mit grimmigem Gebrumm Großkatzen, Wölfe und andere Bären, wenn sie sich Adeline nähern wollten. Bei den Besuchen im Dorf ließ er sich am Rande des Waldes, in der Nähe der Hütte der Kräuterfrau im Gebüsch nieder und beobachtete aufmerksam die Vorgänge in und um die Hütte, um bei Gefahr sofort eingreifen zu können. Trat Adeline den Heimweg an, war er sofort in ihrer Nähe und trottete freudig neben ihr her.

Eines Tages liefen sie durch die wild bewachsene Schlucht und entdeckten hinter Sträuchern verborgen den Eingang zu einer Riesenhöhle in deren Gängen vor langer, langer Zeit ein fürchterlicher Drachen gehaust haben soll. Nachdem sie einige Schritte in die dunkle Höhle hinein getapst waren, kehrten sie schnell wieder um. Die Finsternis, das Tropfen von im Kalk aufgesaugtem Wasser auf den Boden der Höhle und der Trittschall ihrer Schritte, deren Echo von einem Gängesystem mehrfach zurückgeschallt wurde, ließen sie schnell wieder umkehren und die Schlucht aufsuchen. Adeline beschloss, mit Fackeln ausgerüstet zu einem späteren Zeitpunkt zurückzukehren und die Höhle zu erkunden. Man wusste ja nie, ob man eine solche Zuflucht irgendwann einmal benötigte, um sich zu verstecken.

Im Kloster hatte es einige Veränderungen gegeben. Der alte Gärtner lebte nicht mehr. Dafür hatte die inzwischen siebzigjährige Oberin den bisher im Dorf lebenden alten Kämpfer, der den jungen Schmied den Schwertkampf beigebracht hatte, angeheuert. Dieser war froh, durch die Nonnen versorgt zu werden und pflegte den Garten, übernahm Reparaturarbeiten und half wie sein Vorgänger den Nonnen bei Feldarbeiten und beim Fischen. Vier Nonnen waren seit dem Einzug von Adeline gestorben und auf einem kleinen Friedhof des Klostergartens beigesetzt worden, darunter auch die Ersatzmutter von Adeline. Sechs jüngere Nonnen waren hinzugekommen und fügten sich gut in das Klosterleben ein. Die Katzeneltern waren ebenfalls gestorben. Zwei von den Katzenkindern kamen im Wald um, während die anderen beiden eigene Familien hatten. Viele Tierfindelkinder, die im Kloster aufgezogen wurden, kehrten inzwischen in die Wildnis zurück. Nur der Bär hatte weiterhin seine Zufluchtsstätte im Kloster und würde vermutlich auch sein Gnadenbrot hier erhalten.

Die Oberin hatte beschlossen, Adeline ihre weltliche Freiheit zu lassen und sie nicht in Richtung eines Nonnenlebens zu drängen. Sie hoffte immer noch, dass sich Verwandtschaft finden würde, die sie mitnahm. Bisher hatte der Bischof keine Verwandten ermitteln können.

Eines Tages ließ die Kräuterfrau Adeline ins Dorf rufen. Sie war sehr krank und hatte Angst, dass sie sterben und das Geheimnis über

deren Herkunft mit ins Grab nehmen würde. Sie übergab Adeline die Kette mit dem Ritterwappen, die ihr Vater bei seinem Tod bei sich hatte. Das Wappen war der einzige Anhaltspunkt, der zu den Personen führen konnte, die am Überfall und am Tod ihrer Eltern Mitschuld hatten. Die Kräuterfrau übergab auch die wenigen Papiere, die ihr Vater bei sich gehabt hatte, und erzählte alles, was ihr aus den letzten Gesprächen mit dem Kaufmann bekannt war. Die alte Kräuterfrau starb noch am gleichen Abend und hinterließ Adeline ihr kleines Häuschen und die wenige Habe. Das Wertvollste für Adeline war eine Kladde, in welcher die des Schreibens kundige Kräuterfrau ihre Erkenntnisse zu behandelten Krankheiten und die Herstellung von Tees und anderen Medikamenten aufgezeichnet hatte. Ergänzt wurde das wertvolle Buch durch eingeklebte, getrocknete Pflanzen und die Beschreibung der Wirkungsweise. Gemeinsam mit zwei medizinkundigen Nonnen konnte Adeline nun den erkrankten Menschen im Dorf bei der Heilung helfen.
Adeline sorgte dafür, dass die alte Kräuterfrau auf dem Dorffriedhof beigesetzt wurde. Niedergeschlagen berichtete sie nach ihrer Rückkehr ins Kloster der alten Oberin das, was sie über ihre Herkunft erfahren hatte. Die Oberin klärte ihrerseits Adeline über Details auf, die ihr bekannt geworden waren. Sie erzählte, was sie unternommen hatte, um eventuelle Verwandte ausfindig zu machen. Über das Wappen konnte die Oberin keine Aussage machen, es war ihr völlig unbekannt. Sie versprach, über den Bischof Erkundigungen einziehen zu lassen.
Die Kindheit von Adeline ging mit dem Tod der Kräuterfrau zu Ende. Die Erzählung über den Tod ihrer Eltern und des gesamten Kaufmannstrosses hatte sie verändert, und sie dachte nun nur noch daran, alles über ihre Herkunft zu erfahren und den Tod ihrer Eltern zu rächen. Obwohl die Oberin ihr empfahl, die Rache Gott zu überlassen und weiterhin ein gottgefälliges Leben zu führen, schwor sie sich heimlich alles zu tun, um die Schuldigen einer gerechten Strafe zuzuführen.

Adelines Umgang mit den Tieren in der Umgebung des Klosters

Im Urwaldgebiet in der Nähe der Burg hatte sich eine tiefe Senke gebildet. Sie lag versteckt zwischen Bäumen und undurchdringlichen Sträuchern, so dass niemand sie entdecken konnte. Offensichtlich hatte es hier vor langer Zeit Erdverformungen gegeben, und das Grundwasser reichte auch bei starkem Regen nicht von unten an die tiefste Stelle der Senke heran. So war ein Fleckchen Natur entstanden, das Tieren ein trockenes Wohnen ermöglichte. Umgestürzte Bäume und deren Wurzeln versteckten den Ein- und Ausgang in die unterirdischen Gänge, die die Senke in vielen Bereichen unterhöhlten.
Diese Senke hatte ein Wolfsrudel für seinen ständigen Aufenthalt gewählt. Es gab Tiere in Hülle und Fülle, so dass sie sich hier niederlassen konnten und nicht ständig aus Nahrungsmangel umherziehen mussten.
Die kleinen Wölfe konnten hier ausgelassen spielen, ohne die Entdeckung durch Feinde befürchten zu müssen. Die erwachsenen Wölfe jagten in weiter entfernten Gebieten, so dass auch keine Spuren in dieses Versteck führten. Fleisch für die Kleinen brachten sie im Magen mit und würgten es vor den hungrigen Wolfswelpen heraus. Ab und zu brachten sie für die Kleinen einen erbeuteten Hasen, Gänse oder Enten und sonstige Kleintiere mit. Die Wolfswelpen hatten es auch bereits gelernt, als Zubrot Mäuse und Vögel zu fangen, mit denen sie zuerst spielten und sie dann fraßen.
Das Wolfsrudel existierte schon einige Jahrhunderte. Im Schnitt waren es fünfzehn bis zwanzig Tiere, die als Gruppe zusammenlebten. Sie erreichten normalerweise ein Alter von fünfzehn bis zwanzig Jahren. Wenn sie aus Altersgründen schwach wurden, verjagte man sie aus dem Rudel. Da sie nicht mehr in der Lage waren, sich

mit Fleisch zu versorgen, starben sie einsam und entkräftet in irgend einem Winkel des Urwaldes. Einen Schutz im Rudel gab es nicht, wer nicht mehr in der Lage war, sich zu behaupten, wurde verjagt. Ab und zu wurde ein junger Rüde verjagt, der es gewagt hatte, dem Leitwolf Paroli zu bieten. Manchmal ging auch ein Wolfsjunges verloren, das sich zu weit vom Lager entfernt und nicht mehr in die Senke zurückgefunden hatte. Wenn es nicht schon eine bestimmte Selbständigkeit erreicht hatte, musste es elendiglich verhungern. Eines dieser Welpen hatte bei ihrer Suche nach Früchten des Waldes die Kräuterfrau gefunden. Es war noch nicht der Mutterbrust entwöhnt und so zog sie es mit Ziegenmilch und klein gehacktem Fleisch auf. Er dankte es ihr, indem er ihr kleines Anwesen bewachte und auch im Wald nicht von ihrer Seite wich. Auch Luchse erbeuteten ab und zu ein Kleines, wenn dieses unbewacht im Bereich ihrer Kinderstube spielte.

Manchmal kamen Wölfe durch Abschüsse ums Leben, wenn sie den Gehöften zu nahe kamen. Das war besonders im Winter der Fall, da dann meist im tiefverschneiten Wald die Nahrungssuche erschwert war, und viele der Kleintiere sich in zugeschneiten Höhlen verkrochen hatten. Dann trieb der Hunger die Wölfe ins Dorf, und bei nicht ausreichend gesicherten Ställen kam es vor, dass sie Ziegen, Schafe oder Geflügel erbeuteten und mit ihrem Fang wieder im Wald verschwanden.

Die Bauern legten sich dann auf die Lauer und versuchten mit Dreschflegeln, Knüppeln oder Mistgabeln die Wölfe zu töten.

In der schneefreien Zeit ließen sie sich kaum in der Nähe des Dorfes blicken. Ihr Jagdrevier waren dann der Wald und die umliegenden Seen, wo sie durch den Tierreichtum genügend Fleisch fanden. Sie hetzten dann im Rudel die Tiere bis sie müde waren und damit leichte Beute wurden. Das Auflauern der Beute und auch das Schwimmen im Wasser gehörten kaum zur Jagdstrategie der Wölfe. Zurzeit waren es zwanzig Wölfe, die im Rudel in der Senke zusammenlebten. Fünf davon waren erst einen Monat zuvor auf die Welt gekommen und wurden liebevoll betreut. Ein großer schwarzer Leitwolf führte die Gruppe an und stand im besten Alter, so dass er die anderen Rüden in Schach halten konnte. Mehrere hatten bereits versucht, ihm seine Führungsposition streitig zu machen. Aber seine Kraft und Gewandtheit im Kampf um die Vorherrschaft hatte bisher immer zum Sieg geführt. Die Unterlegenen schlichen sich dann meist leise winselnd davon. Manchmal erlagen sie auch ihren Verletzungen, wenn der Kampf besonders schwer gewesen war.

Der Leitwolf hatte aus den Auseinandersetzungen auch bereits einige inzwischen verheilte Verwundungen davongetragen. Besonders seine rechte Schulter, die er beim Kampf bevorzugt einsetzte, um sich der Bisse der Gegner zu erwehren und seine Kehle zu schützen, hatte tiefe Narben aufzuweisen, die aber ohne bleibende Schäden verheilt waren.

Er war der Vater der fünf Welpen, von denen vier die schwarze Fellfarbe aufwiesen, während das fünfte Wolfskind, ein kleines Weibchen, das rotbraune Fell der Mutter geerbt hatte.

Die Mutter war einst dem Rudel zugelaufen. Offensichtlich entstammte sie einer anderen Gruppe und war aus dieser verjagt worden. Das Wolfsrudel wollte zunächst nichts von diesem Zugang wissen. Insbesondere die Weibchen wollten sie nicht als Konkurrenz dulden. Sie sträubten das Fell und zeigten knurrend die Zähne. Unterwürfig kroch sie auf die Haremsdamen zu und zeigte mit eingezogenem Schwanz, dass sie bereit war, sich zu unterwerfen.

Der Zugang zeigte sich als wunderschönes Weibchen, sie war großgewachsen und ihren schlanken Körper umhüllte ein rotbraunes Fell, das in der Sonne leicht bläulich schimmerte. Der Leitwolf war sofort von diesem Weibchen angetan gewesen. Er hatte seine vorherige Gefährtin durch den Biss einer Kreuzotter verloren und nahm sich sofort der neuen Wölfin an. Durch ein heiseres Knurren vertrieb er die anderen Weibchen und führte sie zu seinem Bau.

Nur der Leitwolf und seine Gefährtin hatten das Recht, zur Vergrößerung des Wolfsrudels beizutragen, und so brachte das Paar die oben beschriebenen fünf Welpen in die Gemeinschaft. Liebevoll kümmerten sie sich um ihren Nachwuchs. Während der Leitwolf auf die Jagd ging, war die Wolfsmutter damit beschäftigt, ihre Jungen zu säugen und ihnen zuzuschauen, wie sie mit ersten tollpatschigen Schritten die Welt erkundeten.

Der Leitwolf versorgte seine Gefährtin, indem er einen Teil des gefressenen Fleisches herauswürgte. Nachdem die Wolfsjungen groß genug waren, schloss sich die Wölfin wieder dem Rudel an und versorgte ihre Kleinen selbst mit herausgewürgtem Fleisch. Bald konnten sich auch die Welpen dem Rudel anschließen und sich an der Jagd beteiligen. In den mondhellen Nächten stimmten die Wölfe ein schauerliches Geheul an, an dem sich die Kleinen, wenn auch noch recht ungeübt, mitbeteiligten.

Im Winter hatten die Wölfe unter anderem einen starken Hirsch zur Strecke gebracht. Sie scheuchten ihn aus seinem Lager auf und verfolgten ihn durch den Schnee. Es hatte tagelang geschneit, und die Schneedecke hatte eine Dicke von fünfzig Zentimetern erreicht. Die Sonne schmolz die Oberfläche und der Forst verhärtete eine dünne Schicht zu Eis. Der Hirsch brach wegen seines großen Gewichts bei jedem Schritt ein, während die Wölfe damit kaum Probleme hatten. Sie liefen leichtfüßig an beiden Seiten nebenher und warteten auf eine günstige Gelegenheit, um ihn anzuspringen und sich an seinem Hals zu verbeißen. Der gewaltige Hirsch wurde wegen der Schneeverhältnisse schnell müde. Als er nicht mehr weiter konnte, stellte er sich dem Wolfsrudel. Er senkte seinen Kopf mit dem Riesengeweih und versuchte sich des Wolfsrudels zu erwehren. Einem Wolf, der zu fürwitzig war und dem Kopf des Hirsches zu nahe kam, schlitzte dieser den Bauch auf und warf ihn hoch in die Luft. Aber gegen die vielen Angreifer hatte er keine Chance. In einem günstigen Moment packte der schwarze Leitwolf ihn mit den Reißzähnen an der Gurgel, riss ihn zu Boden und ließ erst los, nachdem er die Luftröhre durchgebissen hatte. Röchelnd lag der

Hirsch am Boden und das Blut strömte stoßweise aus der beim Biss zerrissenen Halsschlagader heraus.

Nach kurzer Zeit war der große Hirsch tot und die Wölfe stürzten sich mit Heißhunger auf den Kadaver. Zunächst war es der Leitwolf, der sich am noch dampfenden Körper gütlich tat. Er riss den weichen Bauch auf und fraß als erstes die Leber und die Eingeweide. Danach durften die restlichen Wölfe ihren Hunger stillen. Dabei knurrten diese sich gegenseitig an und zeigten ihr gefährliches Gebiss, wenn einer dem anderen ihnen einen guten Happen streitig machen wollte. Schließlich waren alle gesättigt und lagen mit dicken Bäuchen rund um den Kadaver im Schnee.

Sie hatten nun mehrere Tage zu fressen und kehrten deshalb noch einige Male zum Kadaver zurück. Sie zerbissen zum Schluss die Knochen und taten sich am Mark gütlich. Wenn die Wölfe nicht da waren, kamen auch Füchse und ein Luchs zur Mahlzeit und sättigten sich an dem, was übrig war. Nach kurzer Zeit lagen nur noch der Kopf mit dem Geweih und eine Vielzahl von Knochen am Ort des Geschehens. Der Schnee deckte schließlich alles zu, und nur noch das Geweih überragte die Schneedecke.

Der Burgherr war nicht gut auf die Wölfe zu sprechen, sie hatten keinen Respekt und jagten ihm das Edelwild vor der Nase weg. Er hatte deshalb den Jägermeister angewiesen, das Lager der Wölfe zu suchen und alles abzuschießen, was er finden konnte. Bisher war es diesem jedoch nicht gelungen, die Heimstatt der Wölfe zu finden.

Als er mit den Schneebrettern eines Tages zu einem Inspektionsgang im Wald unterwegs war, fand er die Reste des von den Wölfen gejagten Hirsches. Er nahm das Geweih und den Kopf mit und zeigte die Überreste des Hirschkadavers dem Burgherrn. Dieser tobte, denn er erkannte am Geweih das Edelwild, das er im vergangenen Sommer vergeblich gejagt hatte.

Am nächsten Tag ging der Jägermeister nochmals mit zwei Jagdhunden in den Wald, um eventuelle Spuren von den Wölfen zu finden.

Aber es war bereits zu spät. Der Schnee hatte Spuren und Geruch getilgt, so dass das Lager der Wölfe weiterhin unentdeckt blieb.
Adeline hatte ein besonderes Verhältnis zu den Tieren im Wald. Die verwaisten kleinen Tierkinder im Kloster merkten sehr bald, dass sie von ihr nichts zu befürchten hatten. Sie kümmerte sich liebevoll um deren Wohlergehen. Wenn sie im Garten des Klosters auftauchte, wurde sie stets von den Tieren umringt. Kleine Leckerbissen wurden verteilt, wobei der Bär stets darauf achtete, dass er seinen Teil davon abbekam.
Adeline war viel allein und wuchs ohne Spielgefährten auf. Außer den Nonnen und „Oma Nase", die sie ab und zu im Wald traf, hatte sie keinen Umgang mit anderen menschlichen Wesen. Die gleichaltrigen Kinder, die für sie Freundinnen und Freunde hätten sein können, wohnten viel zu weit weg, und ein Kontakt kam nicht zustande. Auch bei gelegentlichen Krankenbesuchen im Dorf, wo sie „Oma Nase" begleitete und bei der Krankenpflege half, kam wegen der Schüchternheit von Adeline keine Verbindung zur Dorfjugend zustande. Ab und zu fragte jemand aus dem Dorf, woher Adeline komme, aber nachdem „Oma Nase" die Geschichte vom Findelkind erzählte, war das Interesse bald wieder erloschen.
Den Nonnen war das recht, sie wollten keine Aufmerksamkeit erregen und eventuell das Interesse der Öffentlichkeit auf das Überbleibsel aus dem Überfall lenken. So lebte Adeline völlig zurückgezogen im Kloster, und sie hatte nur Umgang mit den frommen Schwestern. Diese liebten die Kleine über alles und freuten sich über ein menschliches Wesen, bei dem sie ihren mütterlichen Gefühlen freien Lauf lassen konnten. Sie beschenkten sie und mancher Leckerbissen aus der Klosterküche landete auf ihrem Teller.
Mit zwölf Jahren bekam sie die Erlaubnis, allein in den Wald zu laufen. Bis dahin hatte sie immer eine Nonne begleitet, die mit ihr Pflanzen und die Früchte des Waldes sammelte. Die Schwestern hatten ihr einen Anzug aus Leder gemacht und mit ihrem kurzgeschnittenen blonden Haar sah sie wie ein Junge aus. Die Non-

nen waren schon älter und freuten sich darüber, dass Adeline ihnen einen Teil der beschwerlichen Arbeit im Wald abnahm. Adeline nahm meistens den Bären zu ihrem Schutz mit, bewegte sich aber auch wie ein kleiner Waldgeist alleine in der Natur.

Der Wald war ihr inzwischen vertraut, sie kannte nahezu jedes Fleckchen des Terrains, so dass das Anfangs mehrere Male aufgetretene Verlaufen nicht mehr vorkam. Sie hatte ihre Orientierungspunkte, die sie immer wieder auf bekannte Stellen zurückführte. Die Tiere kannten und akzeptierten sie, insbesondere, wenn sie ohne den Bären den Wald durchstreifte, denn dieser verjagte durch seinen Beschützerinstinkt alles, was in die Nähe von Adeline kam.

Sie hatte vor einigen Tagen den Platz gefunden, wo sich das Wolfsrudel nach der Jagd ausruhte. Dabei spielten die kleinen Wolfskinder vor dem Bau der Mutter, und sie wollte diese ein bisschen näher kennen lernen. Sie zog sich deshalb erst einmal zurück und kam einige Tage später wieder. In einer ledernen Umhängetasche brachte sie einige Leckerbissen mit.

Das Wolfsrudel war auf der Jagd und auch die Wolfsmutter hatte sich dem Rudel angeschlossen, um ihren Hunger zu stillen. Die Wolfskinder spielten vor dem Bau, und sie hatten es auf die kleine rotbraune Schwester abgesehen. Diese hatte eine etwas geringere Körpergröße als ihre schwarzfelligen Brüder, verteidigte sich aber tapfer gegen die spielerischen Attacken zur Festlegung der Rangordnung.

Als Adeline die Senke betrat, schlüpften sie alle in ihren Bau und lugten daraus neugierig hervor. Adeline setzte sich gegenüber nieder und lehnte sich mit dem Rücken an einen Baum. Dann holte sie aus ihrer Tasche herrlich duftende Leckerbissen hervor und hielt sie den Wolfsjungen vor die Nase. Das kleine, rotbraune Wolfsmädchen war die Mutigste aus der Gruppe und kam aus dem Bau heraus, um die verführerisch duftenden Happen zu beschnuppern. Sie schnappte sich schnell einen der Leckerbissen und sprang wieder zurück, um in sicherem Abstand ihre Beute zu verzehren. Nun gab es auch für

die Wolfsbrüder kein Halten mehr. Sie kamen aus dem Bau und holten sich ebenfalls ihren Anteil von Adelines Mitbringseln.
Bald hatten sie ihre Scheu überwunden und sprangen um Adeline herum. Sie bezogen sie in ihr Spiel mit ein. Die kleine Wolfshündin hatte die derben Spiele ihrer Brüder satt und sprang auf Adelines Schoß, um sich streicheln zu lassen. Diesen Platz verteidigte sie nun und jeder, der ihr zu nahe kam, bekam einen Backenstreich und kullerte rückwärts in das weiche Moos.
Die Mutter der Wolfskinder war unruhig geworden und, nachdem sie ihren Hunger an der gerade erjagten Beute gestillt hatte, machte sie sich auf den Rückweg. Als sie in die Nähe der Senke kam, hörte sie die Stimme von Adeline, die inmitten ihrer Kinder saß und diese streichelte. Die kleinen Wölfe waren müde geworden und lagen bunt durcheinander gewürfelt zu Adelines Füßen bzw. in ihrem Schoß.
Die Wölfin knurrte wütend, zeigte ihr gefährliches Gebiss und wollte sich auf den Fremdling stürzen, der es gewagt hatte, ihren Kindern etwas anzutun. Adeline sprach mit ruhiger Stimme auf sie ein und als sie sah, dass ihren Kleinen nichts geschehen war, beruhigte sie sich. In gebührendem Abstand von Adeline ließ sie sich nieder, wobei sie diese immer noch misstrauisch beäugte.
Die Wolfskinder waren natürlich sofort zu ihrer Mutter gestürzt und ließen sich von ihr mit herausgewürgter Beute füttern.
Adeline war nun übrig und zog sich in den Wald zurück. Eine Begegnung mit dem restlichen Wolfsrudel wollte sie vermeiden, denn sie wusste nicht, wie es auf ihre Anwesenheit reagieren würde.
Adeline ließ sich nun öfters beim Wolfsrudel sehen und wurde mittlerweile von allen respektiert. Sie nahmen sie sozusagen als Familienmitglied auf. Besonders die Kleinen tobten mit ihr herum und zupften oftmals an der mit Leckerbissen gefüllten Tasche. Wenn die Wolfsgruppe abends ihr Geheul anstimmte, saß Adeline dazwischen und heulte mit ihnen mit.

Manchmal ging Adeline mit auf die Jagd und der Jagdmeister wunderte sich, wie zwischen den Wolfsspuren auch Menschenspuren auftauchten. Er versuchte immer wieder, den Spuren zum Lager der Wölfe zu folgen, hatte jedoch bisher kein Glück gehabt. Sie waren zu schlau und führten ihn und seine Hunde immer wieder in die Irre. Wobei, das muss zu seiner Ehrenrettung gesagt werden, er auch den Wölfen ihre Lebensberechtigung zugestand. Nur ab und zu erlegte er einen Wolf, um die Pflicht gegenüber seinem Herrn, dem Burgbesitzer, zu erfüllen.

Adeline freundete sich auch mit den Bibern an. Auf dem Weg in den Wald kam sie an den beiden Seen vorbei, die diese am südlichen Ende des Sumpfgebietes angestaut hatten. Mit einem Damm aus Knüppelholz sperrten sie den Weg von zwei Flüsschen ab, die das Wasser aus dem Sumpf in die südlichen Gefilde weiterleiteten. Dadurch bildeten sich zwei kleine Seen, die zum Lebensbereich von zwei Biberfamilien wurden. Durch gefällte Bäume verstärkten sie ständig ihren Damm, so dass diesem Hochwasser und Eis nichts anhaben konnten. Man hörte ab und zu das Krachen, wenn wieder einer der Bäume durch die Biber so angenagt wurde, dass er in die gewünschte Richtung viel.

Über das Sumpfgebiet waren im Laufe der Jahrhunderte Fische zugewandert und die beiden kleinen Seen strotzten vor Fischreichtum. Die Biber sind ja reine Pflanzenfresser, aber sie mussten natürlich ihr Territorium mit den vielen Fischliebhabern, wie z. B. Kormoranen, Fischadlern und Reihern teilen, die ihren Anteil an der Fischnahrung beanspruchten.

Auch eine Fischotterfamilie ließ sich an den beiden Seen nieder. Da Otter und Biber keine Nahrungskonkurrenten sind, duldeten sie sich gegenseitig in ihrem Revier. Sie gingen sich aber weitgehendst aus dem Wege.

Die Nahrung der Biber besteht hauptsächlich aus Wasser und Uferpflanzen. Für den Winter werden Vorräte angelegt, denn sie halten keinen Winterschlaf. Auch die Bäume dienen dabei als Nahrung.

Die hochwertige Rinde der Äste schälen sie ab und ergänzen damit ihren Nahrungsvorrat für den Winter.

Ihr Heim, die sogenannte Biberburg, ist allseitig vom Wasser umgeben und so hoch, dass darin ein trockener Wohnraum Platz hat. Dieser Raum ist in der Regel nur durch unterirdische, im Wasser liegende Eingänge erreichbar. Die Zweige und Knüppel sind mit Lehm abgedichtet, nur oben sind für die Lüftung entsprechende Schlitze angebracht, die auch für die Beobachtung der Umgebung dienen. Biberburgen werden von mehreren Generationen bewohnt und deshalb ständig erweitert. Ihre Feinde sind Wolf, Fuchs und Luchs, die insbesondere den Kleinen auflauern. Die großen Biber sind wegen ihrer scharfen Zähne weniger der Gefahr eines Angriffes ausgesetzt. Zurzeit wohnten in den beiden Burgen je circa fünfzehn bis zwanzig Biber, die sich die darin gebauten Höhlen teilten. Es war Sommer, und die Biber arbeiteten fleißig, um sich Wintervorräte anzulegen. In dem einen Bau waren in diesem Jahr vier Junge, im anderen fünf zur Welt gekommen. Sie wurden noch gesäugt und mussten sich noch nicht am Bau der Biberburgen oder an der Schaffung der Wintervorräte beteiligen. Wie alle Tierkinder spielten sie gern miteinander und tummelten sich vor dem jeweiligen Bau, um bei Gefahr schnell zu tauchen und über die unter Wasser liegenden Eingänge in die Burg zu verschwinden.

Als Adeline erstmalig an den Burgen vorbeikam, klatschten die Biber mit ihren breiten Schwänzen auf die Wasseroberfläche und verschwanden unter Wasser. Sie hatte es sich angewöhnt, bei ihren Waldläufen immer einige Zeit bei den Bibern zu verweilen. Sie brachte stets ein paar saftige Zweige mit, die sie in der Nähe von kräftigen Weidenbäumen abgeschnitten hatte. Die Biber hatten sich schnell an Adeline gewöhnt und als sie merkten, dass von ihr keine Gefahr ausging, kamen sie ans Ufer her-angeschwommen und fraßen ihr aus der Hand. Auch die Kleinen waren zutraulich geworden, bei warmem Wetter zog sie sich aus und planschte mit ihnen im

Wasser herum. In den Bau konnte sie ihnen allerdings nicht folgen, da sie für die Öffnungen unter Wasser zu groß war.

Eines Tages kam Adeline dazu, wie sich eines der Jungen verletzte und nun hilflos auf dem Damm lag. Wäre sie nicht dazugekommen, hätte das Kleine keine Überlebenschance gehabt. Entweder wäre es an der Verwundung gestorben oder der Wolf oder Fuchs hätten es geholt. Offensichtlich hatte sich das Kleine beim Spielen an einem scharfen Ast oder einem Stein die Seite aufgeschlitzt. Hilflos lag es nun auf dem Damm und schrie ob der Schmerzen, die es erleiden musste. Ihre Geschwister schwammen aufgeregt um es herum, stupsten es immer wieder an, um es zum Spielen zu bewegen.

Adeline zog ihr Unterhemd aus, legte die blutende Kleine hinein und brachte sie ins Kloster. Mit Nadel und Faden schlossen sie und eine Schwester die Wunde. Nach einigen Tagen im Krankenbett und guter Pflege konnte die Kleine wieder aufstehen und trippelte Adeline unter eifersüchtiger Beobachtung des Bären und der anderen Tierkinder hinterher. Nach kurzer Zeit war sie in die Gemeinschaft aufgenommen und konnte wieder ihrem Spieltrieb nachkommen, am meisten interessierte sie sich natürlich für den großen See und Adeline schwamm oftmals mit ihr umher. Nachdem die Wunde völlig verheilt war, brachte Adeline sie zu ihren Geschwistern an den Waldsee. Dort beobachtete sie, wie sich die Kleine wieder in ihre Gemeinschaft eingliederte. Tagtäglich kam sie vorbei, um das Wohlergehen ihres kleinen Schützlings zu beobachten. Sie wurde von diesem immer stürmisch begrüßt. Das Kleine sprang in ihren Schoß und genoss die Mitbringsel. Auch Jahre später, wenn Adeline am Biberbau vorbeikam, konnte sie sich darauf verlassen, dass es angepaddelt kam, um sich seine Streicheleinheiten abzuholen.

Bei den Treffen von Adeline mit der Kräuterfrau an verschiedenen Stellen des Waldes versuchte diese, ihr nicht nur die Kenntnisse über die hier wachsenden Heilkräuter beizubringen, sie erzog sie auch zum Respekt vor der hier lebenden Tierwelt. Immer wieder machte sie sie mit den Lebensgewohnheiten einer meist neu entdeckten Tierart bekannt. Sie hatte genau wie die Nonnen Ehrfurcht vor dem durch Gott geschaffenen Leben. Allerdings verzichtete sie nicht, wie die „frommem Schwestern", auf fleischliche Kost, vielfach brutzelten in ihren Pfannen eine Gans, eine Ente oder ein bei ihren Waldausflügen zugelaufener Hase.

Eines Tages zeigte „Omi Nase" bei einen ihrer Ausflüge Adeline einen alten Fuchsbau. Er schien verlassen zu sein, aber sie erkannten, dass wegen der davor liegenden Knochen noch vor kurzem Leben im Fuchsbau vorhanden gewesen sein musste. Da sie mit dem Wolf unterwegs waren, der sich vor dem Bau wie wild gebärdete, zogen sie sich schließlich zurück, und Adeline beschloss, später nochmals hierher zu kommen.

Adeline ließ sich von dem alten Gärtner von einem seiner Marktbesuche im naheliegenden Dorf Hühnerköpfe und Fleischhäppchen mitbringen und verstaute sie in ihrer Ledertasche. Nach wenigen Tagen lief sie nochmals zum Fuchsbau, um diesen zu untersuchen. Diesmal hatte sie Glück, vier kleine Fuchswelpen tummelten sich vor dem Bau, verschwanden jedoch sofort im Innern, als sich Adeline ihnen näherte. Die Fuchseltern waren offensichtlich auf der Jagd, so dass nur die jungen Füchse im Bau sein konnten.

Auf die gleiche Art wie bei den Wölfen baute Adeline nun über das mitgebrachte Futter ein Vertrauensverhältnis zu den jungen Füchsen auf. Sie legte einige der Hühnerköpfe in einem gewissen Abstand vor dem Eingang ab und wartete gegenüber, was geschehen würde. Der verführerische Duft gelangte in die Höhle und kurze Zeit später waren alle Fuchsköpfchen am Eingang zu sehen. Adeline sprach beruhigend auf sie ein, und so wagte es einer der Kleinen aus dem Bau herauszukommen und sich einen der Hühnerköpfe zu stibitzen. Das war dann der Anlass, dass sich auch die anderen Füchslein auf die Köpfe stürzten. Sie stürmten jedoch gleich wieder in den schützenden Bau zurück.

Adeline legte nun weitere Leckerbissen unmittelbar vor ihren Füßen aus, so dass die kleinen Füchse ganz aus dem Bau kommen mussten.

Sie hatte sich gesetzt und wartete auf die kleinen Leckermäulchen. Da nichts Gefährliches für sie geschehen war, kamen sie schließlich aus dem Bau heraus und schnappten sich die ausgelegten Fleischbrocken. Sie tobten nun um Adeline herum und ließen sich von ihr streicheln.

Aus einiger Entfernung wurde das Treiben von der inzwischen zurückgekehrten Fuchsmutter beobachtet. Zunächst wartete sie ängstlich auf ihrem Platz und sah zu, was mit ihren Kindern angestellt wurde. Da nichts passierte, überwand sie ihre Scheu und setzte sich in kurzer Entfernung auf einen Platz gegenüber von Adeline. Sie hatte diese bei ihren Jagdstreifzügen schon öfter bemerkt, und da von ihr offensichtlich keine Gefahr ausging, akzeptierte sie deren Anwesenheit auf ihrem Wohnplatz. Die Fuchskinder tobten nun ausgelassen zwischen beiden hin und her und ließen ihrem Spieltrieb freien Lauf.

Schließlich erhob sich Adeline und zog sich zurück. Wieder hatte sie neue Tierfreunde gewonnen, und bei jedem Aufenthalt im Wald wurde sie freudig begrüßt. Sie sehnte sich deshalb kaum nach menschlicher Gesellschaft. Waren es doch die Menschen, die den gewaltsamen Tod ihrer Eltern herbeigeführt hatten. Adeline brauchte viel Zeit, den Schock zu überwinden, den die Kräuterfrau mit ihrer Eröffnung über das Leid ihrer Eltern hervorgerufen hatte.

Die Höhle

Adeline, mittlerweile siebzehnjährig, war es gewöhnt, viel im naheliegenden Urwald und den zugehörigen Bergen und Schluchten umherzuwandern. Begleitet wurde sie dabei von ihrem Bären, der inzwischen ebenfalls über siebzehn Jahre alt war. Er war altersgemäß sehr behäbig geworden und kam leicht außer Puste. Adeline musste oftmals länger warten, bis er angetrottet kam. Die Beiden verstanden sich jedoch prächtig, und der Bär bekam im Kloster so manchen Leckerbissen extra zugesteckt, so dass er tüchtig zugenommen hatte. Er folgte Adeline auf Schritt und Tritt und hatte schon manchen Kampf im Wald bestanden, wenn er sie beschützen musste. Den größten Kampf hatte er zu bestehen gehabt, als unverhofft ein alter Braunbär auf sie zugekommen war, der offensichtlich die beiden aus seinem Revier vertreiben hatte wollen. Nachdem sich beide Bären wütend angebrummt und keiner hatte weichen wollen, war es zum Kampf gekommen. Dabei hatten sich beide voll aufgerichtet und zeigten ihre imponierende Größe. Mit den krallenbewehrten Tatzen waren sie auf einander zugegangen und hatten versuchten, mit weit aufgerissenem Maul sich gegenseitig tödliche Wunden beizubringen. Schließlich hatte der alte Bär die Überlegenheit von Adelines Freund erkannt und war davon getrottet. Adeline hatte den Kampf nicht verhindern können und mit ansehen müssen, wie ihr Bär verwundet worden war, und hatte ihn mit ihren Kenntnissen über die Wundbehandlung wieder gesund gepflegt. Seine Anhänglichkeit und seine Treue waren dadurch noch weiter gefestigt worden, und er ging auch keinem Kampf mehr aus dem Wege, den er bisher eingedenk der schlechten Erfahrungen seiner Jugendzeit möglichst zu vermeiden gesucht hatte.

Adeline war zu einem kräftigen, jedoch schlanken, jungen Mädchen herangewachsen. Der fast ständige Aufenthalt an der frischen

Luft hatte ihr eine zarte braune Farbe verliehen, und durch die Klettertouren hatten ihre Arme- und Beinmuskeln zugenommen, ohne ihre beginnende Fraulichkeit zu beeinträchtigen.

Zusammen mit dem alten Bären hatte sie in der unzugänglichen Schlucht vor Jahren einen Höhleneingang gefunden, der in eine große Höhle führte. Obwohl die Höhle ihre Neugier weckte, hatten sie eine gewisse Scheu vor dem sagenumwobenen Drachen und die überlieferten Warnungen vor Geistern bisher davon abgehalten, die Höhle ausgiebig zu erkunden. Nun hatte sie sich entschlossen, einen Tag für die Höhlenbesichtigung einzuplanen. Zusammen mit ihrem Freund, dem Bären, und ausgerüstet mit Fackeln, Verpflegung, einem Kletterseil und einem Fadenknäuel machte sie sich auf den Weg. Über Stufen in der Schluchtwand, die wahrscheinlich vor vielen Jahrhunderten durch die ersten Bewohner angelegt worden waren, kletterten Adeline und der Bär in die Tiefe. Das Gestrüpp vor der Höhle, das den Eingang fast völlig versteckte, wurde soweit gelichtet, dass ein schmaler Durchgang für Adeline und den Bären entstand. Das eine Ende des Wollknäuels befestigte Adeline an einem Ast des Eingangsgebüsches, so dass sie wieder zurückfinden würden. Außerdem war der Bär mit seinem natürlichen Instinkt in der Lage, den Höhleneingang wiederzufinden. Nachdem Adeline eine Fackel entzündet hatte, machten sich die beiden Besucher auf den Weg ins Innere des Berges.

In der Nähe des Eingangs ging die Höhlenöffnung in eine Höhle mit gigantischen Ausmaßen über. Sie war circa dreißig Meter hoch und vierzig Meter breit. Man sah, dass sie einst bewohnt gewesen sein musste. Tier- und Menschenknochen, die durch die Trockenheit der Höhle gut erhalten waren, bedeckten den Boden. Auch Aschereste zeugten von einer einstigen Besiedlung durch Menschen. An den Wänden waren relativ gut erhaltene Jagdszenen dargestellt, die heute so manchen Höhlenforscher in Entzückung versetzen würden.

Aber auch eine Art Tierfriedhof war hier entstanden. Offensichtlich zogen sich Tiere, wenn sie ihren Tod nahen fühlten, in diese Höhle zurück, um zu sterben. Auch Bären hatten hier offenbar schon ihr Grab gefunden. Adelines Freund beschnüffelt mit besonderem Interesse die Bärengerippe, während sie selbst sich sehr für die Jagdszenen interessierte. Daraus ging hervor, welche Tiere zur Zeit der uralten Bewohner gejagt worden waren und welche Jagdtechniken Anwendung gefunden hatten. Speere sowie Pfeil und Bogen schienen die Waffen der damaligen Bewohner der Höhle gewesen zu sein. Als Jagdbeute waren vorwiegend Mammuts und Bären auf den Höhlenmalereien erkennbar. Über allen Wandmalereien war ein drachenähnliches Tier zu sehen, das offensichtlich in der damaligen Zeit eine Rolle gespielt hatte.

Die beiden Besucher durchstreiften den Eingangsbereich und entdeckten gegenüber, am anderen Ende der Höhle einen Durchgang, der weiter in den Berg hinein führte. Sie krochen durch das Verbindungsgewölbe, um das Höhlenlabyrinth weiter zu erforschen. Es wechselten sich nun Durchgänge, die von ihnen gerade so durchquert werden konnten, mit größeren Höhlenabschnitten ab. Schließlich kamen sie zu einer weiteren großen Höhle, die in ihren Abmessungen die Eingangshöhle bei weitem übertraf. Diese Höhle überraschte durch eine Vielfalt von Figuren aus Tropfstein, die in Form von Stalaktiten von der Decke hingen bzw. als Stalagmiten auf dem Felsenboden standen. Manche der Zapfen waren zusammengewachsen und bildeten bizarre Figuren. Die Stalaktiten und Stalagmiten bestanden hauptsächlich aus Kalksinter, das durch das Tropfwasser in vielen hundert Jahren aus dem Berg herausgewaschen worden war. Auch andere Mineralien waren in den Kalkfiguren gebunden. Als Adeline mit ihrer Fackel die Figuren anleuchtete, erstrahlten sie in den verschiedensten Farben und erweckten den Eindruck, dass man sich in einem Märchenschloss aus „Tausend und einer Nacht" befand. Adeline konnte sich an dieser Farbenpracht nicht satt sehen und auch der Bär war offensichtlich beeindruckt.

In der Mitte der Höhle hatte sich ein großer See gebildet. Das glasklare Wasser spiegelte die Farbenpracht der Höhlendecke wieder. An dieser war die Öffnung zu einem Schacht erkennbar, der bis in die Küche der Burg führte. Von dort aus wurde mit Eimern und langen Seilen das Trinkwasser aus dem See geschöpft, ohne zu wissen, woher das Wasser kam, das sich über Jahrhunderte angesammelt hatte.

In einer Ecke der Höhle fand Adeline ein gut erhaltenes Gerippe, das sehr ungewöhnliche Formen hatte. Das Tier musste sich gemäß der Knochenstruktur auf zwei Beinen fortbewegt haben. Zwei Knochenstränge am Oberkörper entsprachen einer Flügelstruktur. Auffällig waren die Rückenwirbel, die in einen langen Schwanz übergingen. Offensichtlich waren das die Überreste des Drachens, der Mensch und Tier lange in Angst und Schrecken versetzt hatte. Adeline und der Bär betrachteten mit Ehrfurcht das Riesenskelett, das auf der einen Seite des Sees lagerte.

Sie liefen dann um den See herum und kamen an eine Höhlenöffnung, die offensichtlich weiter in den Berg hineinführte. Adeline wollte auch diesen Höhleneingang erkunden, ließ aber den Bären an dieser Stelle zurück, da sie nicht wusste, ob er überall durch die engen Stellen hindurch kam. Adeline hoffte, durch diesen Höhleneingang einen weiteren Ausgang aus dem Berg zu finden, so dass sie nicht den beschwerlichen Rückweg durch die anderen Gänge und die Schlucht antreten musste. Der Bär ließ sich an Ort und Stelle nieder und fraß das Fleisch und das Brot, das Adeline ihm als Ration zurückgelassen hatte. Es gab hier auch genügend Licht, das von den an den Felswänden angesiedelten Bakterien erzeugt wurde. Sie verbreiteten ein grünliches Licht, das für ausreichende Helligkeit sorgte. Der Bär legte sich nach dem Fressen auf die faule Haut, der Marsch hierher hatte ihn offensichtlich stark angestrengt.

Adeline zündete eine neue Fackel an, befestigte das Ende eines neuen Wollknäuels an einem Stein und machte sich auf den Weg ins Ungewisse. Der Gang führte steil bergan, wobei viele Hindernisse, wie z. B. herabgestürztes Geröll, in Bodensenken angesammeltes Wasser und Engstellen, zu überwinden waren. Oftmals gelangte sie in eine Sackgasse und musste wieder umkehren. In einer kleinen Nische machte sie schließlich Rast und verzehrte einen Teil der in ihrem Rucksack mitgeführten Verpflegung. Danach setzte sie ihren Weg fort. Sie wollte schon wieder umkehren, als sie einen leichten Luftzug bemerkte. Nach circa dreißig Metern sah sie einen hellen Schein, der offensichtlich von einer Öffnung im Bergmassiv herrührte. Um diese zu erreichen, musste sie durch knöcheltiefe Exkremente waten. Sie gewahrte nun an der Decke ein Gewimmel von Fledermäusen, die Wände und Boden der kleinen Höhle verschmutzt hatten. Die Fledermäuse hatten offensichtlich schon viele Jahrhunderte diesen Ort in Besitz genommen. Durch die körpergroße Öffnung standen sie mit der Außenwelt in Verbindung, wo sie jede Nacht hinausflogen und sich und ihren Nachwuchs mit Nahrung versorgten.

Adeline arbeitete sich bis zur Öffnung vor, um sich zu orientieren und frische Luft zu schnappen. Die Exkremente verbreiteten in der Höhle einen bestialischen Gestank und sie war froh, einige Atemzüge der frischen Luft einatmen zu können. Auch das helle Tageslicht tat ihren Augen gut, nachdem sie viele Stunden im Dunklen umhergeirrt war.

Nach einem Blick aus der Öffnung stellte sie fest, dass sie sich unmittelbar unterhalb der Zugbrücke befand, die in die Burg führte. Mit etwas sportlicher Akrobatik konnte man bei niedergelassener Brücke die Querverstrebung der Zugbrücke erreichen und sich dann an ihr an die Oberseite hangeln. Die Öffnung lag verdeckt in der Steilwand des Berges, der bis tief nach unten in eine Schlucht abfiel. Sie war bisher nicht entdeckt worden, da sie mit Gebüsch bewachsen war, das durch von den Fledermäusen mitgebrachten Samen entstanden war und im Fledermauskot gute Bedingungen für dessen Wachstum fand. Kräftige Wurzeln waren in die Spalte um die Höh-

le hineingewachsen und hielten das Gebüsch fest. Das erleichterte eine eventuelle Kletterpartie aus der Höhle auf die Zugbrücke.
Adeline hatte genug gesehen und machte sich auf den Rückweg. Durch das ausgerollte Knäuel fand sie sich nun schneller zurecht und konnte ohne Umwege ihren Ausgangspunkt der Kletterpartie finden. Die Schnur ließ sie im Höhlengang zurück, damit sie im Falle einer nochmaligen Nutzung des Aufstiegs sich besser zurechtfinden konnte.
In der großen Höhle fand sie den Bären wieder, der schon ganz aufgeregt auf sie wartete. Gemeinsam gingen sie den Weg zum Höhleneingang zurück. In der Schlucht legten sie eine größere Rast ein. Adeline wollte sich gründlich säubern und den ganzen Höhlendreck loswerden. Am Grunde der Schlucht hatte sich ein kleines Wasserreservoir gebildet. Sie zog sich aus, reinigte ihre Kleider und nahm auch selbst ein Bad im kalten Wasser. Der Bär hatte inzwischen wieder Hunger bekommen und erhielt nun einen weiteren Anteil des in einem Rucksack aufbewahrten Fressens. Danach nahm auch er ein Bad und jagte den Forellen hinterher, die sich wie überall in den Seen und Moorgebieten kräftig entwickelt hatten. Genüsslich leckte er den Rogen auf, den er nach dem Fang aus den Forellen herausquetschte. Danach fraß er auch den restlichen Fischkörper.
Auch Adeline bekam etwas vom Fang ab. Sie hatte ein kleines Feuer entzündet, wo sie ihre Wäsche trocknete und sich selbst wärmte. Einen Stock, auf den sie eine Forelle aufgespießt hatte, hielt sie in das Feuer und bereitete sich das Abendessen. Nach dem ausgiebigen Mahl machten sie sich auf den Heimweg. Es war bereits dunkel, als sie das Kloster erreichten. Der Bär zog sich sofort in sein Stallquartier zurück, während Adeline noch bei der Frau Oberin vorstellig wurde.
Die Oberin hatte sich bereits Sorgen gemacht und erwartete Adeline mit Ungeduld. Diese berichtete nun über die Höhle und das darin gefundene Skelett des Drachens. Die Oberin hatte in den Schriften des Klosters bereits eine Stelle gefunden, in der der Drachen

erstmalig erwähnt wurde und gab am nächsten Tag diese Literatur an Adeline weiter. Hier wurde ausführlich über den Drachen als Überbleibsel aus der Zeit der Dinosaurier berichtet. In Mythen und Sagen kämpften starke Krieger gegen dieses Ungeheuer und hatten es angeblich nach harten Auseinandersetzungen besiegt. Auch von anderen Geistern wurde berichtet, die angeblich vor vielen Jahren die Höhle bewohnt hatten. Diese Überlieferungen sind bis heute erhalten und schrecken die Menschen davon ab, sich in die urwaldartige Landschaft und die Schlucht zu begeben.

Der junge Burgherr

Der Burgherr und seine Gattin freuten sich über das Heranwachsen des kleinen Ritters. Er war das einzige Kind der Ritterfamilie geblieben, denn die Burgherrin kränkelte nach der Geburt, so dass für ihr Baby eine Amme gesucht werden musste. Sie fanden im Dorf eine junge Bauersfrau, die sich liebevoll des kleinen Arnfried von Hohenfelsen annahm, da ihr eigenes Kind bei der Geburt gestorben war. Die Burgherrin selbst litt an einer nicht definierbaren Krankheit und verbrachte deshalb viele Stunden des Tages im Bett. Sie wurde umsorgt durch ihren Gemahl, der sie aus vollem Herzen liebte und sich traurig viel Zeit im Zimmer seiner Gattin aufhielt. Als ihr Tod nicht mehr aufzuhalten war und auch die Kräuterfrau sich keinen Rat mehr wusste, rief sie ihren Mann ans Bett. Sie übergab dem geliebten Burgherrn eine silberne Kette mit dem Wappen ihrer Familie mit der Bitte, sie immer zu tragen, um Unglück von sich fernzuhalten, und sie dereinst an ihren gemeinsamen Sohn zu übergeben. Nach ihrem Tod heiratete der Burgherr nicht wieder und trauerte lange um seine geliebte Frau.
Er widmete nun die gesamte Liebe seinem Sohn, der beim Tod seiner Mutter gerade ein halbes Jahr alt war. Der Knabe war ein fröhliches Kind und wurde zum Liebling aller, wenn er auf dem Arm der Amme im Hof seine Freude über die herumgeführten Pferde herauskrähte. Sein Vater setzte ihn vor sich aufs Pferd und der Kleine begeisterte sich über das Reiten, das ihm offensichtlich großen Spaß bereitete. Der Vater verkündete mit Stolz, dass aus dem kleinen Burgherrn dereinst ein furchtloser Ritter würde. So wuchs er, behütet und genährt von der Amme und mit Liebe durch den Vater erzogen, auf der Burg heran. Mit sechs Jahren erhielt er einen Lehrer aus der nahegelegenen Stadt, der ihm Lesen, Schreiben und Rechnen beibrachte. Der Vater hielt zwar nichts von diesem „Unsinn", einge-

denk der von der ehemaligen Burgherrin übernommenen Pflichten der Erziehung sträubte er sich jedoch nicht gegen die schulischen Pflichten seines Sohnes. Er sorgte aber dafür, dass er nicht zum Stubenhocker wurde. Auf einem seiner Größe angemessenen Pony lernte er Reiten und versuchte bereits mit einem kleinen, durch den Schmied angefertigten Schwert die ersten Ritterkünste zu beherrschen. Einer der Ritter hatte sich seiner angenommen und versuchte ihm in Scheingefechten die ersten Schwerthiebe beizubringen.

Der kleine Burgherr erkundete jeden Winkel der Burg. Oftmals hielt er sich in der Küche auf und nahm die Leckerbissen entgegen, die ihm das Küchenpersonal zusteckte. Dann wieder war er im Pferdestall zu finden, wo neben den großen, kräftigen Pferden für Ritterturniere und gewöhnliche Fahrten mit dem Leiterwagen schlanke, rassige Pferde standen, die für Reitturniere und Ritte über das Land genutzt wurden. Sein Pony verwöhnte er mit Süßigkeiten, die er in der Küche entwendet hatte. Vielfach stieg er auf die Ecktürme der Burg, von wo aus er einen herrlichen Blick über das Land hatte. Er konnte in weiter Ferne Bergketten erkennen, auf denen bei sonnigem Wetter weiße Schneemützen zu sehen waren. Gerne durchstöberte er den Dachboden, wo allerhand Gerümpel gelagert war, das seine Neugier erweckte. Er fand eine große Zahl von Bildern, auf denen Ritter zu Fuß oder auf dem Pferd gegeneinander kämpften. Auch Kämpfe mit wilden Tieren, wie z. B. einheimischen Bären und Luchsen, aber auch Löwen und Tigern aus fernen Ländern, waren zu sehen. Der kleine Arnfried träumte dann von Abenteuern und Kämpfen, die er stets mit Bravour bestand. Diese Träume wurden auch genährt durch die Geschichten seiner Amme, die vor dem Gutenachtkuss stets eine neue Erzählung aus ihrem großen Fundus preisgeben musste. Unter anderem erzählte sie ihm von einem großen Drachen, der ganz in der Nähe in einer Höhle gelebt und die Bevölkerung des Dorfes tyrannisiert haben soll. Er hatte sich viele Menschen, insbesondere Kinder, geholt, bis ihn ein tapferer Ritter bekämpfte und ihm den Kopf abschlug. In der Nacht träumte der kleine Burgherr, dass er dieser tapfere Ritter war, siegreich aus dem Kampf hervorging und damit das Dorf vor weiteren Attacken des Drachens rettete.

Aber auch von Geistern und Kobolden, bösen und guten Zwergen und Trollen erzählte die Amme. Die am Fuße des Berges liegende Moorlandschaft, auf der an manchen Tagen kleine Flämmchen, offenbar aus Sumpfgas, tanzten, unterstrichen scheinbar den Wahrheitsgehalt dieser Erzählungen. Kam dann noch das schaurige Heulen von Wölfen und wilden Hunden dazu, konnte man an die Schauergeschichten glauben und der kleine Burgherr versteckte sich dann ängstlich unter seiner Bettdecke, bis ihn seine Amme darunter wieder hervorholte.

Zu seinen heroischen Träumen trugen auch die Erzählungen eines alten Ritters bei, der auf der Burg lebte und sozusagen vom Burgherrn das Gnadenbrot erhielt. Er war in einer Schlacht stark verwundet und durch einen Feldscher wieder zusammengeflickt worden. Er hinkte seitdem auf einem Bein und mit zunehmendem Alter wurden seine Gebrechen immer schlimmer. Für den kleinen Burgherrn war dieser alte Haudegen ein wunderbarer Freund, der ihm von vielen Schlachten und Kämpfen erzählte. Er hatte tagsüber seinen Platz in einer sonnenbeschienenen Ecke des Hofes. Sowie es die Zeit erlaubte, tauchte der kleine Burgherr mit einem Stühlchen auf, setzte sich ihm gegenüber und fragte ihm Löcher in den Bauch. Die Unterhaltung endete meistens damit, dass der alte Kämpfer eine Geschichte erzählte, die er stets mit den Worten einleitete: „Vor langer Zeit hatte ich folgendes Erlebnis..." Er berichtete dann von Schlachten und Kriegen, aus denen er siegreich hervorgegangen war. Eine Schlacht war dem kleinen Burgherrn in besonderer Erinnerung geblieben. Der Ritter berichtete, wie er im Kampf mit einem Gegner vom Pferd gestoßen worden und unter dessen Körper geraten war. Er war dabei bewusstlos geworden und man hatte ihn für tot gehalten. Als er in der Nacht erwacht war, hatten sich wilde Hunde auf das Schlachtfeld geschlichen und sich an den Leichen satt gefressen. Auch ihn hatten die wilden Hunde entdeckt und ihn und sein Pferd aufreißen wollen, um an die Innereien heranzukommen. Da das tote Pferd nur auf seinem Unterleib und den Beinen gelegen hatte, hatte er sein daneben liegendes Schwert heranziehen und sich damit wehren können. Mit viel Mühe war es ihm dann gelungen, seinen Körper unter dem Pferd hervorzuziehen und sich ins nächste Dorf zu schleppen.

Ein anderes Mal berichtete er von einem großen Bären, dem er bei einer Jagd plötzlich ganz allein gegenüber gestanden hatte. Der war der Hundemeute und der dahinter hetzenden Jagdgesellschaft entkommen und ins Dickicht geflüchtet. Hundemeute und Jagdgesellschaft waren nun hinter einem zweiten Bären her und hatten nicht bemerkt, dass der erste Bär ihnen entkommen war. Er war nun aus dem Dickicht hervorgebrochen und hatte unvermutet vor dem Ritter gestanden, der sich etwas abseits von der Jagdgesellschaft gehalten hatte. Er war vom Pferd gestiegen, um eine kleine Rast einzulegen und eventuell nach anderem Wild Ausschau zu halten. Das Pferd war mit ängstlichem Schnauben geflüchtet und in die Richtung gelaufen, aus der sie gekommen waren. Der Bär war verwundet gewesen und das Blut war ihm aus der Hüfte gelaufen. Wutentbrannt hatte er sich aufgerichtet und den Ritter mit einem Prankenhieb zu erledigen versucht. Erschrocken war dieser zwei Schritte zurückgegangen und hatte sich mit seinem Schwert verteidigt. Trotz seiner Verwundung war der Bär flink und unberechenbar gewesen. Er war immer wieder auf den Ritter eingedrungen und hatte sich nach vorn fallen lassen, um den Körper des Kämpfers zu erreichen und ihn unter sich zu begraben. Als der Bär sich dann wieder aufgerichtet hatte, fand der Ritter die Gelegenheit, ihm sein Schwert tief ins Herz zu stoßen und zur Seite zu springen. Damit hatte er den Bären ins Himmelreich geschickt, sich aber bei diesem Kampf eine Schulterverletzung zugezogen und den Arm ausgekugelt. Er hatte nun warten müssen, bis die Jagdgesellschaft zurückgekommen war und sich seiner Verletzung angenommen hatte. Der alte Ritter wusste so interessant zu erzählen, dass der kleine Burgherr mit aufgerissenen Augen und Gänsehaut der Geschichte folgte. Als Beweis zeigte jener eine Kette aus Bärenkrallen, die er unter dem Hemd auf seiner mit Narben übersäten Brust trug. Zu jeder dieser Narben gab es eine Geschichte und der kleine Burgherr wollte alles wissen, was der alte Kämpfer erlebt hatte.

So verging die Zeit, und der kleine Burgherr verbrachte sein junges Leben zwischen Unterricht, Training für den Ritterkampf, Reiten und Erkundung der Burg, die er noch immer nicht bis in den letzten Winkel erforscht hatte. So zeigte ihm sein Vater eines Tages auch den Folterkeller, wo ungehorsamen Bauern und Leibeigenen Gehorsam beigebracht und Geständnisse erpresst wurden. Nach Besichtigung aller Folterwerkzeuge beschloss der kleine Burgherr für sich, diese nicht anzuwenden. Für ihn standen Ritterlichkeit und ein fairer Zweikampf im Vordergrund. Auch Bauern und Leibeigene gedachte er nach diesen Prinzipien zu beherrschen. Inzwischen konnte er so gut reiten, so dass der Burgherr beschloss, ihm ein größeres Pferd anzuvertrauen. Da der Burghof für das Reittraining nun zu klein war, ritt er, wenn möglich, ins Dorf hinunter und in die umliegenden Regionen. Begleitet wurde er durch einen der Ritter, der ihm sowohl entsprechende Reitstunden gab, ihn aber auch mit den Sehenswürdigkeiten dieser Gegend vertraut machte.

Eines Tages nahm ihn sein Vater mit auf eine benachbarte Burg, wo ein kleines Fest zu Ehren des fünfzigsten Geburtstag der Burgherrin stattfand. Arnfried war inzwischen zehn Jahre alt und hatte im Schwertkampf bereits so viele Kenntnisse erworben, dass sein Vater ihn am Turnier teilnehmen ließ, das in Verbindung mit den Festlichkeiten stattfand. Er kämpfte gegen einen gleichaltrigen Sohn des Burgherrn einer anderen Burg und beendete den Kampf erfolgreich. Das trug ihm den Applaus der beiden Töchter der Burgherrin ein, die den Kampf aufgeregt verfolgt hatten. Er verbeugte sich artig und bedankte sich. Beim Bankett saß er dann neben der jüngeren der beiden Töchter, die ihn dann auch auf der Burg herumführte.

Interessant war für ihn, dass auf der Burg wilde Tiere z. B. Wölfe und Bären gehalten wurden, die zu gegebenen Zeiten gegen bewaffnete Kämpfer antreten mussten. Die junge Tochter der Burgherrin konnte ausgezeichnet reiten, und so verabredeten sie sich für den nächsten Tag zu einem Ausritt in die nähere Umgebung.

Früh am Tag trafen sie sich auf ihren Pferden auf dem Burghof. Sie wurden begleitet von der anderen Schwester und dem Kampfgegner des jungen Burgherrn vom Vortag. Sie ritten zu einem nahegelegenen See, wo sie sich auszogen und gemeinsam mit den Pferden im Wasser tummelten. Sie wurden dabei von einem ehemaligen Soldaten beobachtet, der sich einer kleinen Gruppe von Raubgesellen angeschlossen hatte. Diese lagerten im nahegelegenen Wald und brachen sofort auf, um sich die Pferde der Badenden zu holen, die sie dringend brauchten, um ihre Raubritte durchführen zu können. Sie hatten nur vier Pferde, und diese waren auch nicht mehr die Jüngsten. Die Badenden hatten sich inzwischen wieder angezogen und saßen auf ihren Pferden, als sie die heranreitenden Räubergruppe bemerkten.

Eingedenk der Tatsache, dass sie die beiden Mädchen nicht gefährden wollten, ritten sie schnellstens zur Burg zurück. Sie versammelten um sich eine kleine Gruppe von Kämpfern der Burg und ritten nun dem Raubgesindel hinterher. Diese hatten sie bald eingeholt und machten kurzen Prozess mit ihnen. Der kleine Burgherr traf auf einen Gegner, offensichtlich der Anführer dieser Gruppe, der nicht so leicht zu besiegen war. Seine kräftige Gestalt und die Kampfkraft brachten den jungen Burgherrn in arge Bedrängnis. Sein Gegner glaubte, leichtes Spiel mit dem Jüngelchen zu haben, und setzt ihm erheblich zu. Der wurde jedoch aus dieser prekären Lage durch einen anderen Kämpfer befreit, der seinen Gegner bereits abgetan hatte. Zu zweit bekämpften sie nun den wild um sich schlagenden Räuber, der schließlich erlahmte, durch einen Schwertstoß verwundet wurde und vom Pferd fiel. Sie ließen ihn am Leben und nahmen ihn mit auf die Burg. Vorher zerstörten sie das Lager und nahmen die restlichen Räuber als Gefangene ebenfalls mit auf die Burg. Hier sperrte man sie in ein Verließ, wo sie auf Kämpfe mit den wilden Tieren vorbereitet wurden.

Der junge Burgherr hatte ebenfalls einige Blessuren davon getragen, wurde aber durch die liebevollen Hände seiner Freundin, der jüngeren Tochter der Burgherrin verbunden und gesund gepflegt.

Der Vater von Arnfried reiste zwei Tage später wieder ab, hatte aber nichts dagegen, dass sein Sohn weitere Tage auf der Burg verbrachte. Zum einen wollte er seine Wunden verheilen lassen, zum anderen fieberte er einem Kampf mit den wilden Tieren entgegen, den die Gefangenen bestreiten mussten. Im Falle eines Sieges konnten sie unbehelligt die Burg verlassen, würden aber des Landes verwiesen.

Es waren insgesamt sieben Gefangene, die gegen die wilden Tiere antreten sollten. Sechs davon waren für einen Kampf mit den Wölfen vorgesehen, der Siebente, der Kräftigste und Anführer der Bande, sollte gegen einen Bären kämpfen.

In der Mitte des Burghofes befand sich eine Art Arena, die circa fünf Meter in die Tiefe reichte. Sie war über einen unterirdischen Gang erreichbar, über den Tiere und Kämpfer in die Arena gelangten. Etwa vierzehn Tage nach der Gefangennahme fand zunächst der Kampf mit den Wölfen statt. Die sechs Räuber führte man nun in die Arena, nahm ihre Ketten ab und schmiss dann von oben sechs Messer hinein. Nachdem sich die Räuber bewaffnet hatten, wurden sieben Wölfe aus ihren Zwingern über den Gang in die Arena gelassen. Die sechs Räuber hatten sich in der Mitte mit dem Rücken zueinander aufgestellt und erwarteten in dieser Kampfposition die grauen bis schwarzen Wölfe. Diese hatten einige Tage gehungert und waren nun wütend und zähnefletschend in die Arena gestürmt. Zunächst umkreisten sie mit aufgerissenen Mäulern und funkelnden Augen ihre Beute in der Mitte der Arena. Dann stürzte sich ihr Anführer, ein großer kräftiger, völlig schwarzer Rüde auf den ersten Räuber. Er biss ihm die Hand ab, die das Messer hielt, und fast gleichzeitig verbiss er sich in seinem Hals. Nun war die Wolfsmeute nicht mehr zu halten. Die Räuber wehrten sich nach Kräften, drei Wölfen wurde der Bauch aufgeschlitzt und die anderen verwundet. Es gab ein schauderhaftes Gemetzel, im Verlaufe dessen fünf Räuber zerrissen und sechs Wölfe getötet bzw. tödlich verwundet wurden. Einer der Räuber lag in der Ecke der Arena und hatte drei Leichen vor sich aufgebaut, so dass kein Wolf mehr an ihn herankommen konnte.

Der kräftige Anführer der Wölfe war zum Schrecken der Zuschauer mit einem gewaltigen Satz aus der Arena entkommen. Er holte Anlauf und stieß sich dann von dem Leichenhaufen kräftig ab und sprang über die Arenamauer. Die Zuschauer stoben auseinander und der Wolf lief schnurstracks durch das offene Burgtor und die Zugbrücke in den naheliegenden Wald. Allmählich beruhigten sich die Gemüter wieder. Der Kampf wurde diskutiert, Arnfried hatte keinen Gefallen an dem Gemetzel gefunden. Entsprechend seinem Motto, die „Ritterlichkeit im Kampf hat den Vorrang", lehnte er für sich den Kampf mit den wilden Tieren ab. Auch seine kleine Freundin hatte keine Freude an solchen Metzeleien und war in ihre Kammer geflüchtet.

Nachdem die Arena von den blutigen Kadavern der Wölfe und den getöteten Räubern gesäubert worden war, konnte am nächsten Tag der Kampf mit dem Bären stattfinden. Dieser war ebenfalls einige Tage nicht gefüttert und außerdem in seinem Käfig täglich mit Stöcken gereizt worden, um ihn für den Kampf richtig wütend zu machen. Nun führte man ihn in die Arena, wo bereits der Räuberhauptmann auf ihn wartete. Nachdem man dem Bären die Ketten abgenommen hatte, verzog er sich erst einmal in eine Ecke und musterte seinen Gegner. Er hatte keine Lust zum Kämpfen. Für den Kampf mit dem Bären war der Räuberhauptmann mit einem Schwert ausgerüstet und als er den Bären damit in die Flanke stach fuhr dieser, eingedenk der Torturen, die er in seinem Käfig zu erdulden gehabt hatte, wutentbrannt auf und stürzte sich auf seinen Gegner. Er richtete sich zu voller Größe auf und schlug mit seinen

krallenbewehrten Tatzen nach dem Räuberhauptmann. Dieser war darauf vorbereitet und sprang einen Schritt zurück. Er konnte jedoch nicht verhindern, dass er an der Schulter getroffen wurde und eine stark blutende Wunde erhielt. Der Bär drang weiter auf ihn ein, aber der Räuber nutzte einen günstigen Augenblick und stach sein Schwert dem aufgerichteten Bären tief in das Herz. Er sprang zurück, der Bär fiel nach vorn, und das Blut strömte in einem dicken Strahl aus der Wunde. Er zog sich in eine Ecke zurück und verstarb. Wenige Tage später wurde der Räuberhauptmann und sein beim Kampf mit den Wölfen übriggebliebener Kumpan auf ihren alten Pferden, entsprechend der Vereinbarung, außer Landes eskortiert.
Arnfried, der junge Burgherr, hatte dem Kampf zugesehen, konnte aber auch hier keine Freude empfinden. Am nächsten Tag reiste er ab, wobei er sich von seiner kleinen Freundin zärtlich verabschiedete. Er versprach bald wiederzukommen und sie zu besuchen.
Zu Hause auf der Burg angekommen, begann der alte Trott. Er nahm wieder sein Training auf und probte den Schwertkampf auf dem Pferd und zu Fuß, das Bogenschießen und das Lanzenstechen auf dem Pferd. Am liebsten aber ritt auf seinem schwarzen Hengst ins Tal und in die engere Umgebung. Zwei gleichaltrige Knappen, mit denen er sich angefreundet hatte, begleiteten ihn. Wegen der Bekanntheit der guten Ausbildung der Knappen auf dieser Burg wurden von befreundeten Burgherren immer wieder Söhne oder andere Angehörige zur Ausbildung geschickt, die dann für ein Jahr oder länger ihren Knappendienst absolvierten.
Der junge Burgherr war inzwischen achtzehn Jahre alt geworden. Nach Meinung seines Vaters und der ihn ausbildenden Ritter hatte er einen würdigen Stand in der Ausbildung erreicht, um in den Ritterstand erhoben zu werden. Vorher sollte er noch ein Jahr als Knappe auf einer befreundeten Burg dienen. Danach wollte sein Vater ein Fest ausrichten, bei dem der Ritterschlag im Rahmen eines Ritterturniers stattfinden sollte.

Der alte Burgherr war seit dem Zeitpunkt, als er seine junge Frau freite, die Mutter von Arnfried, nicht mehr auf dem Anwesen seiner Schwiegereltern gewesen. Das Rittergut lag hoch im Norden, und er wollte seinem Sohn nun die Gelegenheit bieten, seine Verwandten kennen zu lernen. Das Gut wurde inzwischen durch den Sohn, dem Onkel von Arnfried, verwaltet. Aus der Ehe des Onkels waren eine Tochter und ein Sohn in Arnfrieds Alter hervorgegangen. Diese freuten sich darauf, ihren Verwandten kennen zu lernen. Auf dem Rittergut wurde ebenfalls die Knappenausbildung gepflegt. So hatte Arnfried die Möglichkeit, neue Kampftechniken kennenzulernen und seine Kampfkraft zu stählen. Arnfried und sein Neffe, waren sich sehr ähnlich, beide waren hochgewachsen, breitschultrig und blond. Die Schwester fühlte sich in der Gesellschaft der beiden wie Brüder wirkenden Knappen sehr wohl, und wenn es die Zeit erlaubte, ritt sie mit ihnen in die nähere und weitere Umgebung. Die Landschaft war durch viele Seen geprägt und oftmals stürzten sie sich in die kühlen Fluten.

Ein spezielles Jagderlebnis für Arnfried war auf dem Rittergut die Fuchsjagd. Füchse waren hier weit verbreitet, da durch die Seen Federvieh überall vorkam und die Fuchspopulation dadurch stark zunahm. Zweimal im Jahr wurden deshalb Fuchsjagden veranstaltet, um deren Ausbreitung immer wieder einzudämmen. Es hatten sich auf dem Rittergut Gäste eingefunden, die an der Fuchsjagd teilnehmen wollten. Am festgelegten Tag versammelten sich die Bewohner des Rittergutes und die Gäste auf ihren Pferden im Hof. Dann wurden die Tore geöffnet und hinter der Hundemeute stürmten die Jäger davon. Arnfried hatte sich seinem Cousin und seiner Cousine angeschlossen. Sie hatten fast gleichstarke edle Pferde, die nun der Hundemeute hinterher schossen. Eine Gruppe von Füchsen wurde aufgescheucht, die mit weitausholenden Sätzen davon stoben. Die Füchse verzweigten sich nach kurzer Zeit, so dass sich auch die Hundemeute teilen musste. Die drei Jagdgenossen verständigten sich mit einem Blick und jagten der linken Gruppe hinterher. Sie hatten inzwischen einen Vorsprung vor den anderen und waren in nächster Nähe von vier abgesprengten Füchsen. Sie warteten nun auf eine günstige Schussposition, um die Hunde nicht zu verletzen. Schließlich schafften sie es und schossen fast gleichzeitig auf die inzwischen ermüdeten Füchse. Sie legten vom Pferd aus auf sie an und trafen ihr Ziel beim ersten Schuss. Das Schießen mit Pfeil und Bogen vom Pferd aus hatten sie oft geübt, und mühelos wurden drei Füchse erlegt. Dem vierten Fuchs schoss Arnfried einen Pfeil hinterher, traf aber nicht. Sie beschlossen, ihn laufen zu lassen, luden ihre Jagdbeute auf die Pferde und ritten heimwärts. Die anderen Jäger waren ebenfalls erfolgreich, so dass insgesamt zwölf Füchse erbeutet wurden.

Auf dem Hof erwartete Arnfried ein Bote seines Vaters und beorderte ihn zurück. Jener kränkelte und hoffte, dass sein Sohn die Aufgaben auf der Burg übernehmen würde. Der Aufenthalt auf dem Rittergut sollte ohnehin in den nächsten Tagen zu Ende gehen, und so sattelten Arnfried und der Bote am nächsten Tag ihre Pferde und ritten davon. Mit dem Versprechen, bald einmal wiederzukommen, verabschiedete er sich von Onkel, Cousin und Cousine. Er hatte seine Verwandten sehr lieb gewonnen.

So ging die Jugend des jungen Burgherrn zu Ende, und es warteten nun andere Pflichten auf ihn. Zunächst aber bereitete er sich gewissenhaft auf den Ritterschlag und das Ritterturnier vor, das sein Vater nun mit aller Macht in der Organisation vorantrieb. Er wollte, dass sein Sohn die Burg als Ritter übernahm.

Die Kampfausbildung der Kaufmannstochter

Von den zwölf Pferden, die von den Rittern in der Nacht des Überfalls in die Ebene davon gejagt worden waren, standen drei Tage später ein Hengst und eine Stute mit zitternden Flanken vor dem Tor des Klosters. Offensichtlich waren sie durch einen Bären gejagt worden und hatten sich bis hierher retten können. Gemäß ihrer Berufung, jedes Geschöpf Gottes in der Not aufzunehmen und zu versorgen, brachten die Nonnen die beiden Pferde im Kloster unter. Der alte Gärtner und der Zimmerer des Dorfes errichteten eine Koppel und einen festen Stall, so dass sie in der Nacht vor Wölfen und Bären geschützt waren. Vor einen kleinen Wagen gespannt halfen sie den Nonnen beim Pflügen und Ernten der Felder. Aber auch beim Besuch von weiter entfernt liegenden Orten wurden sie eingesetzt, und der alte Gärtner chauffierte das Gespann.

Die Ritter und Knappen der Burg wurden am Tag nach dem Überfall vom Burgherrn ausgeschickt, die Pferde zu suchen. Sie konnten jedoch nur sechs Pferde finden, zwei waren durch Bären oder Wölfe angefallen worden, und sie fanden deren angefressene Körper, der Rest war verschwunden. Die Suche wurde dann abgebrochen, denn man musste annehmen, dass die weiteren Pferde ebenfalls durch wilde Tiere des Urwaldes aufgefressen worden oder im Moor umgekommen waren. Die gefundenen sechs Pferde wurden auf die Burg gebracht und der Herde des Burgherrn einverleibt.

Die im Kloster aufgenommenen Pferde kamen bei den Nonnen in gute Hände. Man versorgte sie mit Heu, Stroh, Rüben und anderen Futtermitteln. Im Stall war es trocken, sauber und warm, und auch im Winter brauchten sie keine Not zu leiden. Die in den Lagern angehäuften Ernteergebnisse ermöglichten eine ausreichende Fütterung. Sie erholten sich gut von der anstrengenden Reise und den durchgestandenen Schrecken. Nach drei Jahren gebar die Stute ei-

nen kleinen Hengst und nach fünf Jahren eine kleine Stute. Die Eltern waren offensichtlich von edlem Geblüt, denn die jungen Pferdekinder entwickelten sich zu edlen Reitpferden. Als Adeline das entsprechende Alter erreicht hatte, wurde sie mit der Betreuung der Pferde beauftragt. Zusammen mit dem Bären und den Pferden unternahm Adeline viele Ausflüge in die nähere und weitere Umgebung. Die Pferde hatten sich an den Bären gewöhnt, der seinerseits alle zum Kloster gehörenden Menschen und Tiere beschützte. Anfangs zuckten die Pferde ängstlich zusammen, wenn der Bär in ihre Nähe kam, doch mittlerweile war er für sie ein Mitbewohner des Klosters, der ihnen nicht gefährlich wurde.
Der kleine Hengst entwickelte sich zum Liebling von Adeline. Sie verwöhnte ihn mit Leckerbissen, und er folgte ihr auf Schritt und Tritt. Natürlich war der Bär eifersüchtig und wollte auch seinen Anteil an den Leckerbissen haben. Auch die kleine Stute kam zaghaft heran, um etwas von den Naschereien abzubekommen. Die Nonnen beobachteten die idyllische Gruppe mit Freude im Herzen und dankten Gott für das friedliche Leben von Mensch und Tier.
Der alte Gärtner hatte im Dorf einen alten Sattel erworben und als Adeline acht Jahre alt war, sattelte sie den jungen Hengst und unternahm mit ihm die ersten Reitversuche. Auch die kleine Stute bezog Adeline in das Training ein. Sie ritt nun viel in die südliche Ebene hinaus und wechselte dabei die beiden jungen Pferde, so dass beide zu erstklassigen Reitpferden herangebildet wurden. In den Urwald allerdings nahm sie nur den Bären mit, da zum einen dieser sie besser vor eventuellen Gefahren schützte, zum anderen es für die Pferde im dichten Unterholz kein Durchkommen gab.
Nachdem Adeline beim Tod der Kräuterfrau vom Überfall auf ihre Eltern und deren Tod erfahren hatte, schwor sie den Räubern Rache. Die Nonnen durften davon und von ihren diesbezüglichen Plänen nichts wissen, da gemäß ihrem christlichen Glauben nur Gott für Gerechtigkeit sorgen konnte. Adeline hatte die silberne Kette mit dem Wappenmedaillon gut aufbewahrt und trug es unter der

Kleidung immer mit sich. Sie hoffte, dass eines Tages das Geheimnis gelüftet werden konnte, wer der Mörder ihrer Eltern war. Für diesen Zeitpunkt wollte sie gewappnet sein. Bisher war es noch nicht gelungen, den Besitzer dieses Wappens zu finden.

Wie bereits berichtet, war der alte Gärtner gestorben und durch den ehemaligen Kämpfer und Haudegen aus dem Nachbardorf ersetzt worden. Dieser glückliche Umstand kam Adeline gelegen, die diesen in vielen Kämpfen erprobten alten Soldaten bat, ihr die Regeln des Schwertkampfes beizubringen. Er sträubte sich zunächst, erlag aber dann dem Liebreiz der schlanken, blonden, großgewachsenen Kaufmannstochter. Durch die Kletterexkursionen in den Bergen und Schluchten war sie in den Schultern breiter und auch muskulös geworden, so dass man sie in der durch sie bevorzugten Männerkleidung und ihrem kurzen Haarschnitt für einen jungen Knappen halten konnte. Der alte Kämpfer holte aus dem Dorf das Schwert des Schmiedesohnes, der ein glückliches Familienleben führte und deshalb kein Schwert mehr benötigte. Wenn nun der neue Gärtner frei war, und auch Adeline ihre Pflichten im Kloster erfüllt hatte, übten die beiden Kampfhähne in einem entlegenen Teil des Klostergartens.

Anfangs fiel es Adeline schwer, das vom Dorfschmied für sie neu gefertigte Schwert in der Hand zu halten und sich an den Umgang zu gewöhnen. Doch allmählich bedrängte sie bei den täglichen Übungen den alten Kämpfer immer mehr. Dank ihrer Jugend, ihrer Schnelligkeit und Gewandtheit umrundete sie ihn und griff von allen Seiten an. Der alte Haudegen musste sich immer mehr in die Verteidigung zurückziehen und den Angriff Adeline überlassen. Immer öfter blieb ihm die Luft weg, und er bat um Gnade, die ihm natürlich gewährt wurde.

Der Bär glaubte, sich in die Kämpfe einmischen zu müssen, da er annahm, dass seine Freundin in Gefahr war. Ein Befehl von ihr brachte ihn jedoch zum Umkehren, und er zog beleidigt brummend davon. Von nun an schaute er kopfschüttelnd aus der Ferne zu und konnte

nicht verstehen, wie sich zwei Bewohner des Klosters täglich so auf den Pelz rücken konnten, ohne dass ein Sieger daraus hervorging.
Nachdem zunächst Übungen nur am Boden durchgeführt worden waren, sollten nun auch die Pferde mit einbezogen werden. Die Nonnen duldeten die Übungen nicht mehr auf dem Klostergelände, und so mussten die beiden Kampfhähne sich eine Arena im Wald suchen. Hier wurden nun kampfplatzähnliche Verhältnisse aufgebaut. Mit Stroh umwickelte Holzpuppen stellten sie her, die sich im Kampf drehen konnten. Zielscheiben für das Bogenschießen schmückten eine Anzahl von Bäumen, und eine Reitbahn teilten sie durch eine mittig angeordnete Barriere, so dass zwei Kämpfer beiderseits aufeinander zu reiten und mit Spießen versuchen konnten, sich gegenseitig vom Pferd zu stoßen. Die Spieße wurden an der Spitze mit alten Lumpen umwickelt, damit sie sich bei den Übungen nicht gegenseitig verletzten. Mit Leder bezogene Holzschilder dienten dabei als Schutz und gleichzeitig als Abwehr der langen Holzspeere, wenn diese mit Wucht zum Körper des Gegners geführt wurden. Harte Kämpfe absolvierten die beiden Gegner, und der alte Haudegen, der anfangs Rücksicht auf Adelines Weiblichkeit genommen hatte, ging nun ohne Hemmungen auf sie los.
Der alte Kämpfer war des Lobes voll über seinen Schützling. Er hätte nie gedacht, dass ein Mädchen sich so ins Zeug legen und den Schwertkampf in dieser Intensität erlernen würde. Adeline wurde jedoch durch eine innere Kraft angetrieben und hoffte, damit eines Tages ihre Eltern rächen zu können.
Schließlich erklärte der alte Kämpfer die Ausbildung für beendet. Er sehnte sich nach einem ruhigen Lebensabend und nach der wenig aufregenden Garten- und Feldarbeit.
„Adeline", sagte er, „ich habe Dir nun alles beigebracht, was ich im Schwertkampf mir selbst angeeignet habe. Ich bin alt und müde und nicht mehr in der Lage, Deine Attacken abzuwehren. Du musst dir einen jüngeren Kampf- und Trainingspartner suchen."

Adeline sah das ein und bedankte sich für die vielen Lehrstunden und die Zeit, die er ihr geopfert hatte. Sie bedauerte, dass er ihr nicht mehr zur Verfügung stehen würde. Außerdem wusste sie nicht, wo sie einen Kampfpartner finden sollte. So trainierte sie zunächst allein und hoffte darauf, bald einmal Gelegenheit zu bekommen, sich Kampferfahrung in einem echten Kampf aneignen zu können.

Der alte Kämpfer, der sich nun wieder mehr der Garten- und Feldarbeit im Kloster widmete, gab das vom Schmiedesohn geliehene Schwert an diesen zurück und übergab seine eigenen Waffen an Adeline. Er würde mit Sicherheit kein Schwert mehr benötigen, da er aus Altersgründen nicht mehr die Kraft für einen Schwertkampf hatte.

Adeline ließ sich von den Nonnen, die Erfahrung in der Lederverarbeitung hatten, einen leichten Lederwams, lange Lederhosen und kurze Reitstiefeln anfertigen. Auf dem Kopf trug sie eine Lederkappe, die nur noch wenig von dem Blondhaar herausschauen ließ. Wäre nicht das bartlose, zarte Gesicht gewesen, so hätte man sie mit einem jungen Knappen verwechseln können.

Mit ihrer Bewaffnung tauchte Adeline eines Tages beim Schmied des Dorfes auf. Sie hatte bestimmte Vorstellungen zum Schwert, die ihre Kamptechnik und Kampfesweise noch weiter verbessern konnten. Sie bat den Schmied um entsprechende Veränderungen am Griff und an der Länge des Schwertes, so dass es leichter in der Hand lag. Außerdem musste es so gestaltet sein, dass sie es entsprechend ihrer Ausbildung sowohl mit der rechten, als auch mit der linken Hand führen konnte. Der Schmied hatte viel Erfahrung im Waffenschmieden, so dass er die Wünsche von Adeline fachgerecht erfüllen konnte. Nach der Anpassung übte sie mit dem neuen Schwert und war über die nunmehr kampfgerechte Handhabung begeistert. Sie wünschte sich nur noch einen echten Gegner, bei dem sie das neue Schwert einsetzen konnte.

Die Gelegenheit für einen Kampf ergab sich sehr bald für Adeline. Sie ritt im Wechsel die beiden jungen Pferde und war viel im südlich der Burg gelegenen Gelände unterwegs. Eines Tages hörte sie Schreie und Kampfgetümmel vor sich. Als sie aus einem Wäldchen auf die Straße einbog, sah sie einen kleinen Kaufmannszug, der sich gegen vier Räuber wehrte. Die Kaufleute waren den Räubern unterlegen, und ihre Gegenwehr war schon fast der hinterlistigen Kampfesweise erlegen. Adeline dachte an ihre Eltern, die als Kaufleute ebenfalls durch eine Räuberbande ums Leben gekommen waren. Mit entsprechender Wut im Bauch stürmte sie in das Kampfgetümmel und hatte nun Gelegenheit, ihr neues Schwert und ihre in der Unterweisung durch den alten Kämpfer erworbenen Kampfkenntnisse zu erproben. Dem ersten Räuber, der sich ihr entgegenstellte, schlug sie ohne viel Federlesen den Kopf ab. Zwei der Räuber stellten sich ihr nun entgegen und griffen sie von zwei Seiten an. Hier half ihr die Strategie, links- und rechtshändig gegen den Gegner vorzugehen. Sie hatte sehr schnell dem einen Räuber die Hand abgeschlagen und dem anderen das Herz durchbohrt. Der vierte Räuber, der bis jetzt den Kampf mit einem jungen Kaufmann führte, sah seine Kumpane fallen und ritt nun davon. Ebenso versuchte der Räuber mit dem abgeschlagenen Arm auf seinem Pferd zu flüchten. Adeline nahm ihren Bogen von ihrem Hengst und schoss diesem durch das Herz. Der zuerst geflüchtete Räuber hatte inzwischen einen kleinen Vorsprung gewonnen, und Adeline schoss daneben. Sie schwor sich, ihre Fertigkeiten im Bogenschießen weiter zu verbessern, um auch weiter entfernte Ziele zu treffen.

Die Kaufleute dankten ihr überschwänglich für ihre Rettung, wobei sie wegen ihrer Kleidung für einen jungen Mann gehalten wurde. Die Wunden der Kaufleute konnte sie dank ihrer Kenntnisse als Heilpraktikerin schnell behandeln. Sie entnahm den Satteltaschen ihres Pferdesattels Verbandsmaterial und antiseptische Kräuter. Glücklicherweise waren die Verwundungen der Kaufleute nicht lebensgefährlich, so dass sie bald ihren Weg fortsetzen konnten. Es handelte sich um italienische Landsleute, und sie befanden sich auf dem Heimweg. Sie baten Adeline, mit ihnen nach Italien zu ziehen.

Besonders der jüngste Kaufmann, der tapfer gegen den Räuber gekämpft hatte, fand Gefallen an dem jungen, als Knappen angesehenen Mann und versuchte, diesen zu einer gemeinsamen Weiterreise zu überreden. Er glaubte in Verbindung mit dieser Bekanntschaft seine Kampferfahrung durch angeleitete Übungen zu verbessern. Die Verständigung kam leicht zustande, da die Nonnen das Italienische beherrschten und auch Adeline beigebracht hatten. Ihr kam das Angebot sehr entgegen. Zum einen bekam sie durch den jungen Kaufmann einen Partner, mit dem sie ihre Übungen im Schwertkampf fortsetzen konnte, zum anderen wollte sie das Land kennen lernen, das ihre Eltern als Kaufleute aufgesucht hatten. Sie sagte deshalb zu, mit ihnen zu reisen und sie zu deren Ziel, Venedig, zu begleiten.

Die Kaufleute machten nun eine Rast, um die Wunden aus dem Überfall zu pflegen und auf Adeline zu warten, die zum Kloster zurück ritt, um sich von den Nonnen für einige Zeit zu verabschieden. Von den Räubern und von anderem Gesindel war nun in dieser Gegend nichts mehr zu spüren. Offensichtlich hatte sich der Ruf des ungestümen jungen Schwertkämpfers herumgesprochen. Der geflohene Räuber hatte wahrscheinlich seine Kumpanen gewarnt, und diese hatten sich in andere Gefilde zurückgezogen.

Die Verabschiedung von der Oberin war mit Tränen verbunden, da Adeline ihr ans Herz gewachsen war und sie diese als eigene Tochter betrachtete. Adeline nahm auf ihre bevorstehende Reise die beiden Pferde mit und bepackte die Stute neben ihren Waffen mit ausreichender Nahrung und warmer Kleidung. Von der Oberin erhielt sie aus deren Schatulle außerdem einen Zehrpfennig, um unvorhergesehene Ausgaben zu begleichen.

Nach zwei Tagen ritt sie los und verabschiedete sich im Klostergarten von den traurigen Nonnen. Adeline hatte immer Leben in die Eintönigkeit des Klosteralltags gebracht, und nun sollte es für einige Zeit sehr ruhig um sie werden.

Der Bär wollte unbedingt mit in die Welt ziehen, aber Adeline schickte ihn zurück und bat ihn bis zu ihrer Rückkehr gut auf die frommen Schwestern aufzupassen und sie zu beschützen. Traurig zog auch er in seine vom Gärtner errichtete Wohnstätte davon.

Den kleinen Kaufmannszug traf sie an der Stelle, wo sie ihn verlassen hatte. Trotz der noch nicht verheilten Wunden packten die Kaufleute ihre Sachen zusammen und zogen mit Adeline los gen Süden. Sie hatte sich wieder als junger Mann verkleidet und ließ auch weiterhin die Kaufleute im Glauben, mit einem Mann zu reisen.

Es ging nun zügig in Richtung Süden. An jedem Rastplatz übten Adeline und der junge Kaufmann, der sich Enrico nannte, den Schwertkampf. Anfangs war dieser Adeline unterlegen, doch allmählich wurde er zum gleichwertigen Partner. Sie zeigte ihm viel von dem, was sie von ihrem Lehrer beigebracht bekommen hatte. Der Kaufmannszug freute sich, dass er zwei so gute Kämpfer in seinen Reihen hatte, die ihn bei immer wieder mal auftretenden Überfällen verteidigen konnten.

Obwohl schon längere Zeit der Frühling Einzug gehalten hatte, lag auf ihrem Weg über die Alpen noch tiefer Schnee. Sie mussten manchmal den Weg freischaufeln, um mit ihren schweren Wagen weiterzukommen. Trotz dieser Hindernisse schafften sie zügig den Weg in den Süden.

Nachdem sie die Alpen überquert hatten, öffnete sich vor ihren Augen ein blühendes Tal. Die Obstbäume blühten in voller Pracht, die Bienen summten, um Honig zu sammeln, und alles war nach dem langen Winter wieder zu neuem Leben erwacht. Je weiter sie nach Süden kamen, desto wärmer wurde es, und sie konnten die Winterkleidung ablegen.

Von den kleinen Überfällen, derer sie sich auf ihrem Weg zu erwehren hatten, ist nur einer erwähnenswert, der zu einer fürchterlichen Stichwunde beim jungen Kaufmann führte. Die Räuber, die hinter einem Felsen auf dem Weg ins Tal der oberitalienischen Tiefebene lauerten, kamen plötzlich hervorgestürzt und begannen einen

Kampf auf Leben und Tod. Der Kaufmann, der noch nicht auf einen Kampf eingestellt war, bekam eine stark blutende Wunde in der linken Brust. Glücklicherweise traf der Stich, der eigentlich gezielt das Herz treffen sollte, nur seitlich neben dem Oberarm den Brustkorb. Eine Rippe wurde durchtrennt, und aus einem langen Schnitt schoss das Blut heraus.
Adeline hatte solche Situationen bei ihrem Lehrer geübt und hielt ganz schnell ihr Schwert in der Hand. Der Räuber, der dem schon kampfunfähigen Kaufmann den Todesstoß versetzen wollte, fiel durch einen Schwertstreich der schnell reagierenden Adeline tot vom Pferd. Nun hatte sie noch drei auf sie eindringende Gegner vor sich. Da diese wegen der engen Platzverhältnisse nicht gleichzeitig angreifen konnten, hatte es Adeline immer nur mit einem Räuber zu tun, von denen zwei ihrer Kampfkunst erlagen, und der dritte die Flucht ergriff.
Die Kaufleute mussten nun einen Platz suchen, auf dem der junge Kaufmann gepflegt werden konnte. Er war ohnmächtig vom Pferd gesunken und wurde vorsichtig zum Rastplatz getragen. Adeline kümmerte sich um ihn, nähte die Wunde und legte einen Druckverband an, um die durchtrennte Rippe in einer stabilen Lage zuhalten.
Als er wieder zu sich kam, nahm er Adelines Hand und sagte zu ihr: „Paulo", so wurde er von den Mitgliedern des Kaufmannszuges genannt, „du hast mir das Leben gerettet. Meine Eltern und ich werden dir ewig dankbar sein." Der Kaufmann, der aus einer reichen Kaufmannsfamilie stammte, lud Adeline ein, mit zu seinen Eltern nach Venedig zu reisen. „Du kannst bei mir wohnen, solange du willst. Ich zeige dir alle Schönheiten Venedigs und der Umgebung. Auch meine Schwester wird sich sehr freuen und uns umsorgen", sagte er.
Zwei Tage nach dem Überfall waren die Kaufleute wieder auf dem Weg. Der junge Kaufmann musste sich schonen und wurde auf den Wagen gebettet. In der Nähe von Venedig trennten sie sich, drei der Kaufleute zogen nach Westen weiter, und nur Enrico reiste in die Stadt Venedig zu seinen Eltern.

Sie fuhren in den Hof eines großen Handelshauses ein und wurden stürmisch begrüßt. Besonders zärtlich liebkoste Ramona, die Schwester von Enrico, ihren Bruder. Sie hatte ihn lange vermisst und verkündete, ihn nie wieder so lange fortzulassen.

Die Mutter drückte ihren Sohn kräftig an ihre Brust, wobei dieser ob seiner Verwundung leise aufstöhnte. Sofort wurde sie besorgt und fragte ihn nach seinen Problemen. Ihr Sohn erzählte nun von dem Überfall und der Blessur, die er sich dabei zugezogen hatte. Er erwähnte auch die Rolle von „Paulo" bei diesem Dilemma und stellte ihn bei dieser Gelegenheit seinen Eltern und seiner Schwester vor. Ein Wundarzt wurde geholt, aber er hatte an der Wundbehandlung nichts auszusetzen und lobte „Paulo" für diese ärztlichen Kenntnisse. Wo er denn diese erworben hatte, wurde dieser gefragt. Adeline beschrieb, dass sie als Findelkind bei den Nonnen eines Klosters aufgewachsen war und alles deren Wissen zu verdanken hatte. Auch ihre Kenntnisse der italienischen Sprache und ihre Fertigkeiten im Schwertkampf verdanke sie den Mitgliedern des Klosters, berichtete sie.

Adeline nahm man nun herzlich in die Familie auf, und sie wurde überall herum geführt. Besonders verwöhnte sie die kleine Schwester, da sie ja deren geliebten Bruder das Leben gerettet hatte. Sie erkannte sehr bald, dass es sich bei „Paulo" um ein Mädchen handelte. Bei einer passenden Gelegenheit sprach sie Adeline darauf an, die ihr dann ihre Lebensgeschichte erzählte. Sie wurden daraufhin enge Freundinnen und Ramona behielt das anvertraute Geheimnis für sich. Adeline genoss es, erstmalig in ihrem Leben eine Freundin zu haben, mit der sie Freud und Leid teilen konnte.

Es begannen nun wunderschöne Tage für Adeline. Die drei jungen Leute unternahmen Ausflüge in die Umgebung. Adeline besuchte mit Ramona und Enrico den Markt und den Hafen. Auf dem Basar wurden Waren aus aller Herren Länder angeboten. Chinesen verkauften Seidenstoffe, aus dem Orient lagen Teppiche und farbige, durchsichtige Kleider bei den Händlern aus, vom nördlichen Europa waren Edelpelze hierher gelangt, aus Afrika hatten schwarze Händler Felle von exotischen Tieren hierher gebracht, Töpfer zeigten ihre Waren, wobei diese direkt auf dem Markt hergestellt wurden, Gefäße aus Kupfer waren im Angebot, seltene Früchte wurden angepriesen und Souvenirs gab es in großer Anzahl. Für Adeline, die mehr oder weniger in einer Einöde aufgewachsen war, war dieser ganze Trubel sehr aufregend. Sie lernte Menschen unterschiedlicher Hautfarbe kennen, von denen sie nur durch Bücher im Kloster erfahren hatte.

Am aufregendsten für Adeline war der Hafen. Schiffe aus vielen Ländern hatten angelegt und brachten ihre Ladungen an Land oder wurden mit neuen Waren beladen. In den Hafenkneipen zechten die Matrosen Tag und Nacht und bereiteten sich auf die nächste Ausfahrt vor. Hafendirnen boten den ausgehungerten Matrosen ihren Körper an, von denen sie mit obszönen Worten gleich in eine dunkle Ecke gezerrt wurden.

Es roch nach Fisch, nach verfaulenden Tierkadavern und anderen üblen Exkrementen, und der Gestank vermischte sich mit den Ausdünstungen aus den Hafenkneipen. Abgesehen davon machte der Hafen großen Eindruck auf Adeline, die ja in ihrem Leben erstmalig das Meer und einen Hafen sah. Manchmal hielt sich Adeline im Kontor des Handelshauses auf. Sie wollte die spezielle Arbeit eines Kaufmanns kennen lernen und half, wenn die Geschwister sie dazu aufforderten. Ihr kamen dabei ihre Italienischkenntnisse und ihre Ausbildung in Lesen, Schreiben und Rechnen bei den Nonnen zu Gute. Nach wenigen Tagen hatte sie sich die Grundkenntnisse für den Handelsberuf angeeignet und war deshalb im Handelskontor gerne gesehen.

Vierzehn Tage nach der Ankunft in Venedig begann der junge Kaufmann wieder mit dem Training im Schwertkampf. Die Wunde hatte sich geschlossen, die durchtrennte Rippe war wieder angewachsen und dank der guten Pflege durch Adeline und seiner Schwester kräftigte sich sein Körper mit jedem Tag.

Adeline hatte in der Zeit der Genesung von Enrico allein einige sportliche Übungen durchgeführt und freute sich nun auf das gemeinsame Training im Schwertkampf. Zunächst vorsichtig, aber nach kurzer Zeit ohne Einschränkungen konnte Enrico wieder den Kampf aufnehmen und sich verteidigen und angreifen. Das Training führten sie auf dem Hof des Handelshauses durch und hatten bald ein begeistertes Publikum. Sie wurden angefeuert und je nach Ausgang eines Kampfes mit Lob bedacht.

Am Abend spazierten die drei jungen Leute durch die Stadt oder unternahmen Ausflüge mit Gondeln auf den Wasserwegen Venedigs. Manchmal waren Adeline und Ramona auch alleine unterwegs. Venedig gehörte zum Zeitpunkt von Adelines Aufenthalt (um 1500) zu den reichsten Städten Italiens, und die Eltern des jungen Geschwisterpaares zählten zu den wohlhabenden Kaufleuten. Sie glaubten, dass Adeline und Ramona ein Paar würden, und sahen einer diesbezüglichen Vereinigung mit Wohlwollen entgegen. Immer noch glaubten sie, es bei „Paulo" mit einem jungen Mann zu tun zu haben. Ramona hatte Adeline so lieb gewonnen, dass sie ihr vorschlug, im Handelshaus zu bleiben und eventuell später ihren Bruder zu heiraten. So sehr dieser Gedanke Adeline reizte, eingedenk ihres Vorhabens, ihre Eltern zu rächen, lehnte sie den Vorschlag von Ramona ab.

Nach zwei Monaten Aufenthalt verkündete sie zum Bedauern der gesamten Familie, dass sie wieder nach Hause müsste. Es wurde in einem gemeinsamen Gespräch nochmals versucht, sie umzustimmen und zum Bleiben zu überreden oder zu einer späteren Wiederkehr zu bewegen. Adeline bedankte sich vielmals für die gute Aufnahme in der Familie und betonte, dass Pflichten sie nach Hause riefen, schloss aber ein späteres Wiederkommen nicht aus.

Die Nachforschungen nach Adelines Eltern, wobei sie durch die Kaufmannsfamilie unterstützt worden war, erbrachten keine Resultate. Es gab aber auch zu wenig Anhaltspunkte, um eine gezielte Suche in die Wege zu leiten.

Die nächsten Tage waren gekennzeichnet durch Besuche des Marktes. Adeline wollte für die Nonnen Geschenke aussuchen. Es schwebte ihr vor, eine Reihe von kleinen Gebetsteppichen zu kaufen, die diese bei ihren Andachten benutzen konnten, um darauf zu knien oder in den Gestühlen zu sitzen. Ramona begleitete sie zu mehreren Teppichhändlern, wo sie nach langwierigem Feilschen ihre Geschenke erhielt. Auch Souvenirs kaufte sie ein, und für den Bären wurde bei einem türkischen Händler ein Honigkuchen erworben.

Danach packte Adeline alles auf die Stute, und dann ging es los in Richtung Heimat. Die nette Kaufmannsfamilie hatte Adeline zum Abschied noch einen wertvollen türkischen Dolch mit goldenem Griff und eingelegten Diamanten geschenkt. Die Klinge war aus Damaszenerstahl, der zur damaligen Zeit noch sehr selten war.

Unterwegs schloss sich Adeline einem kleinen Kaufmannszug an und überquerte mit diesem die Alpen. Danach trennte sie sich von den Kaufleuten, um schneller voranzukommen, denn die schweren Wagen brauchten ihre Zeit, um auf teilweise unwegsamem Gelände vorwärts zu kommen.

Am Kloster angekommen wurde sie von allen freudig begrüßt. Die Nonnen liefen zu ihr, umarmten sie und benahmen sich, als würden sie ein verloren geglaubtes Kind wiedersehen. Adeline verteilte ihre Geschenke, über die sich alle freuten. Auch der Bär kam angewackelt, richtete sich hoch auf und erbettelte mit den Tatzen sein Mitbringsel. Er schleckte den süßen Honigkuchen, wobei er nicht mehr von Adelines Seite wich.

Am Abend erzählte Adeline der Oberin über ihre Italienreise und die vielen Erlebnisse, die sie in Verbindung damit gehabt hatte. Sie erzählte auch, dass sie gemeinsam mit der Kaufmannsfamilie, bei der sie untergekommen war, nach Spuren ihrer Eltern gesucht, aber nichts gefunden hatte. Sie sagte auch, dass sie sich nun verstärkt auf die Suche nach den Mördern ihrer Eltern machen und sich rächen wollte. Die Oberin legte ihr nochmals ans Herz, die Bestrafung Gott zu überlassen und sich nicht selbst in Gefahr zu bringen. Aber Adeline hielt an ihrem Plan fest, selbst als Richter über die Mörder das Urteil zu vollstrecken.

Das Ritterturnier

Die Nonnen des Klosters hielten sich, eingedenk des Streites mit dem Burgherrn über die immer noch ungeklärten Besitzverhältnisse zum Klostergelände, von der Burg fern. So war auch Adeline bisher nicht auf der Burg gewesen und hatte weder den Burgherrn und dessen Gattin, noch deren Sohn kennen gelernt.
Nun machten Gespräche die Runde, dass ein großes Fest stattfinden sollte, im Verlaufe dessen der Sohn des Burgherrn seine Ritterwürde verliehen bekommen sollte. Eingeladen waren Gäste aus Nah und Fern, die sich an den Ritterspielen beteiligen konnten, bei denen in verschiedenen Disziplinen der Sieger ermittelt werden sollte. Für diese Kampfwettbewerbe konnten sich alle Kampfwilligen auf der Burg in entsprechende Listen eintragen. Vorgesehen waren der Schwertkampf am Boden, das Bogenschießen und der Speerkampf zu Pferde. Die Teilnahme war nicht auf die Ritterschaft beschränkt. Beteiligen konnte sich jeder, der eine Waffe zu führen verstand. Da jedoch nur Ritter und Knappen über Pferde, Waffen und eine entsprechende Ausbildung verfügten, wurden die Kämpfer vorwiegend aus dieser Gesellschaftsschicht ausgewählt.
Adeline, die unbedingt ihre erworbenen Kenntnisse bei echten Kämpfen erproben wollte, ging zu ihrem Freund, dem jetzigen Klostergärtner, um sich die Umstände der Ritterspiele erläutern zu lassen. Dieser schlug zunächst die Hände über dem Kopf zusammen, als er von Adelines Plänen erfuhr, am Ritterturnier teilzunehmen. Dann jedoch berichtete er über die Gepflogenheiten eines solchen Festes, an dem er mehrfach teilgenommen hatte. Er brachte sein Kettenhemd und seinen Helm zum Schmied und ließ beides ausbessern und dem Körperbau von Adeline anpassen. Auch Adelines Schwert wurde einer Generalüberholung unterzogen, so dass sie für einen Schwertkampf bestens ausgerüstet war. Der alte Gärtner be-

obachtete Adelines Übungen in der für sie ungewohnten Ritterrüstung, gab Hinweise für die Kampfesführung und probte mit ihr noch einmal alle Tricks, die er selbst im Kampf angewendet hatte. Er übte mit ihr nochmals den Wechsel der Schwerthand, wobei bei diesem Trick der Gegner sich schnell auf eine neue Verteidigungstaktik einstellen musste und der Angreifer einen entsprechenden Vorteil hatte. Adeline konnte ja rechts und links mit dem Schwert umgehen. Außerdem brachte er ihr eine Finte bei, bei der ein Schlag angetäuscht, aber blitzschnell auf einen Stich umorientiert wurde. Adeline war eine gelehrige Schülerin, und ihre durch viele sportliche Übungen erlernte Wendigkeit kam ihr bei der Ausübung des Schwertkampfes immer wieder zugute.

Schließlich sagte er zu Adeline: „Du bist zwar körperlich unterlegen, kannst aber durch Deine Wendigkeit einem stärkeren Gegner tüchtig zusetzen. Ich halte dich für geeignet, am Schwertkampf teilzunehmen. Deine Ausdauer musst Du noch verbessern, denn es werden mehrere Kämpfe hintereinander sein, die Du bestreiten musst. Ob Du einen Sieg davon tragen kannst, weiß ich nicht. Aber Du kannst es ja versuchen."

So konnte man Adeline nach einem festgesetzten Plan jeden Tag von früh bis abends ein Trainingsprogramm abarbeiten sehen. Ihr Ehrgeiz ließ keine Pause zu. Jogging, Schwertkampf mit den aufgestellten Strohpuppen, Krafttraining und andere Strapazen wechselten miteinander ab. Der alte Gärtner, der sie täglich beobachtete und anleitete, glaubte schließlich, dass Adeline den Schwertkampf bestreiten könnte. Er ritt eines Tages mit einem der Klosterpferde auf die Burg, um Adeline anzumelden.

„Willst Du etwa in Deinem Alter nochmals das Schwert schwingen und zum Ritterkampf antreten?", frotzelte der Burgherr mit ihm. Auch die Bekannten aus seiner aktiven Zeit hatten einige witzige Bemerkungen anzubringen.

„Nein, ich möchte einen meiner Verwandten anmelden", sagte er. „Er wird Euch alle in Grund und Boden hauen, nehmt euch in acht", erwiderte der alte Haudegen lachend auf die gutgemeinten, witzigen Anspielungen auf sein Alter.

Auf der Burg selbst bereitete man sich ebenfalls auf das bevorstehende Ereignis vor. Außer dem jungen Burgherrn hatte ein weiterer Knappe seine Lehrzeit beendet und sollte ebenfalls zum Ritter geschlagen werden. Beide bereiteten sich gewissenhaft unter Anleitung der auf der Burg lebenden Ritter auf das Turnier vor. Sie hatten als Kampfdisziplin beide den klassischen Schwertkampf gewählt und traten jeden Tag zum Übungskampf gegeneinander bzw. gegen die auf den Hof aufgestellten, mit Stroh umwickelten Holzpuppen an. Auch die drei Ritter auf der Burg, die für die Ausbildung der Knappen zuständig waren, planten, sich mit Rittern, die sich als Gäste angemeldet hatten, zu messen. Sie traten zur Übung auf gewaltigen Schlachtrössern, mit Schild und Lanze gegeneinander an. Links und rechts einer Barriere ritten sie aufeinander zu und versuchten ihren Gegner aus dem Sattel zu hebeln. Die Übungen wurden mit langen Holzstangen durchgeführt, um die Verletzungsgefahr klein zu halten. Am Ende des Burghofes stellten sie eine Holztafel mit den Umrissen eines Ritters auf, und die Bogenschützen zielten auf die durch rote Farbe gekennzeichneten Punkte des Ritterkörpers. Ein lautes Hallo und ein entsprechender Beifall begleiteten jeden Treffer der Übenden.

So war an jedem Tag ein reges Treiben auf dem Burghof zu beobachten. Oftmals gab es Zuschauer aus dem Kreis der Burgbewohner. Die jungen Mägde beobachteten besonders den jungen Burgherrn und die Knappen, die mit Feuereifer ihre Übungen durchführten. So manches Mädchenherz schlug höher beim Anblick der schönen Jünglinge in leichter Ritterrüstung.

Auch der Burgherr beobachtete die Übungen auf dem Hof. Er war stolz auf seinen hochgewachsenen, breitschultrigen Sohn, der dereinst seine Nachfolge auf der Burg antreten sollte und dafür alle Voraussetzungen mitbrachte. Seine Stirn verdüsterte sich, als er an seine geliebte Frau dachte, die ebenfalls stolz auf ihren Sohn gewesen wäre.

Der Burgherr selbst nahm nicht an den Übungen teil. Mit sechzig Jahren hatte er ein ehrwürdiges Alter erreicht, das bei seinem Lebenswandel keine großen Anstrengungen mehr erlaubte. Gutes Essen und Trinken hatten dazu geführt, dass er an Gewicht und Bauchspeck zugelegt hatte. Sein Herz machte ihm Schwierigkeiten, so dass er sich bereits seit längerer Zeit nicht mehr an den anstrengenden Ritterübungen beteiligte. Er überließ das Kämpfen der jüngeren Generation. Außerdem standen für das bevorstehende Fest, umfangreiche Hausherrenpflichten an, deren Bewältigung keine anderen Aktivitäten erlaubten.

Wegen der großen Anzahl der zu erwartenden Gäste konnte das Ritterturnier nicht im Burghof stattfinden. Der Burgherr ließ deshalb in der Nähe des Dorfes einen Turnierplatz einrichten. An dessen Rand entstanden ein großes Festzelt und davor eine Tribüne mit Überdachung. Als Ehrengast erwartete man den Landesherrn, Fürst Ludwig mit Gattin, der die Schwertleite (Ritterschlag) durchführen sollte. Das Festzelt war als Speisesaal für die gehobenen Gäste gedacht, während alle anderen geladenen Festteilnehmer im Freien an provisorischen Holztischen speisen sollten. Der Burgkoch, sein Personal und Helfer aus dem Dorf bereiteten Leckerbissen vor, mit denen man den Appetit der Gäste zu befriedigen hoffte. Alles, was Küche und Keller bot, wurde für das große Ereignis vorbereitet. Ochsen mussten vom Fleischer geschlachtet werden, Wildschweine wurden durch Jagdbeauftragte des Burgherrn geschossen und Fasane, Rebhühner, Gänse und anderes Geflügel gefangen und für die Küche vorbereitet.

Alle warteten nun mit Ungeduld auf den Tag, an dem das große Fest starten sollte. Viele der Gäste reisten schon Tage vorher an. Nicht alle konnten auf der Burg untergebracht werden, so dass eine Reihe von kleineren Zelten und provisorischen Holzhütten errichtet werden mussten. Eine Anzahl von Hütten diente während des Festes den Rittern und Knappen als Aufenthalts- und Umkleidemöglichkeit. Am Rande des Kampffeldes ließ der Burgkoch große Kessel aufstellen und Gerüste für die Fleischspieße errichten, an denen sich Ochsen und Schweine über dem offenen Feuer drehen sollten. Unzählige Weinfässer aus dem Burgkeller wurden angefahren und in einer der Holzhütten untergebracht. An alles war gedacht, und sowohl die Burg, als auch der Turnierplatz für den Empfang der Gäste waren bereit. Schließlich stand der Festtag unmittelbar bevor, die Gäste reisten an und wurden entsprechend ihrer Wohlhabenheit auf der Burg oder am Festplatz untergebracht. Der Fürst erschien mit seiner Frau am Abend zuvor in einer vergoldeten Kutsche, die durch vier schwarze, prächtig herausgeputzte Rappen gezogen wurde. Ahs und Ohs erklangen, als die Kutsche im Burghof einfuhr und der Fürst mit Gattin ihr entstieg, nachdem zwei livrierte Diener die Stufen heruntergeklappt hatten. Der Hausherr persönlich begrüßte die hochrangigen Gäste im Empfangssaal, wo Diener bereitstanden, um die Wünsche für den Aufenthalt entgegenzunehmen. Das Gepäck brachte man in das Prunkgemach der Burg, und nachdem das Fürstenpaar sich frisch gemacht hatte, fanden sie sich im festlich geschmückten Speisesaal ein, um gemeinsam mit dem Hausherrn und weiteren hohen Gästen das Abendbrot einzunehmen.

Am nächsten Tag wurde das Turnier am Vormittag in der Kampfarena durch den Burgherrn eröffnet. Den Fürst, die Fürstin und andere hochrangige Gäste begrüßte er offiziell und wünschte den Turnierteilnehmern viel Erfolg. Als erstes kämpften die Ritter auf Pferden mit Lanzen und Schildern. Es waren acht Ritter, die sich in dieser Disziplin zum Kampf stellten. Zwei Gruppen zu vier Mann wurden gebildet und daraus der Sieger ermittelt. Verloren hatte jeweils der Ritter, der vom Pferd gestoßen wurde. Die Sieger der zwei Gruppen traten dann in einem letzten Kampf gegeneinander an. Gewinner wurde ein kräftig gebauter Ritter aus einer nördlich gelegenen Burg. Er ritt vor das Fürstenpaar, verbeugte sich und erhielt das Siegerbändchen an die Spitze der Lanze gesteckt. Diese Ehrung erfolgte durch die Fürstin persönlich.

Adeline traf am Abend vor dem Turniertag ein und bezog zusammen mit dem alten Klostergärtner und ehemaligen Kämpfer des Fürsten eine Holzhütte. Sie hatte sich wieder so gekleidet, dass sie wie ein Knappe aussah und keiner in ihr ein Mädchen vermutete. Das bartlose Gesicht führte man auf das jugendliche Alter zurück. Adeline hatte Lampenfieber vor dem kommenden Tag und war entsprechend aufgeregt. Als Kampfdisziplin hatte sie sich den Schwertkampf zu Fuß ausgesucht und sich mit weiteren fünfzehn Knappen, darunter der junge Burgherr, vom Kampfgericht in die Teilnehmerliste eintragen lassen. In vier Gruppen sollten zunächst die Sieger ermittelt werden, die dann anschließend noch gegeneinander antreten sollten. Sieger war derjenige, der im letzten Kampf seinen Gegner auf den Boden schicken konnte. Jeder Gruppe war einer der Knappen zugeteilt, die am nächsten Tag den Ritterschlag erhalten sollten. Zwei dieser Knappen kamen von der eigenen Burg, ein dritter kam von außerhalb. Adeline war der vierten Gruppe zugeteilt, in der sich keiner der zukünftigen Ritter befand. Es wurde gleichzeitig in allen vier Gruppen gekämpft. Von den zukünftigen Rittern erwartete man natürlich, dass sie als Sieger der Gruppenkämpfe gefeiert werden konnten.

Adeline hatte in ihrer Gruppe keine große Mühe, als Sieger aus den Kämpfen hervorzugehen. Am Anfang war sie noch etwas nervös, nachdem sie jedoch den ersten Gegner nach einem Körpertreffer ins Straucheln gebracht und ihn schließlich zu Boden gestreckt hatte, fiel es ihr nicht mehr schwer, die Ruhe zu behalten. Sie hatte offensichtlich einen guten Lehrmeister, der ihr alles zum Schwerkampf nötige einschließlich einiger Tricks beigebracht hatte. Sie wurde schließlich vom Kampfrichter zum Sieger ihrer Gruppe erklärt und musste nun nach einer Pause gegen den Sieger einer anderen Gruppe antreten.

Ihr Lehrmeister war erstaunt über ihre Kampfkraft, Wendigkeit und Sicherheit. Sie wartete geduldig, bis sie die Schwächen ihres jeweiligen Gegners erkannt hatte, und brachte ihn dann mit wenigen Schlägen zu Boden. In der Pause gab ihr der Lehrmeister noch einige Hinweise zum bevorstehenden Kampf mit dem ihr zugelosten Gegner. Es würde eine schwere Auseinandersetzung werden, denn ihr nächster Gegner war einer der Kandidaten für den Ritterschlag, und er würde alles daransetzen, diesen Kampf für sich zu entscheiden. Er war kräftig gebaut und überragte Adeline um Hauptteslänge. Außerdem war er grobschlächtig und überheblich, er prahlte, dass er das schlanke Jüngelchen schon mit dem ersten Schlag zu Boden zwingen würde.

Der Lehrmeister von Adeline hatte die Kämpfe ihres nunmehrigen Gegners beobachtet. Kräftemäßig war dieser Adeline weit überlegen, seine gewaltigen Schläge waren eine große Gefahr für sie. Er bemerkte jedoch auch, dass dieser sehr schwerfällig zu Werke ging und sah darin die Chance für seinen wendigen und leichtfüßigen Schützling. „Versuch es, seinen gewaltigen Schlägen auszuweichen, unter seinen langen Armen hinweg zu tauchen und ihm unmittelbar am Körper zu treffen. Lass ihn sich müde kämpfen und geh dann zum Angriff über", waren die Worte ihres Lehrmeisters. Adeline tänzelte leichtfüßig um ihren Gegner herum und brachte ihm leichte Verwundungen am Oberkörper bei. Sie konnte nicht immer seinen wuchtigen Schlägen ausweichen, fing diese jedoch geschickt mit Schwert und Schild ab. Der Gegner von Adeline merkte, dass er langsam müde wurde, und versuchte nun mit einem gewaltigen Schlag den Kampf zu beenden. Sie fing diesen Schlag mit dem Schild ab, konnte jedoch nicht verhindern, dass es dabei zu Bruch ging und in hohem Bogen durch die Luft flog. Ein Schrei ging durch die Zuschauer und Adeline stand nur noch mit ihrem Schwert vor dem Gegner. Dieser hatte jedoch zu viel Wucht in den Schlag gelegt, konnte sein Gleichgewicht nicht mehr halten und sank vor Adeline auf die Knie. Diese nutzte den günstigen Augenblick und setzte ihre Schwertspitze dem Gegner an den Hals. Der Knappe war nur leicht verletzt und wollte aufspringen, um den Kampf fortzusetzen. Adeline schlug ihm jedoch mit dem flachen Schwert auf die Schwerthand, so dass dessen Schwert auf den Boden fiel. Da der Knappe nur leicht verwundet war, wollte er sich wutentbrannt auf Adeline stürzen. Er wurde jedoch von den anderen Rittern zurückgehalten, da das Kampfgericht den Kampf regelgerecht für beendet erklärte. Adeline stand blass und keuchend auf dem Kampfplatz, denn sie hatte ihre gesamte Kraft einsetzen müssen, um den Kampf zu gewinnen. Ihr Lehrmeister führte sie in die Holzhütte, damit sie sich vor dem nächsten Kampf etwas erholen konnte. Außerdem behandelte er ihre leichten Blessuren, die sie bei der Auseinandersetzung davon getragen hatte.

Im anderen Zweikampf siegte der junge Burgherr, so dass sich im letzten Schwertkampf er und Adeline gegenüberstanden. Mit Spannung wurde dieser Turnierkampf erwartet. Adeline hatte man nicht zugetraut, dass sie aus so vielen Kämpfen als Siegerin hervorgehen würde, und so stieg das Interesse an dem schlanken, blonden Jüngling.

Die Sympathien der Zuschauer für die beiden Schwertkämpfer waren geteilt. Den jungen Burgherrn kannte man in der Umgebung der Burg und die Herzen der jungen Mädchen schlugen höher, wenn er in ihrer Nähe auftauchte. Der zukünftige Ritter hatte die Figur eines Adonis. Seinen Gegner den jungen Knappen kannte niemand. Der alte Kämpfer, der immer wieder nach der Herkunft des Jünglings gefragt wurde, gab zur Antwort, dass es sich um einen Verwandten aus dem Norden handelte, der bei ihm für längere Zeit zu Besuch weilte.

Die Zuschauer schlossen nun Wetten auf die beiden Kontrahenten ab. Die meisten setzten dabei auf den jungen Burgherrn und konnten nicht glauben, dass der schlanke Jüngling eine Chance gegen diesen haben konnte.

Die beiden Betreuer bereiteten ihre Schützlinge auf den Endkampf vor. Sie hatten die jeweiligen Gegner bei ihren Kämpfen beobachtet und werteten die Stärken und Schwächen aus, um so vielleicht den einen oder anderen Vorteil zu erzielen. Der junge Burgherr war siegessicher, überragte er doch seinen Gegner um einen halben Kopf und wirkte auch sonst kräftiger, als sein schlanker Gegner. Sein Betreuer warnte ihn jedoch vor dessen Schnelligkeit und Wendigkeit. Die beiden Kämpfer wurden noch einmal massiert, die Blessuren erneut versorgt und die Rüstung angelegt. Dann erschienen beide auf dem Kampfplatz und wurden mit Hochrufen empfangen.
Als sie sich gegenüberstanden, wurde der figürliche Unterschied deutlich. Auch in Ritterrüstung wirkte der Jüngling schlanker und kleiner als der junge Burgherr. Adeline hatte wieder ihr etwas leichteres Schild gewählt und auch ihr Schwert war etwas leichter als die schweren Schwerter, die die Ritter normalerweise bevorzugten. Ihre leichte Ritterrüstung, die vom Dorfschmied an Adelines Körper angepasst worden war, trug ebenfalls zu ihrer Schnelligkeit und Beweglichkeit bei, womit sie den Kampf zu gewinnen dachte. Der junge Burgherr stand ihr jedoch im Punkte Schnelligkeit in nichts nach. Außerdem hatte er noch den Vorteil der größeren Kraft und des intensiveren Trainings mit vielen verschiedenen Gegnern aufzuweisen. Adelines Chancen standen also schlecht, diesen Kampf zu gewinnen und ihr Betreuer glaubte schon, dass sie bald am Ende ihrer Kräfte sein würde und den Kampf aufgeben müsste. Aber sie parierte immer wieder die gegnerischen Schläge oder wich diesen durch ihre Wendigkeit aus, so dass der junge Burgherr einige Male ins Leere schlug. Da er in jeden Schlag seine volle Kraft hineinlegte, wurde er bei einem missglückten Schlag nach vorn gerissen, und Adeline hatte die Möglichkeit, blitzschnell einige Treffer anzubringen. Beide Kämpfer hatten bereits Wunden davongetragen, aus denen das Blut herauslief. Adeline hatte außerdem einen Schlag auf den rechten Arm bekommen, so dass sie mit der linken Hand weiterkämpfen musste. Beide wiesen also mehrere leichte oder teilweise schwere

Blessuren auf. Sie konnten nicht mehr mit voller Kraft den Kampf fortführen. Da bat der Fürst das Kampfgericht, den Kampf als „unentschieden" abzubrechen. Er wollte nicht, dass es zu ernsthaften Verletzungen kam, denn die jungen Haudegen wurden mit ihrer Kampfkraft für bevorstehende Kriege gebraucht, wo beim Kampf andere Maßstäbe galten. Beide wurden also zu Siegern erklärt und bekamen von der Fürstin persönlich die Siegerschleifen an ihre Schwerter gebunden. Die Zuschauer waren mit der Entscheidung einverstanden und jubelten den Siegern zu. Nach der Austragung des Wettbewerbsschießens mit dem Bogen war das Turnier zu Ende, und es begannen die Vorbereitungen für das Festmahl.
Die Tafel im Festsaal wurde gedeckt. An der Stirnseite saßen das Fürstenpaar und daneben die Sieger des Turniers. Adeline saß neben dem jungen Burgherrn, beide fanden sich sehr sympathisch und beschlossen Freunde zu werden. Der Abend gestaltete sich zu einem großartigen Erlebnis. Minnesänger, Tänzer und Clowns traten auf und zeigten ihre Künste, die von allen bejubelt wurden. Nach dem ausgiebigen Essen, bei dem alle Gäste tüchtig zulangten, hatten auch Ritter und Knappen die Möglichkeit, ihre Kunstfertigkeiten vorzutragen. Der alte Gärtner hatte Adeline von diesem Brauch berichtet, und so hatte sie ihre Mandoline mitgebracht, mit der sie unter Anleitung der Nonnen kirchliche Lieder geübt hatte, die sie bei festlichen Gelegenheiten im Kloster vortrug. Für den Abend des Ritterturniers hatte Adeline ein weltliches Lied, über Ritterkampf, Liebe und Leidenschaft eingeübt, das sie nun vortragen wollte. Nachdem sie einen passenden Zeitpunkt zwischen zwei anderen Vortragenden ausgewählt hatte, nahm sie ihre Mandoline. Es trat sofort Ruhe im Zelt ein, als ihre Stimme erklang. Sie sang mit heller jubilierender Stimme ihr Lied von Liebe und Sehnsucht eines jungen Ritters für ein schönes Mädchen, das nach einem Sieg im Kampf mit seinem Rivalen seine Liebe erwiderte. Nachdem Adeline geendet hatte, brach der Beifallssturm los, sie hatte als verkleideter Knappe die Herzen, insbesondere die der Damen, im Sturm erobert.

Später am Abend trugen Adeline und der junge Burgherr gemeinsam ein bekanntes Minnelied vor. Selbst die Fürstin war gerührt, als die beiden jungen, schlanken, blonden Knappen nebeneinander stehend, das wunderschöne Lied zweistimmig zu Gehör brachten. So wie alle jungen Mädchen und Frauen hing auch sie an den Lippen der beiden und applaudierte lange, als der Gesang geendet hatte. So war das Ritterturnier ein wunderschönes Fest geworden, und auch die Gäste außerhalb des Festzeltes waren begeistert. Das Festzelt war nach einer Seite geöffnet worden, so dass alle Gäste an den Kunstfertigkeiten teilhaben konnten. Bis spät in die Nacht hinein erklang immer wieder Gesang und auch alte Tänze begeisterten die Festteilnehmer. Dann trat allmählich Ruhe ein.

Am nächsten Tag fand für die drei Knappen der Ritterschlag statt. Der Fürst und die Fürstin nahmen auf der entsprechend des Anlasses neu geschmückten Tribüne Platz. Ahs und Ohs begleiteten die Ankunft des festlich gekleideten Fürstenpaares in ihrer vergoldeten Kutsche. Auch alle anderen Gäste hatten festliche Kleidung gewählt, die dem Anlass des Ritterschlages entsprach.

Nachdem der Burgherr als Gastgeber die Veranstaltung eröffnet hatte, kamen die ebenfalls festlich gekleideten drei Knappen auf ihren geschmückten Rassepferden zur Tribüne geritten. Begleitet wurden sie von den anwesenden Rittern auf ihren Pferden und deren Knappen, die die jeweiligen Fahnen mit dem Wappen vorweg trugen. An der Spitze marschierte ein Fanfarenzug, der sich an der Tribüne teilte und sich links und rechts des Fürstenpaares gruppierte. Nach einem Fanfarenstoß wurde die feierliche Zeremonie des Ritterschlages eröffnet. Die drei Knappen stiegen von ihren Pferden und knieten vor dem Fürstenpaar nieder. Jeder der zum Ritterschlag angetretenen jungen Knappen bekam eine silberne Kette mit dem jeweiligen Wappen umgehangen und wurde vom Fürsten dreimal auf einer Schulter mit dem Schwert berührt. Nach dem Schwur, „fair zu sein und für das Vaterland aufopferungsvoll zu kämpfen", stiegen die drei neuen Ritter unter Fanfarenklang auf ihre Pferde und waren nun in die Gemeinschaft der Ritter aufgenommen.

Die Feier war damit beendet und nach einem ausgiebigen Mittagsmahl traten die Gäste ihren Heimweg an. Alles verlief nach den Wünschen des Burgherrn, und die Gäste behielten das Fest noch lange in Erinnerung.

Adeline und der junge Burgherr vereinbarten einen Zeit- und Treffpunkt, um die entstandene Freundschaft fortzusetzen. Als erster Treffpunkt wurde die Burg gewählt, und Adeline würde nun erstmalig die Burg kennen lernen, die sie bisher auf Veranlassung der Oberin immer gemieden hatte.

Freundschaft, Liebe, Tod

Zwei Tage nach dem Fest ritt Adeline zur Burg, um den jungen Burgherrn zu treffen und entsprechende Übungen im Schwertkampf zu absolvieren. Sie hatte der Oberin alles über den Verlauf der Festlichkeiten des Ritterschlages berichtet. Ebenso hatte sie über ihre Erfolge im Schwertkampf gesprochen. Sie erzählte auch über die beginnende Freundschaft zum jungen Burgherrn und begründete das Treffen damit, dass sie vielleicht etwas über den nunmehr achtzehn Jahre zurückliegenden Tod ihrer Eltern erfahren könnte. Sie beschloss auf Anraten der Oberin, sich weiter als junger Knappe zu verkleiden und ihr Geheimnis über ihr wahres Geschlecht vorerst geheim zu halten. Die Oberin sah die Entwicklung des Geschehens mit gemischten Gefühlen, hatte jedoch nichts gegen die Pläne von Adeline einzuwenden.
So ritt Adeline vom Kloster aus durch die Schlucht und schließlich bergan bis zur Zugbrücke der Burg. Eingedenk der Erkundung der Höhle und des Ausgangs unter der Zugbrücke versuchte sie etwas Auffälliges zu erkennen. Der Höhleneingang war jedoch so versteckt angeordnet, dass er nicht zu sehen war.
An der Zugbrücke wartete bereits der junge Burgherr und geleitete sie in den Burghof. Sie hatte noch immer eine unerklärliche Scheu vor der Burg, die sie auch im Burghof nicht ablegen konnte. Der Burghof war mit allen für die Ritterübung notwendigen Geräten bestückt, die sie natürlich eingedenk ihrer primitiven Übungsstätte im Wald gebührend bestaunte.
Nach der Begrüßung durch den Burgherrn reihte sich Adeline in die Übenden ein. Sie übte zunächst einige Schwerthiebe an einer ihr zugeteilten, mit Stroh umwickelten Holzpuppe, danach hatte sie einen Zweikampf mit dem jungen Burgherrn zu bestreiten. Der alte Burgherr beobachtete beide mit Genugtuung und bewunderte

besonders die Kampfweise von Adeline, die mit ihrer Schnelligkeit brillierte. Der alte Vater des jungen Burgherrn hatte nichts gegen die Freundschaft seines Sohnes mit dem jungen Knappen einzuwenden, diente sie doch durch die gemeinsamen Übungen auch der Verbesserung von dessen Kampfesweise. Er hoffte, Adeline als Kämpfer für seine Burg zu gewinnen, denn die hier lebenden Ritter hatten ein Alter erreicht, in dem sie allmählich über den Ruhestand nachdachten. Auf Anforderung des Fürsten für den Kriegsfall musste der Burgherr immer ein kampffähiges Ritterpotential bereithalten.

Vater und Sohn fragten den jungen Knappen nach seinen weiteren Plänen. Sie boten ihm an, seinen gegenwärtigen Wohnsitz in die Burg zu verlegen. Adeline lehnte jedoch ab, sie sagte, dass sie für den vorgesehenen Aufenthalt eine ausreichende Bleibe bei ihrem Verwandten im Kloster gefunden hatte und auch bald wieder abreisen würde. Vater und Sohn bedauerten das sehr, stellten Adeline sogar den Ritterschlag in Aussicht, konnten sie aber nicht umstimmen.

Der alte Burgherr gab jedoch seine Pläne bezüglich des jungen Knappen nicht so schnell auf. Er bestellte den alten Ritter und jetzigen Gärtner des Klosters auf die Burg, um ihn nach den Verhältnissen seines Schützlings zu befragen. Nach Rücksprache mit Adeline blieben sie bei der bereits bekannten Version zu ihrer Herkunft.

Die Freundschaft zwischen Adeline und dem jungen Burgherrn vertiefte sich weiter, und sie trafen sich fast jeden Tag. Sie wollten die Zeit bis zum noch nicht festgelegten Termin der Abreise von Adeline für möglichst viele gemeinsame Erlebnisse nutzen.

Da Adeline immer noch ihre Scheu vor der Burg nicht überwunden hatte, traf sie sich mit dem jungen Burgherrn im Dorf, und sie ritten dann gemeinsam nach Süden und Norden, besuchten andere Dörfer und Burgen und hatten viele aufregende Erlebnisse. Sie kämpften gegen eine Räuberbande, die sich in einem der Wälder niedergelassen hatte und sowohl Dörfer, als auch durchziehende Händler überfielen. Die Räuber wurden in die Flucht geschlagen, und tauchten in einer anderen Gegend unter. So lebten sie sorglos in den Tag hinein, bis ein Ereignis eintrat, dass ihr Verhältnis zueinander vollkommen verändern sollte.

Adeline schlug eines Tages ein Wettreiten vor. Beide hatten edle Pferde, die offensichtlich über Generationen zu Reittieren mit hervorragenden Qualitäten herangezüchtet worden waren. Der Hengst von Adeline ging ja aus der Paarung zweier Pferde ihrer Eltern hervor, deren Herkunft Adeline aber nicht kannte. Den Hengstvater hatte der Kaufmann in Italien erworben gehabt und ihn als Grundstock für ein später aufzubauendes Gestüt nutzen wollen. Der Hengst von Adeline hatte die vorzüglichen Reiteigenschaften von seinem Vater vererbt bekommen, und Adeline fiel mit diesem schwarzen Rappen überall auf. Die zwei Jahre jüngere Stute von den gleichen Pferdeeltern war ebenfalls ein gutes Reitpferd, wurde aber seltener von Adeline geritten.

Das von Adeline vorgeschlagene Wettreiten ging über Stock und Stein, und es sah lange so aus, als würde es keinen Sieger geben. Manchmal ging Adeline in Führung, aber der Hengst des jungen Ritters holte immer wieder auf. Dann kam es zu einem plötzlichen Stopp der wilden Jagd. Adeline hatte nicht aufgepasst und ein Ast eines Baumes, der in Kopfhöhe in die Reitstrecke hineinragte, wurde ihr zum Verhängnis. Sie wurde vom Ast am Kopf getroffen und fiel ohnmächtig vom Pferd. Der junge Burgherr kam die wenigen Meter zurück, die ihn sein Pferd über den Unfallort hinausgetragen hatte. Er kümmerte sich sofort um seinen vermeintlichen jungen Freund, während die Pferde mit zitternden Flanken daneben standen. Von einem naheliegenden kleinen Wildbach holte er Wasser und versuchte Adeline aus ihrer Ohnmacht zurückzuholen. Dabei öffnete er ihren Lederwams und das Hemd und sah nun, was Adeline die ganze Zeit zu verheimlichen suchte. Mit einem Seufzer kam diese wieder zu sich, sah ihr offenes Hemd und wusste nun, dass ihr so lange gehütetes Geheimnis verraten war.

Der junge Burgherr hob sie auf, trug sie zu einem Platz mit weichem Moos und setzte sie so, dass sie sich mit dem Rücken an ei-

nen Baum lehnen konnte. Ihr war noch ein wenig schwindlig, aber ansonsten hatte sie vom Sturz keine Blessuren davon getragen. Der junge Ritter setzte sich neben sie, und sie erzählte ihm nun ihre Lebensgeschichte.
„Als Findling wurde ich zu den Nonnen gebracht", berichtete sie. „Ich wuchs unter deren Obhut auf und wurde durch sie erzogen. Sie lehrten mich Rechnen, Lesen und Schreiben und die Sprachen Deutsch, Italienisch und Latein. Natürlich habe ich versucht, meine Eltern oder irgendwelche Verwandte zu finden. Dazu habe ich auch über die Oberin die Kirche bemüht, aber die Suche war erfolglos und musste schließlich abgebrochen werden."
Sie ließ jedoch nichts von dem Überfall auf ihre Eltern und deren Tod verlauten, weil sie nicht sicher war, ob die Ritter der Burg darin verwickelt waren. Auch die Existenz des Medaillons mit dem darauf abgebildeten Wappen verschwieg sie. Sie wollte nach Vereinbarung mit der Oberin sehr vorsichtig recherchieren, wer an dem Tod ihrer Eltern beteiligt war. Beide beschlossen nun die Verkleidung von Adeline beizubehalten, da der junge Burgherr nicht wusste, wie sein Vater auf diese neue Situation reagieren würde.
Der junge Burgherr sah Adeline nun mit anderen Augen an, behandelte sie mit großer Zuvorkommenheit, und wenn er sich unbeobachtet fühlte, sah man ein zärtliches Aufblitzen seiner Augen. Die Freundschaft ging nun seinerseits in Liebe über. Auch Adeline hatte schon seit längerer Zeit ein Gefühl für ihn entwickelt, das seine Nähe als unverzichtbaren Bestandteil ihres weiteren Lebens betrachtete. Sie freute sich ständig aufs Neue auf das Zusammensein mit ihm.
Da sie nun keine Geheimnisse mehr vor ihm hatte, führte sie ihn ins Kloster und zeigte ihm, wo sie aufgewachsen war. Als sie das erste Mal zum Kloster kamen, stellte sich der Bär drohend vor dem Begleiter von Adeline auf. Dieser wich zurück und wollte seine Waffen zum Kampf bereit machen. Aber Adeline konnte beide beruhigen, und der Bär zog vor sich hin brummend davon. Er akzeptierte den

Freund von Adeline schließlich und begleitete beide oftmals bei ihren Ausflügen.
Adeline zeigte dem jungen Burgherrn ihren persönlichen Turnierplatz im Wald. Beide nutzten die Möglichkeit, hier ihre Übungen durchzuführen und sowohl gegeneinander, als auch gegen die Holzfiguren anzutreten. Bei einem dieser Übungskämpfe wurde Adeline leicht verletzt. Sie lag am Boden und der junge Burgherr beugte sich über sie, um die kleine Wunde zu verbinden. Er war ihr dabei so nahe gekommen, dass ihn ihr süßer Mund zu einem ersten zaghaften Kuss verführte. Nun gestand er ihr, seine Liebe und küsste sie immer wieder leidenschaftlich. Adeline wehrte sich nicht, denn auch sie hatte den jungen Burgherrn sehr lieb gewonnen.
Es entwickelte sich nun zwischen beiden ein inniges Verhältnis, und fast jeden Tag war der junge Burgherr in der Nähe von Adeline anzutreffen. Schließlich kam es zur Erfüllung der körperlichen Liebessehnsucht. Beide hatten nach einem erhitzten Kampf ihre Kleider abgelegt und sprangen ins kühle Nass eines in der Nähe liegenden Sees. Danach lagen sie nebeneinander in der Sonne im weichen Moos. Arnfried betrachtete den wundervollen Körper von Adeline neben sich. Schließlich nahm er sie fest in seine Arme und drang vorsichtig in sie ein. Sie bewegten sich im gleichen Rhythmus, bis es zur Ekstase kam. Mit einem Aufstöhnen kamen beide gleichzeitig zum Höhepunkt des Liebesspiels. Danach lösten sie sich voneinander, nicht ohne sich nochmals gegenseitig ihre Liebe zu gestehen, und sie schwuren sich, immer zusammenzubleiben.
Aber es kam anders, als sie es sich beide geschworen hatten. Als Adeline wieder einmal bei einem Übungskampf eine kleine Wunde davongetragen hatte, nahm Arnfried eines seiner Taschentücher zum verbinden. In ihrer Klosterkammer nahm sie das Taschentuch ab und entdeckte in einer Ecke das eingestickte Wappen, nachdem sie schon so lange gesucht hatte. Adeline war wie vor den Kopf gestoßen. Offensichtlich musste der Überfall, bei dem ihre Eltern ums Leben gekommen waren, von der Burg ausgegangen sein. Wie wir

bereits wissen, hatte der alte Burgherr das Medaillon mit dem eingeprägten Wappen beim Kampf mit den Kaufleuten um den Hals getragen, und es gelangte dabei in die Hände von Adelines Vater. Der Ritter hatte es von seiner verstorbenen Gattin erhalten mit der Bitte, es zum Schutz vor Ungemach zu tragen und später ihrem gemeinsamen Sohn zu übergeben. Lange hatte der Burgherr nach dem beim Kampf verloren gegangenen Andenken gesucht und die Suche dann schließlich aufgegeben. Adeline verglich noch einmal das Wappen auf dem Taschentuch mit dem Medaillon und stellte vollkommene Übereinstimmung fest.

Aufgeregt rannte Adeline zur Oberin, um ihr das Taschentuch zu zeigen. Diese hatte längst geahnt, dass der Überfall von der Burg ausgegangen sein musste und hatte deshalb die beginnende Liaison ihres Schützlings mit dem jungen Burgherr mit Sorge betrachtet. Sie bat nun Adeline, nicht ihre Rachpläne selbst zu verwirklichen, sondern entsprechend ihres Glaubens dem allmächtigen Herrn zu überlassen. Außerdem machte sie Adeline darauf aufmerksam, dass der junge Burgherr entsprechend seines Alters nicht selbst am Überfall beteiligt gewesen sein konnte. Sie bat sie nun besonders vorsichtig weiter zu recherchieren.

Die weiteren Treffen des jungen Burgherrn mit Adeline waren nun von einer gewissen Spannung geprägt. Dieser merkte Adelines Veränderung und sprach sie darauf an. Sie kam aber nicht mit der Sprache heraus, und so legte sich allmählich die Missstimmung. Adeline hatte den jungen Burgherrn viel zu lieb und konnte ihm auch nicht die Schuld am Tod ihrer Eltern anlasten. Wie nebenbei fragte sie ihn jedoch eines Tages nach der Bedeutung des Wappens auf seinem Taschentuch. Der junge Burgherr antwortete ihr: „Meine Mutter stammt aus einem Rittergut weit im Norden des Kontinents. Mein Vater hat sie von dort mitgebracht und zu seiner Frau gemacht. Die Taschentücher sind Teil der Aussteuer, die meine Mutter mit in die Ehe brachte. Das Wappen hat ihre Mutter in die Taschentücher sticken lassen, da es als Familienwappen schon viele Generationen überdauert hat." Für Adeline war es nun erwiesen, dass der Überfall vom Vater ihres Geliebten inszeniert worden war.

Adeline und der junge Burgherr waren nun bereits ein halbes Jahr zusammen. Der junge Ritter wollte sie gern als seine Frau, auch eventuell gegen den Willen seines Vaters, auf die Burg führen. Er hatte Adeline zu überreden versucht, sie seinem Vater vorstellen zu dürfen, und sie deshalb auf die Burg eingeladen. Adeline lehnte jedoch einen solchen Besuch ab und verschob diesen auf später.

Eines Tages erzählte Adeline dem jungen Burgherrn von der Drachenhöhle. Dieser war neugierig geworden, und so brachen sie eines Morgens zu Fuß auf und nahmen den Bären mit. Die Pferde ließen sie im Kloster zurück.

Gemeinsam stiegen sie in die Schlucht, die der junge Burgherr aus vergangenen Jagden zwar kannte, aber als unpassierbar bisher nie betreten hatte. Adeline war lange nicht mehr in der Schlucht gewesen und staunte darüber, wie sich die Pflanzenwelt erweitert hatte. Sie hatten Mühe, am Grund der Schlucht vorwärts zu kommen, überall versperrten mit den Bäumen verwachsene Büsche den Durchgang. Sie mussten das Schwert zu Hilfe nehmen, um das Dickicht zu durchdringen. Die Schlucht hatte eine Blütenpracht entwickelt, die die Besucher stark beeindruckte. Auch der Eingang zur Höhle war wieder zugewachsen. Nach längeren Suchen hatten sie ihn entdeckt und schlugen mit ihren Schwertern eine Schneise in die blühenden Büsche.

Bevor sie die Höhle betraten, machten sie eine kurze Pause am kleinen See, der sich am Grund der Schlucht gebildet hatte. Sie nahmen ein ausgiebiges, erfrischendes Bad und fingen dabei einige Fische mit einem Netz, das Adeline bei einem früheren Besuch hier zurückgelassen hatte. Auch der Bär tummelte sich im Wasser und versuchte mit tollpatschigen Bewegungen, einen Fisch aus dem durch die vielen Fische silbrig schimmernden See herauszuklauben. Eine kleine flache Stelle, die nur einen schmalen Durchgang zum

See hatte, half ihm dabei. Er trieb einige Fische in die seichte Wasserstelle und warf sie mit der Pfote an Land.

Ein kleines Lagerfeuer wurde entzündet und die Fische in der heißen Asche gebacken. Zusammen mit dem mitgebrachten Frühstück konnten sie nun eine wohlschmeckende Mahlzeit einnehmen und sich damit für den Marsch in der Höhle stärken.

Nach einer erholsamen Rast brachen sie auf und erreichten nach kurzer Zeit den Eingang. Der Bär hatte wegen seiner Beleibtheit ein wenig Schwierigkeiten, den Höhleneingang zu passieren. Schließlich hatten es alle drei geschafft. Hinter dem Eingang entzündeten sie Fackeln aus einem Vorrat, den Adeline schon bei einem früheren Besuch angelegt hatte. Ihr Geliebter staunte über die gewaltige Höhle, und sie kamen sich beim Betreten klein und verloren vor. Sie durchschritten die Eingangshöhle und hörten schon in der Ferne das Plätschern des Höhlenwassers, das von der Decke tropfte. Als sie den Durchgang verließen und die zweite große Höhle betraten, wurde durch die Fackeln ein Panorama beleuchtet, das seinesgleichen suchte. Adeline kannte diese Höhle bereits und machte den jungen Burgherrn auf die vielen Schönheiten aufmerksam, die die Natur geformt hatte. Die herrlichen Tropfsteine schillerten in allen Farben, wenn das Licht der Fackeln sie erreichte. Gewaltige Zapfen hingen von der Decke, und ein Teil von ihnen berührte sich mit den Zapfen, die sich vom Felsboden aus ihnen entgegenstreckten. In einem See mit klarem Wasser spiegelten sich in schillernden Farben die Stalagmiten und Stalagtiten wieder, und man fühlte sich wie im Märchenland. Der junge Burgherr konnte sich nicht satt sehen an diesem Naturwunder. Gemeinsam umgingen sie den See und kamen schließlich zum Skelett des Drachens. Der junge Burgherr bewunderte die Ausmaße dieses Urtiers und versuchte sich vorzustellen, wie es aus der Höhle herausgekommen war und sich mit seinen Flügeln in die Luft erhoben hatte. In uralten Schriften der Burg war von einem Drachen die Rede, der angeblich die damalige Bevölkerung in Angst und Schrecken versetzte. Bei der Existenz dieses gewaltigen Skeletts könnte man daran glauben, dass diese Legende der Wahrheit entsprach. Adeline zeigte dem jungen Burgherrn auch die Stelle im See, von wo von der Burgküche aus über einen Schacht Wasser nach oben transportiert und die Burg mit dem wertvollen Nass versorgt wurde. Er bestätigte, dass die Tatsache der Entnahme aus diesem See nicht bekannt war. Von oben her sah man nur den Wasserspiegel und musste annehmen, dass das der Grundwasserstand im Brunnenschacht war. Das Wasser ging nie aus, und so war man nicht gezwungen, nähere Untersuchungen anzustellen. Der junge Burgherr beschloss, später mit dem Burgbaumeister zu beraten, wie man das große unterirdische Wasserreservoir für eine verbesserte Wasserversorgung der Burg nutzen könnte.

Die drei Höhlengäste hatten bei ihren Erkundungen die Zeit vergessen und stellten fest, dass sie sich bereits viel zu lange in der Höhle aufgehalten hatten. Es musste bereits später Nachmittag sein, und so machten sie sich auf den Heimweg. Der Bär lief einige Schritte voraus, und sie mussten nur seinem Orientierungsinstinkt folgen, um den Ausgang zu erreichen. Sie waren fast am Eingang der Höhle angelangt, als das große Unglück geschah. Eine offensichtlich durch ein Erdbeben geringer Stärke ausgelöste Erschütterung brachte eine an der Decke des Eingangsbereiches nur noch lose hängende Geröllmasse zum Einsturz, und begrub den Bären unter sich. Dieser kam sofort in den Gesteinsmassen um. Der junge Burgherr, der drei bis vier Schritte vor Adeline lief, wurde durch einen großen Stein erschlagen. Dieser hatte sich mit dem Geröll von der Decke gelöst und zerquetschte die Beine und den Unterleib des jungen Mannes. Adeline saß wie versteinert neben ihrem Geliebten und sah sofort, dass jegliche Hilfe irgendeiner Art keinen Rettungserfolg haben würde. Sie kniete neben dem Körper des jungen Burgherrn, hielt seine Hand und versuchte ihm die letzten Stunden seines Lebens ein bisschen zu erleichtern. Sie erzählte ihm nun, dass sie als Tochter eines Kaufmannes geboren worden war und mit einem Kaufmannszug in der Schlucht gelagert hatte, als dieser von einer Raubritterbande überfallen und getötet worden ware. Sie war als einzige Überlebende durch ihren schwerverletzten Vater zur Kräuterfrau gebracht, und durch diese den Nonnen übergeben worden. Sie vertraute ihm auch an, dass sein Vater der Anführer dieser Raubritter gewesen war. Als Beweis zeigte sie ihm die silberne Kette mit dem Wappen des Rittergutes seiner Mutter, das sein Vater während des Überfalls getragen hatte.

Der junge Burgherr war von diesen Enthüllungen sehr berührt und bedauerte, dass sich eine solche Schande ereignet hatte und sein Vater der Urheber gewesen war. Er bat Adeline um Verzeihung und versicherte ihr nochmals, dass er sie über alles liebte. Als Beweis zog er seinen Ring mit dem Burgwappen vom Finger, den ihm sein Vater anlässlich des Ritterschlages überreicht hatte, und steckte ihn seiner Geliebten als Verlobungsring an die linke Hand. Er bat sie, mit dem Ring bei seinem Vater vorzusprechen und vom unglücklichen Tod seines Sohnes zu berichten. Er hoffte, dass sein Vater einen Teil des begangenen Unrechts wieder gutmachen und Adeline auf der Burg aufnehmen würde.

Der junge Burgherr trug immer noch ein Amulett aus Silber bei sich, das auf der einen Seite das Bild seiner Mutter und auf der Rückseite die Burg zeigte und mit einigen Worten den Inhaber als Burgherrn auswies. Dieses Amulett machte er ebenfalls Adeline zum Geschenk.

Das Blut des jungen Burgherrn pulsierte aus seinem zerquetschten Körper, und er wurde immer schwächer. Schließlich brachen seine Augen und sein Kopf fiel auf die Seite. Sein Geist verließ die irdische Welt.

Der junge Burgherr hatte noch versucht, einen Brief an seinen Vater zu schreiben. Adeline führte in ihrem Rucksack immer Papier, Feder und Tinte mit sich, um seltene Pflanzen und Tiere zu zeichnen, die sie dann immer in den Katalog einfügte, den sie im Kloster angelegt hatte. Diese Utensilien hatte sie ihrem Geliebten überreicht, wobei sie ihn halb aufgerichtet und ihm seinen Rucksack und ihre Jacke unter den Rücken geschoben hatte. Adeline würde diesen Brief nie benutzen, da sie die Reaktion seines Vaters nicht voraussehen konnte und sich nicht sicher war, ob er ihr die Schuld am Tod seines Sohnes geben würde. Sie glaubte sowieso nicht, dass der alte Burgherr positiv reagieren würde, wenn sie sich als Mädchen und Geliebte seines Sohnes zu erkennen geben würde. So war ein blutbeschmierter Brief mit wenigen Zeilen entstanden, in dem er seinem Vater die Obhut über Adeline ans Herz legte. Als Siegel hatte sein Ring mit dem Wappen gedient, den er vorher in sein Blut getaucht hatte.

Adeline saß mehrere Stunden an seiner Seite, küsste ihn dann ein letztes Mal und streichelte sein Gesicht immer wieder. Mit versteinerter Miene bemerkte sie, dass ihre letzte Fackel erlosch und sich die Finsternis in der Höhle breit machte. Ab und zu hörte sie, wie sich ein Stein von der Decke löste und auf den Geröllhaufen oder den Felsboden fiel. Dieses Geräusch weckte sie aus ihrer Starre und erinnerte sie daran, wo sie sich befand. Sie musste nun etwas unternehmen, um aus der Höhle hinauszukommen. So hatte sie sich ihre Rache an der Familie des Burgherrn für das Verbrechen an ihren Eltern nicht vorgestellt.

Adeline wollte nicht irgendwelche Ansprüche auf die Burg anmelden, steckte deshalb alle vom jungen Burgherrn überreichten Gegenstände in einen Lederbeutel und legte diesen unter einen flachen Stein neben dessen Kopf. Nach einer weiteren Gedenkminute machte sie sich auf den Heimweg. Der Eingang war nun verschüttet und konnte nicht mehr erreicht werden. Als Adeline wieder einen klaren Gedanken fassen konnte, beschloss sie, den von ihr bereits erkundeten zweiten Höhlenausgang unter der Zugbrücke der Burg zu suchen. Sie hoffte, dass der Höhlenaufgang noch gangbar war und sie an der kleinen Öffnung unterhalb der Zugbrücke der Burg ins Freie gelangen konnte. Sie hatte allerdings mit einem großen Handicap zu kämpfen. Die beiden Fackeln, die sie und der junge Burgherr in den Händen gehalten hatten, waren erloschen und das

Depot weiterer Fackeln lag unter dem Geröllhaufen vergraben. Sie musste also den gefährlichen Weg nach oben im völligen Dunkel zurücklegen. Im Bereich der großen Höhle, in der sich der See befand, half ihr eine grünliche Beleuchtung, die offensichtlich von grünen Algen ausging, die an den Wänden ihr Dasein fristeten. Sie fand auch sehr schnell den Eingang zum aufsteigenden Höhlenlabyrinth, doch darin war es stockfinster. Einen Moment dachte Adeline daran, zurückzugehen, sich neben ihren Geliebten zu legen und den Tod abzuwarten. Doch dann siegte ihr Lebenswille, und sie begab sich in den dunklen Gang. Sie wusste aus ihrem ersten Aufstieg, dass es gefährliche Stellen gab, an denen man abstürzen konnte. Diese mussten vorsichtig umgangen werden. Es gab auch Sackgassen, wo dann der Höhlengang endete und der Rückzug angetreten werden musste. Adeline ließ sich auf die Knie herab, die sie vorher mit einem in zwei Teile zerrissenem Hemd umwickelt hatte, und fühlte vorsichtig mit den Händen alles ab, bevor sie einen Meter vorankam. Es ging sehr langsam, und zweimal musste sie aus einer Sackgasse zurückkriechen. Aber schließlich kühlte frische Luft ihr Gesicht, und sie hatte es geschafft. Vor ihr tauchte die lukengroße Öffnung auf, durch die die Fledermäuse hinaus und hinein flogen. Der Boden war mit Fledermauskot bedeckt, der sich offensichtlich schon seit Urzeiten angehäuft hatte. Die Öffnung war groß genug, um die schlanke Adeline hindurch zu lassen. Sie beseitigte noch lose Steine und bekam dadurch einen festen Halt für die bevorstehende Kletterakrobatik. Draußen brach inzwischen schon wieder die Abenddämmerung herein. Sie hatte also eine Nacht und einen Tag gebraucht, um in dem stockdunklen Gang nach oben zu finden. Die Schnur, die sie bei der ersten Erkundung des Labyrinths hinterlassen hatte und die ihre Suche nach dem Ausgang erleichtert hätte, war nicht auffindbar gewesen. Zum einen verhinderte die Dunkelheit das Aufspüren dieser Orientierungshilfe, zum anderen war diese wahrscheinlich gerissen und hatte sich irgendwo zusammengerollt. Sie wartete noch etwas ab, bis es so dunkel war, dass man sie nicht von der Burg aus sehen konnte. Dann kroch sie hinaus und hangelte sich seitlich auf die Zugbrücke, die noch nicht hochgezogen war. Man erwartete offensichtlich Gäste und wollte erst nach deren Eintreffen die Burg verschließen.

Adeline kam, ohne bemerkt zu werden, über die Brücke zum ins Dorf führenden Weg, den sie nun im Eiltempo entlangging. Einmal musste sie sich im seitlichen Gebüsch verstecken, denn die erwarteten Gäste kamen auf Pferden den Berg heraufgeritten. Als sie schließlich im Dorf angekommen war, war bereits Stille eingetreten. Die Dorfbewohner lagen im tiefen Schlaf und erholten sich von den Mühen des Tages. Adeline schlich sich zu ihrem Häuschen, das sie von der Kräuterfrau bei deren Tod geerbt hatte. Sie zog die schmutzigen Klamotten aus und säuberte sich am Brunnen hinter dem Haus. Dann packte sie einen Sack mit schriftlichen Aufzeichnungen der Kräuterfrau zur Behandlung von Krankheiten, mit Schriftstücken ihres Vaters zu dessen Tätigkeit als Kaufmann und mit einigen wertvollen Medikamenten. Die Schriftstücke ihres Vaters hatte die Kräuterfrau in dessen Kleidung gefunden und für Adeline aufgehoben. Den Sack deponierte Adeline in einem Versteck hinter dem Haus, um ihn bei ihrer Abreise abzuholen und mitzunehmen. Sie hatte nicht die Absicht dem Burgherrn unter die Augen zu treten und für den Tod seines Sohnes Rede und Antwort zu stehen. Schnellstmöglich wollte sie das Land verlassen. Nachdem sie sich etwas ausgeruht hatte, ging sie durch die Schlucht ins Nonnenkloster. Es war Mitternacht geworden, die Oberin war jedoch noch wach. Adeline ging sofort zu ihr und berichtete über das große Unglück. Sie berichtete auch über ihre Absicht, sofort abzureisen und Fragen über den Tod des jungen Burgherrn aus dem Wege zu gehen. Die Überlegungen Adelines gingen bekanntlich in die Richtung, dass der Burgherr ihr die Schuld am Tod seines Sohnes geben würde. Außerdem kannte man sie, wie schon gesagt, auf der Burg als Knappen und nicht als junge Frau, die schon seit ihrer Geburt im Kloster, bzw. bei der Kräuterfrau lebte. Es hätten sich eine Kette von

Fragen ergeben, u. a. auch über ihre Herkunft, die der Burgherr gestellt hätte. Die Oberin betrachtete den Tod des jungen Burgherrn als Fügung Gottes, empfahl aber auch die sofortige Abreise Adelines, da sie befürchten musste, dass der Burgherr das Kloster mit in seine Ermittlungen einbeziehen würde. Das Verhältnis zwischen Burg und Kloster war ohnehin nicht das Beste. Adeline verabschiedete sich noch vom alten Gärtner, der sie sehr lieb gewonnen hatte und sie mit Tränen in den Augen ziehen ließ. Sie schenkte ihm das Häuschen der Kräuterfrau, das er später an den Dorfzimmermann weiter gab, da er seine Bleibe im Kloster hatte. Adeline vereinbarte mit ihm, dass er bei einer eventuellen Befragung angeben sollte, dass sein Verwandter, der junge Knappe bereits vor Tagen nachdem Süden aufgebrochen und vielleicht schon in Italien angekommen sei. Von dem Verbleib des jungen Burgherrn wisse er nichts.

Adeline brach noch in der Nacht nach Norden auf. Sie wollte nach Verwandten ihrer Eltern suchen, das hatte sie sich schon lange vorgenommen. Aus den Schriftstücken ihres Vaters ging nichts zum Wohnsitz eventueller Verwandter hervor, und so war sie bei ihrer Suche auf das Glück angewiesen. Sie sattelte ihren Hengst und nahm die Stute und den Hengst des Burgherrn als Packpferde mit sich. Das Pferd des jungen Burgherrn wollte sie nicht zurücklassen, sonst hätte sie Nachforschungen im Kloster riskiert.

Nach einem kurzen Aufenthalt im Haus der Kräuterfrau ging es nordwärts, wobei sie nachts ritt und sich am Tag in den Wäldern versteckte, um nicht aufzufallen. Gekleidet hatte sie sich wie ein junger Kaufmann und kam auch zügig voran. Schwert und Bogen führte sie mit sich und war im Falle eines Überfalls durch Banditen gut gerüstet.

Die Flucht

In der Burg hatte man die Erschütterung infolge eines leichten Erdbebens und das Rumpeln des in der Höhle herabstürzenden Gesteins bemerkt, brachte das aber nicht mit dem Verschwinden des jungen Burgherrn in Verbindung. Dieser war öfters längere Zeit zu befreundeten Burgen unterwegs, und man machte sich zunächst wegen dessen Ausbleiben keine Sorgen. Erst als nach zehn Tagen jede Nachricht von seinem Sohn ausblieb, wurde der alte Burgherr unruhig. Er beauftragte nun sein Burgpersonal, nach dem Verbleib des jungen Burgherrn Erkundigungen einzuziehen. Da er öfters mit dem jungen Knappen gesehen worden war, suchte man zuerst den alten Klostergärtner auf, um ihn zu befragen, ob er etwas über den Verbleib des jungen Burgherrn wisse.

„Mein junger Verwandter ist bereits seit einigen Tagen nach Süden unterwegs", antwortete auftragsgemäß der alte Gärtner, „er hatte die Absicht, Italien zu bereisen. Über den jungen Burgherrn ist mir nichts bekannt."

Auch die Befragung der Nonnen brachte keinen Erfolg. Die Gedanken des Burgherrn gingen nun in eine andere Richtung: Es gab viel Gesindel in der Umgebung, und sein Sohn konnte leicht einer dieser Räuberbanden in die Hände gefallen sein. Er hoffte, dass eine Lösegeldforderung eintreffen würde, und er seinen Sohn auslösen könne. Gleichzeitig wurde das Burgpersonal zu befreundeten Burgen und in die Nachbardörfer geschickt, um zu erfragen, ob etwas über den Verbleib des jungen Burgherrn bekannt sei. Auch in Richtung Süden wurde ein Suchtrupp losgeschickt. Alle kamen jedoch ohne positive Nachricht zurück, die Suche blieb erfolglos. Als nach zwei Monaten keine Nachricht von seinem Sohn eintraf, musste der Burgherr das Schlimmste befürchten. Die Suche wurde eingestellt.

Der alte Burgherr hatte inzwischen stark zugenommen. Infolge des guten Essens zeigten sich überall große Fettpolster, und die rote Nase zeugte vom erheblichen Weingenuss. Außerdem kam noch hinzu, dass er sich kaum bewegte. Der für einen Ritter unabdingbare Umgang mit Schwert, Schild, Bogen und Spieß wurde von ihm schon lange nicht mehr wahrgenommen.
Auch an der von ihm so geliebten Jagd hatte er kein Interesse mehr. So kam es, wie es kommen musste, Herz und Kreislauf hielten der Belastung nicht mehr stand. Jeder Schritt fiel ihm schwer, und er kam sofort außer Atem.
Die Aufregung wegen des Verschwindens seines Sohnes war Gift für ihn, und so wachte er eines Morgens nicht mehr auf. Ein Herzinfarkt hatte ihn dahingerafft. Damit war das Geschlecht derer von Hohenfelsen ausgelöscht, und die Rache der Adeline für den gewaltsamen Tod ihrer Eltern hatte sich ohne ihr Zutun erfüllt. Die Oberin des Klosters, die die Suche nach dem jungen Burgherrn aufmerksam verfolgt hatte, sprach von der Fügung Gottes.
Adeline, die von all diesen Ereignissen nichts erfuhr, war weiter auf dem Weg nach Norden. Die Zeiten waren sehr unruhig. Wegen des gerade zu Ende gegangenen Krieges wurden Landsknechte entlassen, da sie nicht mehr benötigt wurden. Zusammen mit Bauern, die im Krieg ihr Hab und Gut verloren hatten, und anderem Gesindel bildeten sie herumstreunende Gruppen, die Dörfer und Reisende überfielen und sich deren Besitz aneigneten. Adeline musste sich sehr in Acht nehmen. Mit ihren drei Pferden und dem auf zwei Pferden festgezurrten Hab und Gut, war sie für die Räuberbanden ein begehrtes Objekt.
Eines Tages hatte sie eine Begegnung mit einem jungen Soldaten, der eine Kampfausbildung auf einer Burg hinter sich hatte und nach dem Krieg als überflüssiges Personal aus den Diensten seines ehemaligen Herrn entlassen wurde. Er war allein unterwegs, und sein Pferd, ein alter Gaul, den ihm sein Herr bei der Entlassung geschenkt hatte, war an Altersschwäche gestorben. Sein weniges

Hab und Gut und den alten Sattel trug er schwitzend auf dem Rücken und hoffte, im nächsten Dorf gegen ein geringes Entgelt ein neues Pferd zu erwerben. Da kam ihm Adeline gerade recht. Nach seiner Meinung hatte Adeline, die ja als junger Knappe verkleidet war, mindestens ein Pferd zu viel. Adeline wollte jedoch keines ihrer Pferde abgeben, und nach einem kurzen Disput kam es zum Kampf. In der Annahme, mit einem jungen, schlanken Knappen ein leichtes Spiel zu haben, zog der ehemalige Soldat sein Schwert und drang auf Adeline ein. Sie war jedoch gut vorbereitet und zog sofort ihr Schwert. Nach einigen Verteidigungsschlägen griff sie nun ihrerseits an und hatte den jungen Soldaten bald zu Boden gestreckt. Mit dem Schwert von Adeline am Hals bat dieser nun um Gnade, die ihm schließlich gewährt wurde. Sie vereinbarten, dass er als Bediensteter mit Adeline weiter ziehen, und ihr bei vielen Aufgaben zur Hand gehen könne. Sie hatte dabei im Auge, dass zwei Kämpfer sich leichter verteidigen konnten. Außerdem hatte sie im Sinn, ihr Kampftraining wieder aufzunehmen, und da kam ihr der auf einer Burg ausgebildete junge Soldat gerade recht. Sie beobachtete ihn die nächsten Tage aufmerksam, um zu erkunden, ob er nicht versuchen würde, mit ihrem Hab und Gut davon zu reiten, wenn sich die Gelegenheit bot. Aber er schien sich als zuverlässiger Partner zu erweisen, und so war sie froh, nicht weiter allein reisen zu müssen.
Adeline lud nun ihre ganze Habe auf die Stute um und machte ihren Hengst für ihren neuen Begleiter frei. Sie selbst ritt den Hengst ihres ehemaligen Geliebten, denn dieser ließ außer ihr niemanden an sich heran. Da der Hengst für den jungen Soldaten bereits gesattelt war, ließ dieser seinen alten Sattel einfach im Wald liegen, da er löchrig und stark ramponiert war. Der junge Kämpfer war mit der Entwicklung der gegenwärtigen Situation sehr zufrieden.
Der neue Begleiter von Adeline wusste nicht, dass sein neuer Herr eine junge Frau war. Er wunderte sich nur, dass sie ihre Notdurft weit abseits von ihm verrichtete, und auch beim Waschen einen großen Abstand zu ihm hielt. Aber er hatte im Krieg viele junge

Burschen erlebt, die in Keuschheit aufgewachsen und deshalb gegenüber ihren Kameraden sehr zurückhaltend waren. Er machte sich deshalb über die sonderbaren Gepflogenheiten seines jungen Herrn keine weiteren Gedanken.

Adeline war seit ihrem Aufbruch vom Kloster bereits drei Monate unterwegs und hatte bisher keinen Erfolg bei der Suche nach eventuellen Verwandten. Die Frage ihres Begleiters nach dem „Wohin" erklärte sie ihm nun durch Bekanntgabe ihres Lebenslaufes: Beim abendlichen Lagerfeuer sprach sie darüber, dass sie als Findelkind bei den Nonnen in einem Kloster aufgewachsen ist, und ihre Eltern Kaufleute waren, die bei einem Überfall ums Leben gekommen waren. Sie suche nach Verwandten, ohne dass sie ausreichende Anhaltspunkte habe, erklärte sie. Viele Kaufleute hatten sich in den so genannten Hansestädten niedergelassen, und sie hoffte, dort eine Spur zu finden. Ihr Begleiter kannte sich an Nord- und Ostsee aus, da er hier im Kampfeinsatz gewesen war, und so kamen sie zügig voran. Er selbst hatte kein bestimmtes Ziel, und so war er froh, seinem sympathischen jungen Herrn behilflich sein zu können.

Ihre Reise wurde nur einmal unterbrochen, als sie auf eine Bande von Straßenräubern trafen. Es waren Bauern, die mit ihren Familien im nahe gelegenen Wald lebten. Ihr Dorf war durch marodierende Banden zerstört und abgebrannt worden. Mit dem wenigen Vieh und den noch lebenden Familienangehörigen, richteten sie sich mehr schlecht als recht im zum Dorf gehörenden Wald ein. Alles was im Dorf noch übrig geblieben war, schleppten sie zu einem mit Dornenhecken umsäumten Platz und richteten sich darauf ein, für längere Zeit hier leben zu müssen. Sie hoben Gruben aus und überdeckten diese mit alten übrig gebliebenen Zaunteilen, Ästen und Laub und hatten damit eine größere Anzahl von Verstecken errichtet, in denen sie ihr Dasein fristeten. Das übrig gebliebene Vieh weidete auf einer im Wald liegende Wiese, und sie trieben es nachts in ebenfalls aus Bäumen, Ästen und Laub gebaute Pferche. Wild erjagten sie mit Hilfe von Fallgruben und Schlingen.

Die älteren Kinder wurden an den Rand des Waldes geschickt, um sich gut getarnt in den hohen Bäumen zu verstecken und die Straßen zu überwachen. Näherte sich ein Reitertrupp, so warnten sie die Bauern im Wald. War es nur eine kleine Truppe, so lauerten sie im Hinterhalt, metzelten die Reiter nieder und nahmen sich, was sie für ihren Lebensunterhalt brauchten.

Von ihrem erhöhten Sitz aus hatten die Kinder die zwei Reiter und drei Pferde längst entdeckt. Sie benachrichtigten die Bauern im Wald und teilten mit, dass ein nach ihrer Meinung leicht zu überwältigender Trupp sich dem Hohlweg näherte, in dem sie ihr für den Überfall ausgebautes Versteck hatten. Ein Seil wurde über den Weg gelegt und mit Laub bedeckt. Näherte sich ein Pferd im Galopp, so zogen sie das Seil stramm, so dass es im Endzustand dreißig Zentimeter über den Boden spannte. Das Pferd musste stolpern und den Reiter abwerfen. Für die Bauern war es dann ein Leichtes, den am Boden liegenden Überfallenen mit ihren Waffen auszuschalten.

Alles war für den Überfall vorbereitet, als Adeline und ihr Begleiter sich im leichten Trab, dem Hohlweg näherten. Der Soldat ritt vorneweg und Adeline folgte hinter ihm, wobei sie die bepackte Stute hinter sich her führte. Der bereits mehrfach angewandte Trick mit dem Seil funktionierte, der Hengst stolperte und knickte in den Vorderbeinen ein. Er richtete sich jedoch schnell wieder auf, und Adelines Begleiter saß nach einer Schrecksekunde wieder fest im Sattel.

Es beteiligten sich neun Bauern an dem Überfall, und sie glaubten wegen ihrer Überzahl leichtes Spiel zu haben. Sie waren jedoch schlecht bewaffnet und mussten sich nach kurzer Zeit den gut bewaffneten und im Kampf geübten beiden Reitern geschlagen geben. Die Bauern versuchten mit Mistgabeln, Dreschflegeln und Knüppeln als Sieger aus dem Überfall hervorzugehen, hatten aber nur am Anfang leichte Kampfvorteile. Der Soldat erhielt durch die Mistgabel eines Bauern einen Stich in den Oberschenkel, war jedoch dadurch im Kampf kaum behindert. Er schlug dem ihn attackierenden

Bauern den Arm ab, so dass dieser laut schreiend die Mistgabel zur Seite warf.

Adeline sah sich zwei Gegnern zu beiden Seiten des Pferdes gegenüber, wobei der eine sie vom Pferd ziehen und mit einem Knüppel erschlagen wollte. Diesem Angreifer spaltete sie mit ihrem Schwert den Schädel, und er sank tot zu Boden. Dem anderen Bauern stach sie mit dem Schwert durch den Hals, und ein Blutstrom brachte auch ihn außer Gefecht. Einer der Angreifer hatte sich dass bepackte Pferd geschnappt und wollte damit im Wald verschwinden. Mit wenigen Sätzen ritt Adeline ihm nach und schlug ihm mit einem Schwerthieb die Hand ab. Aufschreiend lief er davon.

Nun gab es für die anderen Bauern kein Halten mehr, sie stürmten davon. Auch die Kinder, die von ihren Verstecken in den Bäumen aus mit Katapulten auf die Reiter und Pferde geschossen hatten, ohne jedoch größeren Schaden anzurichten, rannten in den Wald. Alle bedauerten, dass sie die offensichtlich wertvollen Pferde nicht erbeuten konnten. Sie hatten den Überfall teuer bezahlt, zwei ihrer Kameraden blieben tot und zwei mit schweren Verwundungen am Kampfplatz liegen.

Auch Adelines junger Begleiter musste nun mit seiner Stichwunde im Oberschenkel behandelt werden. Er stieg vom Pferd und Adeline kümmerte sich um die stark blutende Wunde. Sie wandte ihre bei der Kräuterfrau erworbenen medizinischen Kenntnisse an, reinigte die Wunde mit einer speziellen Kräuterflüssigkeit, legte desinfizierende Kräuter auf und brachte einen mitgeführten Verband an. Nach einer Woche konnte er wieder aufs Pferd steigen und die Reise fortsetzen. Eine Entzündung der Wunde konnte durch Adelines medizinische Kenntnisse verhindert werden.

Sie kümmerte sich ebenfalls um die verwundeten Bauern. So wie sie es bei der Kräuterfrau gelernt hatte, band sie zuerst bei dem einen Bauern den Oberarm und beim anderen den Unterarm ab, um die Blutung zu stillen. Danach zog sie die Haut über die Wunde und nähte die Hautlappen zusammen. Mit aufgelegten antiseptischen

Kräutern und einem Verband schützte sie die Wunde, und gab den beiden Verwundeten Verhaltenshinweise.

Adeline und ihr Begleiter legten eine Pause ein, um die Heilung von dessen Stichwunde im Oberschenkel zu sichern. Sie suchten sich ein Versteck im Wald, in dem sie in einer kleinen selbst errichteten Hütte die nächsten Tage verbrachten und auch den Pferden einige Zeit zur Erholung einräumten.

Die verwundeten Bauern kehrten in ihr Lager zurück und veranlassten, dass ihre toten Kumpane im Wald beerdigt würden. Adeline und ihr Begleiter wurden von den Bauern nicht mehr belästigt.

Nach wenigen Tagen hatte sich die Wunde des Soldaten geschlossen, und beide konnten ihren Weg nach Norden fortsetzen. Der Soldat bedankte sich nochmals bei Adeline für ihre gute medizinische Betreuung. Auf seine Anfrage, woher sie denn die Kenntnisse für die Heilung von solchen lebensgefährlichen Blessuren habe, erzählte sie ihm, dass die Kräuterfrau und die Nonnen ihre diesbezüglichen Lehrmeister waren. Sie zeigte ihm auch ihre Apotheke, die aus einer Vielzahl von Kräutern und andern Arzneimitteln bestand. Zwischen ihnen hatte sich ein freundschaftliches Verhältnis herausgebildet, und das Herr-Diener-Verhältnis wurde von Adeline aufgegeben. Der Soldat bewunderte jedoch die Kampfkraft, die medizinischen Kenntnisse und viele andere Eigenschaften seines „jungen Partners" und betrachtete ihn deshalb weiterhin als Respektsperson.

Adeline war um die Hüften herum etwas dicker geworden. Anfangs wunderte sie sich darüber, doch dann wurde ihr klar, dass auch die anderen körperlichen Anzeichen darauf hinwiesen, dass sie schwanger war. Zunächst erschrak sie, doch dann überwog die Freude, hatte sie doch nun ein lebendes Andenken an ihren auf tragische Weise ums Leben gekommenen Geliebten. Damit war die Familie des Burgherrn, Freiherr von Hohenfelsen, doch nicht ausgerottet. In ihr wuchs eine neue Generation dieser Familie heran. Über die Konsequenzen dieser unverhofften Situation wollte sie jedoch nicht nachdenken und erst nach der Geburt eventuell Schritte überlegen.

Vielleicht konnte sie eines Tages ihre daraus resultierenden Ansprüche für sie und ihr nun erwartetes Kind geltend machen. Sie hatte ja den Ring mit dem Burgwappen, den ihr der junge Burgherr bei seinem Tod als Verlobungsring überreicht hatte, und der ihre Liierung mit ihm bewies. Vielleicht konnte sie auch eines Tages die weiteren Papiere, die sie in einem Lederbeutel neben seinem Kopf unter einem Stein deponiert hatte, wiederbeschaffen. Damit wäre der Anspruch auf die Erbschaft der Ritterfamilie von Hohenfelsen bewiesen. Sie beschloss nun, sowohl den Ring, als auch die Kette mit dem Wappen der Burgherrin gut aufzubewahren.

Nachdem sie in weiteren Städten bei der jeweiligen Kaufmannsgilde erfolglos nachgefragt hatten, war ihnen das Glück in der Hansestadt Hamburg hold. Die Nachfrage Adelines beim Sekretär des Zunftmeisters der Kaufmannsgilde ergab, dass der hohe Herr selbst den Namen ihrer Eltern trug. Sie wurde bei ihm vorgestellt, und es stellte sich heraus, dass Adeline den Bruder ihres Vaters vor sich hatte, also ihren Onkel. Nachdem sich Adeline mit den noch vorhandenen Papieren ihres Vaters als Tochter der Kaufmannsfamilie ausgewiesen hatte, war die Freude groß. Ihr Onkel berichtete, dass er viele Jahre erfolglos nach seinem Bruder und dessen Familie gesucht hatte. Nun erfuhr er vom tragischen Tod seines Bruders, und dass Raubritter den gesamten Kaufmannszug ausgelöscht hatten.

In den vorgelegten Papieren war von einer Tochter Adeline die Rede und der Zunftmeister wunderte sich, dass ein junger Mann vor ihm saß. Das Missverständnis konnte jedoch schnell geklärt werden. Adeline erzählte ausführlich über ihre Zeit bei den Nonnen, über die medizinische Ausbildung bei der Kräuterfrau, über ihre große Liebe zum jungen Burgherrn und dessen grausames Schicksal. Sie berichtete auch, dass sie von ihrer großen Liebe schwanger sei.

Der Kaufmann freute sich sehr über die Wendung im Schicksal der Kaufmannsfamilie. Er selbst war nicht verheiratet, hatte auch keine Kinder und war froh, dass nun ein Erbe da war, der das Kaufmannshaus weiterführen konnte. Sehr freute er sich auch über den zu erwartenden Enkel. Dessen Geburt in ca. fünf Monaten bevorstand. Nachdem Adeline sich im Hause des Kaufmanns eingerichtet hatte, wurde sie von ihrem Onkel in das Familienunternehmen eingeführt. Er hatte bereits ein stolzes Alter von fünfundsiebzig Jahren erreicht und hoffte nun, sich recht bald vom aktiven Kaufmannsleben zu verabschieden und in Ruhe die bevorstehenden Jahre zu genießen. Adeline bekam keine Schwierigkeiten mit ihrer neuen Tätigkeit. Durch ihre Ausbildung im Kloster brachte sie gute Voraussetzungen für den Kaufmannsberuf mit. Sie erkannte sehr schnell, dass das Handelshaus ihres Onkels sehr reich war, aber noch recht altertümlich geführt wurde. Sie führte einige Veränderungen ein, die ihr Onkel akzeptierte. Sie hoffte, mit ihren Kenntnissen dazu beizutragen, den Reichtum ihres Onkels weiter zu vermehren.

Auch ihr junger Begleiter fand eine Anstellung im Hause des Kaufmanns. Er kümmerte sich unter anderem um die Pferde und den Warentransport in die benachbarten Städte. Erstaunt war er, als Adeline ihm erstmals in Frauenkleidern gegenübertrat und wusste nicht, wo er vor Verlegenheit hinsehen sollte. Die Verwandlung Adelines in eine junge Frau machte ihn aber sehr froh, und er fand sie wunderschön. Er nutzte jede Gelegenheit, um mit ihr auszureiten und trainierte mit ihr weiterhin den Schwertkampf. Allerdings ging er nun mit Rücksicht auf ihre Weiblichkeit und ihren körperlichen Zustand sehr vorsichtig zu Werke. Als Adeline körperliche Aktivitäten zu beschwerlich wurden, stellte sie sie mit der Option, nach der Geburt wieder ihre Fitness zu trainieren, ein.

Die Kaufmannsgilde

Adelines Onkel überließ ihr immer mehr die Geschäfte seines Kaufmannshauses und zog sich in seine privaten Gemächer zurück. Es war so, als hätte er auf Adeline gewartet, um einen Nachfolger und Erben für sein reiches Handelshaus zu finden. Da sich diesbezüglich nun eine Klärung vollzogen hatte, ließ seine Spannkraft altersgemäß nach, und er überließ Adeline die volle Handlungsfreiheit. Diese war nach anfänglicher Unsicherheit zur Freude ihres Onkels in den Kaufmannsberuf voll hineingewachsen. Einmal täglich saßen Adeline und ihr Onkel beisammen, um Ergebnisse auszuwerten und neue Festlegungen für bevorstehende Käufe und Verkäufe zu treffen.
Adeline wurde von den kaufmännischen Mitarbeitern ihres Onkels nicht sofort akzeptiert. Zum einen hatte man Vorbehalte gegen eine Frau im Kaufmannsberuf, zum anderen zweifelte man an ihren Kenntnissen. Besonders der erste Buchhalter, der sich offensichtlich vor dem Auftauchen Adelines Chancen für die Übernahme des Kaufmannshauses nach dem Ableben des Patriarchen ausgerechnet hatte, versuchte sie zu verunglimpfen. Nachdem ihm Adeline jedoch einige Fehler in seiner buchhalterischen Tätigkeit nachgewiesen hatte, gab er klein bei. Eine Entlassung konnte er nicht riskieren, da er eine Familie mit sechs Kindern zu ernähren hatte. Nach dieser Aussprache kamen sie gut miteinander aus. Auch die anderen Mitarbeiter akzeptierten Adeline nun als ihren neuen Chef und erkannten ihre kompetenten Leistungen an.
Seinen Vorsitz im Leitungsgremium der Kaufmannsgilde wollte Adelines Onkel ebenfalls aufgeben. Er nutzte seinen Einfluss, um Adeline als neues Vorstandmitglied und seine Nachfolgerin vorzuschlagen. Dieser Vorschlag wurde jedoch nicht akzeptiert. Man wollte keine Frau im Gremium der Leitung der Kaufmannsgilde und

schlug vor, erst einmal die weitere Entwicklung des Handelshauses Merten abzuwarten. Der alte Kaufmann behielt deshalb seinen Platz im Leitungsgremium der Kaufmannsgilde und verschob den Vorschlag zur Vorstandsmitgliedschaft für Adeline auf später.
Und noch ein Kaufmann war strikt gegen die Aufnahme Adelines in den Vorstand der Handelsgilde. Er erbte das reiche Handelshaus seines Vaters, als dieser an einer unheilbaren Krankheit starb. Nach der Übernahme krempelte er das Handelshaus um, entließ die Mitarbeiter und stellte neue mit zweifelhaftem Ruf wieder ein. Zum Leidwesen seines Vaters verkehrte der Sohn schon vor seinem Tod in den schmutzigen Hafenkneipen und hatte Freunde, deren man sich schämen musste. Der Umgang mit zwei Kaperkapitänen, die mit Waren aus Raubüberfällen sowohl an Land als auch zu Wasser handelten, war ihm besonders peinlich. Nachdem er gestorben war, hatte der Sohn nun freie Hand. Er baute neue Lagerhallen, in denen er die „heiße Ware" möglichst unbemerkt aufbewahren konnte. Meistens in der Nacht brachten die beiden Kaperkapitäne die erbeuteten Waren in die Lager, und der junge Kaufmann sorgte dafür, dass diese auch wieder nachts in andere Städte abtransportiert wurden.
Der Kaufmann war das Produkt seines Vaters und einer Hafenhure. Diese brachte den kleinen Jungen, weil sie an einer tödlichen Krankheit litt, mit der Forderung, dass sich der Vater gefälligst um den kleinen Bastard kümmern solle, in das Handelshaus. Da keine weitere Familie existierte, und der alte Kaufmann nicht verheiratet war, behielt er den kleinen Mann und ließ ihn durch eine Amme im eigenen Haus aufziehen.
Der Junge war missgebildet. Was anfangs kaum zu sehen war, trat immer mehr hervor, je älter er wurde. Ein einseitiger Buckel verunzierte seinen schmalen Rücken, und ein kürzeres Bein führte zu einem hinkenden Gang. Außerdem hatte er einen bösartigen Charakter, möglicherweise ein Erbteil seiner Mutter. Wenn er jemanden quälen konnte, fühlte er sich in seinem Element. Als Kind verletzte

er Katzen und Hunde mit Werkzeugen, die ihm gerade in die Hände fielen. Als er älter wurde, waren es Mägde und Knechte des Gesindes, die seine Quälereien erdulden mussten. Dabei war er rechthaberisch, überheblich und leugnete jegliche Schuld an den Vorfällen der Quälerei ab.

Dieser ungehobelte junge Mann war als Nachfolger seines Vaters Vorstandsmitglied der Kaufmannsgilde geworden, da das reiche Handelshaus im höchsten Handelsgremium vertreten sein musste. Er strebte dabei an, eines Tages die Leitung dieses Gremiums zu übernehmen, so dass alle nach seiner Pfeife tanzen mussten. Mit diesem unangenehmen Zeitgenossen rasselte Adeline eines Tages zusammen. Sie wurde von vielen Seiten sehr verehrt, und ihre Schönheit beeindruckte viele Kaufleute der jüngeren Generation. Auch der bucklige Kaufmann machte ihr den Hof und glaubte, wegen seines Reichtums und seiner Stellung innerhalb der Kaufmannsgilde leichtes Spiel mit ihr zu haben.

Eines Abends, als Adeline im Zimmer ihres Onkels noch einige Aufgaben bewältigen wollte, stürzte er trotz ihrer Schwangerschaft ungestüm herein und wollte ihr in seiner rauen Art Gewalt antun. Er glaubte, sie leicht überwältigen zu können, denn er war trotz seines Gebrechens ein kräftiger junger Mann. Aber da hatte er die Rechnung ohne Adeline gemacht. Sie trug immer ihr Schwert bei sich. Sie schlüpfte auf Grund ihrer Gewandtheit und der fast täglichen, sportlichen Übungen unter seinen Armen durch, und versetzte ihm mit der flachen Seite ihres Schwertes einen gewaltigen Schlag gegen den Kopf. Wie ein Sack fiel er ohnmächtig auf die Dielen des Büroraumes.

Sie ließ ihn liegen, stieg über ihn hinweg und trat ihren Heimweg an. Zu Hause berichtete sie ihrem Onkel von dem Überfall, der natürlich sehr erschrocken war. Am nächsten Tag entschuldigte der Bucklige sich bei Adeline und ihrem Onkel und redete sich mit dem heißen Begehren heraus, das ihn bei einer so schönen Frau überwältigt hätte. Er wiederholte nun seinen Antrag, auf eine etwas gemäßigtere Art. Adeline lehnte jedoch empört sein Ansinnen ab. Adeline hatte sich damit einen bösen und hinterlistigen Feind gemacht, und man merkte den verschlagenen Augen des buckligen Kaufmanns an, dass er die Sache nicht auf sich beruhen lassen, und eines Tages Rache für die Abweisung üben würde. Vorläufig legte er Adeline überall wo er konnte Steine in den Weg und verhinderte deren Aufnahme ins Leitungsgremium der Handelsgilde.

Adeline war nun bereits fünf Monate im Handelshaus ihres Onkels tätig, und die Geburt ihres Kindes stand unmittelbar bevor. Ihr Onkel freute sich sehr auf den Nachwuchs, hatte aber gleichzeitig große Angst, dass etwas Unvorhergesehenes passieren könnte. Deshalb suchte er nach einer Amme, die Adeline bei der Geburt helfen sollte und anschließend auch die Betreuung übernehmen konnte. Sie fanden eine liebenswerte Frau im mittleren Alter, die sich sofort um Adeline kümmerte. Als erstes führte sie eine Untersuchung durch und hörte die Herztöne ab. Adeline hatte im Bauchbereich stark zugenommen, und so war es kein Wunder, dass die Amme an Hand der Herztöne feststellen konnte, dass Zwillinge auf die Welt kommen würden. Adelines medizinische Kenntnisse, die sie bei der Kräuterfrau und den Nonnen erworben hatte, halfen ihr bei der Vorbereitung ihres schweren Tages. Gemeinsam mit der Amme legte sie alle Schritte fest, die die Geburt erleichtern sollten. Als dann die Wehen einsetzten, bedurfte es keiner weiteren Maßnahmen. Sie hatte bei der Geburt wenig zu leiden, denn ihr sportlich gestählter Körper verkraftete die Anstrengungen ohne Probleme. Wie bereits vorher erkundet, kamen Zwillinge zur Welt. Zuerst zeigte sich ein kleiner Junge, und gleich danach flutschte ein kleines Mädchen aus dem Unterleib. Nachdem das Geschwisterpaar unter lautstarkem Protest durch die Amme im warmen Wasser gebadet waren, wurden sie der stolzen Mutter an die Brust gelegt, und sie begannen bald hungrig zu saugen.

Adeline hatte nicht viel Zeit, um sich um die Kleinen zu kümmern, und musste bald ihre kaufmännischen Pflichten wieder aufnehmen. Außerdem begann sie wieder mit dem jungen Soldaten zu trainieren, um die körperlichen Folgen der Schwangerschaft zu verlieren und ihre Muskeln zu kräftigen. So wuchsen die beiden Kleinen hauptsächlich in der Obhut der Amme auf, die diese sofort ins Herz geschlossen hatte. Auch der Onkel, der während der Geburt mit Adeline gelitten und mitgefiebert hatte, war glücklich über das Ergebnis der Geburt und war fast ständig in der Nähe der Kleinen anzutreffen. Manchmal musste die Amme ihn aus dem Zimmer schicken, um dem Geschwisterpaar etwas Ruhe zu verschaffen.
Die Kinder entwickelten sich prächtig. Der kleine Junge, den Adeline in Erinnerung an ihren Geliebten Arnfried genannt hatte, wuchs etwas schneller als seine Schwester Gabriella und sah bereits jetzt im Gesicht und in der Statur seinem Vater sehr ähnlich. Gabriella erhielt ihren Namen in Erinnerung an eine der Nonnen, die aus Italien stammte und Adeline in den Kindertagen betreut hatte. Sie war die Jüngste der Nonnen, und während die meisten Schwestern mehr ein mütterliches Verhältnis zu Adeline gehabt hatten, war die Beziehung zu ihr freundschaftlicher Art. Gabriella war etwas kleiner und zarter und sah ihrer Mutter sehr ähnlich.
Ihre Kinder erinnerten Adeline immer wieder an ihre eigene Kindheit und sie war in ihren Gedanken oft bei den Nonnen im Kloster und bei ihrem Geliebten, mit dem sie nur wenige glückliche Tage verbringen konnte. Dieser hätte sich bestimmt über seinen Nachwuchs gefreut, und Adeline kamen bei dieser Erinnerung immer wieder die Tränen. Was mochte wohl aus all den Menschen geworden sein, unter denen sie lange Zeit gelebt hatte? Eines Tages wollte sie dorthin zurückkehren und auch der Burg einen Besuch abstatten. Aber vorläufig hatte sie ihre Aufgaben im Handelshaus ihres Onkels zu erfüllen, und an größere Reisen war nicht zu denken.
Adeline hatte bereits ihre Ideen, wie sie den Handel der Kaufmannsgilde erweitern und modernisieren konnte. Sie dachte an eine Han-

delsniederlassung auf dem afrikanischen Kontinent. Der Handel mit Elfenbein und Diamanten – es waren in letzter Zeit mehrere Schürfgruben eröffnet worden – wäre eine lukrative Einnahmequelle gewesen. Der Aufbau einer kleinen Flotte von mindestens zwei Handelsschiffen schwebte ihr vor. Alleine konnte sie diese Aufgabe nicht bewältigen und brauchte dazu die Kaufmannsgilde. Sie wollte jedoch vorerst niemanden beunruhigen und behielt ihre Gedanken für sich. Ihr Onkel, dem sie diese Gedanken andeutete, warnte sie. Die Leitung der Kaufmannsgilde lag in den Händen von älteren Kaufleuten, die jedes Risiko scheuten. Für neue Gedanken waren sie nicht zu haben und gemäß dem Motto „ der Spatz in der Hand ist besser als die Taube auf dem Dach" hielten sie an alten Handelstraditionen fest.

Adeline war zu einer schönen, jungen Frau herangereift, und ihre auf ihre schlanke Figur zugeschnittene modere Kleidung forderte die Blicke der Männer heraus. Bewundernd blickten sie ihr hinterher, wenn sie in Begleitung der inzwischen fünfjährigen Zwillinge durch die Stadt ging oder auf einem ihrer edlen Pferde ausritt. Beim Ausreiten war ihr ehemaliger Kampfpartner, der sich um die inzwischen stark angewachsene Pferdeherde kümmerte, meistens mit von der Partie. Seine Idee war es auch, zwei Ponys anzuschaffen und den Kleinen das Reiten beizubringen. Sie hielten sich bereits mit fünf Jahren recht gut auf den Pferden, so dass sonntags meist die gesamte Familie beritten unterwegs war.
Adelines Lieblingspferd war ein kleiner schwarzer Hengst, der aus der Nachzucht des schwarzen Rappen ihres ehemaligen Geliebten und ihrer Stute hervorgegangen war. Wenn sie auf der handelshauseigenen Koppel auftauchte, begleitete sie dieser kleine Wildfang und verfolgte sie auf Schritt und Tritt. Er wurde von Adeline mit kleinen Leckerbissen belohnt.
Bei einem ihrer Ausritte lernte Adeline einen jungen Kaufmann kennen, der ebenfalls das Reiten als Hobby auserkoren hatte, und dem

sie schon mehrfach bei Besuchen im zentralen Gebäude der Kaufmannsgilde begegnet war. Sie waren sich auf Anhieb sympathisch und freundeten sich miteinander an. Bei gelegentlichen Reitpausen kamen sie ins Gespräch, und da sie den gleichen Beruf hatten, ergab es sich von allein, dass sie über die Rolle der Kaufmannsgilde debattierten. Der junge Kaufmann war nur wenig älter als Adeline, hatte aber bereits Erfahrung gesammelt, als er zwei einjährige Handelsreisen unternommen hatte. Sein Vater war inzwischen gestorben, und da er seinem Sohn eines der führenden Handelshäuser hinterlassen hatte, kam man nicht umhin, ihn in den Vorstand der Kaufmannsgilde aufzunehmen. Seine Erfahrungen, die er bei seinen Handelreisen gesammelt hatte, kamen der Kaufmannsgilde zu Gute. Der Vorteil der Mitgliedschaft war, dass man schnell über lukrative Handelsgeschäfte informiert war. Auch dem jungen Kaufmann gefiel die geringe Risikobereitschaft des überalterten Vorstands nicht. Auch er wollte neue Ideen durchsetzen, stieß aber bei den älteren Kaufleuten auf Widerstand.

Adeline gab nun ihre Ideen preis und kam damit bei dem jungen Kaufmann an. Er war bei seiner ersten Schiffsreise auf dem afrikanischen Kontinent gelandet, und hatte bei einem längeren Aufenthalt an Land die Vorteile für Handelsbeziehungen erkannt. Zusammen mit Adelines Onkel unternahm er nun einen neuen Vorstoß, sie in den Vorstand der Kaufmannsgilde aufzunehmen, was schließlich trotz des Widerstandes des Buckligen auch gelang. Die Ideen von Adeline und die Erfahrungen des jungen Kaufmanns waren gut für neue Handelsunternehmen. Sie vereinbarten zunächst aber Stillschweigen über ihre Vorhaben zu bewahren und zu gegebener Zeit massiv in Richtung dieser Veränderungen vorzustoßen.

Adelines Kinder waren inzwischen sieben Jahre alt, und es war Zeit, sich Gedanken über deren Ausbildung zu machen. Zunächst wurde nun ein Privatlehrer angestellt, der ihnen die Grundkenntnisse des Lesens, Schreibens und Rechnens beibringen sollte. Danach sollten spezielle Kenntnisse des Kaufmannsberufes vermittelt werden, worin auch Adeline sich einschalten und selbst als Lehrerin ihren Kindern helfen wollte. Ihr schwebte vor, dass Arnfried eines Tages eine Handelsniederlassung in Afrika übernehmen könnte. Seine Schwester sollte den Kaufmannsberuf in Hamburg ausüben und das Handelshaus vom Onkel und ihr übernehmen. Für Arnfried sah Adeline vor, dass er zusätzlich eine Kampfausbildung absolvieren sollte, die bei einer Tätigkeit in Afrika vielleicht von Nutzen sein könnte. Da Gabriella ihrem Zwillingsbruder nicht von der Seite wich, wollte auch sie an der Kampfausbildung teilnehmen. Ihre Mutter hatte eingedenk ihrer eigenen Ausbildung nichts dagegen. Die Ausbildung sollte vor allem im Schwertkampf und im Bogenschießen stattfinden. Hierfür war Adelines Freund, der Stallmeister zuständig. Er suchte zwei Nachwuchspferde für sie aus, die sie neben ihren Ponys betreuen und pflegen sollten, um sie an eine spätere Reitpartnerschaft zu gewöhnen. Für Arnfried legte er sich auf den kleinen schwarzen Hengst fest, der Adelines Liebling war. Arnfried war nun jeden Tag auf der Koppel zu finden, auf der er den kleinen Hengst mit Leckereien verwöhnte. Da Adeline zu wenig Zeit für ihren Liebling hatte, schloss dieser sich dem kleinen Arnfried an und kam diesem bereits entgegen, wenn er sich sehen ließ. Sie tobten dann gemeinsam in der Koppel herum, bis beide müde wurden. Arnfried legte sich dann ins Gras, und der kleine Hengst legte sich neben ihn und drängte seinen warmen Pferdekörper an ihn heran. Gabriella hatte gemeinsam mit dem Stallmeister eine kleine braune Stute für sich herausgesucht. Diese war sehr schüchtern und nur selten von ihrer Mutter zu trennen. Allmählich gewöhnte sie sich jedoch an die Anwesenheit von Gabriella, ließ sich streicheln und mit Leckereien verwöhnen.

Danach begann die Ausbildung der jungen Pferde. Zunächst wurde ihnen unter Anleitung des Stallmeisters das Zaumzeug und der Sattel angelegt, die ersten Schritte an der Longe geübt, und schließlich unternahmen die jungen Reiter die ersten Ritte. Schon bald waren sie als Paare unzertrennlich. Gabriella und Arnfried ritten oft um die Wette, wobei die junge Stute dem schwarzen Hengst in nichts nachstand.

Oftmals schauten die beiden Pferde zum Fenster herein, wenn das Zwillingspaar an den Schreibtischen saß und ihre Schularbeiten machte. Sie wunderten sich, dass die Beiden keine Zeit für ihre Lieblinge hatten, und sie nur mit einigen Leckerbissen abgespeist wurden.

Mit Stolz verfolgte Adeline das Heranwachsen ihrer Kinder. Sowohl in der kaufmännischen Ausbildung, die sie ja selbst übernommen hatte, als auch in den vom Stallmeister geleiteten sportlichen Übungen hatten sie bereits große Erfolge erzielt. Bei den einmal im Jahr stattfindenden Wettbewerben auf einem in der Nähe liegenden Rittergut hatten sie erste Plätze im Schwertkampf und im Bogenschießen erreicht. Wie einst bei Adeline staunte man bei Gabriella über die Kampfkraft und die Wendigkeit eines Mädchens, das mangels weiblicher Gegner gegen Jungs antreten musste. Auch der Ausbilder, der Freund und Stallmeister, war stolz auf seine Schützlinge. Eines Abends, als die Kinder ihre Mutter vom zentralen Handelshaus abholten, stellte sich ihnen Diebesgesindel in den Weg. Dieses hatte sich in zur Hauptstraße abzweigenden Gossen versteckt und drang nun mit Messern bewaffnet daraus hervor. Die Diebe glaubten leichtes Spiel mit den reich gekleideten drei Personen zu haben. Arnfried und Gabriella nahmen ihre unbewaffnete Mutter in die Mitte und wehrten sich gegen die von zwei Seiten herausstürmenden Diebe. Innerhalb von kurzer Zeit hatten sie die sechs Banditen in die Flucht geschlagen. Drei davon schleppten sich verwundet davon.

Normalerweise wurde Adeline durch den jungen Kaufmann nach Hause begleitet. Zwischen beiden hatte sich ein Liebesverhältnis herausgebildet. Der junge Kaufmann wollte Adeline heiraten und hatte ihr bereits einen Antrag gemacht. Sie war inzwischen neununddreißig Jahr alt, und nach einer Aussprache mit ihren Kindern hatte sie nichts gegen eine Heirat einzuwenden. Sie galten nun in

Kaufmannskreisen als Brautpaar und wurden mit Respekt behandelt. Eine Heirat würde zum Zusammenschluss der beiden großen Handelshäuser Merten und Olsen führen. Ihre Stellung in der Kaufmannsgilde hatte sich dadurch weiter gefestigt und immer mehr verstärkte sich ihr Einfluss auf den Handelsrat. Nun konnten sie auch ihre Ideen offen legen, und sie fanden immer mehr Anklang, besonders bei den jungen Kaufleuten.

Es hatte sich inzwischen ein Generationswechsel vollzogen: Die älteren Kaufleute waren entweder gestorben oder hatten sich aus der aktiven Tätigkeit zurückgezogen. Sie überließen der jüngeren Generation das Feld, die natürlich neuen Ideen aufgeschlossen gegenüberstand. Viele Vorschläge der Kaufhäuser Merten und Olsen wurden gebilligt und zum Nutzen aller umgesetzt. So stand nun auch der Verwirklichung der Träume Adelines und ihres Verlobten nichts mehr im Wege.

In einer Versammlung der Mitglieder der Handelsgilde brachte Adeline ihren Vorschlag zum Erwerb von zwei gildeeigenen Schiffen vor, und ihr Verlobter erläuterte die Vorteile der Errichtung einer Handelsniederlassung auf dem afrikanischen Kontinent. Diese Ideen waren selbst für die junge Generation zu revolutionär, und so kam es zu einer heißen Diskussion über deren Für und Wider. Schließlich kam eine Mehrheit zustande, die den Bau von zwei Handelsschiffen befürwortete. Adeline hatte die hierfür notwendigen Geldausgaben mit Hilfe eines Schiffbaumeisters ermittelt und den voraussichtlichen Einnahmen gegenübergestellt. Nach Berechnungen von Adeline sollten sich die Ausgaben innerhalb von zwei Jahren amortisieren. Die Gelder für den Schiffsbau sollten aus der gemeinsamen Kasse und weiteren Spenden der großen Handelshäuser aufgebracht werden. Die Verantwortung für den Schiffsbau übertrugen die Kaufleute Adeline.

Über den Bau einer Handelsstation auf dem afrikanischen Kontinent konnte man sich nicht so schnell einigen. So wurde Adelines

Verlobter erst einmal beauftragt, die Bedingungen hierfür zu prüfen und eine Schiffsreise zu geeigneten Stellen zu unternehmen.
Nach Abstimmung mit Adeline und der Regelung kaufmännischer Angelegenheiten in seinem Handelshaus, suchte sich Adelines Verlobter einen Platz auf einem südwärts segelnden Handelschiff. Für die aufzubauende Handelstation hatte er bereits eine Lösung im Auge, die sich aus einer ersten Afrikareise ergab. Damals war er an der Westküste Afrikas gelandet und hatte einen alten Engländer kennen gelernt. Dieser wollte die kleine, von ihm aufgebaute Handelsstation altershalber aufgeben und in seine Heimat zurückkehren. Er bot dem jungen Kaufmann an, diese Station zu übernehmen und weiterzuführen.
Adelines Verlobter hatte in Erinnerung, dass diese Station ausbaufähig war. Die Bucht, die bisher nur kleinen Schiffen zugänglich war, konnte leicht erweitert werden und bot dann auch größeren Schiffen einen Ankerplatz und entsprechenden Schutz. Das kleine Dorf, das rund um die Handelsstation und im Hafenbereich entstanden war, konnte ausgebaut werden, so dass genügend Arbeitskräfte für die Arbeit in der Handelsstation, aber auch für die Zusammenstellung von Handelskarawanen zur Verfügung standen.
Als Warensortiment, das der afrikanische Kontinent zu bieten hatte, kamen vor allem Elfenbein, Edelhölzer für den Schiffsbau, Kupfererze, Diamanten, landwirtschaftliche Produkte und Felle exotischer Tiere in Frage. Dabei sollte die Handelsstation zum Umschlagplatz sowohl für auf dem Landweg antransportierte Waren, als auch für auf dem Wasserweg per Schiff ankommende Produkte entwickelt werden.
Bei in Afrika umzuschlagenden Waren wurde an Töpferprodukte, Glaserzeugnisse, Textil- und Lederwaren, Eisenprodukte und andere in Afrika begehrte Erzeugnisse gedacht.
Nun galt es erst einmal auf dem afrikanischen Kontinent Fuß zu fassen, Kontakte zu knüpfen und die dazu notwendigen Verbindungen einzugehen und vertraglich zu fixieren. Der Kaufmann war guter Hoffnung, dass er bei seiner Reise dieses Ziel verwirklichen konnte.

Der Bau der Hochseekoggen

Nachdem Adeline und ihr Verlobter den Bau von zwei hochseetüchtigen Koggen in der Kaufmannsgilde durchgesetzt hatten, bemühte sie sich darum, einen erfahrenen Schiffsbaumeister zu finden, der ihre Pläne verwirklichen konnte. Koggen wurden seit dem dreizehnten Jahrhundert als breite Last- und Kriegsschiffe gebaut und verkehrten meist in den nordischen Gewässern. Es war eine stabile Konstruktion, die aber relativ schwerfällig auf durchzuführende Manöver reagierte und recht langsam vorankam. Adeline schwebte jedoch der Bau von wendigen, leicht manövrierbaren und schnellen Schiffen mit moderner Bewaffnung vor, die auch für Schiffreisen über den Atlantischen Ozean, ins Mittelmeer und zum afrikanischen Kontinent geeignet waren. Sie hatte bereits Verbindungen zu zwei Kapitänen aufgenommen, die ausreichende Erfahrung hatten und später die Schiffe übernehmen sollten. Mit ihnen zusammen fand sie eine Schiffsbaufirma in Hamburg, und sie verhandelten mit dem Schiffsbaumeister über den Bau, die Forderungen und die Wünsche, die verwirklicht werden sollten. Besonderen Wert legten sie auf moderne Bewaffnung zum Schutz gegen Piraterie und auf die Ausrüstung mit den aktuellsten Navigationsgeräten zur schnellen Standortbestimmung.
Einer der Kapitäne war zur Zeit ohne Engagement. Ihn stellte Adeline ein und betraute ihn mit der Überwachung der Bauarbeiten an den beiden Handelsschiffen. Auch Adeline war mehrfach in der Woche in der Werft zu finden, und sie kontrollierte gemeinsam mit dem Kapitän die Umsetzung der inzwischen angefertigten Schiffsbaupläne. Die vielen Sonderwünsche Adelines verteuerten natürlich die für den Bau vorgesehene Geldsumme. Insbesondere die Anschaffung der modernen Bewaffnung und der Geräte für die Navigation riss tiefe Löcher in die Kasse und wurde deshalb von der

Handelsgilde nicht mitgetragen. So musste Adeline oftmals in die eigene Kasse greifen, um die nach Meinung der Gilde überflüssigen Sonderwünsche zu verwirklichen.

Nach Anlieferung ausgesuchter Hölzer und der anschließenden Kiellegung ging es mit dem Bau der beiden Schiffe zügig voran. Adeline wollte möglichst schnell mit der Verwirklichung ihrer Handelsziele beginnen. Die erste Reise sollte über die Nordsee und durch die Ostsee nach Petersburg führen. Diese Handelsroute sollte auch mehrfach im Jahr befahren werden, um kostbare Pelze aus dem sibirischen Russland aufzukaufen und damit im westlichen Europa zu handeln, wo diese hoch im Kurs standen.

In der Kaufmannsgilde genoss Adeline hohes Ansehen. Einige ihrer Maßnahmen, die sie durchgesetzt hatte, brachten den Kaufleuten hohe Gewinne ein und der jährliche Profit hatte sich vervielfacht. Es war zu erwarten, dass weitere Maßnahmen zur Erweiterung der Handelswege die Einnahmen noch steigern würden. Ihr Onkel, der trotz seines hohen Alters ihr immer noch mit Rat und Tat zur Seite stand, freute sich über diese Entwicklung und war stolz, wenn Mitglieder der Handelsgilde ihr ein großes Lob aussprachen.

Adelines Verlobter, der ja bekanntlich in Richtung afrikanischer Küste unterwegs war, um die Bedingungen für den Aufbau einer Handelsniederlassung zu prüfen und eventuell die ersten Schritte dafür einzuleiten, hatte noch vor seiner Abreise ihre Hochzeit und damit die Zusammenlegung der beiden Handelshäuser Merten und Olsen geplant. Wenn er aus Afrika zurückkommen würde, sollte die große Hochzeit stattfinden. Damit würden zwei der größten Handelshäuser Hamburgs eine unübertroffene Verbindung eingehen.

Diese Entwicklung rief nicht nur ein positives Echo hervor, bei vielen Kaufleuten kam Neid auf. Man befürchtete, dass das neu entstehende Handelshaus Merten/Olsen zu mächtig und das gesamte Handelsgeschehen im Nord- und Ostseeraum dominieren würde. Vor allem der Inhaber des Hauses Ibrahim, der bucklige Kaufmann, warf Adeline Knüppel zwischen die Beine, wo er nur konnte. Er war nicht beliebt in der Kaufmannsgilde. Das konnte nicht so sehr auf seine Verkrüppelung zurückgeführt werden, sondern war vor allem seinem bösartigen Charakter geschuldet. Mit spitzer Zunge kritisierte er alles, was ihm nicht passte und seinen ehrgeizigen Plänen zuwiderlief. Außerdem gab es Gerüchte, dass er an Raubüberfällen, sowie an der Lagerung und dem Verkauf „heißer Waren" beteiligt sei. Bisher konnte man ihm jedoch nichts in dieser Richtung nachweisen. Er brachte eventuelle Zeugen seiner unlauteren Geschäfte um, beziehungsweise ließ sie durch die ihm hörigen Kapitäne auf dem Meer den Haien zum Fraß vorwerfen. Seine Stimme zählte jedoch in der Kaufmannsgilde, da ihm sein Vater ein reiches, gut funktionierendes Handelshaus hinterlassen hatte.

Da Adelines Verlobter noch in Afrika weilte, sah er den richtigen Zeitpunkt gekommen, um Adeline los zu werden. Sie war zurzeit als Stellvertreterin des Vorsitzenden der Kaufmannsgilde bis spät nachts im Hauptbüro tätig und kam deshalb jeden Tag erst um Mitternacht nach Hause. Sie wusste, dass sie in dem bösartigen Kaufmannssohn einen argen Feind hatte, der ihr ihre Position in der Kaufmannsgilde neidete, und vor dem sie sich in Acht nehmen musste. Er hatte in der Diskussion bei Veranstaltungen der Kaufleute schon des Öfteren den Kürzeren gezogen und war deshalb äußerst wütend auf Adeline. Heimlich heuerte er eine Gruppe von vier Meuchelmördern an, die Adeline beiseite schaffen sollte. Diese wurde durch Bekannte gewarnt. Da weder ihr Verlobter, noch ihr Freund, der Stallmeister, in Hamburg weilten, und auch ihre Kinder unterwegs waren, trug sie bei jedem Stadtbesuch ihr Schwert bei sich.

Bei schlechtem Wetter und erheblicher Dunkelheit sollte nun der Überfall stattfinden. In einer dunklen Gasse, die auf dem täglichen Heimweg von Adeline lag, lauerten die Räuber in vier unübersichtlichen Hauseingängen. Als Adeline in die schlecht beleuchtete Gasse einbog, sah sie im diffusen Mondlicht das Aufblitzen eines Schwertes und sie lockerte schnell ihr eigenes Schwert. Eine Wolke, die den Mond bedeckt hatte, segelte nun in Windrichtung davon.

Hinter der Wolke blies der Wind eine weitere Wolke heran und bedeckte wieder den Mond, so dass eine tiefe Dunkelheit die Szene beherrschte. Nur das trübe Licht einer in der Ferne angeordneten Gaslaterne beleuchtete teilweise die Häuser der Gasse. Adeline hatte aber bereits die Banditen entdeckt und ihre Kampfposition eingenommen. Drei kamen ihr mit gezogenen Schwertern entgegen, einer wollte ihr von hinten den Garaus machen. Die Gasse war sehr eng, so dass sich beim Kämpfen immer nur einer von vorn und hinten Adeline nähern konnte.

Für die kampferprobte Adeline, die auch jetzt noch immer durch viele Übungen ihre Kampfkraft stählte, war dieser Kampf kein Problem. Sie entledigte sich zunächst mit einer blitzschnellen Attacke des ersten Banditen vor sich. Auch den Mann hinter sich tötete sie mit einem Schwertstich in die Brust. Der dritte Bandit vor ihr musste sich erst etwas Platz schaffen und stieß den vor ihm liegenden Toten mit dem Fuß beiseite. Das gab Adeline Zeit, nun diesen anzugreifen und kurzerhand dessen Schwerthand abzuschlagen. Er stieß seinen Hintermann beiseite und stürzte schreiend davon. Nun hatte Adeline nur noch einen Gegner. Mit ihm gab es ein längeres Gefecht. Sie wollte ihn nicht sofort töten, um Näheres über dessen Auftraggeber zu erfahren. Es gelang ihr, ihn in die Ecke einer Nische zu drängen und ihr Schwert an seiner Kehle zu postieren. Der Bandit, offensichtlich der Anführer der kleinen Gruppe, hatte sein Schwert bereits verloren und winselte nun um Gnade.

Er war gerade dabei, seinen Auftraggeber zu verraten, als sich hinter ihm eine Tür öffnete, und ihm ein Messer von hinten ins Herz gerammt wurde. Sofort danach schloss sich die Tür wieder und wurde von innen verriegelt. Offensichtlich war der hinterlistige Mörder über einen Hinterhof gekommen und hatte den Kampf gegen Adeline beobachtet. Als der Bandit seinen Auftraggeber verraten wollte, beendete dieser den Überfall selbst durch den Messerstich. Adeline wollte hinterher, aber die verriegelte Tür machte dem Kampf ein jähes Ende. Anhand der eiligen und durch die Verkrüppelung un-

gleichmäßigen Schritte im Innenhof hatte sie jedoch ihren Widersacher erkannt.
Inzwischen waren die Anwohner munter geworden, öffneten die Fensterläden, um die Ursache des Lärmes zu erkunden. Sie glaubten, dass eine Prügelei zwischen Betrunkenen im Gange sei und ließen einige Schimpflaute ertönen. Adeline wollte nicht weiter in den Schlamassel hineingezogen werden und machte sich auf den Heimweg.
Eiligen Schrittes strebte sie nach Hause und weckte ihren Onkel. Dieser erschrak ob der blutigen Kleidung von Adeline, beruhigte sich jedoch, als er sah, dass sie keine offenen Wunden hatte und das Blut aus dem Kampf mit der Bande stammte. Er schickte als erstes einen Bediensteten in die Gasse, um die weiteren Ereignisse nach dem Kampf beobachten zu lassen. Dieser berichtete nach seiner Rückkehr von drei Leichen der Straßenräuber, die von einem herbeigerufenen Arzt für tot erklärt wurden. Man rief die Gendarmen und die herumstehenden Anwohner wurden nach den Ereignissen befragt. Es war aber viel zu dunkel, um begründete Aussagen über den Kampf zu machen, und so zogen die Gendarmen wieder ab, nachdem sie den Abtransport der drei Leichen veranlasst hatten. Der vierte Straßenräuber war verschwunden. Man fand seine Leiche am nächsten Tag im Hafengewässer, mit einem Messer in der Brust. Wahrscheinlich hatte der bucklige Kaufmann auch diesen Zeugen beseitigt.
Adeline und ihr Onkel berieten, ob sie die Polizei einschalten und den Kaufmann verhaften lassen sollten. Dann beschlossen sie jedoch, nichts zu unternehmen, da sie keine eindeutigen Beweise liefern konnten. Der Onkel verfügte jedoch, dass für Adeline ab sofort, solange bis ihr Verlobter oder die Kinder wieder da wären, ein Soldat zur Begleitung abgestellt würde, wenn sie aus dem Hause ging. Der verkrüppelte Kaufmann tat scheinheilig, als wäre nichts geschehen, behandelte Adeline jedoch seit dem Überfall mit viel

Respekt. Diese versuchte aber, ihm wenn möglich aus dem Wege zu gehen.

Der Schiffsbau ging stetig voran. Beide Schiffskörper wässerten bereits im Dock und die Schiffszimmerleute waren dabei, die Aufbauten zu errichten. Es war Hochsommer und Adeline plante noch in diesem Jahr eine Handelsreise nach St. Petersburg zu unternehmen. Sie wusste, dass die großen Pelzhändler ihre Lager leeren wollten, um Platz für die Rauchwaren aus dem kommenden Winter zu schaffen. Dadurch waren Pelze billiger zu haben, die aus dem vergangenen Winter stammten. Was also noch nicht durch Kirschner abgeholt und weiterverarbeitet war, und was die Lager an der Aufnahme neuer Pelze hinderte, wurde möglichst schnell beräumt, auf Schiffe verstaut und abtransportiert.

Adeline rüstete also eins der beiden Schiffe entsprechend aus und stach in See. Es sollte dabei auch die Seetüchtigkeit des Schiffsrumpfes und der neuen technischen Geräte getestet werden. Adelines Kapitän stellte die notwendige Besatzung zusammen. Sie war immer dabei, wenn schwierige Manöver durchgeführt wurden und eignete sich viele Kenntnisse zur Schiffsführung an. Der Kapitän war zunächst nicht begeistert, eine Frau an Bord zu haben, aber der Wissensdurst und die Schwertübungen, die sie mit einem Kampfkundigen an Bord absolvierte, zeigten dem Kapitän, dass sie im Notfall ihren Mann stehen würde.

Sie hatten guten Wind und bereits nach vier Wochen waren sie mit dem voll beladenen Schiff wieder nach Hamburg zurückgekehrt. Die bei der Jungfernfahrt festgestellten Mängel und einige Verbesserungswünsche wurden mit dem Schiffsbaumeister ausgewertet und durch die Zimmerleute sofort in Angriff genommen. Über die Ausrüstung mit modernen Waffen konnte man sich jedoch nicht sofort einigen. Adeline wollte unbedingt auf jedem Schiff drei Geschütze installieren. Zwei schwere Geschütze sollten jeweils back- und steuerbords stehen, während die Anordnung einer leichteren Waffe am Bug vorgesehen war. Diese Bewaffnung sollte von Deck aus bedient werden, eine Anordnung unter Deck wurde wegen der Gefahr der Übernahme von Meerwasser bei Tiefgang bzw. hohem Wellengang zum Zeitpunkt des Öffnens der Geschützluken abgelehnt. Außerdem wollte man den Stauraum des Schiffes nicht unnötig einschränken.

Geschütze als Feuerwaffen wurden etwa ab Mitte des dreizehnten Jahrhunderts verwendet, in dem zunächst Vollgeschosse, also Kugeln aus Stein Anwendung fanden. Danach waren es Eisenkugeln als Geschosse mit größerer Durchschlagskraft, die nicht nur die Takelage auf dem feindlichen Schiff zerstörten, sondern auch bei einem Treffer unter der Wasserlinie die Schiffsplanken eindrücken und zum Untergang führen konnten. Als der Bronzeguss die Fertigung ganzer Rohre ermöglichte, entstanden die leicht zu handhabenden Vorderlader. Die Rohre wurden auf einer Unterlage mit zwei Rädern, der so genannten Lafette befestigt. Um den beim Schuss ausgelösten Rückstoß abzufangen, hatte man an der Lafette seitlich je ein Tau angeordnet. Diese Bewaffnung schwebte Adeline vor, als sie mit dem Schiffsbaumeister über diesbezügliche moderne Ausrüstung sprach. Sie hatte auf ihrer Reise nach Petersburg solche Geschütze gesehen und wollte unbedingt auf den beiden Schiffen diese Art der Bewaffnung installieren. Die Geschütze waren allerdings mehr für den Fernkampf geeignet. Im Nahkampf musste man wie bisher auf Schwert, Entermesser, Dolche, mit Stacheln bestückte Keulen und Enterhaken zurückgreifen. Auch damit rüstete Adeline die beiden Schiffe aus. Die beiden Kapitäne wies sie an, mit ihren Mannschaften den Umgang mit den gebräuchlichen Waffen und den Geschützen regelmäßig zu üben.

Die Handelsgilde war der Meinung, dass die traditionelle Bewaffnung ausreiche, um genügend Schutz für die beiden Handelsschiffe zu schaffen. Adeline ließ sich jedoch nicht beeinflussen, musste aber die Kosten für die Geschütze selbst tragen. Sie hatte sich richtig entschieden, wie sich später herausstellte.

So gelang es Adeline, die Hamburger Handelsgilde umzukrempeln und zu modernisieren, wobei sie die Unterstützung der jungen Generation hatte.

Die Erben der Burg

Nach Adelines Flucht hatte sich auf der Ritterburg vieles verändert. Zwei Jahre nach dem Tod des alten Burgherrn gab man die Suche nach dem vermissten jungen Burgherrn schließlich auf. Man hatte keine Spur mehr von ihm gefunden. Zunächst glaubten die Burgbewohner, dass Abenteuerlust den jungen Ritter nach Norden oder Süden getrieben hätte, und eine abgeschickte Nachricht vielleicht verloren gegangen sei. Als nach zwei Jahren immer noch kein Lebenszeichen eingetroffen war, musste man das Schlimmste annehmen.

Die Burg hatte nun keinen Erben mehr. Dieses Manko stellte für den Landesfürsten ein erhebliches Handikap dar. Im Falle eines Krieges hatte der Burgherr ein Potenzial von vierhundert Rittern, Lanzenreitern und Fußvolk zur Verfügung zu stellen. Dieses Heer war nun nicht mehr da, und es musste recht schnell eine Lösung gefunden werden. Das war jedoch nicht so einfach, da die Burg und das Land kein Lehen, sondern der Besitz der Ritterfamilie war und nur durch Vererbung weitergegeben werden konnte.

Man forschte deshalb zunächst nach entfernten Verwandten des Burgherrn in anderen Ländern, hatte jedoch keinen Erfolg. Auch nach Verwandten der Burgherrin suchte man, konnte aber auch hier niemanden finden, da sämtliche Bewohner des Rittergutes einem Überfall zum Opfer gefallen waren. So blieb die Erbschaftsangelegenheit derer von Hohenfelsen lange ungeklärt. Das Anwesen und die Burg wurden durch einen vom Fürsten eingesetzten Verwalter regiert, so dass die notwendigen Aufgaben erledigt werden konnten. Er kümmerte sich jedoch nur um die wirtschaftlichen Belange, so dass die einst so stolze Ritterausbildung völlig in Vergessenheit geriet. Die ehemals auf der Burg lebenden Ritter und Knappen waren davongezogen und hatten sich andere Herren gesucht, von denen sie den für den Lebensunterhalt notwendigen Sold erhielten. Die ehemals für das Training im Schwertkampf benötigten Holzpuppen standen traurig im Burghof und warteten auf neue Kämpfer.

Auf die Ritterburg hatten bereits einige Ritter ein Auge geworfen, da diese mit ihren Dörfern und dem zugehörigen Land reiche Einnahmen versprach. Der Fürst wollte eigentlich selbst das Rittertum übernehmen, war jedoch in Auseinandersetzungen mit seinem Schwager verstrickt, bei dem er erhebliche Schulden hatte. Es war schon mehrfach zu kriegerischen Auseinandersetzungen gekommen, die zugunsten des Schwagers ausgegangen waren. Nun wollte der Fürst als Ausgleich für seine Schulden das Rittergut an diesen überschreiben.

Da keine Ansprüche anderer Verwandter existierten, und auch von der Familie der Burgherrin niemand mehr lebte, gelang das schließlich auch. Mit Unterstützung seiner Schwester, der Gattin des Fürsten, und Dank eines Vertrages, der den Schuldenerlass für den Fürsten beinhaltete, kam es zur Überschreibung des Rittertums.

Der neue Burgherr verlor keine Zeit und zog mit seiner Familie, seinen Bediensteten und all seiner Habe in der Burg ein. Einen Teil der Bediensteten des alten Burgherrn behielt er, der Rest wurde entlassen.

Der neue Burgbesitzer war ein brutaler und raffgieriger Mann. Sofort nach der Besitzübernahme legte er neue Steuern und Abgaben fest, führte einen verschärften Wegezoll ein und war viel unterwegs, um die Umsetzung der Maßnahmen zur Geldeintreibung zu kontrollieren. Wurden irgendwo Unregelmäßigkeiten entdeckt, oder waren die Abgaben der Bauern auf Grund von Krankheiten oder Witterungseinflüssen zu gering, so ging er schonungslos gegen die Verursacher vor. Er ordnete eine öffentliche Auspeitschung an, die nicht selten mit dem Tod des Betroffenen endete.

Besonders betroffen waren die Bewohner des unmittelbar am Fuße der Burg liegenden Dorfes. Hier tauchte er öfters mit einigen Kumpanen und zwei großen schwarzen Hunden auf, um ein Saufgelage zu veranstalten und dann unter Gelächter diese schwarzen Bestien auf die Dorfbewohner zu hetzen.

Adeline rief eines Abends ihre beiden Kinder zu einem ernsten Gespräch zusammen. Sie waren inzwischen zwanzig Jahre alt und hatten des Öfteren ihre Mutter gefragt, wer denn ihr Vater sei. Adeline war der Beantwortung dieser Frage bisher immer ausgewichen oder hatte nur unzureichende Antworten gegeben. Nun hielt sie den Zeitpunkt für gekommen, Tochter und Sohn über deren Herkunft zu informieren.

Adeline erzählte ihren Kindern, dass ihre Großeltern mütterlicherseits bei einem Raubüberfall durch Raubritter ums Leben gekommen waren, und sie selbst als einzige Überlebende des Kaufmannszuges bei den Nonnen des in der Nähe einer Ritterburg liegenden Klosters aufgewachsen war. Sie sprach über die große Liebe zu dem jungen Burgherrn, ihrem Vater, der durch den Einsturz von Felsgeröll infolge eines Erdbebens in einer Höhle ums Leben kam. Sie erzählte über die Verschüttung des Höhleneinganges und den Tod des Bären, den sie bei den Nonnen aufgezogen hatte. Auch über den zweitägigen Aufstieg in völliger Finsternis in einem Gang, der bis unter die Zugbrücke der Burg führte, berichtete sie. Schließlich legte sie auch die Gründe für ihre Flucht vor dem Burgherrn, dem Vater ihres Geliebten, dar und berichtete über die Suche nach lebenden Verwandten, die sie schließlich hier in Hamburg fand.

„Nun liegt es an euch, liebe Kinder, wie ihr diese Information verwertet", sagte Adeline. „Ich persönlich brauche diese Burg nicht, aber ich möchte euch euer Erbe nicht vorenthalten. Meine Flucht liegt mehr als zwanzig Jahre zurück und ich kenne die gegenwärtigen Verhältnisse nicht. Vielleicht gibt es einen neuen Burgherrn, denn euer Opa war schon alt und nicht mehr gesund, als ich das Land verließ. Ihr werdet um euer Erbe hart kämpfen müssen, sollte euch etwas an der Burg liegen."

Die beiden Geschwister bestürmten nun ihre Mutter mit vielen Fragen und waren unterschiedlicher Meinung, ob sie das Erbe antreten, und wie sie ihre Erbberechtigung nachweisen sollten. Schließlich siegte aber die Meinung von Gabriella. Sie wollte wissen, wo und wie ihr Vater und ihre Mutter gelebt hatten und dann an Ort und Stelle entscheiden, ob sie weitere Anstrengungen in Richtung des Kampfes um ihr Erbe antreten sollten.

Viele Abende stand nun das Thema Ritterburg zur Diskussion, Gabriella wollte alles über ihren Vater, den Überfall auf den Konvoi der Kaufleute, über die Kräuterfrau, die Nonnen und die Aufzucht des Bären wissen. Hauptthema war, wie sie ihr Erbrecht nachweisen sollten.

Ihre Mutter erzählte nun über die letzten Stunden, die sie mit ihrem Geliebten, dem Vater von Gabriella und Arnfried, verbracht hatte. Dieser hatte, soweit es bei seiner Verwundung möglich war, noch die Legitimität seines Verhältnisses zu Adeline dokumentiert, und damit die Anerkennung gegenüber seines Vaters erreichen wollen.

„Ich habe nicht die Anerkennung als Burgherrin angestrebt", sagte Adeline. „Die Dokumente und den Siegelring des jungen Burgherrn, sowie seine silberne Kette mit dem Wappen derer von Hohenfelsen habe ich in einem Lederbeutel unter einer Steinplatte neben euren Vater deponiert. Ich habe lediglich die Kette des alten Burgherrn, die mein Vater im Kampf von dessen Hals gerissen hatte, und den Verlobungsring eures Vaters aufbewahrt. Ohne die Dokumente können wir kein Erbrecht nachweisen und man wird unseren Anspruch nicht anerkennen."

„Der einzige Zugang zu den Dokumenten ist der Gang, der unter der Zugbrücke der Burg beginnt und sehr gefährlich ist. Ob er überhaupt noch begehbar ist, oder weitere Erschütterungen ihn teilweise zum Einsturz gebracht haben, ist natürlich nicht bekannt und stellt bei einem Abstieg ein hohes Risiko dar."

Schließlich beschloss man, innerhalb der nächsten zwei Monate eine kleine Exkursionsgruppe zusammenzustellen und zu Ritterburg zu reisen. Mitglieder dieser Reisegruppe sollten Gabriella, Arnfried, der Stallmeister und zwei Soldaten sein. Adeline konnte sie nicht begleiten, da ihre Aufgaben im Handelshaus und in der Gilde eine längere Abwesenheit nicht gestatteten.

Die Reisevorbereitung der kleinen Gruppe nahm vier Wochen in Anspruch, dann konnte die mit Ungeduld erwartete Reise endlich losgehen. Die Führung übernahm der Stallmeister, da ihm ein Großteil der Strecke durch die lang zurückliegende Reise mit Adeline bekannt war, und er bei kriegerischen Auseinadersetzungen seines ehemaligen Herrn mehrere auf dem Weg liegende Länder durchstreift hatte.

Sie mussten etwa vierzehn Tage bis drei Wochen rechnen, um ans Ziel zu gelangen. Es war Sommerzeit und angenehm warm, so dass sie bei der Übernachtung nicht immer auf Gasthäuser angewiesen waren. Gefiel ihnen eine Stelle besonders gut, so schlugen sie die mitgebrachten Zelte im Freien auf und übernachteten in der grünenden und blühenden Natur.

Die Reise verlief ohne Zwischenfälle, und sie erreichten in der geplanten Zeit ihr Ziel. Gemäß der Empfehlung von Adeline suchten sie zuerst das Kloster auf, um notwendige Erkundungen über die gegenwärtigen Verhältnisse auf der Burg einzuholen. Die Nonnen hatten inzwischen ein Gästehaus errichtet, um durchziehenden Wanderern ein Obdach zu bieten und sie zu beköstigen.

Adeline wusste nicht, welche von den alten Nonnen, die zu ihrer Zeit des Klosteraufenthalts hier lebten, noch im Kloster wohnten. Sie nahm an, dass viele bereits gestorben waren, denn die meisten hatten schon damals ein hohes Alter erreicht. Sie gab ihren Kindern einen Brief mit, in welchem ihre Aufenthaltszeit und die Namen der Nonnen aufgelistet waren, die damals zum Kloster gehörten. Drei Nonnen aus dieser Zeit lebten noch, darunter die Nonne, die über viele Jahre die Klosterchronik führte und bei der Adeline das Lesen und Schreiben erlernt hatte. Sie freute sich, durch den Besuch der Reisegruppe von ihrem ehemaligen Zögling ein Lebenszeichen zu erhalten.

Nach Rücksprache mit der Oberin bekam die Gruppe die Erlaubnis, auf unbestimmte Zeit im Gästehaus zu wohnen. Sie waren froh, die strapaziöse Reise hinter sich zu haben, brachten ihre Pferde im Stall unter und machten es sich in den zugewiesenen Räumen gemütlich. Die Geschwister zogen nun Erkundigungen ein. Sie suchten zum einen die Familie des Dorfzimmermanns auf, der immer noch in dem alten, inzwischen erweiterten Häuschen der Kräuterfrau wohnte. Das Häuschen hatte Adeline als ihr Erbe dem Zimmermann geschenkt, als sie bei ihrer Flucht dem Dorf den Rücken kehren musste. Der alte Zimmermann lebte noch, war jedoch über achtzig Jahre alt und ein wenig verwirrt. Er saß die ganze Zeit vor dem Haus auf einer selbst gefertigten Bank und streckte seine gichtigen Hände und Füße der Sonne entgegen.

An Adeline konnte er sich gut erinnern und erzählte viel über ihre medizinischen Kenntnisse und ihre Bereitschaft, den armen Dorfbewohnern bei Bedarf zu helfen. Über die Verhältnisse auf der Burg wusste er nicht Bescheid.

„Auf einmal war er da, der neue Burgherr", sagte der alte Zimmermann. „Sein Auftreten ist arrogant und die Dorfbewohner haben seit seiner Ankunft erhebliche Abgaben zu leisten, die weit über den Forderungen des alten Burgherrn liegen."

Woher der neue Burgherr kam und in welchem verwandtschaftlichen Verhältnis er zum alten Burgherrn stand, konnte der Zimmermann nicht sagen. Er berichtete nur, dass der neue Burgherr mit seinen Saufkumpanen in bestimmten Zeitabschnitten angeritten kam und die Dorfbewohner terrorisierte. Wenn eine Arbeit nicht frist- oder qualitätsgerecht abgeliefert wurde, hatte er sofort die Peitsche zur Hand.

Der junge Schmied hatte die Peitsche schon mehrfach zu spüren bekommen und wusste ein Lied über die Brutalität des Burgherrn zu singen. Er und seine Bande fielen des Öfteren in die Gaststätte ein, tranken den besten Wein ohne zu bezahlen und randalierten so, dass es im gesamten Dorf zu hören war. Die Wirtin verzog sich mit ihren Kindern in die nahe gelegene Schmiede, wenn die schon vorher betrunkene Bande angerückt kam. Der junge Schmied musste sowohl in der Schmiede, als auch in der Gaststätte den Rücken hinhalten, da er gleichzeitig als Schmied und Wirt fungierte.

Auch auf der Burg führte der Burgherr ein hartes Regime. Wenn er einen seiner Wutanfälle bekam, versuchte jeder aus seiner Nähe zu entkommen. Sein Sohn hasste ihn wie die Pest. Dieser war inzwischen vierundzwanzig Jahre alt geworden und hatte eine kräftige Statur, in Probekämpfen erwies er sich dem Vater ebenbürtig. Beim letzten Familienkampf, den sie beide ausfochten, verprügelte er seinen Vater nach Strich und Faden, und dieser ging seitdem seinem Sohn aus dem Wege.

Der Hass des Sohnes auf seinen Vater ging auf ein Ereignis zurück, das bereits zwölf Jahre zurücklag. Aus einem nichtigen Anlass hatte der Burgherr seinen Sohn derart verprügelt, dass man um sein Leben fürchten musste. Die Mutter war zwischen die Kämpfenden gegangen und dabei von einem Schwertstreich tödlich getroffen worden. Der Burgherr, dessen Rausch inzwischen verflogen war, stellte den Tod seiner Frau als Unfall dar. In den Augen des Sohnes war es Mord, und er konnte dem Vater die Folgen des Wutanfalls nicht verzeihen. Den Burgherrn verfolgten seitdem Alpträume, und er verfiel noch mehr dem Alkohol.

Der Burgherr hatte kurz nach dem Tod seiner Frau wieder geheiratet. Die neue Frau war die Schwester des Fürsten, wobei diese Heirat mehr aus finanziellen Gründen zustande kam. Der Fürst hatte erhebliche Schulden bei seinem jetzigen Schwager, und so stimmte er dessen Bewerbung um seine Schwester zu. Diese versuchte nun, auf ihren Ehegatten positiven Einfluss zu gewinnen, was ihr aber nicht gelang. Auch sie fürchtete seine Wutanfälle und ging ihm aus dem Wege. Mit ihrem Stiefsohn verstand sie sich gut. Dieser war ein ernster und gerechter junger Mann, und alle hofften, dass er bald die Regentschaft übernehmen würde, und wieder geordnete Verhältnisse auf der Burg einziehen würden.

Die Kinder von Adeline meldeten nun ihre Ansprüche beim Fürsten an. Er und seine Frau konnten sich gut an den jungen Knappen erinnern, der den Sieg im Schwertkampf mit dem damaligen jungen Burgherrn davongetragen hatte. Sie waren beide erstaunt, dass sich der junge Knappe als Mädchen entpuppte. Aber wegen der schlanken Gestalt, dem bartlosen Gesicht und der Stimme, die sie beim Minnegesang damals hörten, konnten sie sich schon vorstellen, dass der junge Knappe ein Mädchen war.
Die Kinder von Adeline überreichten dem Fürsten eine Reihe von Urkunden, die den Nachweis des Erbrechts und ihr Verhältnis zum jungen Burgherrn belegen sollten. Sie übergaben Dokumente über Geburt und Erziehung von Adeline bei den Nonnen, bei denen sie aufgewachsen war. Die Nonnen hatten in weiser Voraussicht, dass solche Dokumente einmal wichtig sein konnten, alles in der Chronik aufgeschrieben und im Kloster aufbewahrt. Die Unterschrift des Bischofs beglaubigte diese Dokumente.
Die Besitzverhältnisse des Klosters waren immer noch nicht geklärt, und so hatte die Kirche großes Interesse daran, es endgültig einem rechtlichen Zustand zuzuführen. Vertreter der Kirche hatten bereits versucht, mit dem neuen Burgherrn über einen Eigentumsvertrag zu verhandeln, waren jedoch unter Gelächter der Saufkumpane aus der Burg hinausgeflogen. Sie warteten nun einen neuen Zeitpunkt ab, um erneut zu verhandeln. Eingedenk der abweisenden Haltung des Burgherrn sahen die Kirchenmänner jetzt den Zeitpunkt für einen erneuten Vorstoß gekommen und unterstützten die Kinder von Adeline bei dem Versuch, ihr Erbe zu erkämpfen. Sie hofften dabei, ihren Anspruch auf das zum Kloster gehörenden Land durchzusetzen.
Der Fürst erklärte jedoch, dass die Urkunden der Kinder nicht ausreichten, um das Erbe einwandfrei nachzuweisen. Er wollte keine Entscheidung fällen, da er seinen Schwager fürchtete und hoffte, dass keine weiteren Dokumente beschaffbar wären. Über den Tod, die Todesursache, den Sterbeort und das Grab des jungen Burgherrn

war bisher nichts bekannt geworden, und er forderte, dass diesbezüglich weiter Dokumente beschafft würden, ehe neue Verhandlungen aufgenommen werden könnten. Den Kindern von Adeline blieb nun nichts weiter übrig, als den gefürchteten Weg in die Höhle anzutreten, was sie angesichts des gefährlichen Unternehmens vermeiden wollten.

Der neue Burgherr tobte, als er vom Anspruch der Geschwister erfuhr und verlangte vom Fürsten, entsprechende Maßnahmen einzuleiten. Die Geschwister erschienen eines Tages auf der Burg, um die ersten Verhandlungen aufzunehmen, wurden jedoch vom Burgherrn nicht empfangen. Er befahl seinem Sohn, diese in ein finsteres Verließ der Burg zu werfen und sie dort verhungern zu lassen. Der junge Burgherr war, wie so oft, mit den Maßnahmen seines Vaters nicht einverstanden. Er wollte sich erst einmal die Argumente der Geschwister anhören, war aber auch der Meinung, dass diese keinen Anspruch auf die Burg und das sie umgebende Land hatten. Als er beiden gegenüberstand, empfand er für beide sofort Sympathie und bat sie, ihre Dokumente vorzulegen und zu erläutern. Ihm gefiel besonders Gabriella, und er konnte nicht umhin, ihre schlanke Gestalt und ihr vom blonden Haar umrahmtes Gesicht zu bewundern. Er hatte noch nie ein so liebreizendes, schönes Mädchen gesehen. Gabriella war ihrer Mutter sehr ähnlich geworden und beeindruckte den jungen Burgherrn außerordentlich. Auch den Bruder von Gabriella empfand er als sympathisch und konnte sich vorstellen, dass er ein zuverlässiger Freund sein könnte. Seine hoch gewachsene Gestalt und seine ruhige ernste Ausstrahlung überzeugten ihn, dass es sich bei den Geschwistern nicht um Hochstapler handeln konnte. Auch seine Erkundigungen beim Fürsten und beim Bischof ergaben keine negativen Resultate, und so beschloss er, das Geschwisterpaar erst einmal richtig kennen zu lernen.

Der junge Burgherr lud Gabriella und Arnfried zum nächsten Burgfest ein, auf dem Gäste aus nah und fern seinen fünfundzwanzigsten Geburtstag mit ihm feiern und in Probekämpfen ihre Kraft messen sollten. Der alte Burgherr ließ seinem Sohn in allen Burgangelegenheiten freie Hand, er war ohnehin nur noch an den Trinkgelagen mit seinen Saufkumpanen interessiert.

Das Geschwisterpaar wollte nun recht bald die für den Erbprozess nötigen Beweise heranschaffen und versuchen, über den von ihrer Mutter geschilderten Gang ins Innere des Burgberges einzudringen. Sie hofften, dass es zu keinen weiteren Einstürzen im Höhlensystem gekommen war und sie das Skelett ihres Vaters und die bei ihm deponierten Papiere finden würden. Eingedenk der Worte ihrer Mutter über die Enge in den Höhlengängen beschlossen sie gegen den Willen von Arnfried, dass die wesentlich schlankere Gabriella in den Berg eindringen und nach den Papieren suchen sollte. Ihr Bruder hatte wegen seiner kräftigen Gestalt wahrscheinlich keine Chance, die Engstellen zu passieren.

Die beiden Soldaten hatten sich auf Anweisung der Geschwister auf der Burg anstellen lassen, um, unter anderem, die sich dort vollziehenden Vorgänge zu beobachten. Sie ließen sich vielfach als Tor- und Brückenwache einsetzen, denn sie mussten damit rechnen, dass ihre Hilfe für das Eindringen in die Höhle benötigt würde. Der Eingang befand sich bekanntlich unmittelbar unter der Zugbrücke versteckt. Auch der Stallmeister hatte eine Anstellung auf der Burg gefunden. Seine Kenntnisse über Pferdepflege und Dressur waren hier sehr willkommen. Er bewunderte die Pferde, die ja zum Teil aus der Zucht des niedergemetzelten Kaufmannszuges stammten. Italienisches und deutsches Blut hatten zu einer Rasse geführt, die sowohl für den Ritterkampf, als auch für schnelle Rennen geeignet war.

Das Geschwisterpaar war nun zur Freude des jungen Burgherrn öfters auf der Burg zu Gast. Sie beteiligten sich an Trainingskämpfen, die in Vorbereitung auf das Burgfest durchgeführt wurden. Gabriella hatte natürlich keinen weiblichen Trainingspartner und so trat sie mehrfach gegen den jungen Burgherrn an. Dieser hatte seine Ausbildung auf einer nahe gelegenen Burg absolviert und dort auch den Ritterschlag erhalten. Er kämpfte anfangs sehr vorsichtig gegen Gabriella, musste jedoch bald erkennen, dass er eine erfahrene Säbelfechterin als Gegnerin hatte, und er musste sich tüchtig wehren, um nicht zu unterliegen.

Bei den Besuchen auf der Burg war es natürlich ein leichtes, einen Rucksack mit Nahrung, Fackeln und sonstiger Bergsteigerausrüstung für das Eindringen in die Höhle auf die Burg zu schmuggeln. Einer der beiden Soldaten nahm den Rucksack in Verwahrung und versteckte ihn in der Nähe des Höhleneingangs.

Über das riskante Unternehmen des Eindringens in die Höhle gab es jeden Tag Auseinandersetzungen zwischen den Geschwistern, und Arnfried hatte Angst um sein Schwesterchen und wollte ihr das gefährliche Abenteuer ausreden, beziehungsweise selbst in die Höhle einzudringen versuchen. Er hätte am liebsten auf das Erbe verzichtet und wollte Gabriella von diesem gefährlichen Weg ins Höhlenlabyrinth abhalten. Aber sie ließ sich nicht davon abbringen. Schließlich wurde der Termin für das Eindringen in die Höhle festgelegt und mit allen Beteiligten abgestimmt. Da es in der Höhle sowieso dunkel war, wurden die Abendstunden für das Unternehmen gewählt. Arnfried brachte sein Schwesterchen zur Burg, die Soldaten händigten ihr den Rucksack aus, und sie hangelte sich über die Unterseite der Zugbrücke in den Höhleneingang. Die beiden Soldaten halfen Gabriella bei der Kletterakrobatik und zogen kurz darauf die Brücke in die Höhe.

Es war vereinbart, dass sich Gabriella am folgenden Abend am Höhleneingang bemerkbar machen sollte. Würde sie bis dahin nicht erscheinen, sollte der Stallmeister in die Höhle eindringen und sie suchen. Der Bruder legte Gabriella ans Herz, kein Risiko einzugehen und konnte nur noch warten. Er legte sich in den gegenüber der Schlucht liegenden Wald und beobachtete den Höhleneingang, um zur Stelle zu sein, falls herabfallendes Gestein diesen verschütten würde und Gabriella vorzeitig umkehren müsste.

Gabriella drang nun über den Eingang in das dunkle Höhlenlabyrinth vor. Sie war sehr tapfer, aber als sie nun allein war, schlug ihr Herz mit einer höheren Frequenz, und sie wäre am liebsten umgekehrt. Allmählich beruhigte sie sich und dachte daran, dass ihre Mutter ebenfalls das Wagnis eingegangen war. Als sie sich weit genug vom Eingang entfernt hatte, zündete sie eine Fackel an.
Zurückblickend sah sie die durch allerhand Ungeziefer bewohnten Fäkalien der Fledermäuse, durch die sie gewatet war. Sie säuberte ihre Stiefel von dem herumkriechenden Kleingetier und ging schnell weiter.
Ihre Mutter hatte ihr ausführlich geschildert, was sie im Gang erwartete. Sie hatte eingedenk dieser Hinweise eine Schnur mitgebracht, die sie nach der Befestigung an einem großen Stein aufrollte, um den Rückweg leichter zu finden. Der Weg fing mit einer ziemlich steilen Kletterpartie an. Sie musste Hindernisse in Form von herumliegenden Steinen übersteigen. Durch die sportlichen Übungen, die sie zu Hause mit ihrem Bruder durchgeführt hatte, waren die Muskeln Gabriellas ausreichend trainiert, so dass sie zügig vorankam.
Die Flamme der Fackel flackerte oftmals. Es musste also ein Lüftungssystem existieren, das zu einer Luftumwälzung führte. Wahrscheinlich stand der Brunnenschacht mit diesem Gangsystem so in Verbindung, dass ein Luftaustausch zustande kam. Die flackernde Flamme führte dazu, dass sich bewegende Schatten an Decken und Wänden abzeichneten, die Gabriella erschreckten. Bei näherem Hinsehen verschwanden jedoch die Gestalten. Hilfe für die Wegfindung hatte Gabriella durch die Reste der Schnur, die einst ihre Mutter für die Orientierung verwendet hatte, trotzdem geriet sie einmal in eine Sackgasse und musste einen Teil des Weges wieder zurückgehen. An einer anderen Stelle verengte sich der Höhleneingang durch herabfallendes Geröll. Glücklicherweise konnte sie die Stelle so beräumen, dass ein für sie begehbarer Durchgang entstand.

Je tiefer sie kam, umso feuchter wurde es, und schließlich hörte sie ein Plätschern, dass vom Wasser herrührte, welches aus den Felsspalten in den von ihrer Mutter beschriebenen See tropfte. Sie wusste damit, dass sie auf dem richtigen Weg war und hatte auch bald den Höhlenboden der großen Höhle erreicht.
Sie kam unmittelbar am Seeufer aus dem Höhlengang heraus und an Hand der Skizze ihrer Mutter wusste sie, dass sie ein Viertel des Seeumfangs umrunden musste, um an den Abzweig in Richtung des verschütteten Höhleneingangs zu kommen.
Ein herrlicher Anblick bot sich ihr, als sie den Höhlengrund erreichte. Die Wände waren mit grün leuchtenden Algen überzogen und erzeugten soviel Helligkeit, dass sie die Fackel löschen konnte. Ein teilweise gespenstischer Anblick bot sich ihr nun. Die durch das Tropfwasser gebildeten Wellen erzeugten an Decke und Wänden bewegte Bilder. Die von der Decke hängenden Stalaktiten hatten teilweise einen Durchmesser von eineindhalb bis zwei Metern und eine Länge von 10 bis 20 Metern erreicht. Teilweise verschmolzen die Stalaktiten mit den sich vom Höhenboden entgegenstreckenden Stalagmiten. Vielfach hatten die Stalaktiten am unteren Ende eiszapfenartige Tropfröhren, von denen in regelmäßigen Abständen mineralhaltige Wassertropfen auf den Höhlenboden oder in den See klatschten.
Die Stalaktiten und Stalagmiten sprühten in den verschiedensten Farben. Als Gabriella ihre Fackel wieder angezündet hatte, war ein Bild in einer Farbskala von reinweiß über rubinrot bis schwarz zusehen. Alles funkelte und strahlte, als hätte ein Zauberer mit seinem Zauberstab die Höhle in ein gläsernes Märchenschloss verwandelt. Gabriella beschloss kurze Zeit zu rasten, eine Stärkung zu sich zu nehmen und den Anblick zu genießen. Vom gegenüberliegenden Ufer leuchtete das weiße Gerippe des Drachens, der vor Jahrhunderten hier gelebt, und den ihr ihre Mutter ausführlich beschrieben hatte. Den Durchgang am Ende des Sees zur großen Nachbarhöhle hatte sie schnell gefunden. Dieser war nur so groß, dass sie mit

ihrer schlanken Gestalt bequem durchschlüpfen konnte. Sie erinnerte sich an die Worte ihrer Mutter, dass sie bei ihrem Aufenthalt mit ihrem Vater den Bären in der ersten Höhle zurücklassen mussten, da er wegen seiner Beleibtheit hier nicht durchgepasst hatte.

An der großen Eingangshöhle hatte sich nichts geändert. Tiere konnten nicht eindringen, so dass das Skelett ihres Vaters unberührt am Rande der eingestürzten Felsmassen lag. Unter einer Steinplatte neben dem Kopf ihres Vaters fand sie auch den unversehrten Lederbeutel mit den von ihrer Mutter zurückgelassenen Papieren und Urkunden. Auch der Siegelring mit dem Wappen, mit dem die Urkunden des Ritters versiegelt worden waren, fand sie in dem Beutel. Adeline hatte in ihrem Rucksack immer Papier und Kohlestifte mitgeführt, um eventuell unbekannte Pflanzen und Tiere zu porträtieren und für die Klosterbibliothek zu sammeln. Diese Utensilien hatte ihr Vater genutzt, um mit letzter Kraft sein Verhältnis zu Gabriellas Mutter zu legitimieren. Die Dokumente waren zwar etwas verblasst, aber immer noch gut leserlich und waren sehr wichtig für den Nachweis des Erbrechts.

Gabriella stellte nun links und rechts des Kopfes ihres Vaters je eine brennende Fackel auf und hielt eine kurze Andacht. Dabei fiel ihr Blick auf Decken und Wände, von denen die Geröllmasse herabgefallen war und entdeckte im Schein der Fackeln eine dicke Silberader, die durch den Geröllabsturz freigelegt war. Sie konnte im Moment die Bedeutung dieser Entdeckung noch nicht einschätzen, nahm aber einige heruntergefallene Brocken auf und steckte sie in ihren Rucksack. Auch den Totenschädel ihres Vaters nahm sie mit, um ihn dann gemeinsam mit ihrem Bruder und ihrer Mutter in geweihter Erde zu begraben. Sie gedachte, diesen zunächst bei den Nonnen zu deponieren und später in der Gruft der Ritterfamilie derer von Hohenfelsen seiner Bestimmung zuzuführen.

Da sie nicht wusste, wie sich die Luftverhältnisse in der Eingangshöhle durch den verschlossenen Höhleneingang verändert hatten, ob noch genügend Sauerstoff in der Höhle war, und ob sich nicht eventuell giftige Gase gebildet hatten, machte sie sich nun schnell auf den Rückweg. Dank der Schnur, die sie ausgerollt und an verschiedenen Stellen befestigt hatte, fand sie zügig wieder zum obersten Eingang zurück.

Sie kam gerade zu dem Zeitpunkt am Höhleneingang an, als Tausende von Fledermäusen ihren allabendlichen Flug in den Nachthimmel antraten. Sie hatte fast vierundzwanzig Stunden gebraucht, um wieder oben anzukommen und wurde schon sehnsüchtig erwartet. Sie watete schnell durch die Fäkalien der Fledermäuse und machte sich durch eine brennende Fackel bemerkbar.

Der Bruder hielt im Wald gegenüber die Pferde bereit und verständigte sich nun mit der Brückenwache. Die Soldaten halfen Gabriella auf den Brückenbelag und brachten sie über die Brücke in den Wald zu ihrem Bruder. Danach zogen sie die Brücke hoch und schlossen das Burgtor.

Dem Bruder fiel ein Stein vom Herzen, als er sein geliebtes Schwesterchen wieder gesund in die Arme schließen konnte. Er tat das, auch wenn Gabriella sehr schmutzig war und einen bestialischen Gestank nach Fledermauskot verbreitete, so dass auch die Pferde unruhig mit den Hufen stampften.

Zügig ging es nun zum Quartier im Nonnenkloster. Sie hielten nur kurz einmal in der Schlucht am See, so dass sich Gabriella notdürftig vom Schmutz befreien konnte. Um Mitternacht kamen sie im Kloster an. Gabriella nahm zunächst ein Bad, zog neue Kleider an und setzte sich dann zu ihrem Bruder, um ihm alles ausführlich zu berichten. Immer wieder streichelte Arnfried seine tapfere Schwester, wenn sie von gefährlichen Kletterpartien berichtete. Nochmals verrichteten sie ein stilles Gebet, als Gabriella den Schädel ihres gemeinsamen Vaters aus dem Rucksack nahm. Außerordentlich erstaunt war Arnfried, als seine Schwester die Silberbrocken hervorholte. Die Erbschaft hatte nun an Bedeutung noch zugenommen, da der Abbau des Silbervorkommens sie im Falle der Übernahme der Burg zu reichen Menschen machen würde.

Sie beschlossen nun, erst einmal zur Mutter zurückzureisen und mit ihr die weitere Vorgehensweise zu besprechen. Das Auffinden des Silbervorkommens würde sicher die Meinung von Adeline in der Erbangelegenheit ändern, denn sie hatte viel Geld für den Bau der Handelschiffe ausgegeben und konnte eine Finanzspritze gut gebrauchen. Der Abbau der Silbererze würde ihr einen Reichtum bescheren, der sie unabhängig von der Kaufmannsgilde machen würde, in der ihre Pläne und Ideen ohnehin nicht überall mit Wohlwollen aufgenommen wurden.

Die Geschwister vereinbarten, mit dem sympathischen, jungen Burgherrn seinen fünfundzwanzigsten Geburtstag zu feiern und dann nach Hamburg abzureisen. Arnfried hatte abgesprochen, an den zu Ehren des jungen Burgherrn geplanten Ritterkämpfen teilzunehmen. Er hatte ja bereits eine gute Ausbildung hinter sich, mit der er sich im Kampf zu bewähren hoffte. Er war nun jeden Tag auf der Burg zu finden und trainierte den Schwertkampf mit seinem Lehrer, dem Stallmeister. Auch gegen den jungen Burgherrn trat er im Trainingskampf an. Seine erworbenen Fertigkeiten ließen vermuten, dass er beim Burgfest im Ritterkampf seinen Mann stehen würde.

Bei seinen Besuchen auf der Burg brachte Arnfried immer seine Schwester mit. Auch diese trainierte den Schwertkampf, hatte aber nicht die Absicht an den Ritterkämpfen teilzunehmen. Wahrscheinlich hätte das Kampfgericht eine Teilnahme von Gabriella an den Ritterkämpfen auch abgelehnt.

Gabriella und der junge Burgherr waren sich im Laufe der Zeit näher gekommen. Wenn beide nicht trainierten oder andere Aufgaben zu erledigen hatten, ritten sie gemeinsam auf ihren stolzen Pferden in die umliegende Landschaft. Sie nannten beide edle Pferde ihr Eigentum. Gabriella ritt ihre braune Fuchsstute, mit der sie aus Hamburg gekommen war, er saß auf seinem Lieblingspferd, einem schwarzen Hengst, der aus der Zucht der Pferde hervorging, die einst die Eltern von Adeline aus Italien mitgebracht hatten.

Der junge Burgherr zeigte Gabriella die herrliche Umgebung, die Berge, die Wälder und die von hohem saftigen Gras bewachsenen Ebenen, von denen auch ihre Mutter schon geschwärmt hatte. Sie waren ineinander verliebt, immer wieder bewunderte der junge Burgherr ihre Erscheinung, ihre Anmut, ihre schlanke, graziöse Gestalt und ihr blondes Haar. Wie die Kinder liefen sie Hand in Hand durch die herrliche Natur, zu weiteren Zärtlichkeiten kam es aber vorerst nicht, Gabriella wollte erst mit ihrer Mutter sprechen und die Klärung der Erbschaftsangelegenheit abwarten.

Die Geburtstagsfeier des jungen Burgherrn fand im Kreise von Verwandten und Bekannten statt. Benachbarte Burgen hatten Ritter und Knappen geschickt, die sich an den verschiedenen Ritterkämpfen beteiligten. Es waren besonders die jungen Leute, die zu den Kämpfen gekommen waren. Sie tummelten sich auf den verschiedenen Kampfplätzen und jeder Sieg wurde mit Hochrufen begleitet. Arnfried war an drei Schwertkämpfen beteiligt, von denen er zwei gewann und einer unentschieden ausging. Gabriella saß mit den anderen Damen auf der Tribüne, die anlässlich des Festes errichtet worden war, und klatschte bei gewonnenen Kämpfen. Sie erntete manchen bewundernden Blick von den zum Kampf angetretenen Rittern.

Der alte Burgherr ließ sich nicht auf dem Fest sehen. Er hatte sich mit seinen Saufkumpanen in die Kneipe des am Fuß des Burgberges angesiedelten Dorfes zurückgezogen und randalierte wie üblich nach einem Saufgelage. Auch der Fürst hatte niemanden zur Feier delegiert und schützte selbst Unwohlsein vor. Trotz der Verheiratung seiner Schwester mit dem alten Burgherrn blieb das Verhältnis zu diesem gespannt.

Nach der Feier reisten die Geschwister zu ihrer Mutter in Hamburg ab. Sie verabschiedeten sich vom jungen Burgherrn und versprachen, bald wiederzukommen. Mit sehnsuchtvollem Blick verfolgte dieser Gabriella auf ihrer Fuchsstute, die aufgeregt tänzelte und ungeduldig die lange Reise antrat.

Die Geschwister ließen den Stallmeister und Freund auf der Burg zurück, er sollte die Entwicklung der Verhältnisse weiter beobachten. Die beiden Soldaten nahmen sie mit nach Hamburg.

Die Reise verlief ohne Zwischenfälle, und nach vierzehn Tagen kamen sie wieder in ihrer Heimat an. Es gab ein großes Hallo, und ihre Mutter freute sich, das Geschwisterpaar gesund wieder zu sehen. Es gab nun viel zu berichten, und Adeline richtete sich auf interessante Abendstunden ein.

Gabriella berichtete ausführlich über ihren gefahrvollen Weg durch die Höhlengänge des Burgberges. Sie schilderte, welche Stellen im Labyrinth ihrer besonderen Aufmerksamkeit bedurften und welche Stellen sie wegen der Absturzgefahr umgehen musste. Adeline erlebte in Gedanken den Aufstieg und Abstieg noch einmal mit, sie musste den Weg ja mehrfach zurücklegen. Mit Grauen dachte sie an ihren letzten Aufstieg, den sie ja völlig im Dunkeln und auf Knien zurücklegen musste. Sie glaubte damals, dass sie das Tageslicht nie mehr wieder sehen würde.

Ganz begeistert berichtete Adeline von den märchenhaften verschiedenartig leuchtenden Stalaktiten und Stalagmiten in der großen Höhle und der Spiegelung im glasklaren See. Sie erzählte auch, wie sie in der Höhle mit dem heruntergestürzten Geröll ihren Vater gefunden hatte.

Mit Tränen in den Augen sagte sie: Unser Vater machte ganz den Eindruck, als freue er sich über meinen Besuch. Es war für ihn neu, dass er Sohn und Tochter hatte. Ich habe ihm versprochen, dass wir ihn aus der Höhle herausholen und in der Gruft seiner Eltern bestatten würden. Ich sagte ihm auch, dass wir ihn immer in guter Erinnerung behalten werden. Den Kopf habe ich bereits geborgen und bei den Nonnen hinterlassen. Ich denke, dass wir ihn eines Tages zusammen mit seinem restlichen Körper bestatten können.

Danach übergab Gabriella ihrer Mutter die aufgefundenen Papiere und die anderen im Lederbeutel aufbewahrten Gegenstände. Nach gemeinsamer Besichtigung glaubten Adeline, Gabriella und Arnfried, dass damit der Anspruch auf das Erbe ausreichend nachgewiesen werden könne.

Gabriella berichtete nun über den Silberfund. „Ich hatte zwei Fackeln neben dem Kopf meines Vaters aufgestellt, die die Decke und die Seitenwände der Eingangshöhle beleuchteten. Danach habe ich eine Gedenkstunde für meinen so unglücklich und so jung verstorbenen Vater eingelegt. Ich glaube, er war es, der mich auf die dicke, zackenartig geformte Silberader aufmerksam machte. Diese glänzte und strahlte an der Wand hinter dem Kopf meines Vaters und zog sich vom Boden bis zur Decke. Wahrscheinlich ist sie durch das Herunterbrechen des Gerölls freigelegt worden. Hier sind einige Silberbrocken, die ich in der Höhle aufgelesen habe."

Damit übergab sie die Erzbrocken ihrer Mutter, die diese durch einen ihr bekannten Fachmann untersuchen ließ. Dieser konnte nach eingehender Begutachtung berichten, dass es sich tatsächlich um Silbererz mit einem hohen Reinheitsgrad handelte. Er bot der Familie an, mit einer ihm bekannten Firma den Abbau zu übernehmen. Er beglückwünschte die Familie zum Fund des Silberschatzes, für dessen Abbau aber erst einmal die Erbangelegenheiten und das Schürfrecht geklärt werden mussten.

Für Adeline war der Silberfund Veranlassung, ihre Meinung zur Erbschaftsangelegenheit zu bedenken. Sie wollte eigentlich auf das Erbe verzichten, aber die Aussagen ihrer Kinder, die gerne das Erbe antreten würden und der Silberschatz hatten diesen Vorsatz ins Wanken gebracht. Der Bau der beiden Schiffe hatte ein Loch in die persönliche Kasse des Handelshauses Merten gerissen, und der Aufbau einer Handelsstation auf dem afrikanischen Kontinent würde auch noch einmal viel Geld verschlingen. Aus dieser Sicht kam ihr der Silberschatz sehr gelegen.

Zum Schluss berichtete Gabriella über ihre Liebe zu dem jungen Burgherrn und über ihren Wunsch, als Burgherrin auf der Burg und in der schönen Umgebung zu leben. Damit gingen zwar die Träume von Adeline, die für Gabriella die Übernahme des Handelshauses in

Hamburg geplant hatte, nicht in Erfüllung, aber eingedenk ihrer nur kurzen glücklichen Zeit mit ihrem Geliebten, Arnfried von Hohenfelsen, wollte die dem Glück ihrer Tochter nicht im Wege stehen. Sie war natürlich traurig, dass nun das erste ihrer Kinder seine eigenen Wege ging und nicht mehr in ihrer unmittelbaren Nähe leben würde.

Es gab also nun mehrere Gründe, um eine baldige Reise in ihre ehemalige Heimat zu planen. Wichtig war die Klärung der Erbschaftsangelegenheit, wobei sie auch an die frommen Schwestern dachte, deren Besitzverhältnisse immer noch offen waren. Sie konnte mit der Reglung des Erbes, das von den Nonnen bearbeitete Land diesen zusprechen lassen, und sich damit für die Zuflucht und Erziehung im Kloster bedanken. Weiterhin wollte sie ihren Geliebten in dessen Familiegrab derer von Hohenfelsen bestatten lassen. Und nicht zuletzt wollte sie ihren Schwiegersohn kennen lernen, um zu wissen, wem sie ihr liebes Töchterchen anvertrauen würde.

Antritt des Burgerbes

Adeline und ihre Kinder diskutierten nun mehrfach über die weitere Vorgehensweise beim Kampf um ihr Erbe. Neben den Dokumenten, Urkunden, Plaketten und Ringen wollten sie auch Schriftstücke kirchlichen Charakters vorlegen. Da Adeline ja im Kloster aufgewachsen war, wurden sämtliche ihrer Daten auch in den Akten niedergelegt. Nicht nur Aussagen zur Geburt, zu den Eltern Adelines und zur Ausbildung waren schriftlich festgehalten worden, die Oberin hatte auch Daten zur Freundschaft und Liierung mit dem jungen Burgherrn gesammelt. Diese Angaben wollte Adeline beim Fürsten mit vorlegen, falls das notwendig war. Insgesamt war man der Meinung, dass die Schriftstücke und andere Beweise ausreichen müssten, um Adelines Anspruch auf das Erbe schlüssig zu dokumentieren.

Adeline und ihre beiden Kinder trafen nun die Reisevorbereitungen. Adeline als Haupterbe konnte die weiteren Schritte in der Erbschaftsangelegenheit nun nicht mehr ihren Kindern allein überlassen, sie musste selbst alles Weitere in die Hand nehmen. Sie stellte eine Reisegruppe zusammen, bestehend aus ihr selbst, den Kindern und den zwei Soldaten, die die Reise schon einmal gemacht hatten. Die Leitung des Handelshauses legte sie wieder in die Hände ihres alten Onkels, der sie bat, nicht zu lange weg zubleiben, da er sich altersgemäß nicht mehr großem Stress gewachsen fühlte. Man sah ihm äußerlich auch das hohe Alter an.

Nun, nachdem alles geregelt war, freute sich Adeline auf die Reise mit ihren Kindern und auf ihre alte Heimat. Es würde sicher das letzte gemeinsame Unternehmen sein. Gabriella wollte ja bei ihrem zukünftigen Verlobten auf der Burg bleiben, und für Arnfried war nach einer kurzen Zeit der Beaufsichtigung des Silberabbaus die Leitung der Handelsstation in Afrika vorgesehen.

Adeline überstürzte deshalb den Ritt nach Burgstett nicht. Es war schönes Wetter, und sobald die herrliche Natur dazu einlud, machten sie Rast und schlugen ihr Lager auf. Seen luden zum Baden ein, und für ein Picknick am Lagerfeuer hatten sie alles Nötige auf zwei Packpferde verteilt. Wenn auch Adeline daran denken musste, dass der Zeitpunkt für das Trennen der Familie immer näher rückte, genoss sie fröhlich mit ihren Kindern das Beisammensein.
Adeline musste traurig immer wieder daran denken, dass sich ihre Tochter in nicht allzu ferner Zeit in der Fremde ansiedeln würde. Aber sie tröstete sich damit, dass das Land zwanzig Jahre lang auch ihre Heimat war. Außerdem hatte ihr Freund der Stallmeister erklärt, dass er seinen Liebling nicht allein auf der Burg zurücklassen würde. Er hatte keine Familie und erklärte auch immer wieder, dass Adeline und ihre beiden Kinder ein vollwertiger Ersatz dafür seien. Viele Jahre diente er auf einer Burg und konnte deshalb mit der lauten Stadt Hamburg nie richtig warm werden. Er freute sich, auf der Burg eine Anstellung gefunden zu haben und seinen Schützling nicht alleine lassen zu müssen. Adeline war deshalb etwas beruhigt, trotzdem traten ihr Tränen in die Augen, wenn sie sich unbeobachtet fühlte.
Arnfried würde Adeline sicher auch bald an die Fremde verlieren. Er war ein unruhiger, abenteuerlustiger Mensch, und sie würde ihn wahrscheinlich nicht in Hamburg halten können. Wie schon beschrieben, sollte er zunächst den Silberabbau im Burgberg beaufsichtigen. Aber danach hatte Adeline für ihn die Leitung einer neu aufzubauenden Handelsstation in Afrika vorgesehen. Vielleicht kam das seinem Drang nach Abenteuern entgegen. Frauen spielten im Leben von Arnfried noch keine Rolle, obwohl sich schon einige um den blonden, groß gewachsenen Jüngling bemüht hatten. Es kam nur zu flüchtigen Bekanntschaften, Arnfried wollte sich noch nicht binden. Trotzdem war sich Adeline klar darüber, dass sie auch ihn nicht mehr lange zu Hause halten konnte. Auch ihm galten

die Tränen, die sie in unbeobachteten Augenblicken in den Augen hatte.

Das ganze Land war sehr wildreich und so hatten Adeline und ihre Kinder reichlich Zubrot, wenn sie jeweils abends ihr Picknick veranstalteten. Arnfried erlegte mit Pfeil und Bogen das eine oder andere Reh, das sie am Spieß über dem Lagerfeuer rösteten. Auch Fische aus den nahe gelegenen Seen ergänzten die naturgemäße Speisekarte.

Adeline versuchte, die idyllischen Tage mit ihren Kindern soweit wie möglich auszudehnen, musste aber schließlich einsehen, dass man die Zeit nicht aufhalten konnte. Sie packten und ritten nun zügig der Burg entgegen.

Inzwischen war auf der Burg ein Ereignis eingetreten, das die Erbschaftsangelegenheit vorantreiben sollte. Der alte Burgherr war bei einer seiner Sauftouren ums Leben gekommen. Er suchte wieder einmal mit seinen Saufkumpanen die Gaststätte im am Fuße der Burg liegenden Dorf auf und ließ sich bis zum Stehkragen vollaufen. Anschließend randalierte die ganze Gruppe im Dorf herum und peitschte grundlos unter lautem Gelächter die Dorfbewohner aus. Schließlich hatten sie genug Unsinn angerichtet und versuchten in Richtung Burg davon zu reiten. Der Burgherr war wegen seines hohen Alkoholkonsums nicht mehr in der Lage, auf sein Pferd zu steigen. Seine Kumpane bugsierten ihn auf sein Pferd, und der Trupp setzte sich schließlich in Bewegung. Auf halbem Weg zur Burg stürzte der alte Burgherr vom Pferd und landete acht Meter tiefer im Felsengewirr des Burgberges. Zwei der Kumpane, die hinterher kletterten, fanden ihn tot, eingeklemmt zwischen zwei Felsspitzen. Sie kletterten zurück auf den Burgweg und berieten sich mit den restlichen Kumpanen, was nun zu tun sei. Da sie Angst hatten, vom Sohn zur Rechenschaft gezogen und bestraft zu werden, ritten sie schnellstens davon. Am nächsten Tag fand ihn ein Bauer, der mit dem Pferdefuhrwerk zur Lieferung von Heu auf dem Weg zur Burg war. Er verständigte den jungen Burgherrn, der den Toten mit Hilfe des Burggesindes auf die Burg brachte. Ohne viel Pomp wurde er in der Familiengruft beigesetzt.

Als die Dorfbewohner und viele seiner Feinde vom Tod des Burgherrn erfuhren, atmeten sie auf. Die Bauern freuten sich darauf, dass nun der junge, allseits beliebte Burgherr die Regentschaft übernehmen würde, und hofften auf eine gerechtere Behandlung. Der alte Burgherr war der schlechteste Regent, den die Bevölkerung in dieser Region bisher hatte. Besonders die Bewohner des Dorfes waren froh, dass die Randale des alten Burgherrn und seinen Saufkumpanen nun zu Ende gingen. Sie hofften auch auf die Verringerung der Abgaben, die sie an ihren Herrn zu leisten hatten.

Der junge Burgherr hatte große Sehnsucht nach Gabriella. Bei ihrem Abschied vereinbarten sie das ungefähre Datum ihrer Rückreise von Hamburg nach Burgstett, und so ritt er ihr entgegen. Auf halbem Wege trafen sie sich, und die Wiedersehensfreude war groß. Gabriella stellte den jungen Burgherrn ihrer Mutter vor, diese fand ihn sehr sympathisch und bereute ihre Zusage zur Verlobung der beiden nicht, auch wenn sie nach wie vor traurig über die bevorstehende Trennung von ihrer Tochter war. Der junge Burgherr hatte den Freund der Familie, den Stallmeister, mitgebracht und so gab es ein großes Hallo. Es wurde nun nochmals eine Rast eingelegt und ein unterwegs geschossenes Reh gegrillt. Zusammen mit den mitgebrachten Köstlichkeiten gab es ein herrliches Picknick, das ebenfalls noch durch frischen Fisch von einem nahe gelegenen See ergänzt wurde.

Nach den Vorstellungen des jungen Burgherrn sollte die gesamte Gesellschaft auf der Burg wohnen, aber Adeline wollte zunächst einige Tage in ihrem ehemaligen Domizil, dem Kloster, wohnen und die noch lebenden Schwestern begrüßen. So wurde sie von ihrem Freund, dem Stallmeister, zum Kloster gebracht.

Die Freude bei den noch lebenden Nonnen, ihren ehemaligen Schützling wiederzusehen, war groß. Sie saßen abends nach der Abendandacht zusammen, und Adeline berichtete über ihr weiteres Leben bei ihrem Onkel in Hamburg, über ihre Verlobung mit dem ehemaligen jungen Burgherrn und ihre Kinder. Sie berichtete auch, dass sie genügend Dokumente über die Liierung mit ihrem ehemaligen Verlobten habe und gekommen sei, um für die Kinder ihr Erbe zu erstreiten. Die Nonnen führten sie in die Bibliothek, wo noch einige Dokumente aufbewahrt wurden, die eventuell für die Erbschaftsangelegenheit von Bedeutung sein könnten.

Am nächsten Tag übergab sie dem Stallmeister einen Brief an den Fürsten mit der Bitte, einen Termin zur Absprache der Erbschaftsangelegenheiten festzulegen. Sie selbst zog ein Arbeitsgewand an und betätigte sich, wie sie es früher öfters getan hatte, in Garten und Feld. Der Rosengarten, der der Stolz der ehemaligen Oberin war, stand, obwohl sich schon der Herbst ankündigte, in voller Blüte. Eine junge Nonne hatte die Obhut übernommen, und Adeline half dieser bei den jahreszeitgemäßen Arbeiten an den Rosen.

Ein neuer Gärtner hatte seinen Dienst angetreten und half den Nonnen, Haus, Hof, Garten und Felder in Ordnung zu halten. Wie eh und je bevölkerten verwaiste Tierkinder Hof und Garten, und ein offensichtlich im Frühjahr geborenes Rehkitz schloss sich sofort vertrauensvoll Adeline an, um ein paar Leckerbissen von ihr zu erhaschen. Es war als wäre sie nie fort gewesen, und so genoss sie die wenigen Stunden frei von Großstadtstress und ihren kaufmännischen Aufgaben.

Auch den Urwald und ihre darin befindlichen geheimen Plätze suchte sie auf und schwelgte in alten Erinnerungen ihrer Kindheit. Ihre Holzpuppen, mit denen sie Schwertkämpfe und Bogenschießen geübt hatte, standen noch an ihrem ehemaligen Kampfplatz. Nur das Stroh, das sie um die Puppen gewickelt hatte, und die Strohköpfe waren durch Wildtiere abgefressen worden.

Die Schlucht mit dem Eingang zur Höhle strahlte nach wie vor die Düsternis aus, die sie beim Einstieg immer empfunden hatte. Vom Höhleneingang war nichts mehr zu sehen, dichtes Gebüsch hatte sich in der Schlucht ausgebreitet. Bei einem eventuellem Abbau der Silbermine müsste die Schlucht gerodet, eine schiefe Ebene zum Schluchtgrund errichtet und der Höhleneingang erweitert werden. Aber das würde sie den Spezialisten aus Hamburg überlassen, wenn die Erbschaftsangelegenheit positiv für sie und ihre Kinder geregelt worden war.

Das Rehkitz hatte Adeline ins Herz geschlossen und es folgte ihr nun auf Schritt und Tritt. Sie erinnerte sich an den kleinen Bären, den sie praktisch aufgezogen hatte, und der ihr vertrauensvoll überallhin gefolgt war. Sie bedauerte, dass sie in wenigen Tagen wieder abreisen musste.

Die Antwort des Fürsten ließ nicht lange auf sich warten. Das Fürstenpaar war inzwischen sehr alt geworden und hatte keine Kinder. Sie hatten deshalb die als Knappe verkleidete Adeline in guter Erinnerung und freuten sich auf ihren Besuch. In hofmäßiger Kleidung und auf ihren stolzen Reitpferden machte sich eine Karawane bestehend aus Adeline, ihren Kindern, dem jungen Burgherrn und dessen Stiefmutter, die ja die Schwester des Fürsten war, sowie dem Stallmeister und den Soldaten zum Fürstenpaar auf den Weg.

Mit dem jungen Burgherrn und der Schwester des Fürsten hatte Adeline eine Unterredung gehabt, in der sie ihr Vorhaben bezüglich der Erbschaft darlegte. Der junge Burgherr sah in dem Vorhaben seiner zukünftigen Schwiegermutter keine Probleme, da durch die geplante Vermählung mit Gabriella ohnehin kaum Veränderungen in den Besitzverhältnissen auftreten würden. Die Stiefmutter, die sich mit ihrem Stiefsohn und auch mit Gabriella verstand, beanspruchte nur das Wohnrecht auf der Burg. So waren einvernehmlich alle Probleme geklärt, und es bedurfte nun nur noch der Zustimmung des Fürsten.

Das Fürstenpaar empfing zunächst Adeline allein. Sie wollten sehen, was aus dem als Knappen verkleideten Mädchen geworden war, das sie in guter Erinnerung hatten. Erstaunt waren sie über die elegante Dame, die sich ihnen beim Eintritt ins Fürstenschloss präsentierte. Eine freudige Umarmung leitete die Zusammenkunft ein, und Adeline berichtete nun, warum sie bei den Nonnen gelebt und vielfach Männerkleidung getragen hatte. Sie erzählte, wie sie den jungen Burgherrn Arnfried von Hohenfelsen geliebt hatte und gegenüber ihren verstorbenen Eltern ein schlechtes Gewissen hatte, da er doch der Sohn des Raubritters war, der ihre Eltern umgebracht und ausgeraubt hatte. Über den grausamen Tod ihres Verlobten, den Adeline in aller Ausführlichkeit schilderte, war das Fürstenpaar sehr traurig. Adeline berichtete weiterhin über die Flucht und die Suche nach eventuellen Verwandten und das Auffinden ihres Onkels, der der Inhaber des großen Handelshauses Merten in Hamburg war. Der Fürst hatte von diesem Handelshaus in Hamburg gehört und war beeindruckt, der reichen Erbin des Kaufmannes gegenüberzusitzen. Adeline brachte nun ihr Anliegen vor: „Ich hatte nicht die Absicht, Burgerbin zu werden und habe mich deshalb nie bei Ihnen gemeldet", sagte sie. „Aber im Interesse meiner Kinder habe ich mich schließlich entschlossen, unser Erbrecht bei ihnen, Herr Fürst, vorzubringen."

„Eine positive Erbschaftsregelung wäre sicher auch im Sinne meines ehemaligen Verlobten, der das an mir und meiner Familie begangene Unrecht wieder gut machen wollte", betonte Adeline. „Ich würde gerne einen Schlussstrich unter das finstere Kapitel in meinen Leben ziehen und bitte Euch, Herr Fürst, in diesem Sinne zu entscheiden." Sie übergab nun alle Unterlagen, die sie gesammelt hatte, an den Fürsten. Dieser bat seinen Sekretär um wohlwollende Prüfung, denn er hatte sich innerlich schon entschieden. Er selbst hatte keine Kinder und betrachtete den gegenwärtigen Burgherrn als seinen Ersatzsohn. Da für diesen und seine Schwester bereits im Vorhinein die entsprechenden Regelungen getroffen waren, hatte er keine Bedenken gegen die Übergabe des Besitzrechtes an Adeline und ihre Kinder.

Das Fürstenpaar lud nun Adeline und ihre Kinder, sowie die fürstlichen Verwandten zu einem festlichen Abendmahl ein und erwies den zukünftigen Burgbesitzern alle Ehre.

Die Fürstin konnte sich gut an das Ritterturnier erinnern, bei dem Adeline als Knappe verkleidet wunderschön gesungen hatte und fragte nun, ob denn auch ihre Kinder den Minnegesang beherrschten. Adeline hatte ihnen bereits in den Kindertagen eine musikalische Ausbildung angedeihen lassen, und so traten sie zur Freude der Fürstin und der Abendgesellschaft mit mehreren Minneliedern auf. Gabriella hatte die glockenhelle, weiche Stimme ihrer Mutter geerbt und erntete viel Beifall für ihren Auftritt. Ihr Verlobter hing an ihren Lippen und verfolgte mit strahlenden Augen ihre Lieder von Liebe und Sehnsucht.
Am nächsten Tag saß Adeline nochmals mit dem Fürsten zusammen, erhielt die Besitzurkunde und besprach weitere Einzelheiten zur Besitzübernahme. Der Fürst stellte eine Reihe von Bedingungen, unter anderem hielt er die Forderung aufrecht, dass im Falle eines Krieges von den Burgherren ein voll ausgerüstetes Heer von vierhundert Rittern, Soldaten und Fußvolk gestellt werden müsse. Adeline sicherte zu, dass alle gestellten Bedingungen erfüllt würden. Zur Sprache kam, dass die Besitzverhältnisse für das Kloster noch nicht geklärt seien, und sie die Absicht habe, diese mit dem Bischof und den ansässigen Nonnen zu regeln. Der Fürst hatte dafür Verständnis.
Zum Schluss berichtete sie über den Silberfund im Burgberg und die Absicht, diesen bergbaulich zu erschließen. Der Fürst ließ sich nähere Einzelheiten berichten, da er als oberster Landesherr das Schürfrecht zu vergeben hatte. Es wurde nun noch eine Urkunde ausgefertigt und festgelegt, dass dreißig Prozent der Ausbeute an den Fürsten abzuführen sei.
Der nächste Weg führte Adeline zum Bischof, um mit diesem die Besitzverhältnisse zum Kloster zu klären. Dieser war sehr erfreut über das großzügige Angebot zur Größe des Grundstücks und zu den Nutzungsrechten für Wasser und Fischfang. Entsprechende Urkunden dokumentierten die neuen Regelungen für das Besitztum des Klosters.

Die Nonnen empfingen Adeline nach deren Rückkehr mit einer Dankesveranstaltung im Kirchenschiff des Klosters und einem anschließenden Festmahl. Sie hinterließ außerdem eine großzügige Spende für den weiteren Ausbau des Klosters.
Der Aufenthalt von Adeline ging nun langsam zu Ende. Sie wollte noch die Verlobungsfeier ihrer Tochter abwarten und dann wieder in Hamburg ihren Pflichten als Erbin des Handelshauses Merten nachkommen. Die restlichen Tage verbrachte sie in der Ruhe und Abgeschiedenheit des Klosters. Jeden Tag ging sie in den Klostergarten und sah dem lustigen Treiben der Tiere zu, die sich um sie herum tummelten. Das Rehkitz saß zu ihren Füßen und schlabberte genüsslich aus einem Napf die süße Sahne. Die sechs Katzen des Klosters, der Nachwuchs des inzwischen verstorbenen Katzenpaschas, versuchte, sich seinen Teil an den süßen Köstlichkeiten des für das Rehkitz aufgestellten Napfes zu sichern. Den Platz auf dem Baum hatte ein Nachfahre des alten Katzenpaschas eingenommen, und er blickte würdevoll von seinem erhöhten Sitz in die Runde. Der neue Gärtner, ebenfalls ein Veteran aus einem Krieg, der für den Fürsten geführt wurde, kümmerte sich um die anderen Tiere, die auf dem Grundstück herumwuselten. Mit Bedauern dachte Adeline daran, dass sie diese Idylle bald verlassen musste.
Die Verlobungsfeier fand im kleinen Rahmen statt. Das Fürstenpaar wollte aus Altersgründen die stressige Reise zur Burg nicht antreten, schickte aber ein großzügiges Geschenk und wünschte dem jungen Paar alles Gute. Adeline verbrachte noch drei Tage auf der Burg und dachte dabei mit Wehmut an ihren ehemaligen Verlobten und die wenigen glücklichen Stunden, die sie mit ihm verleben durfte.
Bald kam sie sich auf der Burg überflüssig vor, denn das junge Paar hatte nur Augen für sich. Täglich ritten sie aus, und der Bitte sie zu begleiten, wollte sie als überflüssige dritte Person nicht nachkommen. So rüstete sie sich für die Heimreise. Zusammen mit den beiden Soldaten und ihrem Sohn brach sie schließlich auf und kam ohne große Aufenthalte bald wieder in Hamburg an.

Hier erwartete sie schon ihr Verlobter, der junge Kaufmann, der ja zwecks Gründung einer Handelsniederlassung an die afrikanische Westküste gereist war. Er konnte viel Positives berichten.

Auch Adeline erzählte über alle Ereignisse, die sich in der Zwischenzeit vollzogen hatten. Unter anderem berichtete sie über die Erbschaft und die Verlobung ihrer Tochter mit dem Ziehsohn des Fürsten.

„Du musst mich jetzt als Frau Baronin ansprechen", scherzte sie gegenüber dem Kaufmann, der natürlich sofort vor ihr katzbuckelte und dabei lachend auf die Knie fiel. Auch von dem Silbererz und der Schlürflizenz berichtete Adeline, die sie vollkommen unabhängig von der Kaufmannsgilde machte.

Leider war ihr Onkel schwer krank geworden. Er lag im Bett und konnte nicht mehr aufstehen. Adeline erschrak, als sie den alten Mann abgemagert und elend in seinem Zimmer liegen sah. Er freute sich, Adeline wieder die Leitung des Mertenschen Handelshauses übergeben zu können. Auch ihm erzählte Adeline die vielen frohen Ereignisse, aber er reagierte nur noch schwach. Nach wenigen Tagen war er für immer eingeschlafen, und er wurde durch Adeline, ihren Verlobten und den Sohn im Familiengrab beigesetzt.

Adeline suchte nun zusammen mit ihrem Sohn die bereits kontaktierte Bergbaufirma auf, um die Einzelheiten zum Abbau des Silbervorkommens abzusprechen und die notwendigen Arbeiten anzuschieben. Der leitende Bergbauingenieur, der die Erzproben hatte untersuchen lassen, freute sich sehr über den lukrativen Auftrag und ergriff die Maßnahmen zum Abbau. Adelines Sohn sollte die Bergbaufirma begleiten und darauf achten, dass die Gebeine seines Vaters geborgen und zunächst bei den Nonnen aufbewahrt wurden. Zu einem späteren Zeitpunkt wollte sie dann ihren Geliebten in der Familiengruft beisetzen.

Die Bergbaufirma brach nun in Begleitung von Adelines Sohn Arnfried auf. Sie hatten für den Silbererzabbau entsprechende Geräte dabei, die durch Pferde und Wagen transportiert wurden. Neben dem Bergbauingenieur begeleitet eine Gruppe von zehn Arbeitern den Tross, deren Anzahl nach entsprechender Erschließung der Höhle aufgestockt werden sollte.

Vor der Reise ihres Verlobten nach Afrika hatten Adeline und er vereinbart, ihr weiteres Leben gemeinsam fortzusetzen und zu heiraten. Nach einigem Für und Wider über den Ort der Hochzeit einigten sich beide, diese auf der Burg zu vollziehen. Adelines Tochter würde sich sicher sehr freuen, wenn es zu einer Doppelhochzeit käme, würde doch dadurch ihre Mutter bei ihrem glücklichen Tag bei ihr sein.

Der junge Arnfried brachte seiner kleinen Schwester die gute Nachricht mit, dass ihre Mutter an ihrer Hochzeit teilnehmen wolle, und deshalb bald hierher kommen würde. Es wurde zunächst nicht verraten, dass Adeline von ihrem Verlobten, dem Inhaber des Handelshauses Olsen begleitet würde, und eine Doppelhochzeit geplant sei. Mit Freudentränen in den Augen nahm Gabriella die gute Nachricht entgegen und begann nun alles für den lieben Besuch vorzubereiten.

Die Gründung der Handelsniederlassung

Für den jungen Kaufmann war es nicht die erste Reise zum afrikanischen Kontinent, und als er aufbrach, hatte er ein festes Ziel vor Augen. Wie schon berichtet war er auf seiner ersten Reise an der Westküste gelandet und hatte dort einen alten Engländer kennen gelernt, der sich hier niedergelassen hatte. Altershalber wollte er sein Domizil aufgeben und nach England zurückkehren, um seinen Lebensabend in der Heimat zu verbringen. Die von ihm bewirtschafteten Ländereien lagen unmittelbar an der Küste und hatten eine für die Schifffahrt geeignete Bucht, in der auch größere Schiffe ankern und sich bei Sturm geschützt aufhalten konnten. Dieses Fleckchen Erde hielt der junge Kaufmann für geeignet, eine Handelsniederlassung aufzubauen. Falls der alte Engländer noch keinen Nachfolger hatte, wollte er versuchen, mit diesem ins Geschäft zukommen.

Er suchte für seine Reise ein Schiff aus, das ihn in die südlichen Gefilde brachte und eine Ladung Handelsware für die ersten Handelsbeziehungen mitnahm. Im Hafen von Hamburg ankerten einige große Koggen, die die südlichen Gefilde von Afrika zum Ziel hatten. Koggen waren in der Hansezeit die üblichen Handelsschiffe, die sowohl in den nördlichen Gewässern, als auch für größere Reisen in den Süden genutzt wurden. Sie waren breit gebaut, um möglichst viel Last aufnehmen zu können, dienten aber auch bei entsprechender Bewaffnung als Kriegsschiffe.

Mit dem Kapitän eines dieser Schiffe wurde er schnell handelseinig und bezog seine Kabine, nachdem er die mitgebrachte Ware trocken und wasserdicht untergebracht hatte.

Der Kapitän war ein großer, kräftiger Seemann mit rotem Haar und Vollbart, der mit lauter Stimme seine Mannschaft auf Trab hielt. Neben zwanzig Seeleuten richteten sich eine junge Familie mit zwei

Kindern und ein zu einer Safari durch den südlichsten Zipfel Afrikas aufgebrochener Jäger ein. Das Gepäck der jungen Familie wurde, soweit es nicht mit in der Kabine untergebracht werden konnte, auf Deck mit Halteseilen festgezurrt. Das Gepäck des Jägers, das er mit in seiner Kabine unterstellte, bestand hauptsächlich aus Waffen und safarigerechter Kleidung. Der Kapitän hatte außerdem Waren an Bord gestapelt, die er im Auftrage des Eigners zu einem Ziel in Südafrika bringen wollte, um dann mit neuen Waren wieder zurückzukehren.

Der Mann der jungen Familie war Zimmermann. Er hatte in seiner Heimat die Arbeit verloren und kratzte sein Geld zusammen, um im Süden Afrikas eine neue Existenz aufzubauen. Die Kinder, ein Junge und ein Mädchen im Alter von zehn und zwölf Jahren, rannten aufgeregt auf dem Deck herum und freuten sich auf die große Reise. Der Kapitän musste ein Machtwort sprechen, um die überall aufkreuzenden, lebhaften Kinder von Deck zu jagen. Der Safarireisende saß am Bug der Kogge, rauchte seine Pfeife und betrachtete ruhig das Gewühl der Matrosen beim Beladen des Schiffes. Zu allem Überfluss wuselte zwischen dem Durcheinander noch ein junger Schäferhund herum, den die kleine Angelika von ihren Großeltern zum zwölften Geburtstag geschenkt bekommen hatte und von dem sie sich um nichts auf der Welt trennen wollte. So trat auch er die große Reise nach Afrika an.

Als es dann schließlich losging hatte der Himmel sein schönstes Blau angelegt, die Sonne schien und nur wenig Wind kräuselte das Meer vor der Kogge. Die Segel waren gesetzt, der Anker gelichtet und langsam setzte das Schiff sich in Bewegung. Die Passagiere und auch die Matrosen, soweit sie nicht in die Arbeiten zur Ausfahrt eingebunden waren, standen an der Reling und verabschiedeten sich durch Winken von ihren Angehörigen. Ganz vorn in der Reihe der Winkenden, standen die Eltern des jungen Ehepaares. Die Großmutter hatte ein weißes Tuch in der Hand, das sie abwechselnd zum Winken und Trocknen der Tränen benutzte.

Adeline stand ebenfalls am Pier und winkte ihrem Verlobten zu. Dieser hatte seinen Schlapphut in der Hand und rief einige Abschiedsworte, die aber im Trubel der Ausfahrtszeremonien verloren gingen. Allen war etwas beklommen zu Mute, und auch in manchen Augen der rauen Matrosen schimmerten Tränen, als sie ihre Angehörigen, Familien und Bräute am Pier zurück bleiben sahen.
Bald war das offene Meer erreicht und nur die Möwen begleiteten das Schiff noch eine Weile, bis auch sie an Land zurückkehrten. Auf offener See wehte der Wind stärker, so dass sie gute Fahrt machten. Diese Wetterbedingungen trugen dazu bei, dass der Kapitän guter Laune war und seine Befehle an die Matrosen mit lächelndem Gesicht weitergab.
Die Kinder durften nun wieder an Deck herumtoben, wurden jedoch von ihren Eltern zur Vernunft ermahnt. Zusammen mit dem kleinen Schäferhund spielten sie Verstecken oder erkundeten das Schiff. Auch die anderen Passagiere hatten sich ein sonniges Plätzchen mit Schutz vor dem Fahrtwind gesucht und diskutierten über die bevorstehende Fahrt, über die Möglichkeit, in einen Sturm zu geraten, oder Seeräubern zum Opfer zu fallen.
Die Kogge war mit drei Pulvergeschützen am Backbord, Steuerbord und Bug ausgerüstet, und es befand sich das zur Bedienung notwendige Personal an Bord. Zusätzlich waren die Matrosen mit Hieb- und Stichwaffen versehen. Gegen die kampferprobten Seeräuber hatten die Matrosen jedoch meist keine Chance. Es kam noch hinzu, dass die schweren meist mit Waren stark belasteten Handelskoggen wesentlich langsamer als die wendigen, kleinen Seeräuberschiffe waren. Trotzdem war eine Flucht meist die bessere Lösung, als sich auf einen Kampf mit den Piraten einzulassen.
Die Kinder hatten in Smutje, dem Schiffskoch, einen guten Freund gefunden. Dieser hatte zu Hause acht eigene Kinder und fast immer, wenn er von einer Schiffsreise zurückkam, war ein neues dazugekommen. Er liebte Kinder sehr, und so freute er sich, den beiden blonden Lockenköpfen ab und zu einen kleinen Leckerbissen zu-

stecken zu können. Sie kamen fast jeden Tag in die Kombüse, und wenn der Schiffskoch Zeit hatte, erzählte er ihnen gruselige Geschichten. Piraten, Seeungeheuer, menschenfressende Seetiere und andere Gestalten spielten in seinen Erzählungen eine große Rolle. „Einst schipperten wir mit unserem Schiff auf rauhem Meer", so begannen meist seine Geschichten, die er den Kindern erzählte. „Ein Sturm peitschte das uns umgebende Wasser zu hohen Wellen auf, und wir fielen mit unserem Schiff oft von der Wellenspitze zehn Meter tief ins Wellental und wurden im nächsten Moment wieder auf den nächsten Wellenberg gehoben. Obwohl wir die Segel vor dem Sturm gerefft hatten, war der Druck auf die Masten so groß, dass sie schließlich abbrachen und aufs Deck stürzten. Der Sturm tobte mehrere Stunden, bis er sich legte und die Wolken wieder der Sonne Platz machten. Unser Schiff sah traurig aus, aber auch die Mannschaft hatte ihren Teil vom Sturm abbekommen. Einige hatten Blessuren aufzuweisen, ein Matrose war über Bord geschwemmt worden, und die meisten hatten grüne Gesichter, da sie vom Sturm geschüttelt ihr Essen nicht bei sich behalten konnten. Der Kapitän ordnete an, dass das Schiff gesäubert, und das übergeschwappte Wasser ausgepumpt werden müsse. Der Schiffszimmermann richtete mit einigen Matrosen einen der umgestürzten Maste auf und befestigte ihn behelfsmäßig am alten Maststumpf. Zusammen mit den notdürftig angebrachten Segeln wollten sie das Schiff wieder fahrtüchtig machen, um den nächsten Hafen zu erreichen und die notwendigen Reparaturen durchzuführen zu lassen.

Als wir nun bewegungsunfähig auf bleischwarzem, durch die Sonne aufgeheiztem Meer lagen, fühlten wir uns in der Hitze seltsam beklommen, als würde uns ein grausames Ereignis bevorstehen. Plötzlich schäumte vor uns das Meer, und aus den sich teilenden Fluten schoss ein riesengroßer Kopf mit tellergroßen Augen heraus. Acht baumstammdicke, mit tassenförmigen Saugnäpfen versehene Fangarme waren zu sehen. Drei davon schnellten aus dem Wasser und schwebten über dem Schiff, um sich die entsprechende Beute auszusuchen und von Bord zu ziehen. Unter dem Kopf war ein riesengroßes geöffnetes Maul zu sehen, in dem ein ganzer Mann verschwinden konnte. Schreiend stoben die Matrosen auseinander, als dieser Koloss sich über einen Teil des Schiffes stülpte, um seine Fressgelüste zu befriedigen. Schließlich hatte er einen Matrosen im Maul, und drei hielt er mit den Fangarmen gepackt und zog sie beim Rückzug mit ins Meer. Der Einzige, der sich gewehrt hatte, war der Schiffszimmermann. Geistesgegenwärtig hatte er mit der Axt auf die Fangarme eingeschlagen und dabei einen Fangarm abgetrennt. Dieser lag nun auf Deck in seinem Blut und schlängelte hin und her, bis er seine Totenstarre erreichte. Der abgeschlagene Fangarm war wahrscheinlich auch der Grund weshalb sich der Riesenkrake so schnell ins Meer zurückgezogen hatte. Der Schiffszimmermann und seine Helfer beeilten sich nun damit, das Schiff wieder einigermaßen seetüchtig zu machen, um sich nicht nochmals dem Seeungeheuer auszusetzen."

Die Kinder saßen nach dieser Geschichte noch lange auf den Hockern in der Kombüse beim Schiffskoch. Sie hatten Angst sich über Deck zu bewegen und ein Seeungeheuer zum Angriff herauszufordern. Schließlich beruhigte sie der Smutje mit der Bemerkung, dass es in diesem Meer keine Ungeheuer gäbe. So ganz konnte er sie aber nicht überzeugen, sie träumten noch oft von den aufregenden Geschichten, die der Schiffskoch zum Besten gab.

Ein andermal berichtete der Smutje über seine Reise auf einem Walfänger in der Nähe des Südpols. In einer Bucht hatte man eine Fabrik für die Tranherstellung errichtet, in der aus Walen durch Erhitzen Öl gewonnen und in großen Tanks bis zum Abtransport aufbewahrt wurde. In kleinere Fässer umgefüllt belud man Schiffe damit, die das wertvolle Öl in Länder mit beginnender industrieller Entwicklung brachten. Die Wale wurden durch eine kleine Walfangflotte getötet und für die Weiterverarbeitung zur Bucht bugsiert. Der Fang der Wale war eine lebensgefährliche Tätigkeit. In kleinen Booten, an deren Bug ein Harpunier stand, verfolgte man die Ozeanriesen. Hatte das Boot einen günstigen Standort, so warf dieser die Harpune in den Körper des Wals, in dem sie dank eines Widerhakens stecken blieb. Der Geschicklichkeit, der Erfahrung und der Kraft des Harpuniers war es zu verdanken, mit der Harpune eine lebenswichtige Stelle zu finden, an der die Verwundung einen schnellen Tod herbeiführte. Ansonsten dauerte der Todeskampf des Wals stundenlang, und es kam oftmals zu lebensgefährlichen Situationen für die Bootsbesatzung eines kleinen Bootes.

„Einstmals hatte ich als Smutje auf einem Walfangschiff angeheuert", begann er seine Erzählung. „Unsere Nahrung war hauptsächlich Walfleisch, wobei ich zum Anbraten das hässlich riechende Walöl benutzte. Es stank fürchterlich aus der Kombüse und alle Matrosen machten einen großen Bogen um mich und meine Küche, denn auch ich hatte den Geruch nach angebranntem Walöl angenommen. Am schmackhaftesten war die Schwanzflosse des Wals, die nicht ganz so viel Fett wie das andere Fleisch aufwies.

Auf Walfangschiffen brauchte man jede Hand, wenn ein Tier ausgeschlachtet und die Verfolgung aufgenommen wurde. So saß ich immer mit in einem solchen kleinen Boot und pullte was das Zeug hielt.

Eines Tages sichteten wir einen besonders großen Walbullen, der eine reiche Ölausbeute versprach. Er lebte offensichtlich schon viele Jahre und trug die Narben von zahlreichen Kämpfen an seinem Körper. Aus seinem Rücken ragte eine abgebrochene Harpune hervor und zeugte von einem Kampf mit einer Walfangbesatzung, dem er mit diesem Souvenir entkommen war. An seinem Kopf sah man die Spuren vieler Saugnäpfe von Riesenkraken, die ja seine Lieblingsspeise darstellten, und die er in einer großen Tiefe jagte.

Wir standen mit unserem kleinen Boot inmitten des verhältnismäßig ruhigen Südpolarmeeres und hielten nach Wasserfontänen Ausschau, die die Wale beim Auftauchen herausstoßen und damit ihren Standort verraten. Unser Harpunier, ein großer, kräftiger Haudegen mit knallrotem Haar und Vollbart stand barhäuptig und breitbeinig

am Bug unseres kleinen Bootes, hielt eine Hand über die Augen und suchte wie wir den Horizont nach Walfontänen ab.
Plötzlich kamen rund um unser Boot Luftblasen aus der Tiefe, die an der Oberfläche zerplatzten. Sekunden später tauchte der riesige Körper des schon beschriebenen Wales unter uns auf, schleuderte unser kleines Boot hoch in die Luft und zerschmetterte es, als er seinen heraus geschnellten Oberkörper wieder auf das Wasser fallen ließ. Die Besatzung unseres Bootes fiel rund um den Walkopf ins kalte Wasser. Zwei der Matrosen wurden durch den herabfallenden Oberkörper des Wals erschlagen und mit in die Tiefe gerissen. Nachdem er wieder aufgetaucht war, musterte er seine Umgebung mit seinen tellergroßen Schweinsaugen, packte dann den Harpunier am Kopf und zog auch ihn in die Tiefe. Wir anderen versuchten laut schreiend mit allen Kräften vom Unglücksort wegzuschwimmen.
Unser Walfangschiff war nicht weit vom Unglücksort entfernt, und der Kapitän hatte unser Unglück beobachtet. Er kam uns entgegen, und der größte Teil der Besatzung unseres Bootes konnte sich an Bord retten. Nach dem Wiederauftauchen des Wals wurden noch zwei der Matrosen unter Wasser gezogen. Danach schwamm der Wal noch eine Weile neben uns her und musterte uns bösartig mit seinen Schweinsaugen, griff uns jedoch nicht mehr an. Auch wir hatten keine Lust, uns mit dem Riesenwal anzulegen. So zog er schließlich davon, und wir sahen ihn noch im Meer untertauchen. Dann glättete sich die Oberfläche, und es trat wieder Ruhe ein. Mein Bedarf am Walfang war gedeckt und bei nächster Gelegenheit musterte ich ab."
Die Fahrgäste saßen bei den Mahlzeiten zusammen mit dem Kapitän in dessen Kabine. Auch hier wurden Gespräche zur Schifffahrt geführt, die aber weniger den gruseligen Charakter der Geschichten des Schiffskochs hatten. Es wurden Fragen zur Führung des Schiffes gestellt und der Kapitän stellte seine Geräte vor, mit denen er die Navigation durchführte. Kompass, Sextant und Sonnenstand waren seine Hilfsmittel, deren Gebrauch er seinen Gästen erläuterte. Zum

Gespräch kamen auch der Aufbau des Schiffes, die Funktion der Segel, die Wirksamkeit der Bewaffnung und vieles andere.

Bei diesen Gesprächen kam es auch zur freundschaftlichen Annäherung zwischen dem Schiffszimmermann und dem jungen Kaufmann. Dieser erläuterte, welche Pläne er verfolgte und fragte den Schiffzimmermann, ob er denn schon ein festes Ziel habe, und wo er sich mit seiner Familie niederlassen wollte. Es stellte sich heraus, dass diesbezüglich noch keine festen Pläne existierten, und er es der Zukunft überlassen wollte, wo er eine neue Arbeit und Bleibe finden würde. Wenn es zur Gründung einer Handelsniederlassung kommen sollte, würde der Kaufmann beim Bau von zugehörigen Gebäuden einen zuverlässigen Zimmermann benötigen. Er machte einen entsprechenden Vorschlag und der Zimmermann schien nicht abgeneigt zu sein, diesen anzunehmen. Das sollte aber erst an Ort und Stelle entschieden werden.

Vom Safarijäger war wenig zu hören. An Deck zog er sich in eine windgeschützte Ecke zurück und rauchte seine Pfeife. An den Gesprächen bei den Mahlzeiten beteiligte er sich kaum. Nur wenn er direkt angesprochen wurde, antwortete er kurz und einsilbig. Den Kindern lächelte er freundlich zu, wenn sie bei ihren Spielen am Deck in seine Nähe kamen. Ansonsten kümmerte er sich nicht um die Ereignisse am Bord.

Die Reise verlief bisher ohne Komplikationen. Da aber der Sommer allmählich in den Herbst überging, waren die Herbststürme zu erwarten. Nach einem herrlichen Sommertag türmten sich dann auch die Gewitterwolken auf und verfinsterten den Himmel. Kapitän und Besatzung leiteten nun alle Maßnahmen ein, um dem Sturm zu begegnen. Alle Lasten wurden noch einmal festgezurrt und bewegungsunfähig gemacht. Segel wurden gerefft und nur noch die Sturmsegel belassen. Die Matrosen legten wetterfeste Kleidung an und scheuchten die Passagiere in die Kabinen. Kurze Zeit später tobte der Sturm heran und das Schiff schaukelte in dem riesigen

Ozean wie eine Nussschale hin und her. Sturzfluten kamen herangerauscht und überschütteten das Schiff mit riesigen Wassermassen. Passagiere und Besatzung hatten ebenfalls unter dem Sturm zu leiden. Am schlimmsten erwischte es die kleine Angelika. Sie lag apathisch auf ihrer Matratze und erbrach sich immer wieder, bis nur noch grüner Schleim aus ihrem Magen kam. Der kleine Schäferhund stupste immer wieder gegen ihr Gesicht, um sie zu trösten und sie zum Aufstehen zu ermuntern. Aber erst Tage später war sie bereit, ihr Lager zu verlassen und ihren Lebensrhythmus wieder aufzunehmen. Bei ihrer ersten Begegnung mit dem Smutje nach dem Sturm vertraute sie diesem an, dass sie nie wieder ein Schiff betreten würde, wenn diese Reise zu Ende war.
Auch die anderen Passagiere und einige Besatzungsmitglieder liefen noch Tage nach dem Ende des Sturmes mit grünen Gesichtern auf dem Deck herum. Erst allmählich hatten sie wieder Appetit und behielten ihr Essen bei sich.
Nach dem Sturm schien wieder die Sonne und brannte heiß auf das sich im mäßigen Wind vorwärts schiebende Segelboot. Es war nur wenig Schaden angerichtet worden, den der Schiffszimmermann mit einigen Gehilfen leicht beseitigen konnte. Nachdem das Wasser aus dem Kielraum ausgepumpt war, stellte sich heraus, dass drei Spanten angebrochen waren. Der Kapitän beschloss, den nächsten Halt für die Ausbesserungsarbeiten zu nutzen.
Der Westen Afrikas war zum Zeitpunkt dieser Reise noch dünn besiedelt. Erst als die Portugiesen Dank ihrer Überlegenheit im Schiffsbau und der Schiffsführung große Teile Afrikas in Besitz nahmen, entstanden auch in Westafrika immer mehr Städte mit Europäischem Einfluss. Nur vereinzelt tauchten an der Westküste Afrikas Ortschaften mit stadtähnlichem Charakter auf.
Das Ziel des jungen Kaufmanns war ein Landstrich im Westen des heutigen Benin, wo er bei seiner ersten Schiffsreise zufällig auf den alten Engländer gestoßen war. Der Kapitän hatte diesen Landstrich auf seiner Seekarte markiert und steuerte zielstrebig die vom jun-

gen Kaufmann geschilderte Bucht an. Diese lag versteckt zwischen einer bewaldeten Halbinsel und dem schroff ansteigenden Ufergelände und abseits der viel benutzten Handelsstraßen. Der Kapitän steuerte sein Schiff über eine versteckte Einfahrt in die Bucht hinein, die einen ausgezeichneten Schutz gegen Stürme bot. Außerdem waren Schiffe von der Meeresseite nicht mehr zu sehen und Seeräuber konnten sie nicht entdecken.

Von der Landseite her hatte man das ankommende Schiff längst gesehen. Schwarze Landarbeiter rannten zu ihrem Herrn, dem alten Engländer, der sich zunächst über den seltenen Besuch eines Handelsschiffes wunderte. Er hatte jährlich nur zweimal die Landung eines Schiffes zu erwarten, die aber zu anderen Jahreszeiten die Bucht ansteuerten. Dann erkannte er jedoch den jungen Kaufmann und freute sich sehr über das Wiedersehen. Im Stillen hatte er immer damit gerechnet, dass dieser zurückkehren und eines Tages seine Niederlassung übernehmen würde.

Die ganze Gesellschaft erhielt nun eine Einladung von ihm, an Land zu kommen und mit ihm auf seinem Anwesen ausgiebig zu speisen. Da der Kapitän ohnehin plante, zwei bis drei Tage für die Beseitigung der Sturmschäden zu ankern, wurde die Einladung mit Freuden angenommen.

Dem Engländer sah man sein Alter an. Mehrere Malariaanfälle hatten ihre Spuren hinterlassen, und er wollte baldmöglichst in seine Heimat zurückkehren, um seinen Lebensabend zu Hause zu verbringen.

Der Engländer bewirtschaftete eine riesige Farm, die durch einen Palisadenzaun gesichert, und damit gegen die Fresswütigkeit der hier in Massen lebenden Tiere geschützt war. In der Mitte des Geländes befand sich das zweistöckige Farmhaus, das in Blockbauweise aus in der Nachbarschaft gefällten Bäumen errichtet war. Unmittelbar am Haus gewachsene Laubbäume beschatteten eine weitläufige Terrasse und spendeten auch Schatten für einen davor liegenden kleinen See, auf dem sich Schwäne und Enten tummelten. Silbern glänzende Fischleiber blitzten auf, wenn Sonnenstrahlen durch das Laub der Bäume einen Weg gefunden hatten.

Außerhalb des eingezäunten Geländes war unmittelbar am Palisadenzaun ein kleines Dorf entstanden, in dem die schwarzen Landarbeiter und Bediensteten der Farm wohnten. Das Dorf bestand hauptsächlich aus runden, strohgedeckten Hütten, aber auch einigen Blockhäusern. Umzäunt war das Dorf mit Gestrüpp aus dornenbesetzten Sträuchern, die eine dicke und hohe undurchdringliche Mauer bildeten und vor wilden Tieren schützten. Ein Tor an der einen Seite des Dorfes ermöglichte den unmittelbaren Zugang zum Farmgelände. Die Landarbeiter wurden vom Farmbesitzer gut versorgt und immer mehr schwarze Menschen kehrten ihren wilden Stämmen den Rücken und siedelten sich in der Nähe der Farm an. Neben den Anpflanzungen innerhalb des Farmgeländes hatte der Engländer einige Flächen für wirtschaftlich notwendige Dienstleistungen abgegrenzt. Dazu gehörten Schuppen für die Lagerung von Geräten zur Landbearbeitung, scheunenartige Gebäude zur Aufbewahrung von abgeernteten Gütern wie Gemüse, Obst und Getreide, Gebäude für die Hortung von Handelsware, wie zum Beispiel Elfenbein und mineralischen Rohstoffen.

Auch eine kleine Pferdekoppel nannte der Engländer sein Eigen. Er hatte vor vielen Jahren, als ein Transporter mit Pferden vom arabischen Raum nach Südafrika bei ihm wegen eines Sturmes vor Anker ging, fünf Pferde erworben. Diese waren krank und sollten getötet werden. Der Farmer bekam sie für geringes Geld und päppelte sie wieder auf. An Land erholten sie sich schnell und stellten den Grundstamm für eine Herde von mittlerweile circa zwanzig Tieren. Es waren edle, arabische Pferde, die die Augen jedes Kenners leuchten ließen.

Der Engländer führte seine Gäste auf die Terrasse, um ihnen durch seine Bediensteten einen kühlen Trunk überreichen zu lassen. Alle waren froh, für eine Weile der Enge des Schiffes und dessen ewigen Geschaukels entronnen zu sein. Auch der Kapitän, der sich dieser

Gesellschaft angeschlossen hatte, freute sich über einige geruhsame Stunden an Land.

Die Kinder erhielten vom Farmherrn die Erlaubnis, im See zu baden und tobten nun zusammen mit ihrem jungen Schäferhund im Wasser. Die Enten und Schwäne hielten sich abseits und beobachteten aus sicherer Entfernung das ungewohnte Treiben in ihrem Revier.

Der Hausherr forderte seine Gäste auf, ihm zu folgen und zeigte ihnen mit Stolz seine Farm. Zunächst führte er sie ins Haus, in dem ebenerdig ein großer Wohnraum von der Gesellschaft bestaunt wurde. An den Wänden hingen die Köpfe von exotischen Tieren. Ein Löwenkopf mit weit aufgerissenem Maul und dichter Mähne blickte bösartig auf die erschauernde Gesellschaft. Ein wilder Eber mit gewaltigen Eckzähnen schaute aus der Wand, als wäre er lebendig und könne sich in jedem Augenblick auf die zu ihm aufschauenden Gesichter stürzen. Geweihe jeder Art waren an den Wänden aufgereiht und beeindruckten die Besucher.

Ein großer Kamin für kältere Tage zierte den Raum, und Leopardenfelle machten das Wohnen gemütlich. Zwei Ledersessel mit einem Clubtisch am Kamin und ein großer Tisch mit acht Stühlen vervollständigten die Einrichtung des Raumes.

Eine breite Treppe führte ins erste Obergeschoss, und der Hausherr zeigte die hier aufwendig eingerichteten Räume, in denen die Gesellschaft nächtigen konnte.

Danach besichtigten alle die weitläufigen Anlagen der Farm. Lange standen sie vor der Pferdekoppel und bestaunten die herrlichen Pferde, die ihrerseits das Gedränge vor ihrem Gatter beobachteten. Inzwischen war es Abend geworden. Die Bediensteten hatten vor dem Haus ein Feuer entzündet und brieten an einem sich drehenden Spieß eine frisch erlegte Antilope. In der Küche des Hauses wurden weitere Leckerbissen zubereitet und am großen Tisch serviert. Ein guter Wein aus einem Kellerraum des Hauses und eine Reihe von erfrischenden Getränken sorgten dafür, dass die Gäste nicht verdursteten.

Der Safarireisende war beim Anblick der Jagdsouvenire an der Wand aus sich herausgegangen und diskutierte lebhaft mit dem Hausherrn. Mit glänzenden Augen betrachtete er immer wieder die Jagdtrophäen und stellte viele Fragen über Fauna und Flora der umliegenden Ländereien. Nachdem er diese Farm gesehen und von hier aus einen Blick in die tierreiche Umgebung geworfen hatte, beabsichtigte er nicht mit dem Schiff nach Südafrika weiterzureisen, sondern sich von hier aus auf Safari zu begeben. Er hatte bereits mit dem Hausherrn über den Kauf eines Pferdes gesprochen.

Es war bereits tiefe Nacht, als sich die Gesellschaft zur Ruhe in die vom Hausherrn zugewiesenen Räume begab. Die beiden Kinder hatten ein Zimmer für sich bekommen und konnten es gar nicht fassen, nach der Enge in ihrer Schiffskabine in einem so großen weichen Bett schlafen zu können. Sie deckten sich mit Fellen zu und waren eingedenk der vielen Erlebnisse, die heute auf sie eingestürmt waren, schnell eingeschlafen.

Am frühen Morgen wurden sie nach herrlichem Schlaf durch ungewöhnliche Laute geweckt. Vom Fenster aus sahen sie in der Ferne eine große Elefantenherde vorüberziehen, deren Trompeten bis zu ihnen herübertönte. In der Ferne brüllte ein Löwe, der sich offensichtlich auf Jagd befand, um sein Frühstück zu erlegen. Hyänen keckerten und stritten sich um ein Stück Aas, das die Löwen am Abend übriggelassen hatten. Viele undefinierbare Geräusche drangen zu den Kindern, an die sie sich erst gewöhnen mussten. Auch der junge Schäferhund saß in der Ecke und lauschte, was außerhalb des Hauses vor sich ging.

Nach einem ausgiebigen Frühstück schlug der Hausherr vor, die nähere Umgebung mit Pferden zu erkunden. Er ließ einige Pferde satteln, und eine kleine Gruppe fand sich für einen Ausritt zusammen. Während die Eltern der Kinder auf der Farm blieben, wollten diese unbedingt mit von der Partie sein. Da sie noch nicht reiten konnten, nahm der junge Kaufmann die kleine Angelika vor sich aufs Pferd, während ihr Bruder vom Hausherrn mitgenommen wurde.

Begleitet wurden sie vom Safarijäger und einer zu Fuß marschierenden Gruppe von schwarzen Jägern, die mit Speeren und Bogen bewaffnet waren. Der Engländer und der Safarijäger führten jeweils eine Armbrust und Köcher mit Pfeilen mit sich. So ausgerüstet setzte sich die kleine Karawane in Bewegung.

Die Landschaft zeigte sich als grasbewachsene Ebene mit geringerem Baumbewuchs. Nur im Bereich eines Flusses, der an der Farm vorbeiführte, und in weiterer Ferne waren Wälder mit Urwaldcharakter zu sehen. Der Fluss versorgte die Farm mit frischem Wasser und stürzte sich dann wasserfallartig in die tiefer gelegene Bucht.

Die Karawane nahm einen Weg in Richtung Urwald, der offensichtlich öfters begangen und befahren wurde. Links und rechts dieses Weges grasten Gnus, Zebraherden und andere grasfressende Tiere. In der Ferne war ein Löwenrudel zu sehen, das faul in der Sonne lag. Eine Elefantenherde zog vor der Karawane quer über den Weg. Ihr Ziel waren offensichtlich der Fluss und die gewaltigen Bäume. Sie fächelten sich mit ihren großen Ohren Luft zu, und das Knurren ihrer Mägen war bis zur Karawane zu hören. Die Kinder waren begeistert ob der Tierwelt, die schier unerschöpflich immer wieder neue Lebewesen zeigte. Der kleine Schäferhund war offensichtlich ebenfalls beeindruckt und hielt sich mit großem Respekt zwischen den Pferden auf.

Es war ein erlebnisreicher Ausritt und die beiden Kinder hatten ihren Eltern viel zu berichten. Sie waren begeistert und bestürmten ihren Vater, nie wieder von hier wegzugehen. Auf das Schiff wollten sie auf keinen Fall zurück.

Am Nachmittag setzten sich dann der Engländer und der junge Kaufmann zusammen, um die Verkaufsmodalitäten zu besprechen. Der Engländer hatte keine Familie oder andere Verwandten, es gab auch bisher keine anderen Interessenten. Andererseits wollte er auch unbedingt nach England zurück, um seine angegriffene Gesundheit durch spezielle Ärzte behandeln zu lassen, und danach seinen Lebensabend in seiner Heimat zu verbringen. So kam ein für beide Seiten annehmbarer Vertrag zu Stande. Sie beschlossen, beide mit dem zurückkehrenden Schiff nach Hause zu fahren. Der Engländer wollte einige Tage in Hamburg verbringen, um im Handelshaus die finanziellen Angelegenheiten zu klären und dann nach England weiterreisen. Entsprechende Vereinbarungen wurden mit dem Kapitän besprochen. Ein Thema für die Übernahme der Farm waren auch die Personalentscheidungen. Der junge Kaufmann wollte die Familie des Zimmermanns an sich binden, um Holzbauarbeiten im Fall einer Erweiterung durchführen zu können. Der Engländer hatte vor Jahren einen jungen Matrosen eingestellt, der als Verwalter fungierte und der ihm ans Herz gewachsen war. Einst als gestrandete Existenz aufgetaucht, arbeitete sich dieser gut in seine Arbeit auf der Farm ein, und war zu einem zuverlässigen Mitarbeiter geworden. Man konnte ihm ohne Probleme die Farm anvertrauen, wenn man längere Zeit unterwegs war. Vor allem verstand er sich gut mit dem schwarzen Personal und war für sie nicht nur der Chef, sondern auch ein Freund. Sie wandten sich mit allen Problemen an ihn, und er half, wo er konnte.

Damit waren alle Probleme geklärt. Am meisten freuten sich die Kinder, als sie erfuhren, dass die Eltern beschlossen hatten, hier zu bleiben und sie nicht wieder auf das schaukelnde Schiff zurück mussten. Mit Genehmigung des neuen Besitzers baute der Zimmermann für seine Familie ein kleines Blockhaus, in das sie nach kurzer Zeit einziehen konnten.

Der Kapitän war nach der Reparatur seines Schiffes nach Südafrika weiter geschippert und wurde nach drei bis vier Wochen zurück erwartet. Der Engländer bereitete alles vor, was er von seinem Besitz mit nach England nehmen wollte. Seinen Vorrat an Elfenbein hatte er mit der Farm an den jungen Kaufmann verkauft, der ihn mit aufs Schiff nehmen und in Hamburg meistbietend an den Mann bringen wollte.

Der Kapitän kam nach vier Wochen zurück, und nach Verladung aller vorgesehenen Gepäckstücke ging es weiter in Richtung Hamburg, wo der Engländer sich nach Klärung noch offener finanzieller Probleme von den Inhabern der Firma Merten und Olsen verabschiedete und sich weiter in Richtung England auf den Weg machte. Vom Zimmermann und seiner Familie gingen mit dem Schiff ebenfalls einige Briefe an die Eltern, die ja in der Nähe von Hamburg wohnten, mit auf die Reise. Auch drei Felle von exotischen Tieren wurden gut verpackt und dem jungen Kaufmann mitgegeben. Im Dorf der Eltern würden die Nachbarn über die Felle staunen, denn diese verfolgten den Weg der Zimmererfamilie mit großem Interesse.

Die Doppelhochzeit

Nach der Rückkehr aus Afrika berichtete Adelines Verlobter über seine Erfolge beim Kauf der Farm und zukünftigen Handelsniederlassung im Westen des afrikanischen Kontinents. Er stellte ihr den alten Engländer vor, und noch offene finanzielle Fragen wurden geregelt. Der bisherige Farmbesitzer war im Haus von Adeline untergebracht und erholte sich, umsorgt von Adelines Personal, von der strapaziösen Schiffsreise, um wenige Tage später seine restliche Reise von Hamburg nach London anzutreten.
Adeline und ihr Verlobter schmiedeten nun Pläne über den Ausbau der Farm zu einer Handelsniederlassung. Der junge Kaufmann war zeichnerisch begabt und hatte eine Reihe von Zeichnungen mitgebracht. Darunter befand sich eine Landkarte mit einer groben Landvermessung. Diese diente als Grundlage für den weiteren Ausbau der Farm und der Bucht. Sie planten eine Art Handelsumschlagplatz aufzubauen, wo nicht nur Waren aus dem Landesinneren, sondern auch mit Schiffen aus dem Süden angekommene Ware weitervermittelt werden sollte. Sie sprachen auch über die Verwaltung der Handelsstation. Der Kaufmann berichtete über den gut ausgebildeten und zuverlässigen Verwalter, den er vom Engländer übernommen hatte. Dieser sollte zunächst die Leitung der Farm behalten. Für später planten sie, dass Adelines Sohn die Farm übernehmen und leiten sollte. Entsprechend seiner gediegenen Qualifizierung im Kaufmannsberuf und der ihm angeborenen Abenteuerlust wäre er der richtige Leiter dieser Station.
Adeline berichtete nun über die weiteren Ereignisse, die sich während der Abwesenheit ihres Verlobten zugetragen hatten. Sie erzählte über den Überfall in den nächtlichen Gassen Hamburgs, wo sie sich einer Reihe von Straßenbanditen erwehren musste, und welche Rolle der bucklige Kaufmann dabei gespielt hatte. Das wichtigste

Thema jedoch war das Burgerbe und der Ausbau der Silbermine. Sie berichtete mit Stolz, dass sie mit ihren Kindern die neue Burgherrin geworden war. Weiterhin erzählte sie, dass ihre Tochter sich verlobt hatte und nun bald die Hochzeit folgen sollte. Sie lud ihren Verlobten ein, sie zu ihrer Tochter zu begleiten, an der Hochzeit teilzunehmen und die Burg zu besichtigen.

Nach der Verabschiedung des Engländers und der Erledigung aller mit der Rückkehr verbundenen Aufgaben hatten Adeline und ihr Verlobter endlich einmal für sich Zeit. Adeline bereitete ein lukratives Abendessen mit Delikatessen und auserlesenen Getränken für zwei Personen in ihrem Haus vor, und erwartete ihren Gast in ausgesuchter Abendrobe. Dieser kam mit einem großen Strauß dunkelroter Rosen und machte seiner Braut Komplimente über ihr blendendes Aussehen.

Sie verlebten einen wunderschönen Abend. Lange hatten sie keine Zeit für sich gehabt, und groß war nun die Sehnsucht nach gegenseitiger Hingabe. Zunächst aber prosteten sie sich bei einem lukullischen Abendmahl zu und versuchten die Verlegenheit zu überspielen, die wegen der langen Abwesenheit von Adelines Verlobten auftrat.

Schließlich fasste sich der junge Kaufmann ein Herz, zog Adeline an sich und flüsterte ihr ins Ohr: „Überall, wo ich mich aufhielt, musste ich an dich denken. Die Sehnsucht nach dir und deinem schönen Körper hat an meinem Herzen genagt."

Bei diesen Worten hob er Adeline aus ihrem Sessel und trug sie zum Kamin auf das Bärenfell. Langsam zog er sie aus und küsste abwechselnd den Mund, ihre Brüste und das dunkle Dreieck am Venushügel. Ihr Verlangen nach seinem männlichen Körper steigerte sich immer mehr, so dass sie ihm die restlichen Kleider vom Leib riss und ihn ungestüm auf sich zog. Als er in sie eindrang, stöhnten beide bei dem wollüstigen Gefühl, das ihre Körper durchdrang. Sie bewegten sich im Gleichklang bis Adeline durch ein glückliches Seufzen die Erfüllung des Liebesspiels anzeigte. Auch ihr Verlobter hatte die Erfüllung gefunden. Mehrmals in der Nacht wiederholten sie dieses Labsal für ihre ausgehungerten Körper.

Am nächsten Morgen stand der junge Kaufmann als Erster auf und bereitete seiner Verlobten und sich ein kräftiges Frühstück. Beim Essen berieten sie Einzelheiten zur bevorstehenden Hochzeit. Sie beschlossen nochmals, ihre Hochzeit gemeinsam mit Adelines Tochter Gabriella auf der Ritterburg zu feiern.

Nun begannen ihre Reisevorbereitungen. Bei einem ihnen bekannten Schneider in Hamburg ließ sich Adeline ein schlichtes Brautkleid, und für ihren Bräutigam einen passenden Anzug anfertigen. Die Reise sollten mit ihren Pferden durchgeführt werden, die die bevorstehende Reise spürten, und entsprechend aufgeregt waren. Das Gestüt wurde durch einen vom ehemaligen Stallmeister angelernten Bekannten geführt und hatte sich prächtig weiter entwickelt. Adeline suchte sich für ihre Reise einen schwarzen Rappen, einen Nachfolger ihres ehemaligen Reitpferdes aus, während ihr Verlobter eine braune Stute auf den Ritt vorbereitete.

Schließlich erfolgte die Abreise, wobei Adeline und ihr Verlobter von zwei Soldaten begleitet wurden, die für ihren Schutz sorgen sollten. Adeline und ihr Verlobter waren mit dem Waffenhandwerk vertraut und hätten sich bei einem Überfall selbst verteidigen können, aber eine zusätzliche Sicherheit konnte nie schaden. Da Adeline die Reise zur Ritterburg schon mehrfach zurückgelegt hatte, kannte sie den kürzesten Weg, und mit ihren ausgezeichneten Reitpferden hatten sie die Entfernung schnell überwunden. Die Reise verlief ohne besondere Ereignisse.

Auf der Burg wurden sie bereits mit Sehnsucht erwartet, und die Freude war entsprechend groß, als sie im Burghof vom Pferd sprangen.

Gabriella hatte sich schon gut in ihre Rolle als Burgherrin hineingefunden, und begrüßte ihre Gäste mit bezaubernder Gastfreundschaft. Ihr Bruder, der als Verantwortlicher für den Silbererzabbau auf der Burg weilte, schloss seine Mutter ebenfalls fest in die Arme.

Innerhalb der nächsten zehn Tage sollte nun die Doppelhochzeit stattfinden. Gabriella war begeistert, als sie von den Plänen der Mutter erfuhr, gemeinsam mit ihr in den Stand der Ehe zu treten. Sie umarmte ihre Mutter immer wieder, wobei ein bisschen Heimweh in ihrer Stimme mitschwang. Durch die Heirat wurde ja nun endgültig ein Schlussstrich unter ihre Jugendzeit gezogen, und mit Wehmut dachte sie an die schöne, sorglose Zeit ihrer Kindheit, unter den Fittichen ihrer Mutter.

Mit Nachdruck bereitete man nun die Hochzeit vor. Die Trauung sollte im Dom im Wohnsitz des Fürsten durch den Bischof im Beisein des Fürstenpaares vollzogen werden. Adeline reiste mit ihrer Tochter in die Domstadt, und sie besprachen alle näheren Umstände mit dem Bischof und dem Fürstenpaar. Es wurden die zur Zeremonie einzuladenden Personen und der Ort der anschließenden Feier festgelegt. Der junge Kaufmann war so viel Trubel nicht gewöhnt, er hätte am liebsten die Hochzeit in kleinem Rahmen in Hamburg durchgeführt. Aber als Burgherrin war Adeline an bestimmte Verpflichtungen gebunden und er musste gute Mine zu bösem Spiel machen.

Bis zur Hochzeit waren noch einige Tage Zeit. Nach der Rückkehr auf die Burg wollte Adeline nun alle Maßnahmen zum Silbererzabbau kontrollieren.

Die Abbaufirma hatte am Südende der Schlucht eine schiefe Ebene errichtet, über die sie mit Holzwagen die Erze nach oben beförderte. Adelines Nachforschungen nach dem Grab ihrer beim Überfall getöteten Eltern waren im Sande verlaufen. Von den Rittern, die am Tod der Kaufleute beteiligt waren, lebte keiner mehr. Die Toten hatte man am südlichen Ende der Schlucht in die Tiefe gekippt und mit Steinschutt bedeckt. Die durch die Abbaufirma errichtete schiefe Ebene, die aus dem Geröll des heruntergefallenen Gesteins in der Höhle bestand, bedeckte nun den traurigen Friedhof für immer. Die wenigen Knochen, die die Arbeiter beim Errichten der schiefen

Ebene fanden, wurden als Tierknochen angesehen und mit unter dem Geröll begraben.

Den Höhleneingang hatte man erweitert, so dass die mit Erz beladenen Wagen durch die Öffnung bis zur schiefen Ebene geschoben und dort mit Seilwinden auf die obere Ebene hochgezogen werden konnten. Hier wurden dann Pferde vor die Wagen gespannt und das Erz zur Verhüttung transportiert.

Eine Verhüttungsanlage hatte man in der Nähe der Höhle errichtet, die bereits Jahrhunderte davor durch Silberabbau entstanden war, und die die Raubritter als Versteck für die geraubten Güter genutzt hatten. Um die Verhüttungsanlage herum errichtete man Holzhütten, in denen die Bergleute und die an der Silbergewinnung beteiligten Personen, teilweise mit ihren Familien, untergekommen waren. Das Silber wurde in Barren gegossen und in der Höhle zwischengelagert. In ca. zehntägigen Abständen erfolgte dann unter Bewachung der Abtransport nach Hamburg.

Adeline, ihr Verlobter und ihr Sohn besichtigten nun die gesamte Silbergewinnung vom Abbau bis zur Verhüttung. Arnfried berichtete, welche Maßnahmen er mit dem Bergbauingenieur abgestimmt hatte. Sie erweiterten zunächst den Höhleneingang, beseitigten Hindernisse in der Schlucht und errichteten die schiefe Ebene. Das herabgefallene Geröll in der Höhle wurde herausgeschafft, und für die Planierung des Schluchtgrundes und die Errichtung der schiefen Ebene genutzt. Dabei fand man auch das Skelett des Bären. Eingedenk der Erzählung seiner Mutter über den Kameraden ihrer Kinder- und Jugendzeit bekam der Bär ein Ehrengrab im nahe liegenden Wald.

Die Decke in der Höhle bekam eine Absteifung, damit die Bergleute gegen weiteres herabstürzendes Gestein gesichert waren. Dann begannen die Bergleute mit dem Abbau des Silbererzes. Dieses lag zum Teil in einer gewaltigen Ader offen, führte aber auch weiter in den Fels hinein. Nach Einschätzung der Bergleute hatten sie es mit einem ergiebigen Silbererzvorkommen zu tun, und es würde einige Jahre dauern, bis der Abbau beendet sei.

Den Durchgang zur zweiten Höhle ließ Arnfried nach Rücksprache mit seiner Schwester und deren zukünftigem Mann verschließen. Zum einen wollten sie die einzigartigen, märchenhaften Kalksinterbildungen vor einer Zerstörung durch ein unkontrolliertes Begängnis verhindern, zum anderen sollte der große Schmelzwassersee, dessen Wasser über Jahrhunderte durch den Berg gesickert war vor Verschmutzung aus den Abbauarbeiten in der nebenliegenden Höhle geschützt werden. Man plante, den See zu einem späteren Zeitpunkt für die Trinkwassergewinnung der Burg zu erschließen. Durch Pumpen und entsprechende Steigleitungen sollte die Wasserbevorratung in der Burg verbessert werden.

Adeline lobte ihren Sohn für die umsichtige Planung des Silbererzabbaus. Er hatte auch daran gedacht, die Natur weitgehend zu schonen. Der kleine See am Grunde der Schlucht, in dem Adeline in ihrer Jugendzeit zusammen mit dem Bären mehrfach gebadet hatte, blieb ebenfalls erhalten. Das Wasser darin stammte vom getauten Schnee der umliegenden Berge und vom Regen. Das Wasser hatte sich an der tiefen Stelle der Schlucht gesammelt, und der überschüssige Teil bei Hochwasser floss über eine Rinne und einen Durchlass am Schluchtende in die dahinter liegende Ebene. In Verbindung mit den Abbauarbeiten hatte Arnfried den Abfluss mit Rohren bestückt, so dass das abfließende Wasser nicht durch Einebnung des Schluchtgrundes und die schiefe Ebene behindert wurde. Der kleine See hatte im Laufe der Zeit an Fischreichtum zugenommen, und bei näherer Betrachtung flimmerte es von silbrigen Fischleibern. Da natürliche Feinde fehlten, hatten sie sich prächtig entwickelt. Nur ab und zu ließen sich einige Enten und Gänse nieder, die das am Ufer wachsende Grün abweideten. Ab und zu kam ein Bär vorbei, der in der Höhle seinen Winterschlaf halten wollte. Er stieg dann in den See, um sich an den Fischen gütlich zu tun und seinen Winterspeck mit einem weiteren Ring aufzustocken. Da der

Höhleneingang nicht mehr offen war, trollte er sich danach wieder davon.

Adeline kamen Erinnerungen an ihre Jugendzeit und am liebsten hätte sie sich ausgezogen und wäre in das glasklare Wasser des Sees gesprungen. Leider war diese unbeschwerte Zeit für immer vorbei, und niemand konnte ihr ihre Jugend zurückbringen.

Arnfried hatte vor Beginn der Abbauarbeiten die sterblichen Überreste seines Vaters bergen lassen und brachte diese bei den Nonnen unter, wo ja bereits der Schädel auf seine endgültige Bestattung wartete. Er hatte einen prächtigen Sarg fertigen lassen, indem nun die vollständigen Gebeine ruhten. Adeline sorgte für die Überführung des Sarges und noch vor der Hochzeit fanden im kleinen Kreis die Trauerfeierlichkeiten in Verbindung mit der Aufbahrung in der Familiengruft derer von Hohenfelsen statt. Damit ging ein bewegter Lebensabschnitt Adelines zu Ende, der mit dem Schwur, den Tod ihrer Eltern zu rächen begann, und mit dem Tod ihres Geliebten und dessen endgültiger Bestattung aufhörte. In der Gruft hatten die Kinder von Adeline sie für einige Zeit allein gelassen. Sie berichtete am Sarg ihres Geliebten von all den Ereignissen, die nach seinem Tod stattgefunden hatten, und dass alle seine Wünsche in Erfüllung gegangen seien. Seine Kinder würden ihn in Ehren halten und die Traditionen derer von Hohenfelsen fortsetzen.

„Ich danke dir für die wenigen glücklichen Stunden, die wir miteinander verleben konnten und für die Fürsorge, die du mit deinen Dokumenten über deinen Tod hinaus in die Wege geleitet hast. Alle Deine Wünsche sind in Erfüllung gegangen, und du kannst nun beruhigt deinen Weg ins Jenseits antreten".

Mit diesen Worten verließ Adeline die Gruft und kehrte nie wieder zurück.

Nun war es Zeit, wieder in die Domstadt zurückzukehren und die Hochzeiteremonie durchzuführen. Die offizielle Trauung fand im Dom statt und wurde vom Bischof und seinen kirchlichen Würdenträgern durchgeführt. Da das Fürstenpaar keine eigenen Kinder hatte, fühlte es sich verpflichtet, den Sohn des Bruders bei dessen Hochzeit zu unterstützen. Die nach der Trauung stattfindenden Hochzeitfeierlichkeiten fanden deshalb im Fürstenschloss statt. Zur Finanzierung dieser Festlichkeiten hatte Adeline einen Anteil ihres Silberschatzes zur Verfügung gestellt.

Am Hochzeitstag fuhren die Hauptpersonen und die Gäste in festlich geschmückten Kutschen vor dem Haupteingang des Doms vor. Die Wagenkarawane führten der Fürst und die Fürstin mit ihrer vergoldeten Kutsche und den vorgespannten schwarzen Rappen an. Danach kamen die Kutschen der beiden Brautpaare, vor die jeweils vier Schimmel gespannt waren. Die Lakaien, die auf Trittbrettern am hinteren Ende der Kutsche standen, sprangen nach deren Halt herab, klappten die seitlichen Treppen herunter und halfen den beiden Brautpaaren aus der Kutsche. Gabriella hatte ein langes weißes Kleid mit einer langen Schleppe, die von zwei kleinen goldhaarigen Mädchen getragen wurde, an. Vornweg gingen zwei kleine Mädchen mit Körben, aus denen sie Blumen streuten.

Adeline war wesentlich schlichter gekleidet. An der Seite ihres schwarz gekleideten Verlobten ging sie in einem weißen Kostüm mit Goldbesätzen hinter ihrer Tochter zum Traualtar. Beide trugen einen Strauß dunkelroter Edelrosen, die die Nonnen aus ihrem Garten gebracht hatten, im Arm. Beide Paare schritten zum Altar, vor dem sie gemeinsam auf einer teppichbelegten Bank knieten. Hinter ihnen nahmen die Gäste feierlich im Kirchengestühl Platz. Viele waren aus Neugier gekommen, um die neuen Burgbesitzer kennen zu lernen.

Nach der Trauungszeremonie fuhren die frisch vermählten Paare und ihre Gäste in ihren Kutschen zum Fürstenschloss. Die Straßen waren ob des großen Ereignisses mit Neugierigen gesäumt. Seit Jahren hatten sie keine Hochzeit des Feudaladels mehr erlebt. Fürst und Fürstin, die als Trauzeugen die beiden Paare begleitet hatten, führten wieder mit ihrer Kutsche den Konvoi an. Im Burghof wurden sie von der Dienerschaft erwartet, die alle an ihre Plätze führte.

An einer Stirntafel nahmen Fürst und Fürstin Platz, und links und rechts davon saßen die beiden frisch vermählten Paare. Der Fürst ließ es sich nicht nehmen, den beiden Paaren in einer Rede alles Gute zu wünschen.

Danach begann mit einem lukullischen Mittagsmahl die große Feier. Tänzerinnen und Tänzer, Sänger, Gaukler und Clowns unterhielten die Gäste bis spät in die Nacht. Nachdem die Gäste die beiden Paare traditionsgemäß ins jeweilige Brautgemach gebracht hatten, zogen sich alle zurück und es trat Ruhe ein.

Mit einem ausgiebigen Frühstück am nächsten Tag verabschiedeten der Fürst und die Fürstin ihre Gäste, und auch die beiden frischgebackenen Ehepaare zogen sich auf ihre Burg zurück.

Dort wurden sie bereits von der Dienerschaft und der Bevölkerung erwartet. Die Bewohner des Dorfes am Fuße des Berges ließen es sich nicht nehmen, ihre Herrschaften zu begrüßen und zu beglückwünschen. Das Dorf hatte sich gut entwickelt. Adeline hatte zusammen mit ihrer Tochter und ihrem Schwiegersohn ertragbare Abgaben festgelegt, die bedeutend geringer als zu Zeiten der Ritterherrschaft waren. Die neuen Burgbesitzer wurden deshalb von allen verehrt. Das Dorf war auf die doppelte Größe gewachsen. Als der Silbererzfund bekannt wurde, hatten sich zusätzlich Handwerker angesiedelt, die daraus ihren Nutzen ziehen wollten. Arbeitskräfte zur Silbergewinnung waren angereist und boten sich dem Burgherrn zur Mithilfe an. Kaufleute, die in dem Dorf einen Handelsknotenpunkt sahen, gründeten Handelsniederlassungen. Das kleine Dorf aus der Zeit von Adelines Jugend war nicht wiederzuerkennen.

Im Hof der Burg richtete man mehrere Feuerstellen ein, an denen bereits vorher geschlachtete Ochsen und Schweine am Spieß brieten. Auch andere Fleischlieferanten, wie Geflügel, Hasen und schmackhaftes Kleingetier wurde angeboten. Zwei große Fässer Wein stach der Koch mit seinen Gehilfen an, und es wurde geschmaust und auf das Wohl der Hochzeitpaare angestoßen. Große und kleine Geschenke häuften sich auf einem dafür eingerichteten Gabentisch.

Im Burghof traten Tänzer auf, Artisten zeigten ihr Programm, Clowns brachten die Gäste zum Lachen und Sänger unterhielten ihr Publikum bis spät in die Nacht.

Gabriella wollte gerne, dass auch ihr Bruder bald unter die Haube kam. Sie hatte als Brautjungfern vier junge Damen aus Nachbarburgen eingeladen und sie entsprechend instruiert. Sie flirteten mit dem jungen Bruder Gabriellas. Er hatte die schlanke aber kräftige Statur seines Vaters und das schöne, offene Gesicht und das blonde Haar seiner Mutter geerbt. Auch bei den Schwertkämpfen, die anlässlich der Hochzeitszeremonien drei Tage zuvor stattgefunden hatten, machte er eine gute Figur. Kein Wunder, dass die jungen Damen alle verliebt in ihn waren. Aber er hatte kein Interesse an einer festen Bindung und alle diesbezüglichen Bemühungen schlugen fehl.

Nach dem Ausklang der Hochzeitfeierlichkeiten erbat sich Adeline drei Tage Urlaub bei ihrem Mann. Sie wollte nochmals bei den Nonnen einkehren und von den Lieblingsplätzen ihrer Jugend Abschied nehmen. Ihr Mann hatte volles Verständnis für Adeline und gab ihr Geleit bis zum Fuße des Berges, von wo aus sie dann allein auf ihrem Rappen zum Kloster ritt.

Die Nonnen erwarteten sie bereits, brachten sie in einem prächtigen Zimmer des Pilgerhotels unter und standen bereit um ihr alle Neuheiten des Klosters zu zeigen. Adeline kleidete sich in ein Lederkostüm, hatte ihr Schwert an der Seite und fühlte sich wie der junge Knappe, als der sie in ihrer Jugend in der Umgebung bekannt war.

In der Bibliothek bestaunte sie die Bücher, die inzwischen dazugekommen waren. Die Klosterchronik ergänzten zwei neue Bände, die durch farbige Bilder illustriert waren. Das Buch über Pflanzen und Heilkräuter, das Adeline selbst einmal begonnen hatte, war ebenfalls erweitert und zu einem wertvollen medizinischen Handbuch umgearbeitet worden.

Einen Tag verbrachte Adeline bei Gartenarbeit, und sie half dem neuen Gärtner und den Nonnen beim Beschneiden der Rosen, beim Ernten von Gemüse und naschte an den zuckersüßen Melonen, die sie lange nicht mehr gegessen hatte.

Sie machte sich mit den Tieren bekannt, die zurzeit das Grundstück bevölkerten. Nach Aussagen der Schwestern hatte sich nach Adelines Abschied vom Kloster nie wieder ein kleiner Bär auf das Gelände verirrt. Die Tierkinder, die hier aufwuchsen, waren meist Hasen und Rehe. Sie wurden als Findelkinder von Bauern gebracht oder von den Nonnen selbst gefunden, wenn sie im Wald Beeren suchten oder Pilzplätze erkundeten. Die Tiere waren völlig zahm und liefen den Nonnen hinterher, da sie meist von diesen einen kleinen Leckerbissen erobern konnten.

Ein abgegrenzter Garten war für seltene Kräuter reserviert. Dieser erweckte Adelines Neugier, und sie ließ sich von der dafür zuständigen Nonne die Wirkungsweise und den Nutzen erklären. Trotz ihrer Arbeit als Kaufmann hatte Adeline in Hamburg immer einen kleinen Vorrat an medizinischen Kräutern zu Hause. Damit hatte sie bei Bekannten und auch bei ihren Kindern manche Krankheit erfolgreich behandelt. Die Nonne versprach ihr, einen kleinen Vorrat an Heilkräutern auszuwählen und mitzugeben. Adeline war sehr erfreut.

Einen Tag hielt sich Adeline im Wald auf und besuchte die Plätze, die sie in ihrer Jugend so sehr geliebt hatte. Die frommen Schwestern warnten sie, allein in den Wald zu gehen. Mit dem Bekanntwerden des Silberfundes hatten sich auch Banditen eingefunden, die auf eventuelle Gelegenheiten zur Erbeutung von Wertgegenständen warteten. Adeline verließ sich jedoch auf ihre Kampferfahrung und die Kenntnis der hiesigen Gegend.

Als erstes besuchte sie ihre ehemalige Trainingsstätte, an der sie allein oder mit dem ehemaligen jungen Burgherrn den Schwertkampf geübt hatte. Danach ritt sie zu besonders markanten Stellen, an denen sie mit ihren Bären aufgekreuzt war, oder die Kräuterfrau getroffen hatte. Die meisten dieser Stellen waren kaum noch erkennbar, da Bäume oder Gestrüpp gewachsen waren, die alles bedeckten. Sie war schon auf dem Heimweg, als sie das Getrappel von Hufen hörte. Die Reiter versuchten, möglichst leise auf dem von Adeline benutzten schmalen Pfad hinterher zureiten. Das machte Adeline stutzig, sie stieg ab und versteckte sich seitlich in den Büschen. Ihr Pferd veranlasste sie, sich auf die Seite zu legen, und mit der Hand auf den Nüstern versuchte sie das Pferd still zu halten. Es waren zwei Reiter, die im Vorbeireiten mit einander flüsterten.

Nachdem diese heruntergekommenen Gestalten sich weit genug in die Gegenrichtung entfernt hatten, stieg Adeline auf ihr Pferd und bewegte sich leise auf das Kloster zu. Sie wollte eine Begegnung mit diesem Gesindel vermeiden.

Diese hatten jedoch die Geräusche von Adelines Pferd gehört und ritten nun mit offensichtlich bösen Absichten hinter ihr her. Adeline war sich klar darüber, dass sie wegen der Einengung durch das Gestrüpp und wegen der schlechten Bodenverhältnisse auf dem Pfad nicht davon reiten konnte, und sich dem Kampf stellen musste. Sie ritt bis zu einer freien Fläche, um mehr Bewegungsfreiheit zu haben und drehte ihr Pferd in Richtung ihrer Verfolger. Dabei richtete sie es so ein, dass diese nur an der rechten Seite vorbei konnten, auf der anderen Seite ließ sie mit ihrem Pferd keine Durchgangslücke.

Die beiden Verfolger waren schnell herangekommen und glaubten, mit der jungen Frau leichtes Spiel zu haben. Einer der beiden hatte als Waffe einen türkischen Krummsäbel und einen Dolch, während der andere ein machetenartiges Messer in der Hand hielt.

Adeline trainierte nahezu jeden Tag mit ihrem Schwert, sowohl auf dem Pferd, als auch zu Fuß. Sie hatte bisher noch nicht abgebaut, war nach wie vor schnell in ihrem Umgang mit dem Säbel und fühlte sich fit für den bevorstehenden Kampf. Auch mit den verschiedensten Waffen hatte sie Erfahrung gesammelt und konnte mit ihrem Schwert, Säbel, Machete und Messer mühelos parieren. Der erste Verfolger hatte seinen Krummsäbel zum Schlag erhoben, mit der anderen Hand hielt er den Zügel seines Pferdes. Er kam auf Adeline zugeritten und wollte ihr im Vorbeireiten den Kopf spalten. Diese hatte jedoch ihr Schwert zielgerichtet zum Unterarm des Verfolgers erhoben und bei dessen geplanten Schlag hielt sie dagegen und trennte ihm den Arm ab. Er schrie auf und sein Pferd stürmte aufgeschreckt davon.

Dann war für den zweiten Verfolger Platz geworden, und er versuchte nun mit seiner Machete Adeline tödlich zu verwunden. Adeline war jedoch auf der Hut. Nach der Verwundung des ersten Reiters hatte sie sofort wieder Kampfposition eingenommen. Nach einem kurzen Gefecht erledigte sie ihn in einem günstigen Augenblick durch einen Stich ins Herz. Der Räuber blickte mit erstaunten Augen ob der Kampfkraft einer Frau in Adelines Gesicht und sank tot vom Pferd.

In einiger Entfernung hörte sie das Wimmern ihres ersten Verfolgers. Er war vom Pferd gestürzt und hielt sich seinen Armstumpf, aus dem ruckweise das Blut herausschoss. Dabei winselte er um Gnade und Barmherzigkeit, und Adeline konnte nicht umhin, erste Hilfe zu leisten. Sie band ihm den Arm ab, um den Blutausstoß zu verringern, hievte ihn auf sein daneben stehendes Pferd und brachte ihn zur weiteren Verarztung zum Kloster. Die medizinkundigen Nonnen nahmen sich seiner an, brannten die Wunde aus, nachdem sie die Hauptgefäße abgebunden hatten. Er war inzwischen ohnmächtig geworden und wurde in eine der leer stehenden Zellen gebracht.

Adeline ging nun zur Oberin und berichtete über den Überfall. Sie bat diese, sich um den Verwundeten und den Toten zu kümmern. Der Gärtner wurde daraufhin mit Pferd und Wagen in den Wald geschickt, um den Toten zu holen und auf dem Friedhof beizusetzen. Dessen Pferd war bereits hinter Adeline hergetrottet und wurde zusammen mit dem anderen Pferd im Stall des Klosters untergebracht.

Adeline war der weitere Aufenthalt in ihrer ehemaligen Heimat durch den Überfall verleidet worden. Sie verabschiedete sich von den Nonnen und machte sich auf den Weg zur Burg. Hier traf sie nochmals mit all ihren Lieben zusammen. Ihrem Sohn gab sie noch eine Reihe von Instruktionen zum Silbererzabbau. Danach ritt sie mit ihrem Mann nach Hamburg zurück.

Arnfried nahm nun seine gewohnte Tätigkeit wieder auf. Morgens traf er mit dem Bergbauingenieur zusammen und legte gemeinsam mit ihm die Tagesaufgaben bei der Silbergewinnung fest. In festgelegten Zeitabständen kontrollierte er den Fortschritt im Erzabbau und der Verhüttung. Ansonsten erkundete er den naheliegenden Urwald und machte Bekanntschaft mit vielen Tieren, die er bisher meist nur in seinen Kinderbüchern gesehen hatte. So wie seine Mutter hatte er die Gabe, sich mit den Tieren der Wildnis anzufreunden. Diese hatten keine Angst vor ihm und blieben in seiner Nähe, wenn er in ihrem Revier auftauchte.

Auch bei den Nonnen war er gern gesehen. Er übernahm Arbeiten, für die beim alten Gärtner die Kraft nicht mehr ausreichte. Wenn er im Tierkindergarten auftauchte, wurde er von seinem Rudel Tieren umringt, denn sie wussten, dass er immer einige Leckereien dabei hatte.

Arnfried wollte eigentlich nur noch kurze Zeit bei seiner Schwester auf der Burg verweilen. Er hatte sich ausführlich mit seinem Stiefvater über die Farm und die Handelsstation in Afrika unterhalten. Seine Abenteuerlust trieb ihn in die Welt hinaus, und er wollte unbedingt recht bald nach Afrika abreisen und die Farm übernehmen. Aber es vergingen noch sechs Jahre, ehe er seinen Wunsch verwirklichen konnte.

Inzwischen erlebte er das Familienglück seiner Schwester und seines Schwagers. Sechs Monate nach der Hochzeit kamen ein kleiner Sohn, und zwei Jahre danach ein kleines Mädchen zur Welt. Wenn es seine Zeit erlaubte, war Arnfried bei den beiden Kleinen zu finden. Diese liebten ihn im Gegenzug über alles. Der kleine Arnd kam ihm mit freudig erregtem Kindergesicht entgegen getrippelt, sobald er laufen konnte. Arnfried nahm ihn im Alter von drei Jahren mit aufs Pferd, wenn er ausritt. Seine Schwester schaute diesem Treiben ängstlich zu, konnte sich aber der Freude des kleinen Arnd nicht entziehen, wenn dieser glücklich lachend seiner Mutter vom Pferd herunter zuwinkte. Die kleine Anita saß gerne auf Arnfrieds Schoß und lächelte zufrieden, wenn dieser mit ihr spielte.

Nach sechs Jahren kam eine Nachricht von seiner Mutter aus Hamburg, dass die Anwesenheit eines kompetenten Vertreters der Kaufmannsgilde in Afrika notwendig sei. Man hatte in der Gilde festgelegt, dass Arnfried der geeignete Mann für die Aufgabe sei. Die gute kaufmännische Ausbildung, seine Fähigkeiten im Umgang mit Waffen und seine besonnene Art bei der Klärung von unverhofften Situationen waren nach Meinung der Kaufmannsgilde die Eigenschaften, die in Afrika gebraucht wurden.

So reiste er nun ab, um von Hamburg aus die Fahrt anzutreten. Seine beiden kleinen Freunde wollten ihn natürlich nicht weglassen. Der kleine Arnd bat mitgenommen zu werden, um in Afrika gegen wilde Tiere zu kämpfen und seinen Freund vor ihnen zu schützen. In Hamburg ging es nach einer ausführlichen Unterhaltung mit seiner Mutter und seinem Stiefvater nach wenigen Tagen gen Süden.

Das Leben auf der Farm in Afrika

Nach der Abreise des jungen Kaufmannes übernahm der von ihm eingestellte Verwalter des ehemaligen Farmbesitzers die Leitung der Farm. Diese sollte ja zu einer Handelsstation ausgebaut werden, und der Kaufmann hatte entsprechende Anweisungen hinterlassen. Zunächst wollte man die Lagerkapazität erweitern und neue Gebäude errichten, die möglichst nahe an der Bucht lagen und den Transport zu den ankernden Schiffen erleichterten. Als Baumaterial sollten Bäume gefällt werden, die für die Blockbauweise geeignet waren.. Der Verwalter gab hierzu die entsprechenden Anweisungen an den Zimmermann, der die Fällarbeiten und die anschließende Errichtung der Bauten übernahm. Ihm halfen dabei kräftige Eingeborene, die er zusammen mit dem Verwalter aus den Bewohnern des Dorfes aussuchte. Zum Schutz der Holzfällergruppe wurden auch einige mit Speeren und Bogen bewaffnete Eingeborene abgestellt.
Die Arbeiten an den neuen Lagergebäuden gingen zügig voran, und das junge Handwerkerehepaar freute sich, an diesem idyllischen Fleckchen Erde eine Bleibe, verbunden mit einer interessanten Arbeit, gefunden zu haben. Die Frau des Zimmermanns fand eine Anstellung in der Küche und sorgte zusammen mit dem Küchenpersonal für die Verpflegung der Angestellten.
Am meisten freuten sich die Kinder, dass sie der Enge des Schiffes entronnen waren und sich innerhalb der mit Palisaden umzäumten Farm austoben konnten. Jeden Tag gab es etwas Neues zu erleben, und sie konnten sich an der exotischen Tierwelt nicht satt sehen. Sie durften allerdings das Farmgelände nicht ohne Begleitung von Erwachsenen verlassen. Aber auch hier gab es genügend Möglichkeiten, ausgelassen zu spielen und sich mit Tieren anzufreunden.
Am meisten hatte es ihnen ein kleiner Elefant angetan. Die Mutter des Kleinen war Elfenbeinjägern zum Opfer gefallen, und als er

kläglich trompetend in der Nähe der Farm herumstapfte, hatte einer der Eingeborenen ihn eingefangen und in die Farm mitgebracht. Hier war er nun zum Liebling der Bediensteten geworden und bekam von allen Seiten Leckerbissen zugesteckt. Da er noch keinen Schaden anrichtete, durfte er sich innerhalb des Farmgeländes frei bewegen. Er hatte sofort Zutrauen zu den beiden Kindern gefasst und folgte ihnen nun auf Schritt und Tritt.

Der ehemalige Besitzer der Farm, der alte Engländer, hatte eine besondere Beziehung zu den Eingeborenen des kleinen Dorfes am Rande der Farm aufgebaut. Rassenhass und Diskriminierung waren ihm fremd, und so erlaubte er auch den Kindern der Eingeborenen auf der Farm zu spielen. Bei der Ankunft der beiden blondhaarigen Kinder hatten diese sich in ihr Dorf zurückgezogen und warteten nun ab, ob die Fremden als Spielgefährten tauglich seien.

Nun hatten sie sich schon seit Tagen in den Bäumen versteckt, lugten durch das Blätterdach und beobachteten das Treiben der fremden Eindringlinge. Diese spielten gerade mit dem Elefanten, als sich ein kleiner Schwarzer ein Herz fasste und von einem der Bäume herabglitt. Er stand nun erschrocken ob seines Mutes mit großen Kulleraugen vor den Fremden und traute sich keinen Schritt weiter. Zum Umkehren hatte er aber auch keinen Mut. Angelika und ihr Bruder waren ebenfalls erschrocken und schauten den kleinen, schwarzen, nur mit einem Schurz bekleideten Jungen ratlos an.

Es war der junge Schäferhund, der das Eis zwischen ihnen brach. Er lief zu dem Jungen hin, stellte seine Vorderpfoten auf dessen Schulter und leckte ihm freundschaftlich das Gesicht. Erschrocken traute der kleine Mann nicht, sich zu bewegen, und so lief Angelika zu ihm hin und befreite ihn von den ungestümen Zärtlichkeiten. Der Junge, der sich nicht zu atmen getraut hatte, holte nun tief Luft und begann sofort in der Sprache der Eingeborenen auf die beiden fremden Kinder einzureden. Er erzählte, dass er und seine Kameraden mit ihnen spielen wollten, bisher aber zu feige waren, sich ihnen zu nähern. Angelika und ihr Bruder verstanden zwar kein Wort, aber die Gesten waren eindeutig. Angelika ging auf den kleinen Mann zu, umarmte ihn, und die Freundschaft war damit geschlossen.

Nun kamen auch die anderen Kinder von den Bäumen herab, und immer noch zögernd näherten sie sich der kleinen Gruppe. Schließlich schnatterten sie aufgeregt durcheinander und versuchten es, ihrem kleinen Kameraden nachzumachen und die beiden fremden Kinder zu begrüßen. Der junge Schäferhund rannte zwischen ihnen hin und her und freute sich, als es letztendlich zur Verständigung kam.

Als sich die Aufregung dann gelegt hatte, setzten sie sich auf einen langen Baumstamm nieder und stellten sich gegenseitig vor. Es gab ein großes Gelächter, als die schwarzen Kinder die ungewohnten europäischen Namen auszusprechen versuchten. Sie einigten sich schließlich auf „Anga" für Angelika und „Sifi" für Siegfried. Nun stellten sich die Eingeborenenkinder vor, und es gab ebenfalls großes Gelächter bei der Aussprache der Kindernamen. Man einigte sich aber schnell auf entsprechende Abkürzungen.

Das nächste Gespräch drehte sich um die Hautfarbe der hellhäutigen Kinder. Die Eingeborenenkinder versuchten mit den Fingern die vermeintliche weiße Farbe vom Körper der beiden kleinen deutschen Kinder abzurubbeln. Als das nicht gelang, zogen alle zum See und badeten ausgiebig in den Fluten. Schließlich mussten alle einsehen, dass die Hautfarbe echt ist. Es war das erste Mal, dass sie Weiße zu Gesicht bekommen hatten, denn Gesichter und Hände des Engländers und des französischen Verwalters waren durch den Aufenthalt in der afrikanischen Sonne so braun geworden, dass sie sich nur wenig von den dunklen Eingeborenen unterschieden.

Nun, da die Freundschaft geschlossen war, gab es für die Gruppe nur noch den Drang nach gemeinsamen Erlebnissen. Die Gruppe von circa fünfzehn Kindern, darunter außer Angelika noch vier weitere Mädchen, zogen gemeinsam mit dem kleinen Schäferhund und dem hinterher zottelnden jungen Elefanten durch das Gelände der Farm und suchten sich immer neue Spielplätze, an denen sie sich ver-

steckten oder anderweitige Spiele in ihrem Programm hatten. Die Anzahl der Spiele war unerschöpflich, da europäische, den Eingeborenenkindern noch nicht bekannte Freizeitbeschäftigungen, auf der Tagesordnung standen. Bezüglich der Verständigung klappte es mittlerweile ganz gut, die Eingeborenenkinder hatten etwas Deutsch gelernt, während „Anga" und „Sifi" die ersten Sätze in der Eingeborenensprache plapperten. Der kleine Schwarze mit den großen Kulleraugen hatte sich zum Anführer gemausert. Zum Aussuchen der Spielplätze ging er stolz voran und hatte immer neue Einfälle bei der Auswahl von Spielen. Gutmütig ließ man ihn gewähren. Auch die inzwischen dreizehnjährige Angelika überließ als Älteste dem Kleinen die Führung. Die Eingeborenen, die die Feldarbeit verrichteten, lächelten, wenn die gemischte Gruppe an ihnen vorüberzog. Der Lieblingsplatz der Gruppe war eine kleine windgeschützte Bucht am See. Hier ragten die Äste eines Eukalyptusbaumes weit über das Wasser und die Kinder hatten eine Schaukel angebracht, von der aus sie sich nach einer weiten Pendelbewegung abdrückten und ins Wasser plumpsen ließen. Ein anderer starker Ast bot die Möglichkeit, nach drei Schritten Anlauf kopfüber ins Wasser zu springen. Das machte allen großen Spaß und sie tummelten sich splitternackt in den warmen Fluten. Nur Angelika hatte Hemmungen, mit ihren dreizehn Jahren und den sich andeutenden weiblichen Rundungen, nackt unter der Meute herumzutoben.
Angelika saß am Uferrand und schaute dem Treiben zu. Der kleine Elefant stand bis zum Bauch im Wasser und spritzte sich und der Bande mit dem im Rüssel gesammelten Wasser unter lautem Gelächter einen dicken Strahl in die Gesichter. Dem Schäferhund war der Tumult zu stressig und er saß neben Angelika und beobachtete alles vom Ufer aus.
Eines Tages passierte dann ein Unglück. Der hohe Palisadenzaun verhinderte natürlich nicht, dass Schlangen durch die Lücken krochen und sich innerhalb des eingezäunten Geländes niederließen. Eine schwarze Mamba hatte sich auf einem kleinen, stark zerklüf-

teten Felsplateau häuslich eingerichtet und fing in der Nähe ihres Baus Mäuse, Ratten, Eidechsen und anderes Kleingetier. Ihr starkes Gift lähmte diese Tiere, und nach wenigen Minuten waren sie verendet. Zum Fressen hakte sie ihren Unterkiefer aus und dann verschwanden die Kleintiere mit dem Kopf zuerst in dem vier Meter langen Schlangenleib.

Heute hatte sie schlechte Laune. Zweimal war ihr die Beute entwischt, und sie hatte großen Hunger. Sie war nun auf dem Weg zum See, denn sie hoffte, eines der Entenküken im Schilfgürtel zu fangen und ihren Hunger zu stillen. Auf ihrem Weg zum Seeufer kam sie an Angelika und Siegried vorbei, die dem Treiben im See zusahen. Durch deren Bewegungen aufmerksam geworden, richtete sie sich wütend auf und begann zu zischen. Der Schäferhund war sofort aufmerksam geworden und warnte die Kinder mit lautem Gebell. Aber da war es bereits zu spät: Sie biss den kleinen Siegfried, der ihr am nächsten saß, ins Bein. Der Schäferhund, der eigentlich in Europa nichts mit Schlangen zu tun hatte, griff die Schlange sofort an und verbiss sich in einem Augenblick, als die Schlange unaufmerksam war, in ihrem Genick. Er schüttelte sie so lange, bis sie tot war und der abgerissene Kopf in den Sand fiel. Der Schlangenleib schlängelte sich noch eine Weile im Todeskampf auf dem Boden hin und her, rührte sich aber nach einigen Zuckungen nicht mehr.

Angelika hatte nach dem Schlangenbiss aufgeschrieen und damit die anderen Kinder und die Feldarbeiter aufmerksam gemacht. Glücklicherweise behielt einer der Feldarbeiter die Nerven. Er nahm sein Halstuch, band es um den Oberschenkel des Jungen und knebelte es mit einem Stock so fest zusammen, dass der Blutfluss unterbunden wurde. Dann schnitt er die Schlangenbisswunde längs auf, so dass das vergiftete Blut ablaufen konnte. Gleichzeitig schickte er einen der Jungen ins Dorf, um den Medizinmann zu holen. Dieser hatte bereits mehrere Schlangenbisse behandelt und bei fünfzig Prozent seiner Patienten eine erfolgreiche Heilung erreicht. Er benutzte die Rinde eines bestimmten Baumes und legte einen

Verband um die Wunde an, der als Gegenmittel die Wirkung des Giftes verringerte und das Fieber fernhielt.
Der kleine Siegfried war inzwischen bewusstlos geworden. Die Eltern wurden benachrichtigt, und der Kleine in die Blockhütte getragen. Sein Bein schwoll an, und Zuckungen schüttelten den Körper des elfjährigen Jungen. Der Medizinmann blieb in der Nähe, um den Verband zu wechseln und ihm einen heilenden Trank einzuflößen. Tagelang schwebte der kleine Siegfried zwischen Leben und Tod. Die Mutter und Angelika saßen abwechselnd an seinem Bett und hielten seine Hand. Manchmal bäumte sich sein Körper auf, er öffnete die fiebrig glänzenden Augen, sprach ein paar Worte und ließ sich wieder auf sein Lager fallen. Schließlich siegte aber die gesunde Natur des Jungen. Nach einer Woche – Angelika wachte an seinem Bett und war vor Übermüdung eingeschlafen – richtete er den Oberkörper auf und sprach seine Schwester an. „Wo bin ich und was ist mit mir geschehen", wollte er wissen. Sein Fieber war gewichen, und er sah seine Schwester wieder mit klaren Augen an. „Du bist von einer Schlange gebissen worden, und der Medizinmann der Eingeborenen hat dich gerettet", erklärte ihm seine Schwester. Sie war froh, dass ihr Bruder auf dem Weg der Besserung war und umarmte ihn immer wieder mit Tränen in den Augen.
Der Medizinmann kam herein und trennte vorsichtig das Geschwisterpaar. Er hatte stärkende Brühe mitgebracht, in der einige Entenfleischbrocken schwammen. Nach wenigen Tagen konnte der kleine Siegfried wieder aufstehen und sich in die Sonne setzen. Er wurde sofort von seinen Spielkameraden umringt. Nachdem sie eine ganze Woche bedrückt umhergelaufen waren, und eingedenk der schweren Erkrankung ihres Spielkameraden nur im Flüsterton kommunizierten, schnatterten und gestikulierten sie nun wild durcheinander. Sie erzählten, dass sie zusammen mit den Erwachsenen im Bereich des umzäunten Geländes auf Schlangenjagd gegangen waren und sämtliche aufgespürten Schlangen getötet hatten. Im Moment war das Farmgelände frei von Schlangen.

Der kleine Siegfried erholte sich schnell. Allerdings war sein Bein noch blau angelaufen, und er konnte es nicht bewegen. Der Medizinmann hatte sich ins Dorf zurückgezogen, kümmerte sich aber immer noch um seinen kleinen Patienten. Er bestrich die Wunde am Bein mit einer braunen Paste und zeigte ihm, welche Übungen er mit seinem Bein machen musste, um die Beweglichkeit zurückzuerlangen. Das Toben mit seinen Freunden trug zur Gesundung bei, allerdings erreichte er auch später nicht die hundertprozentige Beweglichkeit des Beines zurück.

Die Eltern des kleinen Siegfried erschienen eines Tages in der Hütte des Medizinmannes und bedankten sich für die Rettung ihres Sohnes. Sie überbrachten ihm ein Geschenk, über das er sich sehr freute. Waren aus Eisen waren Raritäten, und so stellten ein Messer mit Elfenbeingriff und eine Machete ein unbezahlbares Geschenk dar, und er bedankte sich überschwänglich. Das freundschaftliche Verhältnis zwischen den Weißen der Farm und den Eingeborenen hatte sich nicht zuletzt dadurch weiter gefestigt.

Die Eltern von Angelika und Siegfried machten sich Sorgen um die Zukunft. Siegfried sollte in die Fußstapfen seines Vaters treten und zum Zimmermann ausgebildet werden, für Angelika gab es noch keine Lösung. Ein Gespräch mit dem Verwalter ergab, dass dieser dringend eine Bürohilfe brauchte. Angelika und ihr Bruder hatten in ihrem Heimatdorf von einem ansässigen Mönch die Grundlagen im Schreiben und Rechnen beigebracht bekommen. Der Verwalter nahm sie mit in sein Büro, wo er sie zunächst mit einfachen Verwaltungsaufgaben betraute. Gleichzeitig versuchte er, ihre Kenntnisse im Schreiben, Lesen und Rechnen zu erweitern, und er freute sich, dass Angelika nach kurzer Zeit die Aufgaben einer kaufmännischen Angestellten erfüllen konnte. Auch sie selbst war stolz über ihre Kenntnisse und gab sich Mühe, ihren Lehrer nicht zu enttäuschen. Für die kleinen Eingeborenkinder hatte Angelika nun keine Zeit mehr. Sie war aber nun einem anderen Hobby verfallen. Um die Pferde hatte sie bisher einen großen Bogen gemacht, sie waren ihr nicht geheuer, wenn sie sich in ihrer Koppel aufbäumten und mit rollenden Augen davonstoben, sobald sich ihnen jemand näherte. Sie wurden kaum geritten und befanden sich deshalb im halbwilden Zustand. Die beiden Eingeborenen, die sich um die Pferde kümmerten, sorgten nur für Wasser und Fütterung, ansonsten hatten sie volle Freiheit, in der Koppel herumzutoben.

Angelika hatte sich eines Tages der Koppel genähert, als ein kleiner schwarzer Hengst neugierig seine Nase aus dem Gatter steckte. Sie streichelte ihn und fütterte ihn mit Möhren. Argwöhnisch beobachtete die Mutter aus der Ferne diese Annäherung und drängte schließlich ihren neugierigen Zögling auf die Koppel zurück. Die Freundschaft war aber nun geschlossen und sobald Angelika sich der Koppel näherte, sprang er ihr entgegen und schmuste mit ihr. Er war inzwischen so zutraulich geworden, dass sie ihm einen Halfter umlegen und innerhalb der umzäunten Farm umherführen konnte. Die Eingeborenenkinder stoben laut schreiend davon, wenn sich Angelika mit ihrem Pferd näherte. Auch sie hatten, dank schlechter Erfahrungen Angst vor den Pferden.

Angelika konnte ihrem Liebling schließlich einen Sattel auflegen und die ersten Reitversuche unternehmen. Unterstützt wurde sie dabei vom Verwalter, der ein guter Reiter war und seine Wege inner- und außerhalb der Farm mit einem Pferd erledigte. Er nahm sie mit, wenn er mit dem Pferd unterwegs war. Außerhalb der Farm wurden sie immer durch ein bis zwei eingeborene Krieger begleitet, die sie mit Speer und Bogen bewaffnet vor dem Angriff wilder Tiere schützen sollten.

Angelika war, mittlerweile sechzehnjährig, zu einem schönen, schlanken Fräulein herangewachsen. Ihr blondes Haar hatte sie von ihrer Mutter stutzen lassen, um es leichter pflegen und vor Ungeziefer schützen zu können. Die Eingeborenenmädchen in ihrem Alter waren meist schon verheiratet, aber für Angelika gab es natürlich keinen Partner, der für eine Heirat in Frage käme. Sie war deshalb meist mit ihrem Bruder unterwegs, der inzwischen auch reiten gelernt hatte. Außerdem war sie viel mit einer Freundin zusammen, die als Eingeborenenmädchen in der Verwaltung für einfache Aufgaben eingestellt war. Sie konnte allerdings nicht reiten, sie hatte große Angst vor den Pferden. Für Angelika war der fehlende Kontakt zu anderen weißen Jugendlichen kein Problem, sie war mit ihrer Verwaltungsarbeit, den gelegentlichen Ausritten und der Freundschaft mit dem in der Verwaltung arbeitenden Eingeborenenmädchen vollauf zufrieden.

Der Safarireisende brach vor nunmehr vier Jahren in die Wildnis auf, und man hatte seitdem nichts mehr von ihm gehört. Er hatte ein Reitpferd und ein Packpferd von der Farm erworben und war zusammen mit zwei Eingeborenen unterwegs. Der junge Kaufmann hatte vor seiner Rückreise nach Hamburg mit ihm gesprochen und ihn gebeten, Handelswege und eventuelle Handelspartner zu erkunden, und alles in eine Karte einzutragen. Eines Tages kam er ausgehungert, zerlumpt und schmutzig zurück und berichtete, dass er von einem wilden Eingeborenenstamm gefangen genommen und eingesperrt worden war. Erst nach zweijähriger Gefangenschaft war ihm die Flucht gelungen, und er hatte sich bis hierher durchgeschlagen. Seine Aufzeichnungen hatte er gerettet, denn der wilde Eingeborenenstamm konnte damit nichts anfangen. Die Pferde, seine Ausrüstung und die ihn begleitenden Schwarzen waren dem wilden Stamm zum Opfer gefallen. Die Karte wurde entsprechend aufbereitet und wurde zu einem wichtigen Hilfsmittel für den Aufbau von Handelsbeziehungen auf dem Landweg.
Die Haupthandelstätigkeit spielte sich jedoch auf See ab. Drei bis viermal im Jahr kamen die hochseetüchtigen Koggen aus Hamburg zum Stützpunkt, brachten neue Waren mit und bunkerten hauptsächlich Elfenbein und seltene Hölzer für die Rückfahrt. Die Existenz des Handelsstützpunktes hatte sich inzwischen herumgesprochen, und so ankerten immer mehr fremde Schiffe zunächst aus der näheren, dann aber auch aus der fernen Umgebung in der kleinen

Bucht. Diese konnte allerdings nicht mehr als drei Schiffe gleichzeitig aufnehmen, und so entstand oftmals ein Stau auf dem Meer vor der Einfahrt in die Bucht.

Im Hafenbereich siedelten sich mittlerweile auch andere Händler, Handwerker und Gewerbetreibende an. Hafenkneipen boten den Seeleuten Übernachtung und Verpflegungen an. Viele Schiffe brachten Baumaterial mit und so entstand eine kleine Hafenstadt mit Gebäuden aus Holz, aber auch aus Stein.

Für die Handelsstation der Hamburger Handelsgilde bedeutete das, dass die Arbeit immer mehr zunahm und nicht mehr mit dem wenigen Personal bewältigt werden konnte. Mit den letzten Schiffen gingen immer wieder dringende Hilferufe an Adeline und ihren Mann. Arnfried hatte inzwischen fast fünf Jahre bei seiner Schwester auf der Burg verbracht und den Silbererzabbau zusammen mit dem Bergbauingenieur der angeheuerten Firma geleitet. Der Nachwuchs seiner Schwester und ihres Gatten, ein inzwischen vierjähriger Junge und ein zweijähriges Mädchen waren der Stolz der Burgfamilie. Diese beiden hingen hingebungsvoll an ihrem Onkel, und wenn es die Zeit erlaubte, spielte er mit ihnen, wie sollte es anders sein, Ritterspiele. Dem kleinen Jungen hatte er ein Holzschwert geschnitzt und ließ sich von dem aufjauchzenden Kleinen besiegen. Arnfried selbst fand bisher noch nicht den richtigen Lebenspartner zum Heiraten, auch wenn sich seine Schwester nach Kräften bemühte, ihn unter die Haube zu bringen.

Adeline und ihr Mann beorderten nun Arnfried nach Hamburg, um ihm die Übernahme der Handelsstation schmackhaft zu machen, und ihn mit dem nächsten Schiff zusammen mit einer Gruppe von Handwerkern, Schauerleuten und Verwaltungsangestellten nach Afrika zu schicken. Sie brauchten nicht lange zu reden, entsprechend seiner Leidenschaft für Abenteuer war Arnfried schnell bereit, sich auf den Weg zum schwarzen Kontinent zu machen. Die notwendigen Kenntnisse für den Kaufmannsberuf hatte er sich

dank seiner Mutter bereits in jungen Jahren angeeignet, und er war bereit, sich der neuen Herausforderung zu stellen.
Die Schiffsreise ging sehr schnell vonstatten, bereits nach drei Wochen hatten er und seine Leute ihr Ziel erreicht. Er wurde von der inzwischen siebzehnjährigen Angelika empfangen, da der Verwalter wieder einmal an der Malaria erkrankt war und das Bett hüten musste. Arnfried war begeistert, dass er von so einem jungen, hübschen Mädchen begrüßt wurde, und sie waren sich beide sofort sympathisch. Als er außerdem noch hörte, dass sie als Verwaltungsangestellte tätig und damit jeden Tag an seiner Seite war, dankte er dem Schicksal, dass ihn hierher geführt hatte.
Die mitgekommenen Leute brachte man in dafür vorgesehenen Unterkünften unter, und am nächsten Tag bekamen alle ihre Arbeit zugewiesen. Die Schauerleute ent- und beluden das Schiff, die Handwerker erhielten ihre Arbeitsanweisungen vom Zimmermann und das Verwaltungspersonal bekam einen Arbeitsplatz im Bürogebäude am Farmhaus.
Gemeinsam legten Angelika und Arnfried die Arbeitsgebiete der Verwaltung fest und ordneten die entsprechenden Mitarbeiter zu.
Neben der Einweisung von Arnfried in das Handelsgeschehen der Station, übernahm es Angelika auch, ihn auf der Farm herumzuführen. Sie hatte die gleiche Statur wie seine Schwester und war ihr auch sonst sehr ähnlich, so dass er glaubte, dass sie sich schon seit Jahren kannten. Ihr erster Weg führte sie zur Pferdekoppel, denn Arnfried musste sich ein Pferd für die zu erledigenden Wege aussuchen. Angelika beriet ihn dabei, und so suchte er sich einen feurigen, schwarzen Hengst aus, der nach Meinung der beiden schwarzen Eingeborenen fünf Jahre alt war. Er musste aber erst eingeritten werden, wofür Arnfried die notwendige Erfahrung aus dem Gestüt in Hamburg mitbrachte. Jeden Abend waren Angelika und Arnfried nun auf der Koppel zu finden, um den Hengst an sich zu gewöhnen, und auf seine Reitaufgaben vorzubereiten. Angelikas schwarzer Liebling drängte sich dabei immer an sie heran und

war eifersüchtig, wenn sie den einzureitenden Hengst bevorzugte. Schließlich wagte Arnfried den ersten Ritt. Er legte, wie schon zuvor bei den Übungen, vorsichtig den Sattel auf, schnallte ihn fest, und stieg auf den Rücken des Pferdes. Der Hengst stand einen Moment lang still, doch dann schnellte er ob der ungewohnten Last davon, und Arnfried hatte Mühe, sich im Sattel zuhalten. Nachdem er sich ausgetobt hatte, stand er mit schwerem Atem still und ließ sich von Arnfried streicheln und mit Leckerbissen verwöhnen.
Nun war das Eis gebrochen, und der Hengst kam Arnfried bereits auf der Koppel entgegen, wenn er sich ihm näherte. Von jetzt an, sah man Angelika und Arnfried vielfach gemeinsam ausreiten. Sie zeigte ihm das Dorf und stellte ihre Freunde vor. Im Haus des Medizinmannes machte sie den neuen Farmbesitzer mit dem Mann bekannt, der ihrem Bruder das Leben gerettet und bei vielen einheimischen und anderen Patienten seine medizinischen Kenntnisse mit Erfolg angewendet hatte. Angelika plapperte so fröhlich in der Eingeborenensprache los, dass man sie selbst für eine Eingeborene halten konnte. Arnfried bewunderte sie, denn für die Zusammenarbeit mit ihnen war die Verständigung unerlässlich.
Der Medizinmann sagte zu Angelika. „Einen netten Bräutigam hast du dir ausgesucht, wann wird denn Hochzeit gefeiert?" Angelika errötete und wollte die Worte des Medizinmannes nicht übersetzen. Aber sie wurde bereits von all ihren Freunden als zukünftige Frau des neuen Farmbesitzers angesehen.
Abends saßen Angelika und Arnfried am Seeufer und beobachteten den Sonnenuntergang. Der Schäferhund lag neben ihnen im Gras und blinzelte in das ferne Abendrot. Die beiden jungen Menschen erzählten sich gegenseitig ihre Erlebnisse. Arnfried berichtete von der Burg, seiner Mutter und Schwester, vom grausamen Tod seines Vaters, von der Silbermine und vom Handelshaus in Hamburg. Angelika dagegen erzählte über ihr Leben auf der Farm und mit Tränen in den Augen von der Schlange, die ihren Bruder fast das Leben gekostet hätte. Wie von selbst nahm nun Arnfried ihre Hand und

streichelte sie, um sie zu trösten. Diese vertraute Geste führte dazu, dass sich Angelika an seine Schulter kuschelte, und er seinen Arm um sie legte. Wohlig durchrieselte Angelika seine zärtliche Berührung. Nach einigen Minuten des Schweigens gestand er ihr, dass bereits der erste Blick in ihr liebes Gesicht genügt hatte, um seine Gefühle für sie entflammen zu lassen. Angelika umarmte ihn und gestand ihm ebenfalls ihre große Liebe.

Glücklich gingen sie beide Arm in Arm ins Farmhaus. Ungestüm entkleideten sie sich gegenseitig und sanken gemeinsam auf das weiche Fell vor dem Kamin. Arnfried war hingerissen vom vollendeten Körper seiner Geliebten. Zärtlich küsste er ihren Mund, ihre Brustspitzen und ihr weiches, gelocktes Haar am Venusberg. Schließlich konnte er sich nicht mehr zurückhalten und drang aufstöhnend in sie ein. Sehnsuchtsvoll hatte sie sein Eindringen erwartet, und gemeinsam genossen sie nun ihr Liebesglück.

Die nächsten Tage vergingen für Angelika wie im Traum. Immer wieder musste sie an die gemeinsamen schönen Stunden denken und wartete bereits mit Sehnsucht auf den nächsten Abend. Auch Arnfried hatte sich noch nie so glücklich gefühlt wie in den Stunden mit dieser wunderschönen Frau.

Sie sprachen nun über eine gemeinsame Zukunft und wollten baldmöglichst heiraten. Angelika erzählte ihrem Geliebten davon, was der Medizinmann ihr gesagt hatte, und Arnfried lachte und erklärte ihr, dass er zwar die Worte nicht verstanden hatte, aber ihr Erröten ihm alles verraten hätte. Gemeinsam stellten sie nun ihren Eltern ihre Pläne vor, die sich natürlich sehr über das Glück ihrer Tochter freuten. Arnfried bat die Familie seiner Geliebten, mit ins Farmhaus zu ziehen. Da ja dort soviel Platz sei, und er sich allein so einsam fühle. Dieser Vorschlag wurde aber abgelehnt, man wollte das junge Glück nicht stören. Mit der Hochzeit sollte gewartet werden, bis seine Mutter kam, die die Absicht eines Besuches angekündigt hatte. Das freudige Ereignis der Verlobung ihres Sohnes wurde ihr jedoch als Nachricht mit dem nächsten Schiff zugeschickt.

Hochzeit und Überfall auf die Handelsstation

Die Erweiterung der Handelsbeziehungen durch den Bau von zwei eigenen Handelsschiffen, und die Errichtung der Handelsstation auf dem afrikanischen Kontinent brachte der Kaufmannsgilde viel Geld ein. Es war die Idee von Adeline und ihrem jetzigen Ehemann, diesen Weg zu beschreiten, und sie hatten sich dabei gegen den Widerstand der älteren Mitglieder der Kaufmannsgilde durchgesetzt. Der Erfolg gab ihnen recht, die Einnahmen aus dem Handel mit den eigenen Schiffen übertrafen bei weitem den Profit der Kaufmannsgilde aus den vergangenen Jahren. Die Schiffsreisen im Nord- und Ostseeraum erbrachten einen ungeahnten Gewinn, der die Ausgaben für den Schiffsbau längst wieder eingebracht hatte. Auch die ständigen Aufwendungen für die Schiffshaltung lagen weit unter dem jährlichen Nettogewinn. Diese Erfolge machten Adeline und ihren Mann zu hochgeachteten Mitgliedern der Kaufmannsgilde. Durch die Hochzeit erfolgte außerdem der Zusammenschluss der Handelshäuser Merten und Olsen zum reichsten Mitglied der Hamburger Handelsgilde.
Sorgen machte dem Kaufmannspaar die Handelsniederlassung auf dem afrikanischen Kontinent. Adelines Sohn hatte in seinem letzten Brief berichtet, dass sich die Station stürmisch entwickelte, er aber mit dem zur Verfügung stehenden Personal die Arbeit nicht bewältigen könne. Der Hafen sei für den ständig wachsenden Schiffsverkehr zu klein, eine Firma müsse mit der Erweiterung beauftragt werden. Er schrieb, dass der Safarireisende verschollen gewesen war und nun nach vier Jahren zurückgekehrt sei. Dieser habe berichtet, dass er von einem wilden Eingeborenenstamm gefangen genommen worden war, und bei ihnen mehrere Jahre leben musste. Er erlernte dabei die Eingeborenensprache und erfuhr, dass der Stamm sich durch die ständig wachsende Hafenstadt bedroht fühlte, und des-

halb einen Überfall auf die Farm plante. Auch die Eingeborenen des Dorfes hatten von den Plänen des wilden Stammes erfahren und hofften, dass der neue Inhaber der Farm sie beschützen würde. Nach Meinung ihres Sohnes wären für die Verteidigung der Farm ausgebildete Soldaten notwendig.

Er schrieb auch, dass der Safarireisende eine Karte angefertigt habe, auf der die Niederlassungen der Eingeborenenstämme eingezeichnet seien, und dass die Anlegung von Handelswegen notwendig sei, um den Handel mit Elfenbein zu erweitern.

Zum Schluss seines Briefes schrieb er seiner Mutter, dass er sein Glück gefunden habe und seine Angelika heiraten wolle. Er beschrieb sie ihr als schönste und liebenswerteste Person, die ihm bisher begegnet sei. Er würde sich freuen, wenn seine Mutter nach Afrika reisen und bei seiner Hochzeit dabei sein könnte.

Der Brief führte dazu, dass Adeline die Station und ihren Sohn in Afrika besuchen wollte, um sich selbst ein Bild über den Entwicklungsstand zu verschaffen und die Hochzeit mitzuerleben. Mit ihrem Mann vereinbarte sie, dass sie allein reisen wolle, und er die Führung des Handelshauses Merten/Olsen in ihrer Abwesenheit allein wahrnehmen solle.

Adeline verpflichtete nun eine Firma für den Hafenausbau. Sie warb zehn Soldaten, die mit den modernsten Waffen ausgestattet wurden, für die Verteidigung der Handelsstation an. Weiterhin suchte sie unter Bewerbern Fachpersonal aus, um die Kapazität der Handelsstation zu erhöhen. Recht bald sollte nun die Reise losgehen, und Adeline bereitete alles für die Abfahrt vor.

Adeline und ihr Mann wurden von allen Mitgliedern der Handelsgilde hoch geschätzt, bis auf den verkrüppelten Kaufmann. Nach wie vor beneidete er Adeline und ihren Mann um ihr Ansehen in der Gilde und ihre Erfolge in ihren Handelsunternehmungen. Er wollte selbst eine führende Rolle in der Kaufmannsgilde einnehmen, wurde aber von allen links liegengelassen. Wegen seines bösartigen Charakters und nicht zuletzt wegen seiner Verkrüppelung wollte keiner etwas mit ihm zu tun haben. Seit seinem missglückten Attentat auf Adeline hatte er sich ruhig verhalten und versuchte, seinen wilden Hass auf Adeline und ihren Mann unter dem Mantel einer scheinheiligen Zuvorkommenheit zu verbergen. Adeline war abends nie allein unterwegs, und so traute er sich nicht, seinen Attentatsversuch zu wiederholen.

Als er von der geplanten Reise Adelines nach Afrika erfuhr, frohlockte er und hoffte, seine mörderischen Absichten nun verwirklichen zu können.

In der Stadt Hamburg existierten im Hafenviertel einige verrufene Kneipen. Hier verkehrte der Abschaum des Schifffahrtsvolkes. Auf den Gassen promenierten Huren der untersten Klassen. Wer sich hierher verirrte, musste damit rechnen, mit einem Messer im Rücken im Kanal schwimmend aufgefunden zu werden.

Hier hatte der bucklige Kaufmann seine Stammkneipe, in der er eine Reihe von zwielichtigen Geschäften mit Kapitänen und Schiffseignern zweifelhaften Rufes anbahnte. Mit Hilfe dieses lichtscheuen Gesindels wollte er sein Problem Adeline betreffend ein für allemal aus der Welt schaffen.

Wenige Tage vor Adelines Abreise zog er seine, dem Ruf der Kneipe angepassten, alten Klamotten an, steckte seinen Dolch in den Gurt und schlich sich durch finstere Gassen ins Hafenviertel. In seiner verräucherten Stammkneipe hatte er einen festen Platz an einem Tisch in einer finsteren Ecke. Dort saß ein betrunkener Seemann, dessen Kopf alkoholschwer auf den Armen lag und der laut vor sich hin schnarchte. Als der Wirt den Buckligen hereinkommen sah, machte er kurzen Prozess mit dem betrunkenen Seemann, nahm aus dessen Tasche seinen Geldanteil für die Rechnung und setzte ihn kurzerhand vor die Tür. Er wusste, dass er von dem Buckligen ein reichliches Trinkgeld bekam, wischte deshalb mit dem Geschirrtuch kurz über den Tisch und den Stuhl, so dass die Essensreste auf den Fußboden klatschten. Zwei streunende Katzen, die sich beim

öffnen der Tür hereingeschlichen hatten, stürzten sich auf die Essensreste, aber der Wirt scheuchte sie mit einem Fußtritt davon.
Er bat den Buckligen, Platz zu nehmen und nahm dessen Bestellung auf. Dieser fragte, ob Kapitän Gunnarson schon gesichtet worden sei. Der Wirt erklärte, dass er noch im Hafen mit dem Löschen seiner Schiffsladung beschäftigt sei, aber sein Kommen bereits signalisiert hätte. Er habe eine Übernachtung bei ihm bestellt und würde jeden Augenblick erwartet.
Der Kapitän war ein großer breitschultriger Mann mit rotem, strubbeligen Haar und einem riesigen Vollbart, genannt der Rote Korsar. Über sein Gesicht zog sich eine rote Narbe, die ihm bei einem Kampf mit dem Säbel zugefügt worden war. Diese schlecht verheilte Narbe leuchtete mit seiner roten Nase um die Wette, wenn er seiner Leidenschaft für alkoholische Getränke frönte. Er war ein Korsar, der mit seinem kleinen wendigen Segelschiff und seiner Piratenmannschaft über die Meere fuhr und Handelsschiffe überfiel, sie ausraubte, und die Ware in einen sicheren Hafen brachte. In dem Buckligen hatte er einen Partner gefunden, der ohne große Fragen die heiße Ware entgegennahm und sie großzügig bezahlte. Er übernahm auch andere heikle Aufträge, die nicht legal abgewickelt werden konnten.
Dieser grobschlächtige Kapitän stürmte jetzt durch die Tür der Kneipe, die er mit seiner massigen Figur voll ausfüllte. Er entdeckte den Buckligen in der finsteren Ecke und ließ sich an dessen Tisch auf einem Stuhl nieder, der gefährlich unter dem Gewicht des Kapitäns ächzte. Einen bereitgestellten großen Becher Rotwein stürzte er in einem Zug hinunter. Es war sein Lieblingsgetränk, und er schnaufte vor Behagen, als der Wein die Kehle hinablief. Der Wirt stand hinter ihm, um den Becher erneut zu füllen.
Der Wirt wurde davon gescheucht, und es begann ein leises Gespräch. Nach einigen begrüßenden Worten ging es um die Themen „Verkauf der erbeuteten Waren" und „Verwirklichung der Aufträge des Buckligen".

„Ich habe Ware aus zwei Überfällen", berichtete der Kapitän. „Es handelt sich um Elfenbein aus dem einen Überfall, und Pelzwaren aus der anderen Kaperung."

„Ich übernehme beide Posten", antwortete der Bucklige. Du musst sie aber durch deine Leute noch in der Nacht in meinem Speicher lagern lassen. Dein Honorar erhältst du bei Warenübergabe.

Der Bucklige berichtete nun über seinen heiklen Auftrag: „In den nächsten Tagen sticht die Kogge „Möwe" in See. An Bord befinden sich die Eignerin Adeline Merten/Olsen, Soldaten und sonstiges Personal. Zielhafen ist eine Handelsstation im Westen Afrikas, wo die meisten Personen einschließlich der Soldaten von Bord gehen und auf der Station verbleiben.

Nach wenigen Tagen wird die Schiffseignerin mit einer Ladung Elfenbein zurückkehren. Das ist dann der Zeitpunkt für einen Überfall. Die Eignerin muss dabei unbedingt ums Leben kommen, und die Ware nehme ich dir bei deiner Rückkehr hier in Hamburg ab und verstaue sie in meinen Speichern."

Nach der Absprache zu einem deftigen Honorar trennten sich die beiden Verschwörer. Der Kapitän begab sich auf sein Schiff, um mit seinen Leuten die Einlagerung der erbeuteten Ware in die Speicher des Buckligen zu bewerkstelligen. Der Bucklige erwartete sie bereits, um die Einlagerung zu überwachen und den Kapitän zu bezahlen.

Wenige Tage später legte dann die große Handelskogge auf den Weg in den Süden ab. Am Pier hatten sich die Angehörigen der Reisenden und des Schiffspersonals versammelt, um sie zu verabschieden. Adeline winkte von Bord aus ihrem Mann zu, der ihr noch einen kleinen Korb mit Leckereien für die Reise mitgegeben hatte und nun abseits der anderen Angehörigen mit traurigem Gesicht stand. Er hatte seine Frau sehr lieb gewonnen, und jeder Abschied schmerzte ihn mehr als er zugeben wollte.

In einer Nebengasse versteckt beobachtete der Bucklige Adelines Abreise. Mit vor Hass verzerrtem Gesicht blickte er auf die in See stechende Kogge und hoffte, dass seine teuflischen Träume in Erfüllung gingen, und Adeline nicht mehr wiederkäme. Er brauchte sich nur noch eine List einfallen zu lassen, ihren Mann auszuschalten. Dann konnte er zum unumschränkten Herrscher der Handelsgilde aufsteigen.

Nicht weit vom Anlegepunkt der Handelskogge löste sich ein kleineres Segelschiff und stach ebenfalls in See. Der Rote Korsar und seine Mannschaft machten sich auf den Weg, um die Handelskogge zu verfolgen. In gehörigem Abstand, um nicht entdeckt zu werden, schipperten sie hinter der Kogge her in Richtung des afrikanischen Kontinents.

Adeline war schon mehrmals mit dem Schiff unterwegs gewesen, um im Nord- und Ostseeraum Handelskontakte zu knüpfen und Waren zu erwerben. Sie war besonders im russisch/polnischen Raum unterwegs und hatte den Pelzhandel für die Handelsgilde Hamburg in Schwung gebracht. Mit dem Kapitän freundete sie sich hierbei an, und dieser bewunderte sie für ihr Engagement in den Handelsbeziehungen. Es war nicht so leicht in dieser Zeit, sich als Frau gegen das starke Geschlecht zu behaupten. Besonders bewunderte er ihren Umgang mit dem Schwert, den sie nach wie vor übte, wenn es ihre Zeit erlaubte. Die Soldaten, die sie angeworben hatte, wurden durch einen ehemaligen Ritter angeführt. Diesen forderte Adeline auf dem Schiff mehrfach zum Übungskampf heraus. Anfangs belächelte er diese Frau, doch bald musste er hart gegenhalten, wenn sie ihn zum Gelächter der spalierbildenden Matrosen, Soldaten und anderen Zuschauer um das Schiffsdeck herumjagte. Wetten über Sieger und Besiegten machten die Runde und waren eine Abwechslung im eintönigen Schiffsleben.

Adeline nahm ihre Mahlzeiten zusammen mit dem Kapitän, dem Ritter, dem ersten Offizier der Schiffsbesetzung und dem Ingenieur für den Bau von Hafenanlagen ein. Letzteren hatte die ausführende Firma mitgeschickt, um an Ort und Stelle die Bedingungen für den Hafenbau zu erkunden. Er sollte dann in der Handelsstation bleiben und schriftlich die notwendigen Geräte und Personen anfordern, die für die Arbeiten benötigt würden.

Diese kleine Gruppe saß oftmals zusammen, um den Ausbau des Hafens zu erörtern. Adeline hatte von ihrem Sohn eine selbstgefertigte Karte erhalten, die sie auf dem Tisch ausbreitete und anhand derer sie die geplanten Erweiterungen erläuterte. Die Bucht sollte im Wesentlichen erhalten bleiben, nur am Ende hatten sie einen Durchstich vorgesehen. Den in der Bucht befindlichen Schiffen sollte die Möglichkeit geboten werden, nach dem Ent- und Beladen in Fahrtrichtung weiterzufahren und die Bucht ohne große Wendemanöver wieder zu verlassen. Außerdem sollte im Bereich der beschriebenen Ausfahrt ein zusätzlicher Hafen angelegt werden. Für die vorhandenen Be- und Entladegeräte war eine Modernisierung und Erneuerung vorgesehen, so dass der Prozess des Warenumsatzes beschleunigt werden konnte.

Nach der Erläuterung dieser Vorhaben durch Adeline, nutzten der Ingenieur und der Kapitän die Möglichkeit, ihre Vorschläge kundzutun. Besonders in Hinblick auf einen Überfall durch Seeräuber auf die reiche Handelsstation wurde noch eine Reihe von Maßnahmen diskutiert.

Es kam also noch eine Menge Arbeit auf alle Beteiligten zu, aber für Adelines Sorgen um die Handelsniederlassung zeichneten sich gute Lösungen ab. Bei ihrem Sohn waren außerdem die Station und die damit verbundenen Aufgaben in guten Händen.

Die Reise verlief ohne Besonderheiten, und das Wetter meinte es mit den Reisenden gut. Ohne unwetterartige Stürme, aber bei steifem Wind, machten sie eine gute Fahrt und erreichten bald den Hafen der Handelsstation. Der Kapitän kannte die Bucht, da er schon mehrmals Waren gebracht und abgeholt hatte. Es herrschte im Hafen großer Betrieb, und die Schiffe stauten sich am Buchteingang. Der Kapitän musste deshalb erst einmal den Anker herunterlassen und warten.

Arnfried erwartete seine Mutter bereits seit einigen Tagen, und als er durch seine Späher die Ankunft der Hamburger Handelskogge gemeldet bekam, ließ er sofort ein kleines Boot zu Wasser, um sie abzuholen. Gleichzeitig wurde der Hafenbauingenieur mit an Land genommen und bekam ein Quartier zugewiesen. Angelika und Arnfried waren sehr aufgeregt und hofften, dass Adeline ein positives Urteil über das Liebespaar abgeben würde. Angelika war bereits im dritten Monat schwanger, und das Bäuchlein rundete sich bereits. Auch aus dieser Sicht war Angelika nervös. Aber Schwiegermutter und Schwiegertochter verstanden sich auf Anhieb. Bei der Begrüßungsumarmung flüsterte Adeline ihr ins Ohr: „Mach ihn glücklich, er hat es verdient."
Angelika begleitete ihre Schwiegermutter in ein Zimmer der Farm, das für sie vorbereitet worden war. Am Abend gab es ein kleines Begrüßungsfest, an dem auch Angelikas Eltern teilnahmen. Diese waren seit vielen Jahren nicht mehr in der Heimat und stellten natürlich viele Fragen. Angelikas Mutter hatte dabei Tränen in den Augen, denn sie hatte große Sehnsucht nach ihren Eltern. Für die Rückfahrt von Adeline wollte sie Geschenke vorbereiten, die dann in Hamburg übergeben werden sollten. In den Gesprächen spielte auch die bevorstehende Hochzeit eine große Rolle, die in den nächsten Tagen stattfinden sollte. Ein großes Fest war geplant, an dem auch die Eingeborenen aus dem Dorf und einige geladene Gäste aus der Stadt teilnehmen sollten.
Am nächsten Tag besichtigte Adeline die Farm und den Hafen. Dabei ritt sie auf einem schwarzen Hengst, den sie auf der Pferdekoppel ausgesucht hatte. Als Pferdekennerin bewunderte sie die herrlichen Pferde und hoffte, eines Tages zwei davon per Schiff nach Hamburg bringen zu können, um eine Auffrischung des dortigen Gestüts zu erreichen. Ihr Sohn zeigte ihr vor allem den Hafen und die in den letzten Jahren entstandenen Gebäude. Begleitet wurden sie vom Hafenbauingenieur, dem Arnfried den jetzigen Zustand und die geplanten Erweiterungen erläuterte. Dieser würde in den nächs-

ten Tagen die ersten Vermessungsarbeiten durchführen und Adeline die Unterlagen für seine Firma mitgeben. Angelika verschaffte ihrer Schwiegermutter einen Überblick über die Ausgaben und Einnahmen und die verwaltungstechnischen Aufgaben. Ihr Lehrmeister, der französische Verwalter, war inzwischen an den Folgen einer weiteren Malariaerkrankung gestorben, und so musste sie seine Aufgaben übernehmen. Auch das Dorf der Eingeborenen besuchte man, und Adeline war erstaunt über die Sprachkenntnisse ihrer Schwiegertochter, die wie eine Einheimische mit ihren Freunden plapperte. Adeline wurde auch dem Medizinmann vorgestellt, dessen Haus nach Essenzen duftete, und an dessen Dach viele Kräuter zum Trocknen hingen. Angelika erzählte, dass er ihren Bruder von einem Schlangenbiss der äußerst giftigen, schwarzen Mamba geheilt hatte. Adeline nahm sich vor, in den nächsten Tagen einige Stunden ein Gespräch über die Heilung von Krankheiten zu führen und einige Kräuter zu deren Behandlung zu erwerben.

Der Medizinmann warnte sie vor dem wilden Stamm. Einige Eingeborene waren gesichtet worden, als sie offensichtlich kundschafterisch tätig waren. Er meinte, es sei in den nächsten Wochen mit einem Überfall zu rechnen.

Die Soldaten waren inzwischen an Land gekommen, und der Offizier übernahm die Organisation der Verteidigung der Farm. Der Hafen konnte wegen seiner Weitläufigkeit nicht in die Verteidigung einbezogen werden, die Bevölkerung wurde jedoch gewarnt. Sie rüstete sich mit Waffen aus, um sich im Falle eines Überfalls selbst wehren zu können.

Innerhalb der Farm errichtete man Podeste, von denen aus das Umland beobachtet werden konnte. Diese Beobachtungsposten waren von nun an Tag und Nacht besetzt, um eventuelle Bewegungen sofort zu melden. In die Verteidigung wurden die Eingeborenen und die Mitarbeiter der Farm mit einbezogen. Soweit nicht schon mit Waffen ausgerüstet, erhielten sie Spieße, Bögen oder Macheten und wurden aufgefordert, diese von nun an immer bei sich zu tragen.

Die Hochzeitvorbereitungen liefen auf Hochtouren. Lange Tische und Bänke wurden gezimmert. Die Zimmerleute errichteten ein kleines Pult und davor zwei schemelartige Holzbauteile, auf denen das Brautpaar während der Zeremonie knien und vom Pastor getraut werden konnte. In der Hafenstadt hatte sich ein junger Pastor niedergelassen, der die Trauung durchführen sollte. Einige Springböcke waren erlegt worden und hingen bereits im Keller der Farm. Geflügel verschiedener Art lag für die Küche bereit. Brot und Kuchen wurden gebacken. Mehrere Fässer Rotwein, die bereits vor längerer Zeit aus Hamburg geliefert worden waren, standen im Keller bereit. An Schnüren hingen Lampions von den Bäumen, die am Abend die Szene erleuchten sollten.
Schließlich kam der große Tag, der mit Ungeduld vom Brautpaar erwartet worden war. In einem weißen Brautkleid, dass ihre Mutter bereits getragen hatte und das entsprechend angepasst worden war, erschien die Braut mit einem großen Strauß Mohnblüten am Arm ihres Vaters von der einen Seite, am Arm seiner Mutter kam der Bräutigam in weißem Tropenanzug von der anderen Seite. Nach Aufforderung durch den Pastor am Ende der Trauungszeremonie, steckten sie sich die Ringe an und ihre Lippen fanden sich unter Beifall der Gäste zu einem aufgeregten, langen Kuss.
Mit vielen Geschenken gratulierten die Gäste dem frischvermählten Paar. Ein dafür gezimmerter Tisch brach fast unter der Last der Gaben zusammen. Typische afrikanische Gebrauchsgegenstände und Figuren, die liebevoll von Angelikas Freunden angefertigt worden waren, und europäische Waren wurden dem Brautpaar überreicht. Adeline hatte für ihren Sohn ein wertvolles Schwert mit vergoldetem Griff und edles Pferdezaumzeug und für Angelika ein Kaffeeservice mitgebracht.
Dann wurde gefeiert und die vorbereiteten Speisen und Getränke aufgetischt. Die Springböcke brutzelten am Spieß und verbreiteten einen weithin dufteten Geruch. Mit Rotwein stießen die Gäste auf das frisch vermählte Paar an. Obwohl unterschiedliche Sprachen

sich wirr durcheinander mischten, verstanden sich alle Gäste prima. Nach dem Essen begann der Tanz im Wechsel zwischen afrikanischen und europäischen Rhythmen und Traditionen. Das frisch vermählte Ehepaar musste jeweils bei den verschiedenen Tänzen vorangehen, was natürlich zur guten Laune beitrug. Der Medizinmann forderte Adeline zu einem speziellen afrikanischen Tanz auf, der von ihr ungewohnte Körperbewegungen erforderte. Nach anfänglichen Schwierigkeiten beherrschte sie den Tanz sehr gut und erhielt von allen Seiten frenetischen Applaus.

Das alles wurde von einem hohen Baum außerhalb der Farm beobachtet.

Ein mit Kriegszeichen bemaltes schwarzes Gesicht lugte zwischen den Blättern hervor und betrachtete die Szenerie mit aufmerksamen Augen. Als auf der Farm die Lampions angezündet wurden, zog es sich von seinem Ausguck zurück und schlich sich in den Wald. Hier warteten circa dreißig seiner furchterregend bemalten Kameraden. Der Späher berichtete über seine Beobachtungen und schlug vor, den jetzigen Zeitpunkt für den Überfall zu nutzen. Das Fest habe bald seinen Höhepunkt erreicht, und die Hochzeitgesellschaft sei entsprechend abgelenkt. Der Häuptling der Eingeborenen beriet sich mit zweien seiner engsten Vertrauten, und sie beschlossen sofort anzugreifen. Gemäß der Aussage des Spähers gab es zwei Schwachpunkte in der Verteidigung der Farm. Ein Schwachpunkt sei das Dorf, das zurzeit leer war, da sich alle Bewohner auf dem Hochzeitfest befanden. Der zweite Schwachpunkt befand sich am südlichen Ende der Farm, an dem der Wald bis an die Palisaden heran reichte, und man sich nur mit einem Schwung von den Ästen der Bäume über die Palisaden herabfallen lassen konnte. Der Häuptling teilte seine Krieger in zwei Gruppen, und sie zogen sofort in Richtung der Farm los.

Das Hochzeitfest war in vollem Gange. Zurzeit führten die afrikanischen und die europäischen Sänger ihr Repertoire vor. Angelika und Arnfried hatten in Musestunden miteinander alte Minnelieder geübt, die Adeline einst ihren Kindern beigebracht hatte. Andächtig lauschten die Gäste den Klängen des gemeinsamen vorgetragenen Liebesliedes, das weit in das umliegende Land hinaus schallte. Sie erhielten für dieses Lied großen Beifall. Danach war eine Gruppe von Angelikas Freunden aus der Jugendzeit dran, eine afrikanische Weise vorzutragen. Sie hatten speziell für das Hochzeitfest geübt, und die Gäste waren begeistert über den Klang, den Rhythmus und die Ausdruckstärke der afrikanischen Gesänge.

Gemäß der Weisung des Offiziers der Soldaten trugen die Gäste wie stets ihre Waffen bei sich, und die Podestplätze an den Palisaden rund um die Farm waren durch Soldaten besetzt. Am Dorfeingang, der jedoch durch einen beweglichen Teil der das Dorf umschließenden Dornenhecke verschlossen war, stand eine Wache aus Eingeborenen. Vom Dorf aus konnte man über ein Tor in der Palisade in die Farm gelangen.

Die Krieger waren an den vorgesehenen Plätzen der Farm angekommen und verständigten sich durch Tierstimmen über den Beginn des Überfalls. Die Gruppe am Dorf schoss mit Brandpfeilen den beweglichen Teil der Dornenhecke in Brand, der sofort in Flammen aufging. Die aufgestellte Wache rannte sofort laut schreiend zum Palisadentor, um sich dort gemeinsam mit den Gästen der Farm zur Wehr zu setzen. Die Eingeborenenkinder feierten mit den Erwachsenen vor dem Farmhaus, so dass durch das aufs Dorf übergreifende Flammenmeer keine Opfer zu beklagen waren. Die Krieger des wilden Eingeborenstammes stürmten nun durch das brennende Dorf und das Palisadentor ins Innere des Farmgeländes.

Gleichzeitig brachen die Krieger der zweiten Gruppe über die bis unmittelbar an die Palisaden reichenden Bäume ins Innere der Farm ein. Der Soldat, der den Beobachtungsposten in der Nähe der anstürmenden Wilden besetzt hielt, wurde durch einen im gegenüberliegenden Baumwipfel abgeschossenen Pfeil verwundet und konnte nur noch das für den Notfall vereinbarte Trompetensignal abgeben.

Dann durchbohrte der Speer eines schwarzen Kriegers sein Herz, und er fiel vom Beobachtungsstand.

Der Überfall begann unmittelbar während des Übergangs von Tag zu Nacht. Durch die Lampions, die bereits angezündet worden waren, und das Feuer im Dorf wurde die Überfallszene hell beleuchtet. Die Gäste waren beim Trompetensignal aufgesprungen und zu ihren Waffen gerannt, die sie am Rand des Festterrains deponiert hatten. Die riesigen Tische wurden umgekippt und zu Barrieren zusammengestellt. Dahinter verschanzten sie sich, um den Pfeilen und Speeren zu entgehen, die durch die herausstürmenden Schwarzen abgeschossen wurden. Die Gäste warteten zunächst hinter ihrer Deckung ab, bis die Angreifer näher herankamen. Dann schossen sie auf Weisung von Arnfried ihre Pfeile ab, die einen verheerenden Schaden unter den Angreifern anrichteten, da diese ohne Deckung waren, während die Verteidiger durch ihren Schutzwall nicht durch gegnerische Pfeile und Speere erreicht werden konnten.

Auf ein Zeichen ihres Häuptlings zogen sich die Angreifer erst einmal zurück und beratschlagten, wie sie weiter vorgehen sollten. Sie beschlossen schließlich, die Barrieren mit Pfeilen in Brand zu schießen und die Fremden dann im Kampf Mann gegen Mann zu vernichten.

Der Offizier hatte seine Soldaten hinter dem Farmhaus zusammengezogen und bildete nun eine zweite Front. Sie stürmten aus ihrem Standort hervor und erreichten die Angreifer hinter ihrem Rücken. Diese hatten bereits ihre Brandpfeile abgeschossen, und so mussten die Verteidiger ihre „schützende Burg" verlassen und sich dem Kampf Mann gegen Mann stellen.

Adeline hatte sich sofort des auf dem Gabentisch liegenden Schwertes, das sie ihrem Sohn als Geschenk aus Hamburg mitgebracht hatte, bemächtigt und stand abwartend hinter einem der großen Eukalyptusbäume. Angelika und Arnfried kümmerten sich um Frauen und Kinder und schickten sie in die nahe gelegenen Lagerräume. Ebenfalls mit Schwertern bewaffnet, kamen sie zum Kampfplatz zurück. Angelika hatte, angetrieben durch Arnfried, vielfach den Schwertkampf geübt und würde nun erstmalig ihre Kampftüchtigkeit beweisen müssen.

Auch ihr Bruder brannte darauf, gegen die Eingeborenen in den Kampf einzugreifen. Er hatte bei seinem Vater das Zimmererhandwerk erlernt und war mit ihm ständig auf den Baustellen der Farm unterwegs. Die Steifheit seines Beins, die noch vom Schlangenbiss herrührte, behinderte ihn kaum. Er war das Ebenbild seines Vaters: groß, kräftig und blond war er der Schwarm seiner ehemaligen Spielgefährtinnen unter den Eingeborenen. Er hatte sich jedoch in die schwarze Schönheit auf der Farm verliebt, die gemeinsam mit Angelika in der Verwaltung arbeitete und deren Freundin war. Die Eltern tolerierten diese Verbindung, und so war das junge verliebte Paar vielfach Hand in Hand im Farmgelände zu sehen. Angelikas Bruder hielt nicht viel vom Kampf mit dem Schwert, den seine Schwester gemeinsam mit ihrem jetzigen Mann oft übte. Sein liebstes Handwerkszeug war eine schwere Axt, mit der er sich jetzt bewaffnete und gegen die wilden Eingeborenen zum Kampf antrat.

Die Zimmerleute bildeten, angeführt durch Angelikas Vater und Bruder, eine Front von mit Äxten bewaffneten Verteidigern. Auch unter dem weiteren Personal der Farm, den Angestellten, Handwerkern und Lagerarbeitern waren viele bereit, sich mit in den Kampf zu werfen.

Die wilden Krieger hatten keine Chance, die Verteidiger der Farm zu besiegen. Sie waren jedoch kampferprobte, kräftige Gestalten, für die es kein Zurückweichen gab. So sah sich Adeline plötzlich einem gewaltigen, muskelbepackten Kämpfer gegenüber, der glaubte, mit ihr ein leichtes Spiel zu haben. Bewaffnet war er mit einer dornenbesetzten Keule in der einen Hand, und einer Machete in der anderen Hand. Er konnte einen Gegner offensichtlich beidhändig angreifen und ihn zur Strecke bringen.

Adeline hatte ihre Wendigkeit im Kampf nicht verloren. Durch ihre ständigen Übungen war sie jung und elastisch geblieben und konnte auch einen stärkeren Gegner gut in Schach halten. Mit rollenden Augen im furchterregend bemalten Gesicht ging er sofort auf Adeline los, die ihrerseits seine Überheblichkeit und Langsamkeit nutzte, um ihm bei einem seitlichen Ausfallschritt den Machetenarm abzuschlagen. Er brüllte auf, und das Blut schoss aus dem Armstumpf. Nun wollte er mit der Keule auf Adeline einschlagen, hatte jedoch durch den ständig zunehmenden Blutverlust nur noch schwache Reflexe. Adeline schlug ihm schließlich den Kopf ab, um den Kampf zu beenden und sich anderen hilfebedürftigen Kämpfern zuzuwenden. Aber diese hatten fast alle ihre Gegner bereits besiegt. Angelika und Arnfried verteidigten sich nach altbewährter Ritterkampfweise, Rücken an Rücken, gegen zwei auf sie einstürmende Wilde. Angelikas Vater, der den Kampf seiner Tochter beobachtet hatte, kam herangeeilt und spaltete ihrem Gegner mit einem Axthieb den Kopf. Arnfried, der dadurch der Sorge um seine schwangere Gattin enthoben war, hatte nun keine Mühe mehr, seinen Gegner zu bezwingen.

Diesen Ausgang ihrer Hochzeitsfeier hatte sich das jungvermählte Paar nicht gewünscht, aber sie waren froh, dass es keine zu großen Verluste gab. Die Feuer wurden mit Wasser aus dem See gelöscht, und Adeline machte sich, unterstützt durch den Medizinmann und einer Reihe von eingeborenen Frauen, an die Pflege der Verwundeten.

Der getötete Soldat und zwei weitere ums Leben gekommene Farmmitarbeiter wurden im Farmgebäude aufgebahrt und sollten am nächsten Tag beerdigt werden.

Auch die Verwundeten des Kriegerstammes wurden verbunden, aber auch gefesselt, um zu verhindern, dass sie noch weiteren Schaden anrichteten. Die Toten lud man auf zwei Wagen, auf denen sie am nächsten Tag bis ans Territorium des Kriegerstammes gebracht werden sollten. Hierfür hatte der Safarireisende die Verantwortung übernommen, der ja durch seinen Ausbruch aus der Gefangenschaft den Weg dorthin kannte.

Er hatte sich zu den wenigen Überlebenden gesetzt und sich, da er ihre Sprache beherrschte, mit ihnen unterhalten. Er versuchte ihre Beweggründe zu verstehen und erläuterte nochmals das Vorhaben der Handelsniederlassung. Er versuchte, ihnen klar zumachen, dass ein Handel mit ihnen zum gegenseitigen Vorteil dienen würde und demnächst, wenn sich alles wieder beruhigt hatte, eine Delegation der Niederlassung zu ihnen kommen würde, um Bedingungen dafür auszuhandeln.

Die Krieger fragten, wer die tapfere Frau sei, die ihren stärksten Mann besiegt hatte. Sie bewunderten Adeline ob ihres Mutes und ihrer Kampfkraft. Auch von allen anderen war ihr Sieg beobachtet und mit Beifall bedacht worden. Sie hatte sich bei allen einen guten Namen gemacht.

Der nächste Tag war gekennzeichnet durch Aufräumarbeiten, durch eine Totenfeier und das Begräbnis der Toten und durch die Pflege der Verwundeten. Für das niedergebrannte Dorf wurde vereinbart, dass die Gruppe der Zimmerleute beim Wiederaufbau helfen, und neben den typischen afrikanischen Rundhütten auch Blockhäuser errichtet werden sollten. Bis zu deren Fertigstellung brachte man die Eingeborenen in einigen neu gebauten Lagergebäuden unter. Bald verlief alles wieder nach dem gewohnten Tagesrhythmus.

Die Verwundeten und Toten des wilden Eingeborenenstammes brachte man zur Grenze ihres Territoriums, an der sie bereits erwartet wurden. Die Niederlage der Krieger beim Überfall hatte sich bereits herumgesprochen, und mit Wehklagen nahmen die Angehörigen ihre Toten und Verwundeten in Empfang. Zu einem späteren Zeitpunkt würde man entscheiden, welches Verhältnis man zu den Fremden aufbauen wollte.

In der Hafenstadt beobachtete man aus der Ferne den Überfall auf die Farm mit Sorge. Sowohl auf den Schiffen, als auch in der Stadt war man in Alarmbereitschaft. Erleichtert konnte man spät in der Nacht Entwarnung geben.

Die Hamburger Handelskogge lag beladen und abfahrbereit an der Hafenausfahrt. Sie hatte hauptsächlich Elfenbein und exotische Tierfelle geladen. Der Kapitän war beim ersten Signal, das den Überfall ankündigte, vom Hochzeitsfest zurückgeeilt, um seiner Mannschaft bei der eventuellen Verteidigung zu helfen. Er war froh über die Entwarnung, wollte aber nun so schnell wie möglich in See stechen und seine wertvolle Ladung nach Hause bringen. Er drängte Adeline deshalb, ihren Aufenthalt recht schnell zu beenden und die Heimfahrt anzutreten.

Der Tod der Kaufmannstochter

„Pass gut auf deine Frau auf. Sie ist ein Juwel und gefällt mir sehr gut. Ich hoffe, dass sie euch ein gesundes Kind zur Welt bringt, ihr viel Freude habt und glücklich seid. Das wünsche ich euch von ganzem Herzen." Mit diesen Worten verabschiedete sich Adeline von Schwiegertochter und Sohn. „Ich hoffe, dass ihr mich bald einmal in Hamburg besuchen kommt."
Sie verabschiedete sich auch von den Schwiegereltern ihres Sohnes und den vielen Freunden, die sie während ihres kurzen Aufenthaltes hier gewonnen hatte. Ihr Gepäck und die vielen Mitbringsel für ihren Mann und die Großeltern von Angelika waren bereits an Bord. Nun wurde sie mit einem kleinen Boot zum Schiff gebracht, und mit Tränen in den Augen winkte sie ihren Kindern zu, die am Ufer standen und ihre weißen Tücher schwenkten.
Vor ihrer Abreise hatte sie nochmals ein Gespräch mit dem Hafenbauingenieur gehabt, der inzwischen ein Aufmaß vom Hafen angefertigt hatte. Sie ließ sich alle Unterlagen für die Hafenbaufirma zusammenpacken und nahm sie mit, um sie in Hamburg zu übergeben. Sie sprachen insbesondere die Liste der benötigten Personen und Ausrüstungsgegenstände nochmals durch und ordneten sie den Unterlagen der Firma zu.
Mit dem Ritter, der die Soldaten befehligte, hatte sie ein Gespräch über die Verteidigungsanlagen geführt, die sowohl gegen einen Überfall von Land aus, als auch gegen einen Angriff vom Meer aus schützen sollten. Sie waren sich darüber klar, dass die reiche Handelsstation und die Hafenstadt bald ein begehrtes Ziel für Piraten sein würden. Dieser Situation mussten sie Rechnung tragen und die bereits existierenden Befestigungen weiter ausbauen. Auch hier bestand ein Aufgabenfeld für die Hafenbaufirma.

Den Aufbau eines Handelsweges ins Innere des Landes stellte sie zunächst zurück. Erst mussten die Möglichkeiten der Handelsbeziehungen weiter erkundet werden. Die Karte mit den Stammesdörfern, die der Safarireisende angefertigt hatte, musste ergänzt werden. Lagerstätten für Bodenschätze sollten gesucht werden und in die Handelsbeziehungen aufgenommen werden.

Es war also viel zutun, und ein Mammutprogramm wartete auf die Verwirklichung. Adeline glaubte, dass ihr Sohn und seine Frau die richtigen Personen waren, um diese hochgesteckten Ziele zu verwirklichen.

Adeline richtete sich wieder in ihrer Kajüte auf dem Schiff ein und hoffte auf eine schnelle und störungsfreie Überfahrt zurück in die Heimat. Zusammen mit dem Kapitän nahm sie ihre Mahlzeiten ein, und die dabei geführte Unterhaltung bezog sich auf die geplante Weiterentwicklung des Handels und die Rolle der beiden gildeeigenen Handelskoggen. Ansonsten führte Adeline ihre sportlichen Übungen durch oder saß in einer windgeschützten Ecke und genoss die südliche Sonne.

Der Rückweg führte meist im Abstand von wenigen Seemeilen am westafrikanischen Kontinent entlang. Adeline konnte deshalb vielfach die Küste sehen, wenn nicht Nebel die Sicht verdeckte. Sie begegneten nur wenigen Schiffen, die in Richtung Süden unterwegs waren.

Das Segelschiff der Piraten hatte die Abreise der Hamburger Handelskogge beobachtet. Der Kapitän hatte mit seinem Schiff außer Sichtweite des Hafens gekreuzt und auf die Rückreise Adelines gewartet. Er hatte den afrikanischen Kontinent lediglich angesteuert, um Wasser und Nahrung zu ergänzen.

Nachdem die Kogge den Hafen verlassen hatte, folgte er ihr in entsprechendem Abstand und wartete eine günstige Gelegenheit für den Überfall ab.

An einem neblig trüben Tag, fünf Tage nach Abreise von der Handelsstation, beschloss der Kaperkapitän, den Überfall zu verwirklichen. Sein Schiff war kleiner, wendiger und schneller als die schwer beladene Handelskogge. Er ließ alle zur Verfügung stehenden Segel setzen und näherte sich nun aus Süden dem Handelsschiff. Kurz vor dem Zusammentreffen hisste er die Piratenflagge und tat damit seine Absichten kund.

Das Piratenschiff wurde von der Kogge aus erst bemerkt, als es in circa fünfhundert Metern Abstand hinter ihr auftauchte. Der Nebel erlaubte nur eine geringe Sichtweite, so dass erst spät eine Reaktion möglich war. Der Kapitän wollte es nicht auf einen Kampf mit den darin wesentlich erfahreneren Piraten ankommen lassen. Er wendete die Kogge dem Ufer zu, um eventuelle Hilfe von Land aus zu bekommen, und die Piraten zum Abdrehen zu zwingen. Als sie in die Nähe des Ufers kamen, stellten sie jedoch fest, dass es sich um unbewohntes, bewaldetes Land handelte und keine Hilfe zu erwarten war. Sie mussten sich nun dem Kampf stellen.

Wie bereits beschrieben, hatte die Handelskogge drei für den damaligen Zeitpunkt modernste Geschütze an Bord, und drei Matrosen waren in deren Bedienung ausgebildet. Diese Geschütze wurden nun scharfgemacht, und je eine Bedienungsmannschaft stand bereit, um sie auf Befehl abzufeuern. Zunächst benötigte man das steuerbordseitige Geschütz, da sich das Piratenschiff von dieser Seite näherte. Geschossen wurde mit Vollgeschossen, also Kugeln aus Eisen. Die auf Rädern bewegte Lafette fuhr man an den Bordrand heran, öffnete die Luke, und ein Matrose wartete mit glimmender Lunte auf den Schießbefehl. Zwei kräftige Taue fingen den Rückstoß nach dem Schuss ab, wobei die Bedienungsmannschaft aufpassen musste, nicht überrollt zu werden. Nun würde es sich zeigen, ob die Übungen, die auf hoher See durchgeführt worden waren, im bevorstehenden Gefecht von Erfolg gekrönt sein würden.

Die restlichen Matrosen rüsteten sich mit Macheten und Messern aus, um für den Nahkampf gewappnet zu sein. Der Schiffszimmermann legte eine große Axt bereit, mit der er sich gegen die Seeräuber verteidigen wollte.

Auch Adeline richtete sich auf einen Nahkampf ein. Sie wusste, dass die Piraten mit unfairen Mitteln kämpften, und ein ritterlicher Kampf nicht in Frage kam. Sie legte ihre Lederkleidung an und bewaffnete sich mit Schwert und Machete. Ein scharfes Messer steckte außerdem im Gurt und ergänzte damit ihr Waffenarsenal. Auf dem Lederwams trug sie einen leichten Kettenpanzer, der sie nicht allzu sehr in ihren Bewegungen hinderte.

Das Piratenschiff hatte inzwischen aufgeholt und fuhr zunächst parallel zur Kogge auf gleicher Höhe. Es hatte einen Teil der Segel gerefft, um die Geschwindigkeit anzupassen. Es näherte sich nun im spitzen Winkel und machte sich zum Entern bereit. Auf Deck waren die Piraten versammelt und drängten sich auf der Handelskogge zugewandten Seite. Ihre abenteuerliche Kleidung war zu sehen, und in der inzwischen aus dem Nebel aufgetauchten Sonne blitzten ihre Macheten und Äxte. An Deck des Piratenschiffes befand sich ein leichtes Geschütz, und die erste Kugel flog den Matrosen der Kogge um die Ohren. Das damit verbundene Geschrei der Piraten zeigte einen ersten Treffer an, und ein Teil der Takelage stürzte auf Deck. Nach dem Feuerbefehl wurde auch auf der Kogge das erste Geschütz abgefeuert, und eine Qualmwolke begleitete den lauten Knall, der beim Abschuss zu hören war. Leider war die Bedienung noch nicht so geübt, und die Eisenkugel klatschte mehrere Meter vor dem Piratenschiff ins Wasser. Das Geschütz wurde sofort neu geladen.

Ein Teil der Seeräuber war mit langen Enterhaken ausgerüstet und wartete darauf, näher an die Kogge heranzukommen, um diese einsetzen zu können. Andere Piraten versuchten mit Haken versehene Seile in die Wanten der Kogge zu werfen, um ihr Schiff näher heranzuziehen. Der bärtige Piratenkapitän gab mit lauter Stimme Befehle, die jedoch im Kampfeslärm untergingen.

Beide Schiffe waren sich inzwischen so nahe gekommen, dass sie sich fast berührten. Die Piraten schwangen sich nun auf die Handelskogge, und der Kampf Mann gegen Mann begann. Vier der Piraten stürzten sich sofort auf Adeline, die nicht als Frau erkennbar war. Mit der Wand einer der Deckaufbauten im Rücken kämpfte sie beidhändig mit Schwert und Machete gegen die vier Angreifer. Bald hatte sie sich Luft verschafft. Einem Piraten spaltete sie mit dem Schwert den Schädel in zwei Teile, fast gleichzeitig schlug sie dem zweiten den Kampfarm ab. Mit großem Geschrei zog sich dieser zurück auf das Piratenschiff. Die beiden anderen Piraten wurden nun vorsichtiger und belauerten Adeline, um einen günstigen Zeitpunkt für den Angriff zu finden. Als einer dann schließlich einen Satz auf Adeline zu machte, erfolgte ihrerseits ein seitlicher Ausfallschritt, und mit dem Schwert durchbohrte sie sein Herz.

Nun bedrängte sie nur noch ein Seeräuber. Um etwas Luft nach dem anstrengenden Kampf zu bekommen, beschränkte sich Adeline zunächst auf Verteidigung.

Inzwischen hatte der grobschlächtige Piratenkapitän mit einem gewaltigen Sprung das Deck der Kogge erreicht. Eingedenk seines Auftrages, Adeline keinesfalls mit dem Leben davonkommen zu lassen, schrie er den Piraten an: „Verschwinde und überlasse mir diesen Gegner."

Er hatte Adeline erkannt, nachdem sie beim Kampf ihre Lederkappe verloren hatte, und ihr Blondhaar auf die Schultern gefallen war. Mit einem mächtigen Satz war er bei Adeline angelangt, hob seine Axt und wollte Adeline mit einem kräftigen Schlag den Schädel spalten. Aber da hatte er die Rechnung ohne den Wirt gemacht. Adeline fing mit Schwert und Machete die Axt ab, musste aber wegen der Wucht des Schlages in die Knie gehen. Ehe der Piratenkapitän zum zweiten Schlag ausholen konnte, hatte Adeline ihm mit gesammelter Kraft noch in der Hocke befindlich per Schwert das Bein oberhalb des Knies durchtrennt. Die gewaltige Masse des Kapitäns fiel mit lautem Geschrei auf Deck. Aus dem Beinstumpf schoss das Blut in Strömen hervor. Er stürzte aber so unglücklich, dass er den Unterschenkel von Adeline einklemmte und sie sich nicht mehr erheben konnte. Der Pirat, der vorher mit ihr gekämpft hatte, beobachtete den Kampf mit dem Piratenkapitän, kam nun herbei und trennte Adelines Kopf vom Rumpf. Sie war sofort tot.

Der Kapitän der Handelskogge, der immer mal einen Blick in Richtung Adeline geworfen hatte, schrie vor Wut auf. Er erledigte seinen Gegner und kam herbei, um den unfairen Gegner Adelines den Kopf abzuschlagen. Danach versuchte er sie unter dem immer noch schreienden Piratenkapitän hervorzuziehen.

Die Piraten hätten wegen ihrer Übermacht schließlich den Sieg davontragen können. Aber nun ertönte ein lauter Knall, und die mit einander durch die Enterhaken gekoppelten Schiffe wurden kräftig geschüttelt. Die Bedienungsmannschaft des backbordseitigen Geschützes auf Deck der Handelkogge hatte während des Durcheinanders nochmals eine Ladung angebracht und diese jetzt abgefeuert. Die abgeschossene Eisenkugel zertrümmerte mit Wucht die Schiffswandung des Segelschiffes. Da die beiden Schiffe unmittelbar beieinander lagen, trat ein erheblicher Schaden ein. Die Kugel hatte die Schiffswand bis unter die Wasserlinie aufgerissen, und das Segelschiff begann sofort zu sinken. Der Schiffszimmermann hatte die Geistesgegenwart, die Seile der Enterhaken mit der Axt zu kappen, und die Handelskogge vom sinkenden Schiff zu trennen.

Damit wurde eine Panik unter den Piraten ausgelöst. Ihr Kapitän lag im Sterben und ihr Schiff war im Begriff zu sinken. Einige von ihnen sprangen noch auf ihr Schiff, um ein Rettungsboot ins Wasser zu lassen, andere ließen sich ins Meer fallen, um einer Gefangenschaft zu entgehen.

Der Kapitän der Handelskogge hatte Adeline unter dem mittlerweile bewusstlosen Kaperkapitän hervorgezogen, konnte aber nichts mehr ausrichten. Er übernahm nun das Kommando und versuchte, die Handelskogge mit dem noch intakten Segel so weit wie möglich vom sinkenden Segelschiff zu entfernen. Dann ließ er in der Nähe des afrikanischen Ufers Anker ankern. Bevor er weitere Schritte unternahm, wollte er erst einmal die Seetüchtigkeit der Kogge überprüfen.

Der Schiffskörper hatte kaum Schäden aufzuweisen, und kleine Blessuren konnten vom Schiffszimmermann repariert werden. Die Takelage allerdings hatte durch die vom Piratenschiff aus abgefeuerte Kugel großen Schaden erlitten. Der Fockenmast war umgebrochen, und der Großmast hatte einen großen Längsriss, der bei dem ersten größeren Sturm zum Bruch geführt hätte. Beide Maste mussten ersetzt werden. Der Kapitän beschloss deshalb, zu der fünf Tage entfernten Handelsstation zurückzufahren und eine größere Reparatur durchzuführen. Den Schiffszimmerer wies er an, beide Maste durch einen Holzschuh aus vier Kanthölzern vorübergehend haltbar zu machen.

Die toten Piraten warf man einfach über Bord, den getöteten Matrosen wurde eine Gedenkstunde mit anschließendem Meeresbegräbnis zu Teil. Dazu nähte man sie in einen Segeltuchsack ein und ließ sie bei einer Trauerrede des Kapitäns über eine Rutsche ins Wasser gleiten.

Adeline bahrte man im kältesten Raum des Schiffes in einem geschlossenem Sarg auf, um sie zur Beerdigung den Angehörigen auf der Handelsstation zu übergeben.

Die Verwundeten pflegte ein Matrose, der sich bei einem Bader an Land einige medizinischen Kenntnisse angeeignet hatte. Der Piratenkapitän war der einzige der Seeräuber, der sich noch auf der Handelskogge befand. Er wurde ebenfalls durch den medizinkundigen Matrosen versorgt. Er war aus der Bewusstlosigkeit erwacht, und so wurde ihm unter Geschrei noch ein Stück des zersplitterten Oberschenkelknochens abgesägt, die Gefäße abgebunden, die Wunde mit einem glühenden Messer ausgebrannt und die Hautlappen miteinander vernäht. Der Matrose glaubte nicht, dass der wieder bewusstlose Kapitän nochmals auf die Beine kommen könnte. Er hatte viel Blut verloren, und wenn Wundbrand dazu kommen sollte, war sein Schicksal besiegelt. Seine robuste Natur half ihm jedoch. Beim täglich durchgeführten Verbandswechsel zeigten sich nach wenigen Tagen erste Erfolge der Gesundung. Er verfluchte jeden, der in seine Nähe kam, und man musste ihn in Ketten legen, damit er keinen Schaden anrichtete.

Während eines Deliriums verfluchte er auch den buckligen Kaufmann aus Hamburg, der nach seiner Meinung an seinem Dilemma schuld war. Der Matrose, der dabei war, als er bewusstlos eine seiner Drohungen gegen den buckligen Kaufmann ausstieß, wurde hellhörig und berichtete seinem Kapitän davon. Dieser beschloss, sich mit Adelines Sohn zu beraten und den Seeräuber zu verhören. Vielleicht konnte man ihn mit nach Hamburg nehmen und den buckligen Kaufmann seiner Verbrechen überführen.

Die Handelskogge steuerte nun wieder die Handelsstation an und näherte sich ihr mit auf Halbmast gehisster Flagge. Arnfried, der von der Station aus die Einfahrt beobachtete, sah sofort, dass etwas Schlimmes passiert sein musste. Er ließ sich mit einem kleinen Boot zur Kogge rudern, und der Kapitän empfing ihn mit tieftraurigem Gesicht.

„Wir wurden von Piraten überfallen, konnten sie aber schließlich abwehren und ihr Segelboot versenken", berichtete er. „Eure Mutter war eine tapfere Kämpferin und ihr ist es mit zu verdanken, dass wir die Seeräuber abwehren konnten. Sie hat den Piratenkapitän besiegt und ihm mit dem Schwert ein Bein abgeschlagen. Leider wurde sie durch einen der Piraten hinterrücks getötet. Meine Mannschaft und ich bedauern das sehr und sprechen Euch unser aufrichtiges Beileid aus. Zur Beerdigung möchten wir Euch ihren fest verschlossenen Sarg übergeben."

Er führte Arnfried in einen kleinen Raum, in dem Adelines Sarg, von brennenden Kerzen umrahmt, aufgebahrt war. Arnfried schluchzte laut auf und fiel an ihrem Sarg auf die Knie. Der Kapitän ließ ihn mit seiner Trauer eine Weile allein. Dann brachte er mit Unterstützung einiger Angestellten der Farm den Sarg ins Farmhaus, in dem er noch einen Tag aufgebahrt wurde, um allen ihren Freunden die Gelegenheit zu geben, sich von ihr zu verabschieden.

Als Angelika ihren Mann an Land kommen sah, wusste sie, dass etwas Schreckliches passiert sein musste. Sie eilte sofort zu ihm und versuchte, ihm in seinem Schmerz beizustehen. Ein Aufschrei ging durch die Farm und das Dorf, als der Tod Adelines bekannt wurde. Am Tag der Beerdigung kamen alle Bewohner der Farm und des Dorfes, um an den Trauerfeierlichkeiten teilzunehmen. Der Geistliche aus dem Hafen hielt eine ergreifende Trauerrede, und auch der Medizinmann aus dem Dorf verübte ein spezialafrikanisches Zeremoniell an Adelines Grab. Er hatte sich während ihres Aufenthaltes mehrfach mit ihr unterhalten und bewunderte ihre medizinischen Kenntnisse. Ihren Tod bedauerte er sehr. Ein Blumenmeer kennzeichnete Adelines Grab, das auf dem kleinen Friedhof neben der Farm ausgehoben worden war.

So ging das bewegte Leben des einstigen Waisenkindes Adeline zu Ende. Noch lange blieb sie bei ihren Angehörigen und Freunden in guter Erinnerung.

Wenige Tage nach den Trauerfeierlichkeiten saß der Kapitän bei Arnfried und besprach mit ihm die weiteren Maßnahmen. Als Erstes mussten die Kogge repariert, und die gebrochenen Maste ersetzt werden.

Arnfried wies seinen Schwiegervater an, zusammen mit dem Schiffszimmermann im nahe liegenden Wald zwei Bäume auszusuchen, zu fällen und für die Montage auf der Kogge vorzubereiten. Sie suchten zwei Stämme aus Bongossiholz aus, die wegen ihrer Festigkeit bei gleichzeitiger Elastizität besonders geeignet waren, die Beanspruchung aus der Takelage bei Sturm zu übernehmen. Die schweren Stämme wurden mit Hilfe der Matrosen und Eingeborenen zum Schiff transportiert und im dafür vorgesehenen Mastschuh eingesetzt. Alle weiteren Reparaturarbeiten verrichtete der Zimmermann zusammen mit den Matrosen selbst.

„Ich brauche noch sechs bis acht Matrosen zur Ergänzung meiner Schiffsbesatzung", erklärte der Kapitän. Arnfried versprach, dass er sich darum kümmern wolle. Im Hafen gab es einige Matrosen, die auf eine Gelegenheit warteten, wieder nach Europa zu kommen. Ein bekannter Wirt am Hafen wurde beauftragt, einige der Matrosen anzuheuern, aus denen Arnfried und der Kapitän die Geeignetsten für die Heimreise aussuchten.

Arnfried besprach auch mit seiner Frau und den Schwiegereltern, dass er mit nach Hamburg reisen wolle, um die durch Adelines Tod entstandenen Probleme zu klären. Er wollte mit seinem Stiefvater die Zukunft des Hauses Merten/Olsen absprechen und entsprechende vertragliche Festlegungen treffen. Angelika sollte auf der Handelsstation bleiben und in Ruhe ihr gemeinsames Kind erwarten. Sie war jedoch nicht einverstanden und wollte Arnfried unbedingt begleiten. Sie hatte zwar eingedenk der schlechten Erfahrungen als Zwölfjährige Angst vor einer Schiffsreise. Aber der Wunsch, Arnfried nicht allein zu lassen und die verlockende Aussicht, ihre Großeltern wiederzusehen, beeinflussten ihre Entscheidung, an der Reise teilzunehmen. Sie wollte ihr Kind in Hamburg bei ihren Großeltern zur Welt bringen.

Und noch einer wollte unbedingt die Reise mitmachen. Der Schäferhund, den die Großeltern einst Angelika zu ihrem zwölften Geburtstag zum Geschenk machten, war inzwischen zu einem kräftigen Rüden herangewachsen. Todesmutig hatte er zu Kinderzeiten der Geschwister einer Mamba den Kopf abgebissen. Fast jeden Tag begleitete er den Zimmermann und seine Holzfäller in den Wald und warnte sie vor Gefahren, die durch wilde Tiere und sich eventuell anschleichende wilde Eingeborene entstehen könnten. Er stand Angelika zur Seite, als sie gemeinsam mit ihrem Mann beim Überfall gegen die bösartigen Schwarzen kämpfte, und war überall dort zu finden, wo sie nach seiner Meinung seinen Schutz benötigte. Der Schäferhund lief nun ganz aufgeregt um Angelika herum, da er fühlte, dass eine Reise bevorstand.

„Du bleibst hier und beschützt meine Eltern und meinen Bruder", bekam er von Angelika zu hören. Er winselte und war mit dieser Entscheidung überhaupt nicht einverstanden. Kurz bevor die Reise losging versteckte er sich auf einem kleinen Ruderboot, das als Liefer- und Transportgefährt genutzt wurde und sprang an Bord. Nach der Abfahrt fand ihn Angelika dann in einer versteckten Ecke auf einer dort gelagerten Taurolle. Er sprang ihr entgegen, tanzte um sie herum und leckte ihr Gesicht, um sie vom Schimpfen abzuhalten. Angelika musste ob seiner Hartnäckigkeit beim Durchsetzen seiner Wünsche lachen. Fortan waren beide auf dem Schiff nur noch gemeinsam unterwegs.

Das größte Problem war der gefangene Piratenkapitän, der sein Dasein immer noch angekettet auf dem Schiff fristete. Arnfried und der Kapitän beschlossen, ihn auf die Handelsstation bringen zu lassen und zu verhören.

Er fluchte nach wie vor auf jeden, der in seine Nähe kam und drohte jeden umzubringen, der sich ihm näherte. Der Heilungsprozess seines Beines machte gute Fortschritte. Dank seiner robusten Natur hatte sich die Wunde geschlossen, und es traten auch keine großen Komplikationen auf. Die meisten Probleme machten ihm die Stunden, in denen er untätig angekettet in einem dunklen Raum der Handelskogge verbringen musste. Er war ein unruhiger Geist und daran gewöhnt, auf seinem Schiff seine Piraten umherzuscheuchen und sie ständig anzubrüllen, wenn seine Befehle nicht schnell genug ausgeführt wurden. Er brauchte schnellstens Krücken und ein angeschnalltes Holzbein, mit dem er wenigstens eine Stunde am Tag umhergehen und sich an seine Verkrüppelung gewöhnen konnte.

Gut bewacht war er an Land geführt, und in einem neben der Farm errichtetem Blockhaus wieder angekettet worden. Hier hatten ihn Arnfried und der Kapitän besucht und den fluchenden Seeräuber verhört.

Zwei Tage war nichts aus ihm herauszubekommen gewesen. Als sie ihm jedoch angedroht hatten, ihn dem Richter im Hafen zu übergeben, in dem mit Seeräubern kurzer Prozess gemacht wurde, hatte er zu sprechen begonnen.

Er erzählte, dass er eine feste Beziehung zu dem buckligen Kaufmann in Hamburg aufgebaut hatte, und diesem seine bei Piratenüberfällen erbeuteten Waren verkaufte, und dass er gelegentlich geheime Aufträge von ihm übernahm. Missliebige Personen wurden gekidnappt und auf hoher See einfach ins Meer geschmissen. Nun wollte der Bucklige der Kaufmannsgilde einen empfindlichen Schlag versetzen, indem er eine der gildeeigenen Handelskoggen kapern und versenken lassen würde. Gleichzeitig sollte Adeline getötet und ihr Mann wegen der umstrittenen Errichtung der Handelsstation in Afrika bei der Kaufmannsgilde in Verruf gebracht werden. Danach wollte er die Leitung der Kaufmannsgilde übernehmen und für seine zwielichtigen Geschäfte nutzen. Der Piratenkapitän wollte sich mit dieser Aussage am buckligen Kaufmann rächen, weil dieser nach seiner Meinung an seiner Verkrüpplung schuld war. Schließlich bat er noch, ihm Krücken und ein Holzbein anfertigen zu lassen und ihn mit nach Hamburg zu nehmen. Er hoffte, auf der Heimreise oder in Hamburg eine Gelegenheit zur Flucht zu finden.
Arnfried und der Kapitän beschlossen, den Piratenkapitän mit nach Hamburg zu nehmen, und den buckligen Kaufmann durch dessen persönliche Aussage zu überführen. Der Zimmermann wurde beauftragt, ein Holzbein anzupassen und Krücken für den Piratenkapitän anzufertigen. Danach wurde dieser wieder bei strengen Sicherheitsmaßnahmen auf die Handelskogge gebracht.
Nachdem die Reparaturen am Schiff abgeschlossen waren, und sich alle mitzunehmenden Waren und das Personal an Bord befanden, gab der Kapitän das Zeichen zur Abfahrt. Angelikas Eltern winkten dem jungen Paar zum Abschied vom Ufer aus zu. Sie wussten, dass sie für lange Zeit unterwegs sein würden und hofften, dass sie gesund mit ihrem ersten Enkelkind zurückkehren würden.
Adeline hatte bei ihrem Besuch der Handelsstation einen Kaufmann mitgebracht, den sie und ihr Mann schon lange kannten und schätzten. Er hatte lange im Handelshaus Olsen gearbeitet und brachte große Erfahrung in der Handelstätigkeit und Organisation

mit. Adeline und ihr Mann hatten ihn als stellvertretenden Leiter der Handelsstation vorgesehen. Er hatte schon länger geplant, seiner Leidenschaft für Afrika nachzukommen und sich irgendwo auf diesem Kontinent niederzulassen. Als Adeline und ihr Mann ein Gespräch mit ihm führten und eine Tätigkeit auf der Handelsstation anboten, sagte er sofort zu und war mit seiner Familie gemeinsam mit Adeline angereist.

Durch die besonderen Umstände von Adelines Tod war Arnfried gezwungen, ihm bis auf Weiteres die Leitung der Handelsstation zu übergeben. Er führte vor seiner Abreise ein Gespräch mit ihm und war froh, die Station in kompetenten Händen zu wissen.

Der bucklige Kaufmann

Die Rückreise der Handelskogge nach Hamburg verlief ohne größere Zwischenfälle. Sie war mit genügend Trinkwasser und Nahrung ausgestattet, so dass kein Zwischenstopp notwendig war. Alle waren guter Dinge, planmäßig in Hamburg anzukommen. Die neu errichteten Maste verrichteten hervorragend ihren Dienst und der Schiffszimmermann war mit seiner Arbeit zufrieden. Auch der Kapitän freute sich über sein nun wieder seetüchtiges Schiff und auf die hoffentlich zwischenfallsfreie Reise nach Hamburg.
Angelika und Arnfried nutzten die Gelegenheit, um sich ein bisschen über die Schiffsführung zu informieren. Sie besichtigten auch die Geschütze und ließen sich über die Funktion der einzelnen Bauteile informieren. Der Kapitän hatte die Geschützbedienung angewiesen, ihre Fertigkeiten bei der Zielgenauigkeit zu üben, damit im Falle eines Überfalls mehr Verlass auf die Treffsicherheit sei. So ertönte öfters ein Knall, wenn sich ein Ziel für die Geschützbedienung bot.
Der Piratenkapitän wurde sehr streng bewacht. Einmal am Tag durfte er für eine Stunde an Deck spazieren gehen, und dabei die Bewegung mit seinem neuen Holzbein und den Krücken üben. Die Wunde am Oberschenkel war fast völlig verheilt und bereitete auch keine Schwierigkeiten beim Anschnallen des Holzbeins. Auf Deck bewachten ihn zwei bewaffnete Matrosen. Unter Deck wurde er in Ketten gelegt, und zwei Matrosen postierten sich vor der verschlossenen Tür.
Er hatte viel Zeit, über seine gegenwärtige Lage nachzudenken und trug sich natürlich ständig mit Fluchtgedanken. Eines Tages, als sie in der Nähe der spanischen Küste vorbeifuhren, hielt er die Zeit für gekommen, einen Fluchtversuch zu wagen. Er hatte genügend geübt, sich auch ohne Krücken auf den Beinen zu halten. Der

Fluchtversuch begann damit, dass er den einen seiner Bewacher den Dolch aus dem Gürtel riss und beide mit einem Rundumschlag seiner Krücke außer Gefecht setzte. Mit zwei Schritten war er bei Angelika, umfasste sie von hinten und hielt ihr das Messer vor die Kehle. Den Schäferhund hatte er vorher mit einem kräftigen Tritt seines Holzbeines an die Wand des Schiffsaufbaus geschleudert, an der dieser benommen liegen blieb. Er forderte nun lautstark ein kleines Boot, mit dem er durch zwei Matrosen zum Land gebracht werden wollte. Angelika wollte er als Geisel mitnehmen.

Zunächst waren alle überrascht und erschrocken. Am schnellsten kam der Schäferhund auf die Beine, er schüttelte die Benommenheit ab und sprang den Piratenkapitän mit einem Satz und vor Wut laut knurrend von hinten an und verbiss sich in dessen Genick. Dieser ließ nun Angelika los und wehrte sich gegen das wütende Tier. Mit dem Messer versuchte er, dem Schäferhund eine tödliche Wunde beizubringen. Dabei fiel er nach hinten, und der Hund ließ vorübergehend los, um sich in der Gurgel des Seeräubers zu verbeißen. Durch seine Kämpfe gegen wilde Tiere des afrikanischen Urwaldes hatte er genügend Erfahrungen gesammelt und konnte den Messerattacken immer wieder ausweichen. Als der Seeräuber mit den Messer ausholte, verbiss er sich in dessen Handgelenk. Es knirschte, und mit einem Aufschrei ließ er das Messer fallen. Nun wollte der Schäferhund sich im Hals verbeißen und dem Seeräuber den Garaus machen, aber dazu kam er nicht mehr. Arnfried riss den Hund zurück, und die Wächter hatten nun Gelegenheit, den Piratenkapitän zu fesseln und unter Deck zu bringen. Der Schäferhund stand zitternd und knurrend daneben und schaute seine Herrin enttäuscht an. Er hätte dem Seeräuber zu gern die Gurgel durchgebissen.

Den Seeräuber ketteten die Wächter unter Deck wieder an, und er bekam bis Hamburg keine Gelegenheit mehr, an Deck zu erscheinen. Sein rechtes Handgelenk wurde verbunden und geschient, aber trotz dieser Hilfe blieb es steif, und er konnte es nicht mehr benutzen. Kleinlaut fügte er sich in sein Schicksal, hoffte aber an Land eine Gelegenheit zur Flucht zu bekommen.

Auf dem Schiffsweg nach Hamburg überholte sie ein leichter Segler, dessen Schiffsführer dem Kapitän der Handelskogge bekannt war. Dieser fragte im Vorbeifahren an, ob es an Bord ein Unglück gegeben habe, da die Schiffsflagge auf Halbmast gehisst war. Der Kapitän signalisierte dem Segler, dass sie von Piraten überfallen worden waren, und die Vorsitzende der Handelsgilde von Hamburg dabei ums Leben gekommen sei. Der Segler kam zwei Tage eher als die Handelskogge in Hamburg an, und über dessen Mannschaft wurde die Nachricht von Adelines Tod sehr schnell verbreitet.
Diese Mitteilung schlug ein wie eine Bombe, denn Adeline war allseitig beliebt und nicht nur der Handelsgilde bekannt. Allgemeine Trauer verbreitete sich. Alle wollten erfahren, wie Adeline ums Leben gekommen war. Es herrschte deshalb ein großer Andrang, als die Handelskogge schließlich zwei Tage später im Hafen einlief.
Den buckligen Kaufmann erreichte die Nachricht von Adelines Tod in seiner Kneipe, in der er jeden Abend an seinem Biertisch saß und auf den Piratenkapitän wartete. Dieser war längst überfällig, denn der Kaufmann hatte sich ein wesentlich jüngeres Datum für dessen Rückkehr ausgerechnet. Aber vielleicht musste er vorsichtig sein und konnte sich vorerst nicht in Hamburg sehen lassen. Er saß wie auf Kohlen und hoffte, dass nichts schiefgegangen war, und er mit in die Ereignisse hineingezogen werden würde.
Als die Matrosen des Seglers in der Kneipe auftauchten und über den Tod der bekannten Vorsitzenden der Handelsgilde sprachen, setzte er sich an deren Tisch, gab eine Runde Wein aus und versuchte Näheres zu erfahren. Aber die Seeleute konnten nichts weiter berichten, da sie ja nur an der Handelskogge vorbeigefahren waren. Der bucklige Kaufmann musste sich also noch gedulden, frohlockte aber innerlich darüber, dass nun ein lang ersehnter Wunsch in

Erfüllung gegangen war. Alles Weitere würde sich in den nächsten Tagen ergeben.

Der Tod Adelines war ein großer Schock für ihren Mann und das Hamburger Handelspersonal. Ihr Mann wusste nicht, wie er diese traurige Nachricht verkraften sollte. Er schloss sich zwei Tage in ein Zimmer ihres gemeinsamen Hauses ein, in dem sie beide viele schöne Stunden verlebt hatten. Sie hatten geglaubt, dass sie bis ins hohe Alter gemeinsam die Tücken des Schicksals meistern konnten, so schwierig sie auch seien. Nun war sie durch den Piratenüberfall von seiner Seite gerissen worden.

Auf das Klopfen an seiner Tür reagierte er nicht. Die Haushälterin wollte ihm mehrfach Essen bringen, aber die Tür blieb verschlossen. Das im Flur abgestellte Essen rührte er nicht an, und das Personal musste es wieder wegräumen. Erst am dritten Tag zog er sich an, öffnete die Tür und ging zum Hafen, in dem die Einfahrt der Handelskogge erwartet wurde.

Diese lief in der Mittagszeit zwei Tage nach dem Segler in den Hafen ein. Als Erster ging Adelines Ehemann an Bord und wurde vom Stiefsohn, dessen Frau und dem Kapitän mit Beileidsbezeugungen empfangen. Im Kartenhaus beratschlagten sie gemeinsam, wie in der Angelegenheit des Piratenüberfalls weiter zu verfahren sei.

„Ihre Frau hat sich tapfer gewehrt", sagte der Kapitän und berichtete über weitere Einzelheiten des Kampfes. „Dank ihrer Geschicklichkeit im Kampf mit dem Piratenkapitän konnte dieser dingfest gemacht werden, und er liegt nun angekettet in einem Raum unter Deck."

„Er hat uns berichtet, dass er vom 'buckligen Kaufmann' beauftragt wurde, Adeline zu töten. Mit diesem steht er ständig in Verbindung und verkauft ihm die bei Piratenüberfällen erbeutete Ware. Der Handelsgilde hat er bereits schon großen Schaden zugefügt, denn viele der erbeuteten Waren gehörten Kaufleuten der Handelsgilde."

„Man könnte nun dem Buckligen ein für allemal das Handwerk legen", schlug der Kapitän vor, „denn der Piratenkapitän hat zugesagt gegen ihn vor der Handelsgilde auszusagen."

„Den Matrosen meines Schiffes habe ich Stillschweigen über die Gefangennahme des Piratenkapitäns auferlegt, damit der bucklige Kaufmann nicht vorzeitig gewarnt wird", sagte der Kapitän.

Man beschloss nun, den Piratenkapitän heimlich in der Nacht abzuholen, und an einem sicheren Ort unter Bewachung einzusperren. Nach Einberufung einer Versammlung der Gildemitglieder in Anwesenheit des buckligen Kaufmannes wollte man dann beide miteinander konfrontieren, durch eingeladene Gerichtspersonen und Polizisten festnehmen und bis zu einer Gerichtsverhandlung einsperren lassen.

Der bucklige Kaufmann hatte sich bei Ankunft der Kogge in einer Nebengasse versteckt und beobachtete die Vorgänge auf dem Schiff beim Entladen der mitgebrachten Waren. Er brannte darauf, mit den Matrosen zu sprechen, um Näheres über den Piratenüberfall zu erfahren. Als er merkte, dass er vorläufig nicht an einen Matrosen herankommen konnte, verzog er sich in seine Kneipe und wartete auf den Abend.

Nach zwanzig Uhr ging dann die Kneipentür auf und vier der Matrosen kamen in die Kneipe gestolpert. Sie waren schon leicht angetrunken und suchten grölend einen Tisch. Der inzwischen wieder verkleidete Bucklige lud sie an seinen Tisch ein, und sie stürzten sich durstig auf die spendierten Humpen mit Rotwein.

Sie fluchten laut auf die Seefahrt und ihren schweren Beruf. Nach einiger Zeit konnte der Bucklige das Gespräch auf den Überfall durch die Piraten lenken. Die Matrosen hoben nun hervor, wie heldenhaft sie gekämpft und schließlich die Piraten in die Flucht geschlagen hatten. Sie berichteten über den mutigen Kampf Adelines, die als Frau und Schwertkämpferin die volle Sympathie der Matrosen gehabt hatte.

„Sie hat den Piratenkapitän, der fast doppelt so breit wie die mutige Frau war, besiegt und mit einem Schwertschlag außer Gefecht gesetzt", berichtete ein Matrose. Leider wurde ihr von einem Piraten der Kopf abgeschlagen, als sie beim schweren Kampf mit dem Piratenkapitän zu Boden ging. „Mit einem unserer Geschütze haben wir das Piratenschiff versenkt, und die Piraten sprangen ins Wasser. Auch der Kapitän ist dabei umgekommen", sagte ein anderer Matrose.

Als der Bucklige nichts Neues mehr erfahren konnte, stand er auf und ging nach Hause. Er glaubte nun, dass alles positiv für ihn ausgegangen war und frohlockte bei dem Gedanken, dass er nach Erledigung von Adelines Mann die Regie der Kaufmannsgilde übernehmen und nach seinen Prinzipien schalten und walten könne. Alle würden nach seiner Pfeife tanzen, da er als einer der reichsten Kaufleute der Hansestadt galt. Sein Reichtum würde weiter zunehmen, wenn er die Kaufmannsgilde unter seiner Knute hatte.

Angelika und Arnfried ritten, nachdem sie sich im Haus seines Stiefvaters eingerichtet hatten, zu den Großeltern auf ein Dorf in der Nähe der Hansestadt. Diese waren inzwischen zu einem wackligen Ehepaar gealtert und hatten geglaubt, von Tochter, Sohn und Enkelkindern niemanden mehr wiederzusehen. Außer wenigen kurzen Nachrichten, die sehr spärlich aus Afrika eintrafen, hatten sie nichts von ihren Kindern und Enkelkindern gehört. Umso größer war die Freude, Angelika und ihren Mann plötzlich vor der Haustür stehen zu sehen. Der Schäferhund, der als Welpe ein halbes Jahr im Haus der Großeltern gelebt hatte, begrüßte die beiden alten Leutchen ebenfalls stürmisch und mit wedelndem Schwanz.

Nun ging das Erzählen los, Geschenke wurden ausgepackt, und der Garten war plötzlich voller Nachbarn, die die kleine Angelika noch aus ihrer Kinderzeit kannten und alles über den für sie fremden Kontinent Afrika erfahren wollten.

Arnfried wusste nun seine Gattin in guten Händen und ritt wieder zurück nach Hamburg, um die Probleme zu klären, die durch den Tod seiner Mutter eingetreten waren. Vorher legte er Angelikas Großeltern ans Herz, ihn sofort zu benachrichtigen, wenn die Schwangerschaft Probleme bereiten sollte oder gar die Wehen einsetzen würden. Aber die Großmutter war eine erfahrene Frau, die auch ihre beiden Enkel mit auf die Welt gebracht hatte. Außerdem gab es im Ort eine resolute Hebamme, die schon vielen jungen Frauen als Geburtshilfe zur Seite gestanden hatte. Angelika war nun im siebenten Monat schwanger und freute sich auf ihr zukünftiges Mutterglück.

Wieder in Hamburg angekommen diskutierten Arnfried und sein Stiefvater über die Fortführung der Handelsunternehmen des gemeinsamen Handelshauses Merten/Olsen und versuchten schnellstens die Lücken zu schließen, die der Tod Adelines hinterlassen hatte. Zunächst einmal berichtete Arnfried über die Entwicklung der Handelsniederlassung auf dem afrikanischen Kontinent. Sie waren sich beide darüber einig, dass sie mittlerweile viel geschafft hatten, und der kleine Stützpunkt sich zu einer viel versprechenden Handelsstation entwickelt hatte. Sie würden der Handelsgilde in der demnächst einzuberufenden Versammlung über eine positive Bilanz berichten können. Es musste außerdem über die Besitzverhältnisse Klarheit geschaffen werden. Die zur Handelsniederlassung gehörende Farm wurde durch Adeline und ihren Mann erworben, und sollte deshalb auch im Besitz des Handelshauses Merten/Olsen bleiben. Die im Hafen errichteten Lagerhäuser und die beiden Handelskoggen waren Eigentum der Kaufmannsgilde und wurden gemeinsam genutzt. Dafür musste ein neues Verwaltungsgremium geschaffen werden, denn bisher lief alles über Adeline und ihren Mann. Es war ihre Idee, die sie umgesetzt hatten, und sich deshalb auch verantwortlich fühlten.
Arnfried und sein Stiefvater wandten sich dann dem heikelsten Thema zu. Sie mussten den Piratenkapitän und den buckligen Kaufmann einer gerechten Strafe zuführen, und diese deshalb erst

einmal vor Gericht stellen. Ihr Plan sah so aus, dass sie den buckligen Kaufmann bei der Versammlung bloßstellten und dann der Gerichtsbarkeit übergeben wollten. Sie wollten auch erreichen, dass die Speicher des Buckligen geöffnet, und die gekaperte Ware an die rechtmäßigen Besitzer übergeben werden würden.

Der bucklige Kaufmann fühlte sich sehr sicher. Das, was er von den Matrosen der Handelskogge erfahren hatte, machte ihn glauben, dass ihm keiner eine Beteiligung an dem Piratenüberfall nachweisen konnte. Adeline und der Piratenkapitän waren tot, und eventuelle überlebende Piraten waren auch nicht aufgetaucht. So hetzte er nun bei jeder Gelegenheit in der Kaufmannsgilde gegen Adelines Mann und behauptete, dass die Idee mit dem Erwerb der Koggen und der Handelsniederlassung in Afrika ein Schuss in den Ofen gewesen sei, und der Gilde nur Verluste eingebracht hätte. Er argumentierte weiter, dass der Handel mit dem Koggen viel zu unsicher sei, da diese durch Seeräuber gekapert oder durch Stürme vernichtet werden könnten. Die Handelsstation auf dem afrikanischen Kontinent könne durch wilde Stämme überfallen und ausgeraubt werden, wie die nicht lange zurückliegenden Ereignisse bewiesen. Bei einigen Kaufleuten der Gilde hatte er bereits Gehör gefunden, und sie kritisierten offen die riskanten Entwicklungen der letzten Jahre.

Es war nun höchste Zeit, den Termin für die große Versammlung der Kaufmannsgilde anzusetzen und dem buckligen Kaufmann das Handwerk zu legen. Im Handelshaus wurden die letzten Vorbereitungen getroffen und der Saal für das bevorstehende Ereignis geschmückt. Die Mitglieder der Handelsgilde trafen nun langsam ein und suchten sich einen Platz mit guter Übersicht, um von der zu erwartenden Auseinandersetzung nichts zu verpassen. Der bucklige Kaufmann traf mit seinen Anhängern ein und nahm mit siegessicherer Miene in den vorderen Reihen Platz. Bald würde er auf der Tribüne sitzen, glaubte er zu wissen, und das Zepter der Gilde in der Hand halten.

Der Versammlungsleiter leitete die Veranstaltung mit einer Schweigeminute ein, mit der er der ehemaligen Vorsitzenden gedachte. Alle standen auf, und einige bedauerten aufrichtig den Tod der beliebten Bürgerin der Stadt Hamburg. Danach berichtete Adelines Sohn über die Entwicklung der Handelsniederlassung auf dem afrikanischen Kontinent. Mit der anschließenden Bilanz, die Arnfrieds Stiefvater vortrug, wurde die positive Entwicklung der Einnahmen der Kaufmannsgilde durch die Handelsniederlassung und den Handel mit den gildeeigenen Koggen dargestellt. Adelines Anteil an diesem wirtschaftlichen Erfolg wurde gebührend hervorgehoben. Es gab danach großen Beifall, in den auch die Anhänger des buckligen Kaufmanns zaghaft mit einstimmten.

Dieser sah nun seine Zeit für gekommen, seine ätzende Kritik in der Veranstaltung vorzubringen. Er sprach von gefälschter Bilanz und vom viel zu großen Risiko, dem die Kaufmannsgilde durch die Machenschaften des Handelshauses Merten/Olsen ausgesetzt war.

„Das Risiko hat sich doch beim Überfall durch wilde Stämme auf die Handelsstation und die Piratenattacke auf die Handelskogge gezeigt", argumentierte er. „Nur dem entschlossenen Handeln der Bevölkerung und der Matrosen war es zu verdanken, dass größerer Schaden von der Kaufmannsgilde ferngehalten wurde." Viele Kaufleute konnten und wollten sich dieser Argumentation nicht verschließen. Der bucklige Kaufmann frohlockte und glaubte das Spiel gewonnen zu haben. Besonders die älteren Kaufleute brachten zum Ausdruck, dass sie diese neue Entwicklung in der Handelstätigkeit der Gilde schon immer als zu risikoreich eingeschätzt hatten.

Inzwischen hatte man den Piratenkapitän geholt und in einem Vorraum untergebracht. Auch Vertreter der Polizeibehörde waren anwesend und warteten auf ihren Einsatz, um den buckligen Kaufmann und den Piratenkapitän in Gewahrsam zu nehmen.

Der bucklige Kaufmann verlangte nun, das Handelshaus Merten/Olsen in die Pflicht zu nehmen, und den durch die neue Entwicklung in der Handelstätigkeit angeblich entstandenen Schaden für die Gilde auszugleichen.

„Das Risiko war und ist nicht größer, als es bei früheren Handelsunternehmungen zu Lande und zu Wasser aufgetreten ist. Die Bilanzen zeigen ausdrücklich den erzielten Gewinn, den uns die neue Handelsstrategie gebracht hat, und von einer Fälschung der Bilanz kann keine Rede sein", erwiderte Arnfrieds Stiefvater. „Außerdem klage ich hiermit den Kaufmann des Handelshauses Ibrahim an, den Piratenkapitän beauftragt zu haben, den Überfall auf die Handelskogge und die Tötung der Vorsitzenden der Kaufmannsgilde, Adeline Merten/Olsen, befohlen zu haben. Er hat auch seit vielen Jahren die gekaperten Waren von Piratenkapitänen, darunter auch Waren von hier anwesenden Kaufleuten unserer Gilde, aufgekauft, und sie in seinen Lagerhäusern gehortet, bis er sie weiter verkaufen konnte. Ich klage den Kaufmann des Handelshauses Ibrahim an, die Satzungen unserer Gilde missachtet und sich durch verbrecherische Handlungen fremdes Eigentum angeeignet zu haben."

Diese Anklage führte zu einem großen Tumult unter den anwesenden Kaufleuten. Sie forderten Beweise von Arnfrieds Stiefvater, und der bucklige Kaufmann schrie in den Tumult hinein, dass es sich um haltlose Anschuldigungen handele, und das Handelshaus Merten/Olsen von den eigenen Unzulänglichkeiten ablenken wolle.

Arnfried hatte inzwischen den Saal verlassen, um den Piratenkapitän zu holen. Unter starker Bewachung wurde dieser nun in den Saal geführt, um seine Aussagen zu Protokoll zu geben. Es trat nun plötzlich Stille im Raum ein.

Der Piratenkapitän sah im buckligen Kaufmann den alleinigen Schuldigen für sein Dilemma und hielt sich nicht mit seinen Aussagen zurück. Außerdem glaubte er, durch sein Geständnis mildernde Umstände bei der Festlegung seines Strafmaßes zu erlangen.

Der bucklige Kaufmann war blass geworden, als der Piratenkapitän in der Tür aufgetaucht war. Er wusste, dass er gegen dessen Aussage keine Chance haben würde, sich auf der Versammlung zu rechtfertigen. Er stürmte durch den Saal und wollte durch die Tür flüchten, wurde aber hier bereits durch die bereitstehende Polizei in Gewahrsam genommen und abgeführt. Auch den Piratenkapitän brachte man in eine Zelle, um dann in einem noch durchzuführenden Prozess das Urteil für dessen grausame und brutale Taten zu fällen.

Am nächsten Tag öffneten die Verantwortlichen gemeinsam mit den Vertretern der Handelsgilde die Lagerhäuser des buckligen Kaufmanns und fanden die Aussagen von Arnfried Stiefvater bestätigt. Es dauerte lange Zeit, bis sich die Aufregung unter den Kaufleuten wieder gelegt hatte. Das Ansehen des Handelshauses Merten/Olsen war natürlich durch die Aufdeckung des Skandals weiter gewachsen.

Arnfried ritt nun für einige Tage zu seiner Frau und deren Großeltern. Ihr schwerer Tag rückte immer näher, und er wollte bei der Geburt dabei sein. Um sie nicht zu beunruhigen, berichtete Arnfried nur auszugsweise über die turbulenten Tage, die er nach seiner Ankunft in Hamburg auszustehen hatte.

Es war eine dunkle Nacht, als sich in den schmalen Gassen von Hamburg zwei zwielichtige Gestalten in Richtung des Gefängnisses bewegten. Der Bruder des Piratenkapitäns und dessen Sohn hatten eine Nachricht aus dem Gefängnis erhalten, in der der Kapitän und der bucklige Kaufmann in zwei Zellen nebeneinander untergebracht waren und auf die Gerichtverhandlung warteten. Der Bruder des Kapitäns hatte in Hamburg ein Geschäft, in dem er bei Überfällen erbeutete Waren verkaufte. Bei ihm hatte der Piratenkapitän auch sein Geld hinterlegt, das in einer großen Kiste im verschlossenen Keller des Geschäftes untergebracht war. Die beiden Brüder hielten ihre Verwandtschaft geheim, um den ortsansässigen Kaufmann nicht zu gefährden.

Nun waren der Bruder und dessen Sohn unterwegs, um den Piratenkapitän zu befreien. Sie hatten ein Mitglied der Wache bestochen und hofften mit dessen Hilfe die Flucht aus dem Gefängnis zu ermöglichen. Der bestochene Gefängniswärter ließ die beiden

Gestalten ein, die dem durch das Holzbein und die zerbissene Hand gehandikapten Piratenkapitän bei der Flucht behilflich sein sollten.
Als der benachbarte bucklige Kaufmann die Fluchtvorbereitungen bemerkte, verlangte er mitgenommen zu werden. Andernfalls würde er durch Schreien den gesamten Gefängnistrakt aufmerksam machen, und die Flucht so vereiteln.
Nach kurzen Verhandlungen konnte er sich dem Kapitän anschließen. Der bestochene Wächter wurde niedergeschlagen und die Türschlösser entsprechend manipuliert, damit nicht der Verdacht der Fluchtbeteiligung auf den Wärter fiel.
Im Hof des Bruders standen Wagen und Pferd bereit, und der Piratenkapitän fuhr mit einem unter dem Wagenboden angebrachten Teil seines Geldes in eine weit entfernte Stadt. Er fuhr nur nachts, so dass sein Fluchtweg nicht bekannt wurde. In der Stadt kaufte er in einem heruntergekommenen Stadtviertel eine Kneipe, und man hat nie wieder von ihm gehört.
Der bucklige Kaufmann wollte sich vor seiner Flucht an Arnfrieds Stiefvater rächen. Er versteckte sich in einem seiner Schlupfwinkel und beobachtete von dort aus die Gewohnheiten des Kaufmanns. Die Ermordung wollte er alleine durchführen, um bei seiner Flucht keine weiteren Spuren zu hinterlassen.
Nach wenigen Tagen legte sich die Aufregung über die Flucht der beiden Schwerverbrecher. Da man in Hamburg nichts mehr von ihnen hörte, glaubte man, dass ihre Flucht geglückt sei und sie bereits irgendwo weit weg einen Unterschlupf gefunden hätten.
Arnfrieds Stiefvater war jedoch misstrauisch und ging nicht mehr unbewaffnet aus dem Haus. Dank seines Trainings mit Adeline war er fit und konnte es leicht mit einem Gegner aufnehmen. Der Schlupfwinkel des buckligen Kaufmanns lag in der dunklen Gasse, in der er bereits Adeline überfallen lassen hatte. Da auch Arnfrieds Stiefvater die Gasse gerne benutzte, um auf dem kürzeren Weg zu seinem Haus zu kommen, legte sich der Bucklige hier in einer Nische auf die Lauer.

Wenige Tage nach der Flucht der Schwerverbrecher benutzte der Kaufmann die Gasse, um schnell nach Hause zu kommen. Er hatte länger als vorgesehen im Handelshaus zu tun gehabt, und nun wartete zu Hause ein Gast auf ihn, den er nicht länger als nötig aufhalten wollte. Eilig lief er durch die Gasse und merkte rechtzeitig, dass in einem Versteck des rechts liegenden Hauses jemand auf ihn lauerte. Er zog schnell sein Schwert, um sich gegen einen auftauchenden Gegner zu verteidigen. Aber da war es bereits zu spät. Der bucklige Kaufmann stürzte aus seinem Versteck hervor, und stach dem Kaufmann mit einem Dolch in die Brust. Dieser hatte die Waffe des Buckligen leicht mit dem Schwert abgelenkt, so dass sie nicht unmittelbar ins Herz eindrang. Mit einem gewaltigen Schwertschlag schlug Arnfrieds Stiefvater dem Buckligen dann den Kopf ab. Dieser war dabei sich abzuwenden und die Flucht zu ergreifen. Der Fluchtversuch kam zu spät, und sein Kopf rollte langsam die schräge Gasse hinab, während der bucklige Körper auf den Boden klatschte.
Inzwischen waren die Anwohner der Gasse aufmerksam geworden, holten Laternen und brachten schließlich den stark blutenden und mittlerweile bewusstlosen Stiefvater Arnfrieds in ein nahe stehendes Haus. Ein schnell herbeigeholter Arzt kümmerte sich um ihn.
Nach der Erstversorgung der Wunden brachte man ihn in sein Haus, in dem sich der Hausarzt und das Personal um ihn kümmerten. Seine schweren Verwundungen wollten nicht heilen, und hinzu kam der Schmerz über den Verlust seiner geliebten Frau Adeline. Der Arzt sah keine Hoffnung mehr ihn zu retten und so schickte er eine Nachricht zu Arnfried, dass er schnellstens nach Hamburg kommen solle, um seinen Stiefvater vor dessen Tod noch einmal zu sehen.
Bei den Großeltern von Angelika gab es große Aufregung, denn die Hebamme des Dorfes hatte diese nochmals untersucht und festgestellt, dass die zu hörenden Herztöne auf Zwillinge schließen ließen. Arnfried und die Großeltern waren nun aus dem Häuschen und warteten mit Spannung auf das kommende Ereignis. Angelika dagegen war sehr ruhig und ließ alles auf sich zukommen. Als sich dann

die Wehen ankündigten, ertrug sie mit Geduld und ohne Schreie die zwangsläufig bei der Geburt auftretenden Schmerzen. Sie dachte dabei an ihre in Afrika lebenden schwarzen Freundinnen, die ihre Kinder auch ohne großes Geschrei auf die Welt gebracht hatten.
Zuerst kam der kleine Ditmar und danach sein Schwesterchen Siglinde zur Welt. Nachdem sie sie unter Protestgeschrei warm gebadet hatte, legte die Hebamme die beiden der frischgebackenen Mutti an die Brust, und nach einer ausgiebigen Mahlzeit schliefen beide friedlich ein. Angelika betrachtete stolz die kleinen runzligen Gesichter, und Arnfried saß am Bett und konnte sich vor Freude kaum fassen. Er bedauerte sehr, dass seine Mutter das große Glück nicht miterleben konnte.
In diesem Augenblick traf die Nachricht ein, dass sein Stiefvater im Sterben lag, und er Arnfried vor seinem Tod noch einmal sehen wolle. Auf schnellstem Wege ritt dieser nun nach Hamburg und saß wenige Augenblicke später vor dem vom Tod gezeichneten Kaufmann.
„Deine Mutter hat ein ungewöhnliches Leben hinter sich", sagte der Kaufmann. „Es war erfüllt vom Kampf, von der Liebe zu euch Kindern, von der Verwirklichung ihrer fortschrittlichen Ideen im Handelswesen und von der Achtung für die weißen und schwarzen Menschen, mit denen sie Umgang hatte. Du musst nun ihr Erbe antreten und in Ehren halten. Auch mein Erbe musst du übernehmen, denn ich habe keine Verwandten mehr und dich habe ich geliebt wie einen eigenen Sohn. Du musst nun mit deiner Familie in Hamburg leben und das Anwesen in Afrika einem Verwalter übergeben."
„Ich habe Deine Mutter sehr geliebt, leider waren unserer Beziehung nur wenige Jahre vergönnt. Nun werde ich sie bald im Himmel wiedersehen und sie auch in eurem Namen fest umarmen."

„Auf Wiedersehen!"

Epilog

Märchen, Sagen, Legenden und Fabeln begleiten uns unser ganzes Leben. Es beginnt im frühen Kindesalter, wenn es heißt: „Liebe Mutti, lieber Vati, erzählt mir bitte noch eine Gutenachtgeschichte." Mutti oder Vati sitzen dann am Bett und holen aus der Märchenkiste eins der noch aus der Jugendzeit bekannten Märchen hervor, oder denken sich selbst etwas aus. Später, wenn die Kinder selbst lesen können, greifen sie meist als erstes zum Märchenbuch und vertiefen sich in Erzählungen über Zauberer, Hexen, wilde Tiere, Könige und Königinnen, Prinzen und Prinzessinnen, gute und böse Feen, fleißige und faule Kinder, verzauberte Menschen und andere märchenhafte Figuren, die dann in nächtlichen Träumen umhergeistern.

Ich selbst habe in meiner Kindheit und Jugend viele Märchen und Sagen mit großem Interesse gelesen. Trotz Fernsehen und Computer greife ich auch heute noch manchmal zu einem der Märchenbücher. In einer Musestunde schlage ich dann ein Buch auf, versetze mich in die Atmosphäre der Geschichte und bin dann vorübergehend aus der realen Welt verschwunden.

Sind wir doch ehrlich, viele der alten Märchen und Sagen berühren uns noch heute und treffen auch heute noch zu, allerdings in wesentlich modernerer Form.

Nehmen wir doch beispielsweise das Märchen von Schneewittchen und den sieben Zwergen, in dem die böse Stiefmutter die Schönste sein und die Konkurrenz aus dem Wege schaffen will. Auch heute noch versuchen Mädchen und Frauen die Konkurrenz an Schönheit zu übertreffen. Es beginnt mit dem Make-up, mit dem sie ihr Gesicht verschönern. Giftspritzen werden verwendet, um die Falten wegzuspritzen, und operative Eingriffe werden erduldet, um Schönheitsreparaturen an Brüsten, Beinen und Po vorzunehmen. Diäten werden durchgeführt, um dem Schlankheitswahn zu frönen, und man glaubt, dass man das klappern der Gerippe hören kann. Dabei lieben wir Männer doch einen formschönen Körper mit all den kleinen Fehlern, die die Natur hervorgebracht hat, die aber zu einem gesunden Körper dazu gehören.

Reichtum war schon immer ein erstrebenswertes Ziel der Menschheit. In alten Zeiten sollten Hexen und Zauberer dabei behilflich sein, mit lauteren, aber auch unlauteren Mitteln den Geldbeutel zu füllen. Selbst der Teufel hatte seine Finger im Spiel, wenn es darum ging, sich zu bereichern und Geld zu scheffeln. Auch andere Möglichkeiten zur Erlangung von Reichtum wurden in Erzählungen mit märchenhaftem Charakter beschrieben.

Denken wir an das Märchen „das kalte Herz", in dem der „Kohlenmunkpeter" sein lebendes Herz beim „Holländer Michel" gegen einen Stein austauschen ließ und dafür das Versprechen erhielt, ständig so viel Geld in der Tasche zu haben, wie der „Dicke Ezecheil". Bei einem abendlichen Glücksspiel verlor dieser sein ganzes Geld an den „Kohlenmunkpeter". Gemäß dem Übereinkommen mit dem „Holländer Michel" waren plötzlich auch die Taschen des „Kohlenmunkpeters" leer.

Gibt es zu diesem Märchen nicht viele Parallelen in der heutigen Bankenpolitik? Haben sich hier nicht auch die Banken verspekuliert und sich gegenseitig in den Ruin getrieben? Natürlich mit dem Unterschied, dass sie mit ihren Spekulationen die ganze Welt in eine große Wirtschaftskrise getrieben haben, und die an der Misere angeblich unschuldigen Manager große Abfindungen einsteckten.

Das Streben nach immer mehr Profit, um sich von anderen Gesellschaftsschichten abzuheben, hat teilweise zu einem ungesunden Wettbewerb geführt. Jachten, Autos und Villen verkörpern ein Statussymbol für die reiche Oberschicht. Kinder werden dazu erzogen, auf in ärmeren Verhältnissen lebende Kids von oben herabzublicken, und sich Freunde aus den gleichwertigen Gesellschaftskreisen zu suchen.

Für hungernde Kinder, deren Anzahl in der Welt ja immer mehr zunimmt, geht es darum, sich wieder einmal richtig satt zu essen. Ihr Wunschtraum wird in solchen Märchen wie „Tischlein Deck dich", „Scharaffenland" oder ähnlichen Geschichten beschrieben.

So könnte man noch viele Märchen und Sagen aufführen, die die Sehnsucht nach Gesundheit, Schönheit, Reichtum und Macht beinhalten, und die auch heute noch in der einen oder anderen Form für die Menschheit eine wesentliche Rolle spielen.

Das Rittertum gehört eigentlich nicht ins Land der Märchen, in dem erdachte Märchenfiguren und Fabelwesen das Geschehen bestimmen. Ritter haben ja real existiert und mehrere Jahrhunderte lang die Gesellschaft dominiert. Trotzdem wurden sie in Legenden verklärt dargestellt, so dass manche Geschichten dem Märchencharakter entsprechen.

Die Idealgestalt des Ritters war ein blonder, breitschultriger Hüne, der mit dem Schwert in der Hand für Gerechtigkeit kämpfte und aus allen Kämpfen als Sieger hervorging. Er war ein vorbildlicher Soldat, der seinen Herren treu diente und für sie sein Leben in die Wagschale warf. Alle Frauen waren ihm zugetan, und mit seinen Minneliedern sang er sich in deren Herzen hinein. Minnelieder versprachen die Erfüllung von sehnsuchtsvollen Träumen, und keiner scheint besser geeignet als die Figur des Ritters den Erwartungen der Damen entgegenzukommen.

Obwohl sich im Laufe der Jahrhunderte die Kampfesweise stark verändert hat, neue Waffensysteme den Ausgang eines Krieges bestimmen und der körperliche Kampf „Mann gegen Mann" gar nicht mehr möglich ist, wird der Ritter oftmals als Vorbild für Kampfeswillen, Kameradschaft und Treue verehrt. Dabei ist allerdings die ritterliche Kampfesweise verloren gegangen. Die heute üblichen Waffen erlauben es, den Gegner zu töten, ohne ihm direkt gegenüberzustehen. Schusswaffen werden aus einem Hinterhalt abgefeuert, Sprengkörper reißen Menschen auseinander, Massenvernichtungswaffen sorgen für den Untergang ganzer Menschengruppen.

Besonders schlimm ist, dass Frauen, Kinder und andere unschuldige Personen dem Terror zum Opfer fallen oder lebenslang an den Auswirkungen zu leiden haben. In der Erfindung von Mitteln wie Giftgas, Bakterien und anderen schrecklichen Massenmordinstrumenten, die dazu dienen, sich gegenseitig umzubringen, sind die menschlichen Geister unerschöpflich.

Kriege sind schon immer Ereignisse gewesen, die den Menschen Leid, Tod, Hungersnot und anderes Elend brachten. Obwohl auch Ritter teilweise Tod und Verderben in die Menschheitsgeschichte brachten, erinnert man sich heute noch in verklärter Form der guten Taten, die von der Ritterschaft ausgingen.

Die Ritter und ihre Gebräuche wurden allmählich zur Legende. Märchen und Sagen erinnern an die „stolzen Recken". Sie waren jedoch alles andere als weltfremd und hatten teilweise erheblichen Aufwand zu betreiben, um ihre existenziellen Probleme zu lösen.

Um ihre aufwendige Lebensweise zu finanzieren, musste die Ritterschaft Geldquellen erschließen. Durch Landesfürsten und Kirche wurden die Ritter für ihre Dienste nicht bezahlt, mussten aber in großem Umfang Dienstleistungen für diese erbringen. Ihre Einnahmen bezogen sie aus Abgaben der Bauern, sofern sie eigene Ländereien oder durch den Landesfürsten vergebene Lehen besaßen. Diese Einkünfte reichten jedoch nicht, um die aufwendige Lebensführung zu bezahlen.

Neben den Abgaben der Bauern waren es vor allem Wegezölle, Raubüberfälle und Kriege, die zur Aufstockung der Einnahmen führten. Später gingen einige Ritter dazu über, Waren selbst zu produzieren und sie auch selbst zu verkaufen. Man gründete Manufakturen, in denen Agrarprodukte weiterverarbeitet wurden. So stellte man zum Beispiel aus Schafwolle Stoffe her oder man fertigte aus Holz Möbel. Handelsniederlassungen wurden gegründet und diese mit dem Verkauf betraut. Auf diese Weise entstanden aus der Gesellschaft der Ritter, die im Mittelalter der Schicht des Feudaladels angehörten, Fabrikbesitzer und Kaufleute. Der Frühkapitalismus hielt Einzug.

Die Heldin dieses Buches hat ein ungewöhnliches Schicksal durchlebt. Der Leser wird durch sie in die Zeit des Rittertums zurückgeführt, in der sie zunächst, durch unglückliche Umstände gezwungen, in einem Kloster aufwächst. Mit dem Rittertum kommt sie durch die von ihr übernommene Verpflichtung, den Tod ihrer Eltern zu rächen, die durch Raubritter überfallen und umgebracht wurden, in Berührung. Sie hatte es dabei sehr schwer, da sie als Mädchen nicht zur privilegierten Schicht der Männer gehörte, denen ja die Domäne des Waffenhandwerks oblag. Frauen hatten in diesem von Männern ausgeübten Handwerk nichts zu suchen. Außerdem war sie ein Findelkind ohne eigenen Stammbaum, und schon aus dieser Sicht war ihr eine gesellschaftliche Anerkennung versagt.

Um ihr Ziel, ihre Eltern zu rächen, zu verwirklichen, legte sie Männerkleidung an. Ein ausgedienter, alter Ritter brachte ihr die Kenntnisse des Schwertkampfes bei. Mit Ausdauer und Zähigkeit übte sie die notwendige Kampftechnik und eignete sich Fertigkeiten an, um die sie mancher Ritter beneiden konnte. Ihr Ausbilder hatte zunächst Zweifel, ob sich sein Schützling in der harten Welt der Männer behaupten würde, musste aber schließlich ihre Kampfkraft, Wendigkeit, Schnelligkeit und Zielstrebigkeit anerkennen und bewundern.

In einem Ritterturnier konnte sie die männlichen Konkurrenten im Schwertkampf besiegen und errang als Knappe verkleidet die Bewunderung der anwesenden Ritterschaft und die Freundschaft des jungen Burgherrn.

Durch Zufall entdeckte dieser schließlich das wahre Geschlecht seines Freundes und verliebte sich in die Heldin des Buches.

Lange Zeit wusste diese nicht, wer ihre Eltern waren, wie sie getötet wurden, und wer den Überfall ausgeführt hatte. Die Tragik des Schicksals brachte dann ans Licht, dass der Vater des jungen

Burgherrn der Anführer der Raubritter war, der alle Mitglieder des Kaufmannszuges und auch ihre Eltern getötet hatte. Die Raubritterschaft wurde meist durch kleine Gruppen von Marodeuren ohne festen Wohnsitz, die durch einen Ritter angeführt wurden, oder durch Ritter, die von ihren Herrensitzen aus Überfälle ausführten, betrieben. Letztere mussten ihre Raubritterschaft im Geheimen ausüben, um beim Hochadel nicht in Ungnade zu fallen. Der Vater des jungen Burgherrn war einer der vielen Burgbesitzer, die zur Deckung ihrer Ausgaben das Raubritterhandwerk ausübten. Die Enthüllungen zum Tod ihrer Eltern brachten die Heldin des Buches in Gewissenkonflikte im Bestreben, sich an der Familie des Schuldigen zu rächen.

Die Oberin des Klosters, in dem sie aufgewachsen war, riet ihr, die Ausübung der Rache Gott zu überlassen und nicht selbst Schicksal zu spielen. Der unglückliche Tod des jungen Burgherrn und der Tod dessen Vaters durch einen Herzinfarkt löschte schließlich ohne ihr Zutun die Adelsfamilie aus.

Bei ihrer Flucht entdeckte die Heldin des Buches, dass sie von ihrem Geliebten, dem jungen Burgherrn, schwanger war und ungewollt dem Stammbaum des vermeintlich ausgestorbenen Adelsgeschlechts einen neuen Ast hinzufügen würde. Nach anfänglichem Zögern erhob die Heldin dann Anspruch auf die Ritterburg, und wurde schließlich zur Burgherrin ernannt.

Inzwischen hatte die Heldin einen lange gesuchten Verwandten ihrer Eltern gefunden. Dieser war Inhaber eines Handelshauses und vererbte ihr den gesamten Besitz. Damit kam es zur von der Ritterschaft angestrebten Verflechtung des Adels mit der Industrie in einer frühen Phase des Kapitalismus.

Die Buchheldin überließ die Burg ihren Kindern und von Ehrgeiz getrieben errichtete sie zusammen mit ihrem Verlobten aus der Kaufmannsgilde eine Handelsstation in Afrika. Der von ihr in die Wege geleitete Bau von zwei gildeeigenen Handelsschiffen und die Gründung der Handelsstation entsprach dem Zug der Zeit nach

Profitstreben, dem auch die Ritter nachgehen mussten. Mit Errichtung der Handelsstation auf dem afrikanischen Kontinent wurden auch die Anfänge des Kolonialismus geschaffen.
Die Heldin des Buches übte sich bis ins hohe Alter im Schwertkampf, was in den unruhigen Zeiten und angesichts ihres abenteuerlichen Lebens unbedingt erforderlich war. Schließlich wurde sie in einem Kampf mit Seeräubern hinterrücks getötet. Ihre Kinder, ihr Ehemann und alle, mit denen sie im Verlaufe ihres Lebens zusammengekommen war, schätzten und verehrten sie und bedauerten aufs Tiefste ihren Tod.

An die Ritter erinnern uns heute nur noch ihre Herrensitze und dabei insbesondere die Burgen. Sie mussten gegen Überfälle und Kriege schützen und als Verteidigungsbollwerke dienen. Sie wurden deshalb als Bauwerke aus Stein mit oftmals zwei bis drei Meter dicken Wänden geschaffen, die im Krieg abgefeuerten Kanonenkugeln standhalten konnten. Sie wurden meist auf hohen Bergen errichtet, so dass sie vom Tal aus für Angreifer schlecht erreichbar waren.
Nur wenige Burgen sind heute noch intakt. Meistens sind nur noch Ruinen übrig geblieben, die jedoch als gewaltige Massive heute noch trutzig ins Tal blicken und den Betrachter an die Ritterzeit erinnern. Der Anblick dieser Bauwerke gab sicher auch dem Liederautor die Idee für den Text des folgenden Volksliedes:

An der Saale hellen Strande stehen Burgen stolz und kühn.
Ihre Dächer sind zerfallen, und der Wind streicht durch die Hallen, Wolken ziehen drüber hin.

Zwar die Ritter sind verschwunden, nimmer klingen Speer und Schild; doch dem Wandersmann erscheinen auf den altbemoosten Steinen, oft Gestalten zart und mild.

Droben winken holde Augen; freundlich lacht manch roter Mund. Wandrer schaut wohl in die Ferne, schaut in holder Augensterne, Herz ist heiter und gesund.

Und der Wandrer zieht von dannen, denn die Trennungsstunde ruft; und er singet Abschiedslieder. Lebewohl; tönt ihm hernieder, Tücher wehen in der Luft.

Franz Kugler

Das Lied ist vom Dichter im Jahre 1826 in einer schönen Sommernacht auf einem Tisch der Rudelsburg geschrieben, und von einem kleinen Kreis fröhlicher Studenten zuerst gesungen und weiter verbreitet worden.

Man kann beobachten, dass es viele Besucher in allen Landstrichen dieser Welt auf die gewaltigen Burgbauwerke zieht, in denen sie von ihrem Führer über die jeweilige Geschichte und die früheren Bewohner unterrichtet werden. Mit Schaudern erfahren sie von den ehemals hier ansässigen Rittern und ihren bösen oder guten Taten.

Das Leben der Heldin des Buches spielt sich vor dem Hintergrund des Rittertums ab. Der Autor hat sich bemüht, die gesellschaftlichen Gegebenheiten mit der Lebensgeschichte der Buchheldin zu verknüpfen, wobei deren Erlebnisse im Vordergrund standen und die Ritterzeit nur den zeitlichen Rahmen absteckt. Der Autor hofft mit diesem Abenteuerroman ein Buch geschaffen zu haben, das einen möglichst großen Kreis verschiedener Altersgruppen erreicht.